O limite de tudo

O limite de tudo

Tradução de Petê Rissatti

JEFF GILES

Rocco

Título original
THE EDGE OF EVERYTHING

Primeira publicação nos EUA, em 2017, pela Bloomsbury Children's Books.

Copyright © 2017 *by* Jeff Giles

Todos os direitos reservados.
Nenhuma parte desta obra pode ser reproduzida, ou
transmitida por qualquer forma ou meio eletrônico ou mecânico,
inclusive fotocópia, gravação ou sistema de armazenagem
e recuperação de informação, sem a permissão escrita do editor.

Proibida a venda em Portugal, Angola e Moçambique.

Direitos para a língua portuguesa reservados
com exclusividade para o Brasil à
EDITORA ROCCO LTDA.
Rua Evaristo da Veiga, 65 – 11º andar
Passeio Corporate – Torre 1
20031-040 – Rio de Janeiro – RJ
Tel.: (21) 3525-2000 – Fax: (21) 3525-2001
rocco@rocco.com.br
www.rocco.com.br

Printed in Brazil/Impresso no Brasil

Preparação de originais
BEATRIZ D'OLIVEIRA

CIP-Brasil. Catalogação na publicação.
Sindicato Nacional dos Editores de Livros, RJ.

G395L Giles, Jeff
O limite de tudo / Jeff Giles; tradução de Petê Rissatti. – 1ª ed.
– Rio de Janeiro: Rocco, 2021.

Tradução de: The Edge Of Everything
ISBN 978-65-5532-078-7
ISBN 978-65-5595-049-6 (e-book)

1. Ficção americana. I. Rissatti, Petê. II. Título.

21-68699
CDD-813
CDU-82-3(73)

Camila Donis Hartmann – Bibliotecária – CRB-7/6472

O texto deste livro obedece às normas do
Acordo Ortográfico da Língua Portuguesa.

Para Jenny

Desde o início dos tempos,
na infância, pensei
que dor significava
que eu não era amada.
Significava que eu amava.

— Louise Glück, "Primeira lembrança"

Prólogo

Ela mesma o batizou, assim parecia que ele pertencia a ela.

Ele disse que, de onde vinha, um lugar que chamava de Terra-baixa, eles arrancavam seu nome como a uma casca no momento em que se chegava, para lembrá-lo de que você não é *nada* nem *ninguém*. Quando contou isso, ela se aproximou um pouco mais. Deveria ter ficado assustada depois do que o viu fazer com Stan, mas não ficou. Stan merecia tudo o que teve e mais um pouco.

O lago estava congelado, e eles estavam parados no meio dele. O gelo estava se deslocando, assentando-se. Ribombava embaixo deles, como se fosse ceder. Stan se fora, mas gotas de seu sangue haviam escorrido para o lago. Havia uma constelação escura aos pés deles.

Ela se recusava a olhar para aquilo. Sugeriu alguns nomes, e ele ouviu em silêncio, os olhos tímidos e parecendo feridos. Queria se aproximar ainda mais, mas temia assustá-lo. Em vez disso, ela o provocou.

Disse que ele tinha cara de Aragorn... ou de Fred. Ele inclinou a cabeça, confuso. Ela precisava melhorar o senso de humor dele.

Tirando isso, não havia nada nele que ela teria mudado. Tinha cabelos pretos desgrenhados que caíam perto dos olhos como videiras. Seu rosto era pálido, com exceção dos machucados nas maçãs do rosto. Parecia que alguém tinha agarrado o rosto dele e cravado as unhas. Várias e várias vezes. Por *anos*. Ela não perguntou quem o vinha machucando, ou por que tinha sido enviado para o que quer que a Terrabaixa fosse, para começo de conversa. Era cedo demais para perguntas como essa.

Ele disse que, mesmo que ela lhe desse um nome, os senhores da Terrabaixa não o deixariam usar. Ela o ouvira gritar de forma feroz para Stan, mas com ela ele falava baixinho e estava inseguro. Ele disse que não achava que merecia um nome, depois de tudo o que tinha feito. Que tinha sido *forçado* a fazer.

Se isso não partiu o coração dela, sem dúvida rachou um pouquinho o dele.

Ele a estava encarando agora, vendo *dentro* dela, como se achasse que ela era a resposta para alguma coisa.

Ela lhe lançou um olhar brincalhão.

— Cara, sério, *chega* desse olhar.

Ela disse que todos mereciam um nome e que os "senhores" tinham que calar a boca.

Ela disse que o nome dela era Zoe Bissell.

Ele assentiu. Já sabia. Ela não imaginava como.

Ela disse que o chamaria de X até saber o tipo de pessoa que ele era. X era usado para uma variável desconhecida. Zoe tinha dezessete anos e já tinha enfrentado tantas maldades e abandonos que sabia que era loucura aproximar-se de mais uma pessoa. Mas talvez a dor de X, qualquer que fosse, a ajudasse a esquecer a sua.

Zoe comunicou a ele que, se a Terrabaixa lhe tirassem *esse* nome, ela simplesmente lhe daria outro.

— Tipo Fred — ele disse e tentou abrir um sorriso.

Estava aprendendo.

parte um

UM RESGATE

um

Zoe conheceu X em um domingo de fevereiro, quando havia uma tempestade vindo do Canadá, e o céu estava tão escuro que parecia ter alguém fechando a tampa de um caixão gigante sobre Montana.

A nevasca só atingiria a montanha em uma hora, e sua mãe tinha ido buscar mantimentos para abastecê-los por um tempo. Zoe também queria ir, porque não dava para confiar em sua mãe para escolher comida. Nunca. Sua mãe era incrível de muitas formas. Ainda assim, a mulher era uma vegana hardcore, e sua ideia de jantar era tofu ou seitan, o que, como Zoe afirmava o tempo todo, tinha gosto de carne de alienígena.

A mãe havia insistido que ela e seu irmão, Jonah, ficassem em casa, onde estariam seguros. Disse que tinha certeza de que podia descer a montanha e voltar antes que a tempestade os atingisse. A própria Zoe já tinha dirigido em nevascas, e tinha bastante certeza de que ela não conseguiria.

Zoe não estava empolgada por ficar no comando, em parte porque Jonah era um babaca, embora não tivesse permissão para chamá-lo assim, de acordo com um cartaz que a mãe havia colado acima da enorme centrífuga da cozinha: PALAVRAS RUINS QUE NÃO POSSO, EM SÃ CONSCIÊNCIA, TOLERAR. Mais do que isso, porém, era porque o lugar onde havia morado a vida inteira de repente parecia ameaçador e estranho. Em novembro, o pai de Zoe havia morrido enquanto explorava uma caverna chamada Lágrima Negra. Então, em janeiro, duas das pessoas que mais amava no mundo, um casal de vizinhos idosos chamado Bert e Betty Wallace, tinham sido arrastados para fora de casa por um intruso e nunca mais foram vistos. O sofrimento era como uma pedra fria no coração de Zoe. Não conseguia imaginar o quanto Jonah estava sofrendo.

Conseguia ouvir o irmão lá fora naquele momento, perseguindo Spock e Uhura como o maluco com TDAH que era. Ela o deixou sair porque ele havia implorado para ir brincar com os cães e porque, sinceramente, ela não aguentaria ficar mais nenhum segundo com ele. Jonah tinha oito anos. Se dissesse que não, ele teria choramingado até seus ouvidos sangrarem ("Me deixa sair por dez minutos, Zoe! Tudo bem, cinco minutos! Tudo bem, dois minutos! Posso por dois minutos? Tudo bem, e cinco minutos?"). Mesmo que tivesse conseguido fechar o bico dele, teria que lidar com aquela energia louca em uma casa pequena, em uma montanha isolada, com uma nevasca a caminho que parecia um exército furioso.

Ela entrou na internet e verificou o site WeatherBug. Com o vento gelado, estava vinte graus abaixo de zero.

Zoe sabia que deveria chamar Jonah para dentro, mas estava adiando. Ainda não conseguia lidar com ele. Ao menos tinha coberto cada centímetro dele bem apertado: uma blusa de skatista verde com capuz, um casaco e luvas pretas decoradas com crânios que brilhavam no escuro. Ela insistiu que ele usasse sapatos especiais de neve para que não se afundasse em um monte e desaparecesse. Então passou cinco minutos enfiando-os nos pés dele, enquanto Jonah se contorcia e se debatia como se estivesse sendo eletrocutado. Ele realmente sabia ser ridículo.

Zoe verificou o celular. Eram cinco horas e havia duas mensagens esperando por ela.

A primeira era de seu amigo Dallas, com quem saía de vez em quando, antes de seu pai morrer.

Dizia: *Nevascas são incríveis, cara! Você está bem??*

Dallas era um cara legal. Musculoso, com covinhas e um jeito de jogador de beisebol — bonitinho, mas não fazia exatamente o tipo de Zoe. Além disso, tinha uma tatuagem que costumava brochá-la sempre que ele tirava a camisa. Ao que parecia, ele tinha ficado indeciso entre *Nunca pare!* e *Não pare jamais!*, e o tatuador se confundiu e a tatuagem acabou ficando *Nunca não pare!*. Dallas, por ser Dallas, gostou e cumprimentou o cara na hora.

Zoe respondeu à mensagem na língua de Dallas: *Tô de boa, cara! Obg por perguntar. É nóis. (É assim mesmo?)*

A segunda mensagem era de sua melhor amiga, Val: *Essa nevasca é uma merda. MERDA! Eu vou tirar uma soneca com a Gloria e ignorar. Estou levando essa soneca MUITO a sério. Você precisa DE QUALQUER COISA antes que eu vá dormir? Depois que a soneca começar, vou ficar INDISPONÍVEL para você.*

A namorada de Val era extremamente tímida. Val… *não era*. Ela estava superapaixonada por Gloria havia um ano e estava sempre fazendo coisas lindas e meio psicóticas, como um Tumblr dedicado inteiramente aos pés da garota.

Zoe respondeu: *Por que está todo mundo preocupado comigo? Estou BEM! Vai tirar a soneca, Deusa da Soneca! Vou ficar beeeeem quietinha!!!!*

Sorrindo para si mesma, adicionou emojis de um despertador, um martelo e uma bomba.

Val escreveu mais uma vez: *Também te amo, sua loca!*

* * *

Zoe encontrou uma fita adesiva em uma gaveta da cozinha e passou nas janelas do andar de baixo para que não se quebrassem com a tempestade. A mãe tinha dito que fazer isso em caso de nevasca era uma idiotice e, possivelmente, perigoso. Ainda assim, de algum jeito, fazia com que Zoe se sentisse mais segura e ocupava seu tempo. Ela olhou para fora e viu Jonah e os labradores pretos pulando de um lado para outro do rio congelado no fundo do quintal. A mãe havia proibido aquela atividade em outra placa: COMPORTAMENTOS RUINS QUE NÃO POSSO, EM SÃ CONSCIÊNCIA, TOLERAR. Zoe fingiu não ter notado o que o irmão estava fazendo. Então, parou de assistir para que não o visse fazendo nada pior. Subiu as escadas e passou a fita em X nas janelas do segundo andar. Fez alguns Os também, de modo que, quando a mãe finalmente voltasse, pareceria que gigantes estavam brincando de jogo da velha.

Ela terminou de passar fita nas janelas às 17h30, bem quando a tempestade finalmente atingiu a montanha. Fez uma xícara de café — preto, porque sua mãe só comprava leite de soja, que tinha gosto de *lágrimas* de alienígenas — e foi até sala de estar para saborear a bebida ao lado da janela. Zoe olhou para a floresta, que começava no fundo do quintal, e correu os olhos até o lago. A propriedade de sua família era o trecho mais desmatado da montanha, mas havia um bosque de pinheiros-larícios junto à casa que lhes proporcionava sombra no verão. O vento tinha agitado as árvores. Ramos estavam batendo e arranhando o vidro. Era como se os pinheiros estivessem tentando entrar.

Sua mãe tinha saído fazia umas duas horas. Àquela altura, a polícia já teria bloqueado as estradas e, embora sua mãe, em geral, não fosse uma pessoa que aceitasse não como resposta, os policiais nunca a deixariam voltar para a montanha naquela noite. Zoe enfiou aquele pensamento em uma caixa nos fundos do cérebro chamada "Não abra". Foi até a porta da frente e gritou o nome de Jonah. Tinha sido idiota por deixá-lo lá fora por tanto tempo. Também enfiou esse pensamento na caixa.

Jonah não respondeu. Ela não esperava que ele respondesse. Amava aquele monstrinho, mas na maioria dos dias parecia que o único objetivo na vida dele era dificultar a vida dela. Sabia que ele tinha escutado. Só não queria parar de brincar com os cães. Eles não podiam entrar em casa, mesmo durante as tempestades, o que Jonah achava ser cruel. Ele já havia protestado com uma placa de manifestante de verdade.

Zoe gritou por seu irmão mais três vezes: alto, mais alto, o mais alto possível.

Nenhuma resposta.

Ela verificou o WeatherBug novamente. Vinte e seis graus abaixo de zero.

Tudo o que enxergava pela janela era um rebuliço branco. Tudo ficava disforme e pesado com a neve: seu carro vermelho espetacularmente cagado, a caixa de compostagem, até mesmo o grande urso de madeira que o amigo riponga doidão de sua mãe, Rufus, tinha esculpido para deixar na entrada. A ideia de ter que se empacotar toda e cambalear na tempestade apenas para arrastar Jonah para dentro de casa deixou Zoe tão irritada que seu rosto começou a esquentar. E ela não ia poder reclamar com a mãe, porque, para começo de conversa, não deveria ter deixado ele lá fora. Jonah sempre encontrava uma maneira de vencer. Era maluco, mas inteligente.

Ela berrou para chamar Spock e Uhura. Sem resposta. Spock tinha dois anos de idade e era um covardão. Zoe imaginou que estivesse escondido embaixo do trator no celeiro, tremendo. Mas Uhura era valentona e não tinha medo de nada. Deveria ter vindo correndo.

Zoe suspirou. Tinha que sair para procurar Jonah. Não tinha escolha.

Vestiu uma echarpe, luvas, botas, um casaco azul fofo e uma touca com borla que Jonah havia tricotado para ela quando seu pai morreu (na verdade, Uhura tinha comido a borla, e no lugar havia apenas um buraco que ficava cada vez maior). Zoe nem pensou em calçar sapatos de neve, porque só andaria o suficiente para fazer Jonah voltar para casa. Cinco minutos. Talvez dez. No máximo.

Sabia que era inútil desejar que seu pai estivesse por perto para ajudá-la a rastrear Jonah. De qualquer forma, desejou. As lembranças do pai a tomaram de forma tão repentina que seu corpo inteiro se contraiu.

O PAI DE ZOE ERA UM PATETA, agitado e tão pouco confiável que chegava a irritar. Era obcecado com tudo que envolvia cavernas, até com morcegos e platelmintos. Se interessava, estranhamente, até pela lama das cavernas, que ele insistia conter o segredo para uma pele excelente. Costumava levar saquinhos Ziploc cheios de lama para casa e tentava esfregá-la no rosto da mãe de Zoe. A mãe gritava às gargalhadas e corria, fingindo estar horrorizada. Então, o pai esfregava tudo nas próprias bochechas e perseguia Jonah e Zoe pela casa, fazendo ruídos monstruosos.

Então, sim: o pai dela era estranho, como alguém precisa ser para explorar cavernas, para começo de conversa. Mas era estranho de um jeito bom. Na verdade, ele era do tipo maravilhosamente estranho. Era supermagro e flexível, e se erguesse os braços acima da cabeça, como o Super-Homem, conseguia se esgueirar por passagens incrivelmente estreitas. Costumava praticar abrindo um cabide de arame até ficar oval e se contorcendo dentro dele ou rastejando de um lado para outro embaixo do carro. Quando Val ou Dallas passavam na casa de Zoe, sempre o flagravam fazendo aquelas coisas em público. Dallas também era explorador de cavernas e achava tudo aquilo muito incrível. Val desviava os olhos de qualquer coisa bizarra que o pai de Zoe estivesse fazendo e dizia: "Não estou nem vendo... essa aqui não sou eu vendo."

Zoe começou a explorar cavernas com o pai quando completou quinze anos. (Ninguém chamava de "espeleologia", porque *quem* ia querer chamar?) Exploravam cavernas religiosamente todo verão e outono, até que a neve bloqueasse as entradas e o gelo deixasse os túneis traiçoeiros. No início, Zoe só ficava mais ou menos empolgada, mas precisava de um tempo garantido com o pai. A menos que fosse para explorar cavernas, não dava para confiar que o cara ia aparecer.

Zoe tinha se acostumado com seus desaparecimentos, assim como com o fato de que havia coisas das quais ele nunca falava. (Seus pais, sua cidade natal na Virgínia, tudo o que aconteceu quando ele era jovem: essas partes do mapa que nunca foram preenchidas.) Seu pai se especializou em grandes gestos — tinha mudado seu sobrenome para Bissell em vez de pedir para que a mãe de Zoe mudasse o dela — e conseguia ser o pai mais legal do mundo durante semanas a fio. Fazia com que ela se sentisse aquecida e protegida, como se houvesse uma vela ou uma luminária ao lado da cama. Então, o ar na casa de alguma forma mudava. Perdia sua eletricidade. A caminhonete do pai desapareceria, e por semanas ela não recebia nem uma mensagem.

Zoe acabou parando de ouvir as desculpas dele. Geralmente tinham a ver com alguns negócios estranhos que estava tentando fazer decolar, algo sobre "conseguir o maldito financiamento". Quando era mais nova, Zoe se culpava pelo fato de o pai nunca ficar por perto mais que alguns meses. Talvez ela não fosse interessante o suficiente. Talvez não fosse *amável* o suficiente. Jonah ainda era tão criança que adorava o pai incondicionalmente. Ele o chamava de Paizão e tratava cada vislumbre que tinha dele como se fosse uma celebridade.

Zoe sabia que ela e o pai sempre fariam suas trilhas pelas cavernas e parou de esperar qualquer coisa além disso. Então, naquele dia de novembro, quando acordou e viu que ele tinha ido explorar cavernas sem ela, pareceu uma traição.

Os policiais lideraram a busca pelo corpo dele. Zoe tinha inventado a caixa "Não abra" para conter essas lembranças.

Zoe xingou Jonah entredentes no minuto em que saiu de casa e começou a caçar o garoto e os cães. Não conseguia ver mais que alguns metros à frente ou caminhar mais que alguns passos sem parar para tomar fôlego. O vento, a neve: era como tomar socos na barriga.

A luz do dia, enquanto isso, se esvaía rapidamente. A tampa do caixão estava se preparando para fechar sobre Montana.

Zoe tateou dentro dos bolsos e ficou surpresa com a boa sorte: encontrou uma lanterna, e ela funcionava.

Levou cinco minutos apenas para ziguezaguear até o rio onde tinha visto Jonah brincar. Não havia sinal dele ou dos cães, exceto por um anjo de neve, já parcialmente preenchido pela tempestade, e duas cavidades estranhas e embaçadas nas proximidades, onde Jonah aparentemente tentara obrigar Spock e Uhura a fazer *cães*-anjos de neve.

Ela gritou o nome de Jonah, mas sua voz não ecoou. O vento a abafava.

Pela primeira vez, sentiu o medo subir pela garganta. Imaginou-se dizendo para a mãe que havia perdido Jonah e viu o coração dela explodindo, como a Estrela da Morte em *Star Wars*. Se algo acontecesse com aquele menino, sua mãe nunca se recuperaria. Zoe tentou afastar esse pensamento também. Mas a caixa no fundo de seu cérebro tinha limites, e tudo começou a vazar.

Zoe finalmente encontrou as pegadas de Jonah e as seguiu ao redor da casa. Demorou, porque tinha de se inclinar para o chão, como uma corcunda, para enxergar a trilha. Os ramos estavam se soltando das árvores e voando pelo quintal. Cada passo a esgotava. Suor escorria pelas costas, embora estivesse congelando. Sabia que suar no frio intenso era mau sinal. O calor do corpo estava evaporando. Precisava acelerar o passo, encontrar Jonah e entrar. Mas, se ela se movesse mais rápido, suaria ainda mais e congelaria ainda mais depressa.

Outro pensamento para o qual a caixa não tinha espaço.

Talvez Jonah já tivesse voltado para casa. Isso. Sem dúvida tinha voltado. Zoe imaginou-o, o rosto e as mãos inchados e cor-de-rosa, enquanto derramava chocolate em pó no chão da cozinha. Ela disse a si mesma que aquilo tudo era à toa. Seguiu as pegadas com a certeza de que levariam até a porta de casa.

Porém, a três metros dos degraus da entrada os passos se desviaram colina abaixo e foram engolidos pelo bosque.

Zoe deu alguns passos cautelosos entre as árvores e gritou, mas sabia que era inútil. Teria que entrar no bosque atrás de Jonah e dos labradores. As bochechas e orelhas ardiam como se estivessem queimadas pelo sol. As mãos, mesmo enluvadas, estavam congeladas em pequenas esculturas de punhos.

ZOE COSTUMAVA ADORAR A floresta. Tinha crescido correndo entre as árvores, a luz do sol espalhando-se ao redor dos pés. As árvores levavam até o lago, onde Bert e Betty Wallace moravam. Tinham sido como avós para Zoe e Jonah. Estavam presentes mesmo quando o pai deles ia em alguma de suas misteriosas viagens e foram uma fonte ininterrupta de bondade quando ele morreu. Mas fazia anos que Bert e Betty estavam ficando senis. No outono anterior, Zoe acompanhou Bert enquanto ele recortava fotografias de animais do jornal e gritava coisas aleatórias como "Dá um tempo, sou só um velho mentecapto!". (Quando ela perguntou o que era um "mentecapto", ele revirou os olhos e disse: "Dá um tempo, é o mesmo que papalvo!") Jonah ficava de perninhas cruzadas no chão e tricotava com Betty. Ela o ensinara como fazer, e acabou sendo uma das poucas coisas, além de roer as unhas, que aliviavam seu TDAH e impediam seu cérebro de zumbir como um liquidificador descontrolado. Pouco antes de sumir, porém, Betty não conseguia evitar que as mãos tremessem, esquecera tudo o que sabia sobre tricô, e Jonah precisou ensinar *a ela* como fazer.

Então, no mês anterior, os Wallace tinham desaparecido. Betty, a menos senil do casal, aparentemente escapou do intruso por um momento e apressou Bert a entrar em sua caminhonete. Essa era a teoria da polícia, baseada no sangue do volante. A caminhonete foi encontrada batida em uma árvore a cem metros da casa. O motor ainda estava funcionando. As portas estavam abertas e não havia nenhum sinal dos Wallace, a não ser mais sangue. Imaginar o olhar confuso no rosto de Bert e Betty enquanto alguém os fitava com uma expressão de fúria assassina fazia o coração de Zoe ficar tão apertado que ela mal conseguia respirar.

A casa dos Wallace foi deixada do jeito que estava, solitária como um museu, enquanto seus advogados procuravam a versão mais recente do testamento deles. Zoe havia prometido a si mesma que nunca mais se aproximaria de lá. Doía demais. O lago na frente da casa de Bert e Betty estava congelado com gelo cinzento e opaco. Até mesmo a floresta parecia assustadora: densa e proibida, como um lugar aonde a madrasta malvada levaria alguém em um conto de fadas.

No entanto, ali estava ela, à beira do bosque, sendo atraída até a casa dos Wallace. Jonah sabia que era melhor não andar entre as árvores durante uma tempestade. Porém, se os cães tivessem entrado na floresta, ele os teria seguido. Spock e Uhura estavam morando com a família de Zoe fazia um mês, mas tinham pertencido a Bert e Betty. Talvez tivessem mergulhado nas árvores congeladas pensando que estavam indo para casa.

HAVIA MENOS DE dois quilômetros de floresta entre o terreno dos Bissell e a casa de Bert e Betty. Normalmente, era uma caminhada de quinze minutos, e era impossível se perder, pois Betty havia feito marcas de machadinhas nas árvores para as crianças seguirem. Além disso, a floresta era dividida em três seções, assim sempre era possível saber quando de alguma forma se começava a andar em círculos. A primeira seção havia sido cortada para fazer lenha, um tempo atrás — a mãe de Zoe preferia o termo "estuprada e saqueada" —, então as árvores mais próximas da casa dos Bissell eram novas. Eram principalmente pinheiros-nodosos de casca cinza rachada. Tinham sido plantados tão próximos que pareciam estar se aconchegando para se esquentar.

A segunda seção era a favorita de Zoe: larícios gigantes e abetos-
-de-Douglas. Eram os arranha-céus de Montana. Tinham apenas cem
anos, mas pareciam ter a idade dos dinossauros, como se tivessem
vindo com o planeta.

As árvores mais próximas do lago haviam queimado em um
incêndio inexplicável antes de Zoe ter nascido, mas nunca caíram,
então havia uns quatrocentos metros de estacas chamuscadas que
simplesmente ficavam lá, mortas. Era um lugar assustador, e a parte
favorita de Jonah da floresta, claro. Era onde ele sempre brincava de
soldado do apocalipse.

Caminhar até a casa de Bert e Betty significava seguir o caminho
através das árvores novas, depois das árvores antigas e, então, das mortas. Zoe e Jonah tinham feito aquele trajeto mil vezes, não havia como se
perder. Não por muito tempo. Não com o clima decente ou à luz do dia.

Depois de ter avançado mais ou menos uns cinco metros pela parte
jovem da floresta, o mundo ficou silencioso. Havia apenas um zumbido
baixo no ar, como alguém soprando a boca de uma garrafa. Sentiu-se
protegida e um pouquinho, bem pouquinho, mais quente. Apontou a
lanterna para a copa das árvores, depois para o céu rabugento e teve
um impulso estranho e nebuloso de se jogar na neve. Balançou a cabeça
para se livrar daquela ideia. O frio já estava paralisando seu cérebro.
Se ela se sentasse, nunca mais se levantaria.

Zoe apontou a lanterna em um arco amplo ao longo do chão,
procurando recuperar o rastro de Jonah. O feixe era fraco, fosse pelas
baterias ou pelo frio, mas ela acabou encontrando. Jonah provavelmente tinha uns dez minutos de vantagem sobre ela e, como estava
usando sapatos de neve, avançava mais rápido no terreno. Era como
um problema de matemática: se o Trem A sai da estação às 16h30,
viajando a cento e quarenta e cinco quilômetros por hora, e o Trem
B sai dez minutos depois, viajando a cento e quinze quilômetros por
hora… O cérebro de Zoe estava muito embotado para resolver essa
questão, mas parecia que estava ferrada.

Jonah conhecia o caminho até o lago, mas devia estar seguindo os cães. As pegadas das patas eram bagunçadas e aleatórias. Talvez estivessem brincando. Talvez estivessem perseguindo tetrazes ou perus selvagens, que às vezes sobreviviam às tempestades embaixo da proteção das árvores. Talvez estivessem simplesmente saltitando porque estava muito frio.

Zoe conseguiu ver os rastros dos sapatos de neve de Jonah caçando os cães de todos os jeitos. Não conseguia dizer se ele estava brincando feliz ou se estava aterrorizado e implorando para que voltassem. Mentalmente, ela repetia: *vá para casa, Jonah. Isso é loucura. Deixe os cães para lá. Vá embora.* Mas sabia que ele não abandonaria os cães, não importava o quanto as coisas ficassem assustadoras, o que a irritava e também fazia com que o amasse.

Então, ela continuou a se arrastar pela floresta. O que era um saco. *Tira o pé direito da neve, levanta, enfia de novo na neve. Tira o pé esquerdo, repita a operação. E repita e repita e repita.* Zoe estava perdendo a noção do tempo. Levou uma eternidade para caminhar algumas dezenas de metros e muito mais quando teve que saltar sobre uma árvore caída. As pernas e os joelhos começaram a doer, depois os ombros e o pescoço. E ficou obcecada com o buraco no topo da touca onde ficava a borla. Imaginou que ele se esgarçava cada vez mais e conseguia sentir os dedos ossudos do vento nos cabelos.

Depois de uns vinte minutos na floresta, suas bochechas, parcialmente expostas, estavam escaldantes. Pensou em tirar as luvas e, de alguma forma, arrancar a pele do rosto... e percebeu que isso era uma loucura completa. Ela e seu cérebro haviam parado de jogar no mesmo time, o que a assustou demais.

O chão começou a nivelar, e Zoe viu um abeto velho e enorme bem à frente. *Árvores novas, árvores velhas, árvores mortas.* Estava quase a um terço do caminho através da floresta. Disse a si mesma para continuar andando, para não parar por nada, até que pudesse tocar aquela primeira árvore gigante. Aquilo faria com que tudo parecesse real de novo.

A cerca de dez metros do abeto, Zoe tropeçou em algo sob a neve e caiu de cara no chão. Um lampejo de dor passou rasgando pela cabeça, que tinha batido contra uma pedra ou um toco, e conseguiu sentir o hematoma florescendo na testa. Tirou uma luva e tocou o machucado; quando ela afastou a mão, seus dedos estavam escuros de sangue.

Concluiu que não estava tão ruim.

Ficou de joelhos, depois se levantou. E, usando aquele primeiro abeto como meta, caminhou os próximos poucos metros. Quando chegou à árvore, se recostou contra ela e sentiu uma onda de alívio porque, não importava o quanto as coisas estivessem horrendas, era impossível não amar uma árvore de Natal.

Zoe estava na segunda parte da floresta agora, com talvez menos de um quilômetro a percorrer. As árvores eram gigantescas, estendiam-se ao céu e eram espaçadas o suficiente para que a luz restante do dia se esgueirasse até ela. Ali, os rastros de Jonah e dos cães estavam limpos e claros. Pareciam estar se mantendo na trilha agora. Ela recomeçou a caminhada, tentando não pensar em nada além do ritmo de seus passos.

Imaginou-se encontrando Jonah e empurrando-o para casa. Imaginou-se envolvendo-o em cobertores até que ele risse e gritasse: "Eu! Não! Sou! Um! Burrito!"

Zoe já estava fora de casa havia trinta ou quarenta minutos, e devia estar uns trinta graus abaixo de zero. Ela estava tremendo como se tivesse sido atingida por uma corrente elétrica. No momento em que chegou à metade da trilha dos abetos, o corpo inteiro doía e tremia como um diapasão. E a tempestade parecia mais forte agora. A própria floresta estava desmoronando ao seu redor. O vento arrancava os galhos e os lançava em todas as direções. Árvores inteiras tinham tombado e bloqueavam o caminho.

Ela parou para descansar encostada em uma árvore. Precisava. Balançou a lanterna, tentando descobrir o quanto estava longe do lago, mas, pelas mãos estarem fracas, ela se atrapalhou e derrubou-a na neve.

A luz se apagou.

Caiu de joelhos para procurar a lanterna. Estava ficando escuro, então precisou cavoucar a neve. O tremor tinha piorado — no início parecia o toque em uma cerca elétrica, mas agora seus nervos estavam tão enlouquecidos que parecia que ela *era* a cerca elétrica —, mas não se importava. E não se importava com o hematoma ou o corte ou o que quer que fosse que estava latejando em sua testa. Não se importava com os espinhos e os ramos escondidos sob a neve que rasgavam a pele embaixo das luvas. De qualquer forma, quase não conseguia sentir nada. Depois de alguns minutos de joelhos, podiam ter sido dois, podiam ter sido dez, ela não tinha mais noção nenhuma, sua mão encontrou algo na neve. Ela soltou um grito de felicidade, ou o mais perto disso que conseguiu, e puxou o objeto. Mas não era a lanterna.

Era uma das luvas de Jonah.

O crânio na parte de trás brilhava para ela, as órbitas vazias como túneis.

Imaginou Jonah tropeçando pelo bosque, soluçando alto. Imaginou sua mão congelada, ferida e pulsando de dor. Imaginou-o implorando aos cães para irem para casa. (Ele *devia* ter começado a implorar nesse momento.) Lembrou-se do rosto dele por um segundo. Jonah se parecia com o pai, o que ainda a agoniava: os cabelos castanhos bagunçados, os olhos que todos achavam que eram azuis, mas na verdade eram de um verde estranho, bonito. A única diferença era que Jonah tinha bochechas levemente gorduchas. *Graças a Deus pela gordurinha das crianças*, pensou Zoe. Porque, naquela noite, isso talvez mantivesse Jonah vivo.

Ela encontrou a lanterna e, milagrosamente, restava um pouco de vida nela. Então se levantou e recomeçou a caminhada.

A poucos metros da primeira luva, encontrou a segunda.

Três metros depois, encontrou o casaco de Jonah.

Era um casaco preto e fofo, remendado com fita isolante; e ele o havia deixado pendurado sobre o toco irregular de uma árvore.

Agora Zoe imaginava o irmão atordoado e vagando, com a pele pinicando e quente, como se aquele calor rastejasse sobre ele. Imaginou-o tirando as roupas e deixando-as cair na neve.

Zoe estava exausta. E pirando. E incrivelmente irritada com aqueles cães idiotas que não eram espertos o bastante para ficarem perto da casa, que não perceberam que seu lindo irmão os seguiria sem parar através da neve. Até a morte.

Ela precisou apagar essa imagem horrível de Jonah. Desviou a mente para um pensamento feliz. Lembrou-se de como Jonah costumava se esconder exatamente no mesmo lugar toda vez que brincavam de esconde-esconde com o pai: no velho freezer do porão que não era usado fazia anos. Lembrou-se de como fingiam não ter ideia de onde Jonah estava, mesmo que pudessem ver os dedinhos segurando a tampa aberta para o ar entrar. E imaginou o olhar animado no rosto de Jonah quando ela e seu pai fingiam desistir, e ele empurrava a porta do congelador e se revelava, como um mágico no final de um truque que desafiava a morte.

— Estou aqui! — ele gritava, feliz. — Estou aqui! Estou aqui! Estou aqui!

Por alguns segundos, essa imagem de Jonah a aqueceu. Então, ela desapareceu, como uma estrela apagada para sempre.

Zoe chegou à borda dos abetos — até onde a floresta morria de repente e dava lugar a tocos e saliências chamuscados pelo incêndio. Estava carregando o casaco e as luvas de Jonah, abraçando-os contra o peito, embrulhados. Ainda achava que poderia encontrá-lo, ou estava apenas percorrendo aos tropeços os últimos quatrocentos metros até a casa de Bert e Betty para desmoronar? Ela não sabia mais. O frio tinha apagado tudo dentro dela. Estava em branco. Era um zumbi, avançando porque não sabia mais o que fazer.

A lanterna encontrou alguma coisa: um amontoado escuro, pouco mais alto que a neve.

Zoe deveria ter se entusiasmado com a descoberta, mas, em vez disso, sentiu o terror percorrer seu corpo. O que quer que estivesse lá na neve, não estava se movendo.

Ela não queria se aproximar. Não queria saber o que era.

Não queria que fosse seu irmão.

Demorou meses para caminhar os cinco metros seguintes. E mesmo quando estava a poucos passos de distância, mesmo quando a lanterna estava apontando diretamente para aquela coisa, banhando-a com uma luz amarelada doentia, ela não conseguiu descobrir o que era. Sua mente se recusou a compreender, recusou-se a registrar.

Ela se esforçou para avançar. Aproximou-se. Olhou para baixo. Era uma massa escura e emaranhada. Parecia sem vida e estática. Zoe prendeu a respiração e fez com que seus olhos se focassem.

Eram os cães.

Como eram dois labradores pretos, era impossível saber onde o pelo de Spock terminava e o de Uhura começava: pareciam um tapete escuro jogado na neve. Zoe se ajoelhou. Eles haviam cavado um buraco raso para se proteger do vento. Ela tirou uma luva e tocou em um deles, depois no outro.

Estavam respirando! O coração de Zoe parecia um passarinho batendo as asas.

Os cães estavam grogues, a meio caminho entre o sono e algo pior. Demorou um minuto para perceberem que ela estava esfregando suas barrigas. Por fim, começaram a se mover no leito gélido. Spock bufou e lançou um sopro de névoa no ar. Uhura ergueu a cabeça na direção de Zoe. Pareceu reconhecê-la e agradecer por ela estar ali. Zoe estava esgotada demais para chorar, do contrário, teria se acabado em lágrimas.

Spock e Uhura contorceram-se um pouco mais, tentando acordar. E quando seus corpos se descolaram e se separaram, quando viraram de novo dois animais distintos, finalmente ela viu algo que deveria ter visto imediatamente, e o que viu fez com que se odiasse para sempre por pensar que eram cães idiotas. Eram cães lindos! Eram cães de Montana, corajosos, lustrosos e lindos!

Porque estavam deitados em uma coisa. Em alguém. Cavaram um buraco com as patas e o puxaram para dentro dele — ela via onde os dentes tinham rasgado o casaco verde — e depois deitaram-se em cima dele. Em cima de Jonah. Deitaram-se sobre o irmão para mantê-lo aquecido.

dois

Jonah estava duro como um manequim.

Zoe envolveu-o em seu casaco e soprou os dedos congelados dele para aquecê-los, embora mal pudesse forçar seu corpo a isso. E o tomou nos braços. Imaginou que teria que voltar para pegar Spock e Uhura, mas eles se sacudiram e caminharam com dificuldade, como antigas criaturas da neve saindo do buraco. Spock ganiu. Não conseguia acreditar no que estavam pedindo para que ele fizesse. Uhura ralhou com ele, como se dissesse "Supere!".

Então Zoe correu. Através das árvores mortas, na direção da casa de Bert e Betty. Envolveu Jonah com os dois braços e, quando sentiu que se romperiam, ela o ergueu por sobre um ombro, e quando o ombro parecia que ia quebrar, ela o passou para o outro. Estava tremendo demais para apontar a lanterna, então o facho saltava loucamente diante dela. Foi um milagre não ter trombado em uma árvore e estourado a cabeça dos dois. Estava correndo como um animal. Seu coração palpitava não apenas contra a caixa torácica, mas nos ouvidos, alto, como se alguém estivesse batendo em um balde.

O engraçado era que provavelmente estava correndo a um décimo de quilômetro por hora, cambaleando pela neve como um pé-grande bêbado. Mas estava chegando lá. Estava ganhando terreno. Quando finalmente conseguiu ver a casa de Bert e Betty por entre as árvores, perdeu totalmente o controle e chorou. Até os cachorros latiram, parecendo felizes. Na verdade, Uhura parecia feliz, e Spock parecia estar latindo "Já chegamos?".

Zoe riu e sussurrou para Jonah:

— Ai, meu Deus, Spock é tão fracote.

Ele não respondeu, pois estava quase inconsciente, mas ela sentia o corpinho do menino respirando contra seu peito — era um arfar, mas sem dúvida o ar entrava e saía, entrava e saía — e isso foi resposta suficiente.

A CASA DE BERT E BETTY parecia um A maiúsculo. Ficava a cerca de duzentos metros de distância do lago, em alguns hectares de terra que tinham sido poupados da trilha do incêndio, embora as chamas os tivessem rodeado. O céu estava preto, e a tempestade havia começado a morrer no momento em que Zoe chegou aos degraus da entrada com Jonah sacudindo em seus braços. A porta estava destrancada. Ela devia ter estranhado, pois a polícia havia selado o lugar, e a mãe de Zoe verificava de vez em quando, mas seu cérebro não conseguiu absorver a informação. Ele só apitava o tempo todo a palavra *abrigo*, *abrigo*, *abrigo*.

Zoe segurou a porta aberta para Spock e Uhura, mas eles hesitaram nos degraus. Nunca tinham podido entrar em casa.

— Entrem — foi tudo o que ela teve energia para dizer.

Eles se entreolharam e entraram cambaleando.

A lanterna havia morrido, então ela seguiu tateando pela escuridão da sala de estar e deitou Jonah em um sofá. Cobriu-o com cobertores, almofadas, até mesmo uma antiga tapeçaria, presente de casamento, que arrancou da parede. Ele pronunciou uma palavra, febril ("Eu?"), então caiu em um sono profundo, como uma pedra jogada em um poço.

Zoe apertou um interruptor para acender a luz, mas a eletricidade havia sido desligada. A calefação também. E provavelmente a água e o telefone. Mas ela não ligou. Acendeu algumas velas ao redor da sala; era tudo de que precisavam. A casa era tão mais quente que a floresta que aquele sofá parecia até uma rede em uma praia. E eles tinham conseguido. *Tinham conseguido.* Agora que acomodara Jonah, seus braços estavam tão leves que flutuavam.

Havia um tapete em espiral no chão. Ela o pegou, sacudiu a poeira e se enrolou como em uma capa. Era áspero e rígido, mas ela não se importava. Tinha um cheiro na sala que não deveria estar ali, cheiro de cigarro, mas ela disse a si mesma que também não se importava com isso. Notou um saco de dormir com aspecto surrado empilhado na frente da lareira, como a pele morta que uma cobra tinha deixado. Aquilo também não devia estar ali. E havia uma coleção de garrafas de bebida vazias, de todos os tipos, fazendo um horizonte em miniatura no chão. Não deveriam estar ali. Ela não se importava, não se importava, não se importava.

Mas os cachorros estavam enlouquecendo: cheiravam e rosnavam e cutucavam todos os cantos.

Zoe fez *xiu* para eles.

— Não tem ninguém aqui além de nós, pintinhos — disse ela.

Era uma das coisas estranhas que ouvira sua mãe dizer.

Sua mãe.

Zoe fuçou nos bolsos para procurar o celular, mas, ali tão fundo da floresta, ela não conseguia sinal para fazer uma ligação. Tudo bem, também. Teria que responder a perguntas demais, e a microperguntas e micromicroperguntas. Estava cansada demais para explicar qualquer coisa, quem dirá *tudo*.

Zoe sabia que a mãe poderia dormir no sofá de seu amigo Rufus se não conseguisse voltar à montanha. Rufus era fofo, tímido e tão magro que parecia uma vareta que de algum jeito tinha deixado a barba crescer e comprado uma camiseta da Phish. Era artista. Tinha se especializado em esculturas de ursos feitas com serra elétrica, como aquela que havia feito para a frente da casa dos Bissell. Dependendo da estação, ele os fazia de madeira de demolição ou de gelo ("Esculpir gelo é *épico*, cara", dizia ele. "É uma viagem bem radical.") Na opinião de Zoe, Rufus estava secretamente apaixonado por sua mãe. Esperava que ele um dia desembuchasse. Sua mãe se fazia de forte em prol dos filhos, mas Zoe sabia quanta tristeza ela carregava desde que o pai dos dois tinha morrido. Essa tristeza sempre estava ali, como uma música ambiente.

Zoe precisava avisar que estava bem. Grunhiu com a ideia de ter que gastar mais energia; afinal de contas, estava prestes a dormir sentada, coberta por um tapete que parecia um dogue alemão gigante. Mas antes de fechar os olhos, Zoe se controlou o suficiente para fazer as duas últimas coisas do dia. Deu uma olhada em Jonah. Estava deitado ao lado dela, roncando de leve, como uma maquininha suave. Suas bochechas estavam quentes, mas no geral ele parecia bem.

Então, enviou uma mensagem de texto à mãe com uma única palavra. Ela sabia que a mensagem não iria, sabia que teria que ficar apertando "Tentar novamente", mas mandou de qualquer forma.

Escreveu: *Seguros.*

ÀS 19H30, ZOE ADORMECEU por tempo suficiente apenas para ter um único sonho violento. Ela estava em uma sala branca com piso de madeira. Havia animais acorrentados ao redor dela. Não sabia que tipo de animais eram — talvez fossem criaturas imaginárias que seu cérebro havia inventado —, mas eram cruéis e grunhiam, cheios de dentes, garras e saliva. E estavam repuxando as correntes, tentando furiosamente arrancá-las da parede. Zoe estava no centro da sala. Estavam a poucos centímetros de distância dela por todos os lados, uivando e berrando. E então, de algum jeito, a neve começou a cair dentro do cômodo. Ela ergueu o rosto e deixou que os flocos caíssem nela. Por um segundo, se sentiu aliviada. Quando voltou a olhar para baixo, Jonah de repente estava a seu lado. Ele disse que lutaria contra as criaturas e a salvaria. Ela o proibiu. Disse a ele para ficar quieto, totalmente imóvel. Mas os animais uivavam tão alto que ele não conseguiu ouvi-la e pensou que ela estava dizendo: "Sim, mata eles, Jonah. Mate todos."

A última coisa que ela conseguia lembrar foi Jonah dizendo "Sim, vou mesmo" e avançando contra todos aqueles dentes úmidos e brilhantes.

Levou uma eternidade até ela despertar totalmente do sonho. E o uivo a seguiu, porque Uhura estava na porta fazendo uma barulheira louca. Latia tão alto que era surpreendente. O barulho era como uma presença física na sala. Zoe não conseguia pensar.

Quanto a Spock, ele estava escondido embaixo de um tapete; só dava para ver uma grande bolha trêmula.

Zoe foi até a porta, com medo de acariciar Uhura, pois ela estava muito agitada.

— O que foi, amiguinha? — disse ela com suavidade. — Xiu. Está tudo bem, está tudo bem.

Ela estendeu a mão para acariciar o cachorro, mas Uhura tentou mordê-la, algo que nunca tinha feito a ninguém, e começou a se atirar contra a porta. Deu de encontro com ela três vezes, alto como um monstro batendo.

— Você precisa fazer xixi ou o quê? — perguntou Zoe.

Ela abriu a porta. Uhura saiu em disparada, e Zoe a seguiu para fora, todo seu sistema nervoso agradecido porque os latidos haviam parado.

Estava muito escuro e não havia lua, mas devia ter luz vindo de algum lugar, porque o lago estava brilhando. A nevasca havia passado rapidamente. Tudo o que restava era uma neve suave caindo. Zoe estremeceu e percebeu novamente o quanto seu corpo doía. A única coisa que ligava seus ossos era a dor.

Ela procurou Uhura ao redor e começou a se preocupar com a forma como levaria Jonah para casa de manhã.

Então viu uma caminhonete vindo à toda pela entrada na direção da casa, os pneus lançando neve para cima.

Era uma picape velha, feia e amassada. Tecnicamente era preta, mas tinha sido retocada em tantos lugares que parecia ter uma doença de pele. Zoe não conseguia ver o motorista. Tudo o que conseguia distinguir era um braço segurando um cigarro para fora da janela. Por um segundo observou, na penumbra, enquanto o ponto vermelho do cigarro flutuava cada vez mais próximo. Era hipnotizante.

Quando saiu daquele transe, viu que Uhura estava voando para a frente da casa na direção da caminhonete — *diretamente* para o carro, inabalável, como se pudesse bloqueá-la com seu corpo. Zoe nem teve a chance de gritar.

OU O MOTORISTA NÃO viu o cachorro ou nem se importou. A uns cem metros da casa, houve um baque terrível. O corpo de Uhura foi jogado em uma montanha de neve.

E continuou nevando como se nada tivesse acontecido.

E o motorista continuou avançando. Parou na frente da casa. Saiu. Deixou o motor ligado. Deslizou um novo cigarro para a boca pequena e ressecada, sem sequer olhar para trás para ver o que havia acontecido com Uhura, e se virou para Zoe.

Ele parecia estar com *ódio*. Estava na meia-idade, tinha um corte escovinha grisalho e cicatrizes de acne. Suas roupas — calças pretas pregueadas, camisa branca com listras azuis — claramente haviam sido compradas para impressionar as pessoas, no passado, mas não deviam ter funcionado muito bem, pois estavam tão sujas que uma máquina de lavar as cuspiria.

Zoe desceu as escadas correndo e se ajoelhou ao lado de Uhura na neve. A cadela estava abalada, mas viva.

O homem não disse uma palavra. Claro que não pediu desculpas. Ficou ali parado, seus olhos deslizando pelo corpo de Zoe e deixando trilhas de sebo, como lesmas. Os homens a olhavam assim desde que tinha doze anos. Quando falou pela primeira vez com sua mãe sobre isso, a mãe disse:

— Zoe, senta aqui um pouco. É hora de eu te ensinar o significado da frase "pervertido baixo nível horroroso".

Zoe sempre a amou por isso.

Aquele pervertido baixo nível em especial estava sorrindo, o que fazia as veias de Zoe se contraírem.

— Você atropelou meu cachorro — disse ela. — Ficou maluco?

Ele riu, então seus olhos ficaram sérios.

— Esse cachorro não é seu — disse ele. — Só porque um casal de velhos se mata não significa que você pode vir e roubar os cachorros.

— Ele jogou o cigarro na frente da casa, que chiou ao bater na neve.

— E onde está o outro, o medroso?

Ele conhecia Spock e Uhura.

— Quem é você? — perguntou Zoe.

— Quem sou eu? Sou alguém que odeia ficar no frio congelante. Também sou alguém que odeia perguntas. Agora, onde está o outro cachorro desgraçado?

— Isso é uma pergunta — respondeu Zoe.

O homem soltou uma gargalhada.

— Olha só, que respondona! Vou te dizer uma coisa, menina, você pode me chamar de Stan, o que acha? Tipo *Stan, o Cara*. Eu vou te chamar de... Zoe. E aí, você gostou?

E ele conhecia *ela*.

— Não é mais tão espertinha *agora*, não é? — disse ele.

Uhura esforçou-se para ficar em pé. Sacudiu a neve dos pelos e começou a rosnar novamente. Stan caminhou na direção do cachorro com um olhar que Zoe não gostou. Uhura rosnou mais alto, como um foguete prestes a decolar. Zoe se pôs entre eles. Não tinha ideia do que fazer.

— Bem, *ela* te conhece. E te odeia.

— Sim, bem, essa cadela aqui e eu temos história, não temos? E eu gosto mais de gatos.

Ele parou a alguns metros de Zoe, perto o suficiente para que ela pudesse sentir o cheiro da fumaça de cigarro que vazava da boca, bem como o hálito azedo por baixo dela. De perto, suas cicatrizes de acne eram tão profundas que ele parecia ter sido atingido com tiros de espingarda.

— Vai sair do meu caminho? — perguntou ele. — Vim aqui atrás de dinheiro, mas, pelo visto, vou ter que acabar com um cachorrinho primeiro.

Zoe estava assustada e não tinha ideia do que fazer. Ele devia ter percebido, porque não esperou resposta.

Saltou para cima dela.

Tudo aconteceu ao mesmo tempo. Stan derrubou Zoe na frente da casa. Uhura lançou-se sobre ele e mordeu sua mão com tanta força que ele soltou um berro. No fim das contas, parecia que o próprio Stan era bem medroso.

Uhura não queria soltar. Stan gritou uma enxurrada de palavrões e rolou de dor. O cachorro pendia mordendo a mão do homem, mesmo quando suas patas se sacudiam longe do chão.

— Minha nossa — Stan urrou. — Eu vou *matar* essa coisa.

Então, do nada, algo o atingiu na cabeça. Uma pedra. O sangue escorreu ao redor de sua orelha. Ele cuspiu outra série enérgica de palavrões. Ele e Zoe viraram-se para a varanda, onde Jonah estava de pé com um olhar feroz no rosto.

— Fui eu, Zoe! — disse ele com orgulho. — Eu peguei ele! Fui eu!

Stan avançou em direção a Jonah, mas Uhura não o soltava. Ela estava furiosa e selvagem. Era como assistir a alguém lutando com um jacaré.

Zoe correu escada acima até alcançar Jonah. Ele a abraçou forte pela cintura, depois abriu o punho: a palma da mão rosada estava cheia de pedras.

— Vou acertar ele de novo.

— *Não*, Jonah — disse ela. — Ele não luta de forma justa, então não vamos lutar. Tudo bem? Diga tudo bem. Quero ouvir você dizer que tudo bem.

— Tudo bem, Zoe. Eu não vou acertar ele de novo... mas podia.

Stan finalmente jogou Uhura em sua picape e a trancou lá dentro. O cão arranhava a janela. Sua respiração embaçava o vidro. Era algo horrível de assistir. Jonah enterrou o rosto no casaco de Zoe.

Stan estava suando agora. Tremia de raiva e esfregava os cabelos escovinha para tentar se acalmar. O sangue escorria pelo lado direito do rosto. O que parecia ser rímel corria pelo lado esquerdo; aparentemente estivera usando maquiagem para colorir uma sobrancelha. À medida que o suor a dissolvia, Zoe enxergou que a outra sobrancelha preta tinha um tufo bizarro de um branco puro.

Stan voltou para a caçamba da caminhonete, levantou uma lona pesada com neve e puxou o que parecia, na escuridão, um atiçador de lareira. Caminhou na direção de Jonah e Zoe e apontou o atiçador para eles como uma arma.

— Agora *onde* — exigiu ele — está o *outro... maldito... cachorro*?

Zoe não respondeu, mas Jonah voou para dentro de casa, o que entregou o jogo. Ela correu atrás dele e trancou a porta no segundo em que estavam dentro. Ouvia Stan pulando os degraus atrás deles.

JONAH ESTAVA NA sala de estar, empurrando uma mesa de centro para a porta de entrada como se fosse uma barricada. Ninguém fazia fortes melhor que seu irmão. Quer dizer, ninguém *mais* fazia fortes além de seu irmão.

Em poucos segundos, Stan estava golpeando a porta da frente.

Zoe tentou chamar a polícia. Não conseguia sinal. A mensagem de texto para a mãe ainda não havia sido enviada, como um avião que nunca seria liberado para decolagem. Ela desejou que a mãe soubesse que estavam seguros naqueles poucos momentos em que realmente estiveram.

Quando percebeu, Stan estava empurrando a mesa de centro e entrando com tudo na sala de estar, sua respiração pesada e entrecortada. Zoe e Jonah correram para trás do sofá apenas para ter algo entre eles e o intruso. Jonah segurou uma almofada com flores na frente do peito como se fosse protegê-lo, o que, mesmo no terror do momento, fez o coração de Zoe doer.

Stan a ignorou e se aproximou de Jonah.

— Ei, carinha, eu sou *Stan, o Cara* — disse ele. — Onde está o outro cachorro?

Ele esperou uma resposta como se não tivesse muita esperança de recebê-la.

Spock ainda estava embaixo do tapete, a pontinha mais ínfima da cauda aparecendo. Se Stan estivesse menos enfurecido, ele o teria visto imediatamente. Zoe desejou que ela e Jonah conseguissem não olhar na direção do cachorro.

Enquanto Stan estava lá, parado e ofegante, ela percebeu pela primeira vez que cabeça grande e grotesca ele tinha; como se sacudia de forma desajeitada sobre o pescoço magro. Parecia um girassol morto.

— Não fale com meu irmão — ralhou ela.

Não foi coragem. Foi nojo.

Jonah aproximou-se mais dela. Não estava mais fingindo ser corajoso. Em um momento, estava chorando tanto que seus ombros começaram a tremer.

Zoe afastou o cabelo dos olhos do garoto, dizendo que tudo ficaria bem.

— Não diga isso para ele agora — Stan grunhiu, sua sobrancelha branca retorcendo-se como uma lagarta. — Isso é o que chamam de *falsidade*. Pois com certeza *nada* vai ficar bem. Na verdade, vai ser uma bagunça grande e feia se não me disser onde está o outro cachorro desgraçado.

Ele girava o atiçador como um bastão. Queria parecer ameaçador, mas quase deixou cair a coisa no pé.

Jonah se esforçou para falar. Por fim cuspiu as palavras, gaguejando entre o choro:

— O-o que você vai f-fazer com o Spock?

Stan bufou.

— Ah, só vou dar um banho nele, carinha — respondeu ele.

— Não fale com o meu irmão.

— N-Não acredito em você. E não me chame de carinha. Meu pai me chamava assim.

Aquilo calou Stan por um segundo. Mas, de alguma forma, o que ele disse a seguir foi a coisa mais desprezível até aquele momento:

— Eu conheci seu pai, carinha. Conheci quando a gente era moleque, igual a você.

— *Não* fale com o meu irmão!

— Seu velho nunca falou de mim, carinha? Bem, teve uma época que a gente era irmão de sangue. Mas acho que ele nunca falou nada sobre... caramba, sobre os primeiros vinte anos da vida dele, provavelmente! Você mal sabia quem ele era. E daí ele morreu em alguma caverna desgraçada? E ninguém nem se deu ao trabalho de buscar o corpo? Que tipos de pessoas são vocês?

— NÃO FALE COM O MEU IRMÃO, SEU DEMENTE PSICÓTICO!

Uma fração de segundo de silêncio, um impasse no qual tudo que ouviram foi o vento.

E então Spock espirrou.

Stan virou-se para a bolha embaixo do tapete e riu com prazer.

— Clássico — disse ele. Agarrou o cachorro, enrolou-o no tapete e colocou-o debaixo do braço. — Hora do banho para o medroso —

comentou e apontou para o lago congelado. — Espero que não se importe com a água fria.

Ele bateu com a ponta afiada do atiçador no chão, como se fosse uma bengala.

— Não me siga, irmãzona — ele falou para Zoe, os olhos rastejando sobre seu corpo mais uma vez — ou vai ter mais ação do que pode aguentar.

Assim que ele saiu, ela e Jonah ficaram sentados no sofá, atordoados. Depois de um momento, ela tomou o rosto dele nas mãos para ter certeza de que ele estava ouvindo.

— Eu preciso sair — disse ela. — Para resgatar os cachorros. E preciso que você fique aqui. Tudo bem, Jonah? Preciso ouvir você dizer que tudo bem. Você pode dizer que tudo bem… e *falar sério*?

Jonah contorceu-se até Zoe soltar seu rosto e depois retorceu as sobrancelhas, como se uma professora tivesse lhe dito para ir para o canto da sala pensar.

— Tudo bem, e-eu não vou — retrucou ele.

— Obrigada — disse Zoe.

— Mas você também não pode ir. Aquele c-cara não luta de forma justa, então não vamos lutar. Certo? Você *disse*.

— E se eu for só por cinco minutos?

— Não, Zoe.

— Tudo bem, e que tal dois minutos?

Estava tentando acalmá-lo provocando um pouco, negociando da maneira como *ele* sempre fazia.

— Não, Zoe! *Nenhum* minuto! Quero que você fique aqui. — Ele parou e procurou as palavras. — Até *eu* fico assustado às vezes.

Zoe sabia que, se saísse, Jonah a seguiria, e ela não podia correr esse risco. Então, fez aquela coisa nada heroica pela qual ela se odiou. Sentou-se no sofá com o braço ao redor de seu irmão e garantiu que ele não olharia pela janela atrás deles. Não foi tão difícil distraí-lo quanto achou que seria. Encontraram a cesta de vime com os materiais de tricô de Betty, e Jonah começou a consertar o buraco no topo da touca de Zoe. Por um tempo, o único som na sala foi o estalar das agulhas, mas em algum momento Jonah fez uma pausa para repreendê-la:

— Você precisa cuidar melhor das suas coisas.

Zoe também tentou não olhar pela janela. Não olhou quando ouviu Stan passar por eles na direção do lago, as botas esmagando a neve, e Spock gemendo dentro do tapete. Não olhou quando Jonah começou a esfregar os olhos e disse o que sempre dizia quando seu corpo estava desligando por conta de muitos estímulos e ele começava a cambalear no limite do sono:

— Não estou cansado. Só meus olhos que estão doendo.

Não olhou nem quando ele abaixou as agulhas e adormeceu com a cabeça em seu colo.

Mas então ouviu Stan raspar o gelo do lago com o atiçador, tentando abrir caminho para a água. E foi quando ela olhou.

Ele estava abrindo um buraco para afogar os cachorros.

Havia binóculos na mesa de centro. Zoe os agarrou. A noite era preta e sem estrelas. Um vazio. O mundo tinha acabado de... desligar.

Stan estava trabalhando à luz dos faróis da caminhonete. Ele se esforçava para segurar Spock enquanto cavava mais e mais fundo. Por um segundo, o cão conseguiu se contorcer até sair dos braços dele, mas não se moveu rápido o suficiente no gelo. Escorregou e deslizou desesperadamente até que Stan o agarrou pelo pescoço e o jogou no buraco.

Em seguida, Stan empurrou a cabeça de Spock debaixo da água com o pé.

Quando teve certeza de que o cachorro não conseguiria sair, voltou para buscar Uhura na caminhonete.

Nos momentos seguintes, ele não viu o que Zoe viu.

Ele não viu o lago começar a brilhar, gradualmente primeiro, e depois, embora não fizesse sentido, mais e mais até parecer que o gelo não cobria água, mas fogo.

E não viu a figura na ponta mais extrema do lago se movendo na direção deles, avançando através do gelo, calmamente, sim, mas tão rápido quanto um cavalo galopante.

Zoe estava na janela agora, sem nenhuma lembrança de ter se levantado e caminhado até ali. Foi a janela, ela percebeu mais tarde, que possibilitou assistir àquilo tudo sem pensar que tinha enlouquecido: não só porque o vidro a separava de tudo o que acontecia lá fora, mas porque era como uma tela e, se ela fosse sincera, tinha assistido a muitas coisas loucas na televisão.

Ela saiu da sala de estar. Saiu da casa. Era como se estivesse sendo puxada por uma corda.

Stan bateu a porta da caminhonete. Tinha Uhura presa sob o braço (era a vez do "banho" dela) e prendia a boca da cachorra com uma das mãos. A cachorra estava furiosa, mas indefesa.

Zoe estava com os binóculos apontados para Stan quando ele se virou para o lago e o viu ardendo na escuridão, e quando notou pela primeira vez a figura indo a toda em sua direção, cobrindo centenas de metros em um instante.

Stan ficou aterrorizado.

Mas, quase imediatamente, sua expressão arrogante e odiosa voltou, como se acreditasse que a estupidez poderia protegê-lo de qualquer coisa.

— Ora, que *merda* é essa agora? — perguntou ele.

Mal Stan tinha dito a última palavra e a figura já estava em cima dele. Ele soltou Uhura para poder se defender. O cão correu para Zoe, que estava em pé na escuridão, e saltou em seus braços.

Stan tentou parecer durão e ergueu os punhos. Em vez disso, apenas pareceu ridículo. Saltitou em torno do estranho como um boxeador das antigas.

O estranho era X, embora Zoe só fosse chamá-lo assim dias depois.

X era tão pálido que seu rosto parecia emitir luz própria. À distância, não se conseguia sequer adivinhar a idade dele, embora fosse possível ver que tinha lindos cabelos longos que eram *realmente* desgrenhados e desleixados, não penteados para parecer assim. Estava usando um casaco longo azul-escuro com um brilho iridescente, como uma bolha de sabão. Não estava de touca, luvas ou cachecol, mas o frio também não parecia incomodá-lo. Seu rosto tinha uma camada fina de suor, como se estivesse febril.

X não disse uma palavra. Pegou Stan pelo casaco e jogou-o sobre o gelo brilhante. Não fez isso com raiva. Não fez isso como um herói em ação. Simplesmente fez como se fosse algo que precisasse ser feito.

Não olhou para Zoe nenhuma vez, mas ela sentia que ele sabia de sua presença.

Stan deslizou pelo lago congelado em direção ao buraco que havia feito. Parou, um lado do rosto arranhado e vermelho pelo gelo.

Em um estalo, X estava em pé sobre ele.

Stan olhou para cima, tentando entender o que estava acontecendo e como havia perdido o controle da situação.

— Eu não sei o que você quer, seu esquisito — ele disse —, mas, seja o que for, não vai conseguir. Esta festa aqui é *minha*.

X não disse nada. Ficou claro para Zoe que ele não se pronunciaria até que alguém dissesse algo que valesse a pena responder.

X caminhou em direção ao buraco e tirou Spock de lá. O cachorro estava molhado e tremendo, como se tivesse acabado de nascer, mas se aqueceu instantaneamente nos braços de X. Então Spock fez algo que tinha feito apenas com Jonah e com ela: lambeu a bochecha de X. X deu tapinhas hesitantes na cabeça do animal, como se não soubesse direito como fazer. Foi um pequeno gesto, mas por causa de toda a dor e estranheza das últimas horas, fez os olhos de Zoe se encherem de lágrimas.

Ela deixou os binóculos caírem na neve e se aproximou. De alguma forma, não estava com medo. Queria que X a visse. *Quem era ele? Por que estava ali? Por que não olhava para ela?*

Enquanto X confortava Spock, Stan tentou se levantar.

X simplesmente fez que não com a cabeça, e Stan despencou de novo, caindo no gelo.

X tirou o casaco. Por baixo dele, usava uma camisa áspera de manga curta, embora (para ser sincera) tudo que Zoe viu foram seus braços. Eram esguios e tinham músculos definidos cobertos de tatuagens primitivas de, entre outras coisas, animais que ela não reconhecia.

Ele envolveu Spock em seu casaco e colocou-o suavemente no chão. O casaco cintilava na escuridão, como um fogo que se extinguia.

Virou-se para Stan, que ainda estava apegado absurdamente à ideia de que poderia sair daquela situação com uma conversa.

— Tudo bem, esquisito — disse Stan. — Me diga o que quer e *talvez* você possa conseguir. Sou uma pessoa razoavelmente razoável.

O QUE ACONTECEU EM seguida foi como um ritual de alguma sociedade secreta na floresta ou da Idade Média, talvez; um julgamento no qual todos sabem antecipadamente que o veredito será "culpado".

X estava tremendo, mas tudo o que fazia era de maneira calma e metódica. Pareceu infeliz por ter sido enviado ao lago. E foi essa a sensação que Zoe teve; de que ele havia sido enviado até ali, talvez até forçado a ir. Ele ainda não olhara para ela, mas a maneira como esses pensamentos de repente se arraigaram em sua cabeça, não como teorias ou hipóteses, mas como fatos, como certezas, fizeram com que Zoe pensasse que, de alguma forma, ele mesmo os colocara ali dentro. Como era possível?

Stan estava de joelhos agora, lutando de novo para ficar em pé.

X colocou a mão no ombro dele e, instantaneamente, Stan ficou imóvel, consciente, mas paralisado.

X caminhou alguns metros, virou as costas para Stan e tirou a camisa. Seus ombros eram largos, sua cintura, fina como a de um nadador. Ao contrário da pele escoriada de seu rosto, as costas de X eram lisas, sem ferimentos. Uma tela em branco. Ocorreu a Zoe que alguém ou *algo* havia poupado aquela área, por algum motivo.

Ela sinceramente não sabia se tinha inventado essa ideia ou se ele lhe dera essas noções.

X abriu os braços. As omoplatas reluziram na escuridão e suas costas ficaram ainda mais largas.

Zoe não conseguiu evitar: tirou uma foto para postar no Instagram mais tarde.

X parecia estar invocando alguma coisa. Soltou um grito agudo, como se estivesse tentando arrancar uma doença do corpo. Então, suas costas tomaram vida com imagens.

Sua pele transformou-se em uma tela.

O que passou nas costas de X parecia quase um filme caseiro, trêmulo, vertiginoso, caótico e, de alguma forma, sobrenatural. Ela e Stan observaram, transfixados. Stan permaneceu imóvel. Era como se estivesse preso e amarrado pelo próprio ar. Zoe estava em pé, no escuro, não muito longe. Assistiram, em estado de choque e depois de horror, cada um por suas próprias razões.

De repente, ocorreu a Zoe que Jonah talvez tivesse acordado, que ele poderia estar assistindo da sala de estar. Seus olhos voaram para a casa.

As janelas estavam escuras. Talvez seu irmão estivesse em pé ao lado de uma delas, não havia como saber.

Zoe voltou para o filme. Bert e Betty estavam nele. Estavam encolhidos na sala de estar daquela mesma casa junto ao lago. Estavam rígidos de medo. Alguém os estava circundando. Alguém que invadira a casa.

Zoe não conseguia ver muito do rosto do intruso, apenas um pedaço dele, como uma lua crescente. Ainda assim, reconheceu o corte escovinha feioso e a pele esburacada. Viu o intruso caminhar até a lareira, viu-o erguer o atiçador de aparência letal e sopesá-lo na mão.

Stan desviou os olhos das costas de X, incapaz de ver o que tinha feito. Virou-se para a casa, buscando algum alívio.

Era o que X estava esperando. Ele estendeu a palma da mão para o longo teto inclinado da estrutura em A, e em um instante as imagens também estavam piscando ali. Stan ficou chocado. Baixou os olhos. X se ajoelhou, pressionando a mão no gelo. O brilho laranja desapareceu e, por um segundo, o mundo ficou preto. Então, de repente, o filme estava passando embaixo deles, ao redor deles, as figuras gigantes e distorcidas, as vozes crescendo.

Zoe não conseguia entender o que estavam falando. Nem conseguiu descobrir de onde o som estava vindo, embora estivesse em todos os lugares. Mas conseguiu ver que Stan, Bert e Betty estavam gritando. Um deles com raiva. Dois deles com medo.

Então, de repente, Uhura estava no filme, tentando proteger Bert e Betty. Estava latindo descontroladamente, como quando a caminhonete de Stan estacionou. Por incrível que parecesse, Spock também uivava.

No filme, Betty pegou a mão de Bert e puxou-o para a porta, para algum lugar mais seguro. Bert parecia desnorteado. Como uma criança. Enquanto Betty tentava apressá-lo para a saída, ele parou, como se tivesse todo o tempo do mundo, e pegou uma folha de hortelã de um prato na mesa de centro.

Os dois passaram pela porta apenas segundos à frente de Stan. Vê-los escapar, mesmo por um momento, fez o coração de Zoe palpitar. Não tinha por quê — ela já sabia que havia apenas um final possível.

Stan foi atrás deles, segurando o atiçador.

Bert e Betty saíram aos tropeços até o carro, e Betty deu partida no motor, mas os pneus giravam inutilmente na neve. Quando avançaram uns cem metros, Stan estava bem atrás, gritando e gesticulando de um jeito selvagem com a arma.

O carro bateu em uma árvore.

Zoe observou enquanto Stan tirava Bert e Betty do carro e seguia atrás deles com o atiçador.

Viu Betty na neve. Viu Bert chorando como uma criança. Viu os cachorros tentando morder as pernas de Stan e viu o psicótico imitá-los sarcasticamente e depois chutá-los na barriga.

Viu o atiçador subir e descer.

Zoe viu Betty morrer.

Morreu tentando proteger o corpo de Bert com o dela.

Então, Zoe viu Bert morrer.

Morreu soluçando sobre Betty. Morreu escondendo o rosto nas mãos. Morreu suplicando repetidamente em uma voz aguda e aterrorizada: "Me dá um tempo, sou só um velho mentecapto. Me dá um tempo, me dá um tempo, me dá um tempo."

Stan arrastou os corpos dos Wallace, um após o outro, até o lago.

Quando Zoe percebeu o que estava vendo, quando a maldade de tudo aquilo enterrou suas longas unhas nela, olhou de volta para a casa, rezando novamente para que Jonah ainda estivesse dormindo.

Então caiu de joelhos. Segurou Uhura contra o peito. E vomitou na neve até que a garganta estivesse em chamas.

Quando Zoe conseguiu se levantar, X tinha baixado os braços e passado a camisa de volta sobre a cabeça. O filme havia parado. O lago voltou a brilhar com intensidade. X, parecendo doente e exausto, abaixou-se e arrastou Stan para mais perto do buraco no gelo.

Stan não havia dito uma palavra sequer enquanto assistia aos assassinatos, mas Zoe via por sua expressão que algo estava se formando dentro dele. Não era culpa ou tristeza, não era nem medo mais.

Era raiva.

— Essa é a parte em que eu deveria dizer me desculpe ou coisa do tipo? — ele gritou para X. — Bem, nem espere por isso, seu esquisito. Esse povo era velho pra burro. Eram inúteis.

X ainda não havia falado nada. Olhou para Stan pacientemente, como se soubesse tudo o que ele diria antes de ficar sem palavras.

Stan recomeçou, mais baixo dessa vez:

— Olha só, eu não queria machucar eles, nem tinha trazido arma. Queria só *pegar emprestado* um ou dois objetos de valor. Esperava que fossem mansos e tranquilos, porque tinham cérebro de purê, certo? Sim, eu sabia disso. Fui muito *meticuloso* nesse roubo. Levou quase um mês para planejar. Quer dizer, eu fiz minha lição de casa. O que é irônico porque, quando estava no ensino médio, eu nunca fazia lição de casa.

Aterrorizado, Stan tinha começado a falar demais.

— De qualquer forma — disse ele —, a coisa toda podia ter sido uma experiência agradável para todos os envolvidos. De certa forma... Mas aquela velhota era uma lutadora, estava tentando me manter longe do marido. Arranhou meus olhos e tudo o mais. Não posso dizer que previ isso. Então, as coisas ficaram mais, uh, *controversas* e *amargas* do que planejei. O engraçado é que não encontrei nada que valesse merda nenhuma nesse lugar. Estive aqui duas ou três vezes e *ainda* não descobri onde esconderam a desgraça do dinheiro.

Stan cuspiu no chão.

— Tudo bem, não tenho mais nada a dizer, só que você tem que odiar Deus se estiver mesmo pensando em me afogar.

E foi isso que fez X falar.

Sua voz era grossa, mas rouca pela falta de uso. Zoe não conseguia determinar de que país ele vinha ou mesmo de que século.

— Ouça-me bem — disse X, depois parou para pigarrear e limpar o suor da testa. — Ninguém respeita mais o amor de Deus que nós, os condenados à Terrabaixa, pois sabemos o que significa viver sem ele. — Ele pegou Stan pelo colarinho. — Agora *você* também vai respeitar.

Ele se abaixou e, embora agora parecesse cansado demais para isso, levantou Stan no ar.

Stan se debateu, agarrou-se ao pescoço de X, arranhou o rosto dele.

X fez uma careta e, com o que parecia ser o último resquício de força, empurrou Stan para dentro do buraco irregular no gelo.

Em seguida, fez uma pausa, virou-se e olhou diretamente para Zoe.

Os olhos dele eram impressionantes.

Uma onda subiu pelo peito de Zoe. X parecia estar fazendo uma pergunta silenciosa. Ela pensou que ele talvez quisesse sua permissão para acabar com a vida de Stan.

Stan nem havia se dado conta de que Zoe estava ali. Ele a viu naquele momento e abriu um sorriso doentio.

— Mande o cara embora, menina — ele implorou. — *Por favor.* Caramba, eu conheci seu pai!

X ruborizou, furioso por Stan ter se atrevido a se dirigir a Zoe.

— Cale a boca — disse a ele —, ou vou entupi-la com meu punho.

X a encarou de novo, e de novo Zoe foi abalada pela força da conexão. Seus olhos ainda faziam a pergunta, mas não era o que ela pensava. Dessa vez, percebeu. Ele não tinha a intenção de poupar Stan e não estava querendo sua opinião. Então o que ele estava lhe perguntando?

Então, ela soube. De alguma forma, X sabia o quanto ela amava Bert e Betty. De alguma forma, ele sabia que muitas das boas qualidades dela eram obra deles; e que seu ódio por Stan era como uma febre por baixo da pele. Ele estava perguntando se ela queria matá-lo pessoalmente.

Zoe sentiu uma onda de algo que não conseguia nomear. Nem sabia se era dor ou alívio. Mas a deixou eletrizada.

Ela atravessou o gelo em direção a X e Stan.

Stan estava se contorcendo em espasmos no lago. A água congelante batia naquela boca horrível. Era o que ele merecia, Zoe sabia.

Ela caminhou o mais rápido que pôde sem escorregar, plantando os pés com força no gelo. Ganhava velocidade a cada passo. X não parou de olhá-la, não parou de prendê-la com seu olhar. Zoe ainda não sabia o que estava sentindo, não exatamente. Procurou a palavra em sua mente e, embora não parecesse possível, podia sentir X dentro de seu cérebro procurando também.

Encontraram a palavra no mesmo instante.

Não era *fúria* ou *vingança*.

Era *misericórdia*.

Os olhos de X brilharam de surpresa. Ele se afastou de Zoe e, apressadamente, pousou a bota no topo da cabeça de Stan, assim como o homem tinha feito com Spock.

Estava prestes a empurrá-lo para baixo quando Zoe se atirou contra ele.

X estava exausto. Zoe era forte.

Ela o derrubou no gelo antes que a bota afundasse.

três

Ela não esperava que X caísse, mas o corpo dele despencou sob o dela, e os dois rolaram sobre o lago. Durante meio segundo ficaram enredados. A pele dele cheirava a fumaça de pinho e fogueira de acampamento.

Zoe esperou que ele se erguesse rapidamente, mas X se deitou de costas, retorcendo-se de dor. Estava mais febril do que ela havia percebido. Ela se levantou e virou-se para Stan, que estava soluçando na água, sua pele ficando cinza-azulada. A ideia de tocá-lo a enojou, mas não era certo que ele morresse daquele jeito, não importava o que tinha feito.

Ela estendeu as duas mãos e o ajudou a sair da água. Ele ficou de pé na frente dela, tremendo, as roupas encharcadas coladas no corpo. Parecia magro e patético, como um bicho que tivesse sido puxado para fora da concha.

— Aleluia, menina — disse ele. — Seu pai ficaria orgulhoso.

Ela sentiu nojo da gratidão dele.

Zoe não disse nada. Apenas observou como ele correu até sua caminhonete, as solas pálidas das botas brilhando no caminho.

O motor engasgou, mas não ligou. Zoe sabia qual era o som de um motor disposto a cooperar. Aquele ali só queria ficar em paz. Depois de trinta segundos completos de palavrões, em que Stan emendou xingamentos que ela tinha certeza que nunca haviam sido emendados antes, ele saiu da caminhonete, pegou um cobertor do banco traseiro e correu para a floresta como um animal.

X sentou-se no gelo. Ela esperou que ele estivesse furioso, mas o garoto apenas a encarou, triste e confuso.

— O que você fez? — questionou ele.

Zoe não respondeu; ela realmente *não* sabia o que tinha feito, além de agir por instinto.

X virou-se para rastrear o avanço de Stan na floresta.

— Não vá atrás dele — disse Zoe. Essas foram as primeiras palavras que disse a X e, apesar de muitas vezes envolver as declarações mais sinceras em sarcasmo, ela havia baixado a guarda naquele momento. — Por favor. É errado.

X sopesou suas palavras.

— Mas se eu não for atrás dele, alguém certamente virá atrás de *mim*.

Mas ainda assim ele não se mexeu. Ficou no gelo com Zoe, ouvindo os galhos se quebrarem enquanto Stan corria pelas colinas no escuro. Por que X não o perseguia?, Zoe se perguntou. Por que estava fazendo a vontade dela? Por que se importava com o que ela queria?

— Se você matar o Stan, vai ser tão ruim quanto ele — comentou ela. — Não é nosso trabalho punir as pessoas.

X baixou a cabeça.

— Talvez não o *seu* — retrucou ele.

ZOE VOLTOU CAMBALEANTE PARA a casa de Bert e Betty para pegar Jonah, parando apenas tempo suficiente para tirar uma foto da placa da caminhonete de aparência moribunda de Stan. Spock e Uhura seguiram-na. X também. Zoe não olhou para trás, mas o ouvia se arrastando pela neve atrás dela. Ele não entrou na casa. Ficou na varanda, por respeito ou talvez por timidez. Silenciou os cachorros quando ganiram, então de alguma forma devia saber que Jonah estava dormindo. Spock e Uhura levantaram a cabeça e, por fim, X percebeu que eles queriam ter os focinhos acarinhados. Ele se ajoelhou e coçou-os com cuidado, sussurrando seus nomes. Zoe colocou uma vela no peitoril da janela e observou por um longo momento.

Jonah ainda estava deitado no sofá. Parecia ter dormido durante todo aquele caos. Mas quando Zoe foi levantá-lo, seu corpo parecia tenso, não como a massa de pão molenga que deveria ser.

Segurar Jonah fez com que seus braços doessem; nunca ia conseguir levá-lo para casa daquele jeito. Ainda assim, não conseguia aguentar a ideia de despertá-lo e forçá-lo a caminhar pela floresta de novo. Ele merecia acordar em sua cama, com o pesadelo terminado e suas armas Nerf e os Stomp Rockets no lugar onde as havia deixado. Ela queria que Jonah permanecesse inocente e alheio, ainda mais porque ela não podia mais ser assim.

Zoe o colocou no sofá novamente, a palma da mão encaixada em sua nuca como se fosse um recém-nascido. Então, ficou em pé e esperou uma solução aparecer.

Através da janela, viu X sentado com os cachorros no colo. Seu rosto estava úmido de suor, e a neve no casaco estava ficando translúcida enquanto derretia. Spock mordiscou-o de brincadeira, o que pareceu assustá-lo. Será que ele nunca tinha brincado com cães antes? Por fim, ele entendeu o que Spock queria. Fingiu que suas mãos eram pássaros e provocou o cachorro, fazendo-as arremeterem e mergulharem para longe de seu alcance.

X devia saber que estava sendo observado. Olhou para Zoe através do vidro. Ela se assustou de novo com o quanto ele parecia doente. Mas não parecia estar pedindo ajuda, e sim oferecendo. Tinha algum plano para levar ela e o irmão de volta para casa? Porque aquela era a única coisa no mundo que Zoe queria naquele momento. Ela devolveu o olhar de X. Não se moveu, nem sequer esboçou uma palavra com a boca, mas ele assentiu com a cabeça.

Depois disso, ela viu flashes no céu e o que pareceu um vídeo de árvores desfocadas passando em velocidade.

X estava tonto e cambaleante, tomado por um mal-estar que Zoe nunca tinha visto.

Mas ele os levou para casa.

MESMO NA ESCURIDÃO, Zoe viu que a neve na frente de casa estava intocada, e seu coração pesou: a mãe ainda não havia conseguido voltar. Estava desesperada para vê-la, mas era até bom que não estivesse em casa. Zoe não conseguiria explicar a figura estranha que os havia deixado ali e que, depois de recusar água, abrigo, luvas, touca, cobertor e até mesmo carne-seca vegana (por outro lado, quem dizia "sim" para carne-seca vegana?), estava naquele momento retirando-se na direção da floresta.

Ela olhou para X uma última vez. Viu como ele cambaleou alguns metros, depois caiu com um joelho na neve. Ela se forçou a dar as costas.

Zoe abriu a porta da casa, uma manobra difícil agora que Jonah estava dormindo em seus braços. Encontrou na geladeira o Post-it em que sua mãe mantinha todas as informações de contato da polícia e, segurando-o entre os dentes, esfalfou-se para subir a escada com o irmão.

A cama de Jonah era pequena e tinha o formato de uma joaninha. Quando Zoe finalmente o deixou sobre ela, ele rolou de lado sem acordar e começou a babar no travesseiro.

Ela se sentou no chão junto à cama de Jonah com seu celular e enviou um e-mail para a polícia com a foto da placa de Stan e uma mensagem que dizia: "Esta caminhonete pertence ao homem que matou Bert + Betty Wallace. Com o atiçador da lareira. O nome dele é Stan alguma coisa. A caminhonete ainda está na casa deles. Tem mais ou menos 45 anos, aprox. 1,80. Magro. Cabelo escovinha. Sobrancelha esquisita. De nada."

Assim que enviou o e-mail, percorreu a montanha de mensagens que finalmente tinha entrado no celular. Havia algumas de Dallas (que estava "amarradão" por "arrasar total" na nevasca), Val (que nem vira a tempestade porque estava dormindo), e sua mãe (que estava basicamente frenética). Parte de Zoe sentiu-se abandonada pela mãe, mas não conseguiu deixar de sorrir enquanto lia o fluxo de mensagens dela: *Estradas horríveis. Não consigo nem sair da mercearia. Sinto muito, Zo... Ainda horrível. Me desculpa... Não deixe J comer cereal antes de dormir. Experimente o waffle sem glúten... AHHH! Deu no rádio que os limpa-neves nem vão sair hoje à noite. Sem chance de subir a montanha... Ainda na mercearia. Vou morar para sempre na mercearia, comendo produtos químicos e pesticidas, como uma americana de verdade... Você está bem?... Sabe de uma coisa? Se J quiser cereal, ele pode comer... Ai, meu Deus, Rufus acabou de me resgatar na caminhonete gigante dele, como um cavaleiro. NÃO, ele não está apaixonado por mim... ouvi o que você pensou! Vou dormir no sofá dele... Me diga que está bem... Não consigo dormir. Preocupada com você. J quis cereal?*

Zoe estava refletindo sobre o que responder.

Estamos bem, escreveu por fim. *Mais tarde falamos. Jonah comeu Pringles com cobertura de bolo. Tudo bem? Rufus está OBCECADO por você. Agora vai dormir! Bjo.*

Zoe passou um tempo no Snapchat e no Instagram, esperando que a vida começasse a parecer normal de novo. Isso não aconteceu. Como *poderia*, depois de Stan e de X, e do buraco no gelo?

Ela atravessou o corredor até o quarto e ficou parada, cansada e cambaleante, na entrada. Na parede ao pé da cama havia uma foto dela e de seu pai em uma de suas viagens de espeleologia. Estavam com macacões combinando que tinham comprado na Marinha, em Whitefish, por dezessete dólares cada. Zoe estava com uma lanterna de cabeça alimentada à bateria. Seu pai, por ser um bobão, usava uma lâmpada antiquada de carbureto que parecia um mini-maçarico. Na foto, tinha um sorriso de *nerd* largo e os cabelos emaranhados de quem tinha acabado de acordar. Seu pai sempre estava com os cabelos assim; chamava de "salada de cabelo".

Zoe ouviu a voz de Stan se espalhar como tinta em seu cérebro: "Você mal sabia quem ele era. E daí ele morreu em alguma caverna desgraçada? E ninguém nem se deu ao trabalho de buscar o corpo? Que tipos de pessoas são vocês?"

As palavras correram por sua mente, como pássaros perseguindo uns aos outros.

Foi culpa *dela* não ter conhecido seu pai melhor? Ele nunca estava por perto! Zoe não tinha outra escolha a não ser se apoiar cada vez mais na mãe. Sua mãe que abandonou a faculdade de medicina e trabalhou em vários empregos para sustentar a família enquanto o pai de Zoe ia e vinha. Ela deixou de lado tudo o que tinha para ser mãe e criou os filhos para serem resistentes e fortes. Quando Zoe era bebê, sua mãe a vestia em macacões com as estampas "Heroína" e "Protagonista". O amor de seu pai talvez fosse como uma vela ou uma lanterna, mas o da mãe era melhor: nunca se apagava.

Zoe estava muito cansada para continuar pensando, mesmo que fosse apenas 21h30. Ela tirou a roupa para ir dormir. Seu corpo inteiro parecia sujo e dolorido. As pernas estavam peludas, o hálito horrendo, os ombros estavam doloridos onde as alças do sutiã haviam se enterrado na pele. Devia ter tomado um banho, escovado os dentes, *feito alguma coisa*. Mas não conseguiria fazer mais nada naquela noite. Caiu com tudo na cama, como alguém que tinha sido baleado.

Sua mãe finalmente chegou em casa no meio da noite. Zoe ouviu a porta da frente se abrir com um *uóóósh* durante o sono. Sentiu o alívio invadi-la e imediatamente teve um sonho em que era criança de novo, recostando a cabeça no colo da mãe. Queria conversar com ela, mas não conseguia despertar. Quando acordou novamente, horas depois, foi porque ouviu vozes — vozes masculinas — subindo pelo assoalho.

Tentou abafá-las. Recusava-se a abrir os olhos. Tentou agarrar-se ao sonho que estava tendo, mas não conseguiu recapturá-lo.

Havia música no andar de baixo agora, mas estranhamente deslocada: cânticos budistas feitos para teclado, guitarra acústica e címbalos. Significava que a mãe estava tentando acalmar todo mundo. Ou estava tentando incomodá-los para que fossem embora.

Zoe estava apertada contra a parede: em algum momento da noite, Jonah fora para sua cama. Sempre se enfiava pelo pé da cama e rastejava por baixo dos lençóis como uma toupeira. Ela sentia o calor do corpo do irmão nas costas. Sentia os dedinhos dos pés dele contra a perna.

A porta da frente bateu. Alguém tinha saído para fumar um cigarro. Zoe ouviu-o tossir e andar pela neve. Sentiu o cheiro de fumaça passar pela janela. O homem abriu a porta de novo, tão forte que bateu contra a lateral da casa, e voltou para dentro sem se preocupar em limpar a neve das botas.

Zoe virou-se de barriga para cima. A dor subiu em fagulhas pelo pescoço. Logo as vozes ficaram impossíveis de ignorar. Eles estavam alvoroçados como pombos. Não ia conseguir pegar no sono de novo. *Que merda está acontecendo?* Ela inspirou fundo e expirou lentamente. Por fim, abriu os olhos.

Ainda era noite. Aquilo foi uma surpresa; imaginou que já fosse de manhã. Não havia lua. Nem vento. A neve emitia uma luz azul fraca, e os pinheiros pareciam misteriosos e estáticos, como se conversassem uns com os outros. Zoe pegou o celular que estava carregando no peitoril da janela. Eram três da manhã.

Ela clicou no aplicativo da lanterna e varreu o cômodo com ele. A mãe devia ter entrado e saído, pois havia pratos, copos e tigelas amontoados no chão, como se fosse uma cidade em ruínas. Zoe não se lembrava de nada daquilo. Havia pimenta vermelha, folhas de aloe, raminhos de hortelã, uma tigela de água com alguma tintura amarelada flutuando como uma nuvem: parecia um remédio para queimadura de frio ou uma cerimônia de vodu.

Ali perto havia um livro grosso aberto sobre uma cadeira; um romance de viagem no tempo sobre um cara de kilt. Suas páginas viravam como grama alta ao vento. A mãe devia ter ficado sentada observando-os por horas. Também tinha feito um curativo no corte na testa de Zoe; seu tempo na faculdade de medicina foi suficiente para deixá-la excelente em primeiros-socorros.

Zoe apontou a lanterna para Jonah. Suas bochechas, que tinham sido queimadas pelo vento, agora brilhavam com aloe, e a ponta dos dedos haviam sido envoltas individualmente com band-aids. Por um momento, a luz chegou perto demais dos olhos. Ele estremeceu, mas continuou dormindo. Uma coisa sobre seu irmão: ele dormia *com vontade*. Suava a camiseta inteira — estava usando uma que dizia "Sou meu próprio dublê" — e ficava com uma expressão de indignação que sempre a fazia dar risada. Com o que estava bravo? Com quem estava brigando ou quem estava protegendo em seus sonhos?

Quando se moveu na cama, Zoe sentiu algo repuxar em sua perna. Ela jogou para trás o edredom e o lençol. Jonah devia ter ficado com medo de que ela saísse do quarto sem lhe dizer, então, como uma espécie de sistema de alarme, amarrou um skate em seu tornozelo com um fio. Quando ficava assustado, ele odiava acordar sozinho. Dizia que isso o fazia se sentir *bambo* por dentro.

Olhando para o irmão agora, Zoe sentiu ondas de culpa e alívio, medo e amor, concorrerem dentro de si. Ele estava enrodilhado nela como um filhote de cervo. *Olhe para ele*, pensou ela. Ela desamarrou o skate do próprio tornozelo e prendeu-o ao dele. *Te peguei, sua vez.*

Lá embaixo, um dos homens quebrou um copo na bancada.

Isso quase acordou Jonah. Zoe ficou vermelha de raiva e disparou uma mensagem de texto para a mãe.

Dizia apenas: *Quem??*

No momento em que enviou, ouviu sua mãe empurrar a cadeira para trás à mesa da cozinha e subir as escadas rapidamente. Depois de tudo o que havia acontecido na nevasca, o som da mãe correndo em sua direção foi tão reconfortante que a raiva de Zoe se dissipou em um instante e, antes mesmo de perceber que estava prestes a isso, ela começou a chorar.

Sua mãe abriu a porta do quarto e depois a fechou, e o facho de luz fez os troféus ao longo da parede brilharem por um instante e depois se apagarem. Zoe não queria que a mãe soubesse o quanto estava nervosa. Fez o que sempre fazia em momentos de incerteza, deixou escapar algo aleatório:

— Então, você voltou da mercearia?

A mãe riu.

— *Voltei* — respondeu ela. — Aconteceu alguma coisa por aqui?

Uma das coisas que Zoe mais amava em sua mãe era que ela entendia suas piadas mesmo quando eram totalmente bizarras. Muitas vezes eram as únicas pessoas na sala a rir, enquanto todos os outros se remexiam, desconfortáveis. Nem mesmo seu pai, quando estava vivo e por perto, entendia de verdade o senso de humor de Zoe.

— Tem um passageiro clandestino aqui comigo — disse Zoe, balançando a cabeça na direção de Jonah. — Temos que sussurrar.

— Eu consigo — disse a mãe.

Ela se ajoelhou ao lado da cama.

Zoe mal conseguiu distinguir o contorno do rosto dela na escuridão. Nenhuma das duas falou nada. A leveza do momento desapareceu.

— Jonah vai ficar bem? — perguntou Zoe.

— Quanto às queimaduras do frio, sim, ele vai ficar bem — respondeu a mãe. — Mas ele parece bem traumatizado com o que vocês passaram. — Ela fez uma pausa e sua voz se suavizou. — Consegue me contar o que aconteceu?

Zoe procurou uma resposta que soasse remotamente sã. No andar de baixo, um dos homens desligou o canto oriental. Os outros homens soltaram grunhidos de alívio e aplaudiram.

— Quem está lá embaixo? — Zoe quis saber.

— Isso não importa agora — respondeu a mãe. — Mas, pelo visto, não são budistas.

Ela esperou que Zoe respondesse à pergunta que ainda pairava no ar.

— Fale comigo — insistiu ela.

O instinto de Zoe era de sempre contar tudo à mãe, e desejava poder vomitar todos os detalhes loucos e alucinógenos sobre o lago laranja brilhante, sobre o filme dos pecados de Stan, sobre X. Mas o que poderia dizer sobre ele? O que ela mesma sabia além do fato de que ele irradiava solidão? E que tinha sido atraída por ele.

Ela afastou a imagem do rosto de X. Sabia que, se falasse demais, não faria sentido algum.

— A versão abreviada — disse Zoe — é que Jonah e os cachorros foram para a floresta... e eu deixei.

A mãe esperou alguns momentos, como se estivesse esperando um trem passar.

— Tudo bem, olha, desculpe ser insistente — retrucou ela. — Mas vou precisar de uma versão um pouco mais completa.

— Não consigo, mãe — afirmou Zoe. — Ainda não.

— Zo...

— Quer dizer, a versão mais completa é que eu *caguei tudo* e quase matei meu irmão.

— Zoe, pare. Não faça isso com você mesma.

— Só consigo pensar que quando Jonah acordar, vai me olhar como se eu tivesse decepcionado ele. E eu *decepcionei*. Eu decepcionei o monstrinho.

Ela não deveria ter falado nada. Começou a chorar daquele jeito horrível, soluçando. Sua mãe estendeu a mão sobre Jonah para tocar o rosto de Zoe, mas teve dificuldade para localizá-lo na escuridão.

— Estou tentando acariciar seu rosto com delicadeza — disse ela. — Essa é sua bochecha? Estou acariciando com delicadeza?

— Não, essa é minha testa — disse Zoe. — E esse é o meu nariz.

— Tudo bem, imagine que estou acariciando sua bochecha — falou a mãe.

— Estou imaginando — confirmou Zoe e riu mesmo sem querer enquanto a mão da mãe tateava cegamente. — Pode parar, Helen Keller. Por favor. Essa é minha orelha.

— Zoe — disse a mãe —, seu irmão te ama, é louco por você, e isso nunca vai mudar. O garoto amarrou um *skate* na sua perna.

Zoe começou a dizer algo, mas foi interrompida por uma agitação no andar de baixo. Ela e a mãe ouviram quando um dos homens se levantou, a cadeira rangendo no chão, e disse:

— Chega dessa merda toda, rapazes.

Elas ouviram o passo pesado das botas do homem subindo as escadas. A mãe de Zoe não permitia sapatos dentro de casa, então o barulho soava quase como uma violência.

— Eu queria te dar mais tempo — disse a mãe. — Mas eu não posso, querida. Vai ter que contar sua história... porque a polícia está aqui.

A MÃE DE ZOE enxotou o policial do quarto imediatamente e pediu à filha que descesse quando estivesse pronta. Zoe não tinha visto policiais desde que o pai morrera, e saber que estavam em casa agitou algumas lembranças espinhosas. Foram os policiais que deixaram o corpo de seu pai na caverna. O policial que havia acabado de bater à porta de Zoe, o delegado Baldino, decidiu que era muito perigoso ir buscá-lo.

Zoe saiu da cama, com cuidado para não acordar Jonah, e vestiu-se no escuro. Minutos depois, desceu as escadas e espiou a mesa da cozinha, onde a mãe estava sentada com Baldino e dois de seus policiais. Baldino era grande, tempestuoso, desagradável e calvo. Naquele momento, estava coçando como um cão um vermelhão que descamava embaixo do colarinho da camisa.

O delegado estava sentado ao lado de um jovem policial magro cujo sobrenome era Maerz. Zoe se lembrava de ele ser um pouco imbecil, mas inofensivo. O delegado obviamente o detestava.

O terceiro policial na mesa era o sargento Vilkomerson. Foi o único que se deu ao trabalho de dizer aos Bissell seu primeiro nome — era Brian — e o único a abraçá-los no funeral de seu pai na cidade. Quando Zoe entrou na cozinha, Vilkomerson se levantou e puxou uma cadeira para ela. Ao contrário de Baldino e Maerz, ele tirou os sapatos por respeito às regras da casa, que estavam pregadas em todas as portas.

O oficial Maerz estava fazendo à mãe dela perguntas entediantes sobre Zoe — onde ela estudava e se tinha hobbies. A mãe estava enrolando para que ela pudesse se vestir e pensar no que queria dizer. A mulher estava com o laptop à sua frente na mesa, aberto para todos verem em uma página intitulada "Direitos dos menores durante interrogatórios policiais".

Zoe amava a determinação da mãe e sentia orgulho por tê-la herdado. Ela trabalhava seis dias por semana gerenciando um spa idiota chamado Piping Hot Springs ("Relaxe e rejuvenesça em uma de nossas piscinas curativas!"). Também trabalhava como recepcionista em um café excelente chamado Loula's, em Whitefish, e orientava o tráfego em uma equipe de estradas sempre que repavimentavam a Rota 93. Mesmo assim, Zoe sabia que a família sempre tinha pouco dinheiro. Sabia que a mãe sentia que estava sempre correndo nos trilhos apenas alguns passos à frente do trem.

Ela disse ao policial Maerz que o hobby de Zoe era colecionar troféus, o que pareceu impressioná-lo. A verdade era que Zoe literalmente colecionava troféus; achava que eram feios, ridículos e incríveis, então os comprava em bazares e brechós. Se alguém entrasse em seu quarto e não a conhecesse bem, ficaria impressionado com uma garota tão boa em natação, discursos, arco e flecha, macramé, balonismo e criação de gado.

A mãe de Zoe começou a tagarelar de um jeito magnífico. Descreveu hobbies de Zoe que eram inteiramente inventados. Uma de suas supostas coleções, trinta e duas das cinquenta colheres oficiais dos Estados, atraiu tanto o interesse de Maerz que Zoe temeu que ele pedisse para vê-las.

Zoe sentou-se ao lado da mãe.

— Eu *adoro* colheres dos Estados — disse a Maerz. — Estou começando a ficar preocupada de gostar *demais* delas.

A mãe de Zoe mordeu o lábio e chutou Zoe gentilmente embaixo da mesa.

— É, tudo bem — replicou o chefe Baldino bruscamente. — Acho que já chega de quebrar o gelo.

Ele sinalizou para Maerz saber que assumiria o interrogatório, já que Maerz claramente não estava preparado para isso. (A mãe de Zoe lançou um olhar familiar para ela; o olhar que dizia *os alfas são os* piores.) Maerz encolheu-se na cadeira, parecendo magoado.

Baldino deslizou um pedaço de papel na mesa na direção de Zoe.

— Pode confirmar que nos enviou este e-mail às nove e quinze, ontem à noite? — ele pediu.

Zoe abaixou o olhar. Quando encarou Baldino de novo, tudo o que viu foi o homem que abandonou o corpo de seu pai.

— Sim, eu mandei o e-mail — disse ela —, e é por isso que tem meu nome nele.

Baldino pôs os óculos de leitura que pareciam estranhamente delicados para um homem que parecia uma poltrona estofada demais e leu o e-mail em voz alta. A mãe de Zoe fez uma careta quando ouviu o nome de Stan — se o pai o conhecera no passado, na Virgínia, sua mãe também devia ter conhecido — e novamente quando Baldino chegou à frase sarcástica: "De nada."

— Suponho que essas palavras são suas — disse Baldino. — Pois tem seu nome embaixo delas?

— São — respondeu Zoe.

— Então, que tal nos dizer como sabe de tudo isso?

A mãe de Zoe rolou a página da internet de um jeito ostensivo e, em seguida, fez que sim com a cabeça para ela. Zoe sabia que não poderia contar toda a verdade, mas ao menos não podia não dizer nada *além* da verdade.

— Jonah e eu estávamos tentando encontrar os cachorros — disse ela.

Ela olhou para o policial Maerz, que estava tomando notas cheio de mau humor, pois o poder tinha sido tirado dele, e então para o sargento Vilkomerson, que fez que sim com a cabeça, como se a incentivasse com um "você está indo bem". Baldino cruzou os braços com firmeza e estufou tanto a barriga que parecia estar grávido de sete ou oito meses.

— Fomos apanhados pela nevasca — disse Zoe. — Fomos até a casa de Bert e Betty para nos aquecermos. A gente ia pra lá o tempo todo. — A lembrança era tão dolorosa que ela não conseguiu deixar de acrescentar: — Depois que meu pai morreu... e vocês se recusaram a buscar o corpo dele.

Baldino ficou impassível com a observação, mas todos os demais se remexeram nas cadeiras, desconfortáveis. A mãe de Zoe inclinou-se e sussurrou:

— Não faz isso, querida. Não é justo.

Zoe afastou-se dela, surpresa.

— Como assim não é justo?

Baldino interrompeu antes que a mãe pudesse responder.

— Então você encontrou Stan Manggold na antiga residência dos Wallace?

— Sim, se esse for o sobrenome dele. Ele ficou se chamando de Stan, o Cara.

— Meu Deus — disse a mãe de Zoe.

Ela até reconheceu o apelido.

— E como sabe exatamente que o senhor Manggold é responsável pelas mortes de Bertram e Elizabeth Wallace?

— Eu vi... — Zoe começou, então se interrompeu imediatamente. Estava prestes a dizer *eu vi ele matando*. Daí em diante as coisas seriam lindas: *eu vi em um filme nas costas de um cara supergostoso*.

— Você viu o que, exatamente? — disse Baldino.

— Eu vi como ele se gabou disso — respondeu ela. — E vi o atiçador que ele usou. Stan achou que Bert e Betty eram ricos. Ainda estava tentando descobrir onde escondiam o dinheiro. Mas eles não tinham dinheiro... e agora os corpos estão no lago.

A voz dela estava trêmula.

— Zoe — disse Baldino —, você e seu irmão viram alguém mais além de Stan Manggold enquanto estavam no lago? Alguém que você conhecia, alguém que não conhecia, qualquer um? Quero que você pense cuidadosamente em sua resposta. Porque vamos registrar ela.

Com isso, o oficial Maerz olhou para o chefe, como se dissesse: *Você está falando de mim?* Baldino revirou os olhos e disse:

— Sim, Stuart, o que quer que ela diga, você anota.

Todos olharam para Zoe, esperando. O rosto de X veio à sua cabeça. Ela sentiu que devia protegê-lo. *Ele os havia levado para casa.*

Naquele momento, houve ruídos lá fora; parecia que animais tinham entrado na garagem e derrubado latas de lixo.

A mãe de Zoe levantou-se.

— Guaxinins — disse ela. — Vamos precisar de um recesso rápido. Nada de perguntas enquanto eu estiver longe. — Ela virou o laptop para ficar de frente para os policiais. — Se tiverem problemas com isso, podem resolver no site legalbeagle.com.

— Precisa de ajuda, sra. Bissell? — perguntou o sargento Vilkomerson.

— Não, mas obrigada, Brian. Os guaxinins vão ter que encontrar outro lugar para brincar.

Z OE LEVANTOU-SE, SUAS PANTURRILHAS tremendo de dor, e foi para uma das janelas com fita adesiva na sala de estar. Lá fora, as nuvens corriam. A lua era um globo ocular brilhante e branco no céu. As montanhas eram apenas linhas onduladas recuando à distância.

Sentiu-se cansada pela milésima vez. Pensou em Bert e Betty, em seu pai, na grande bagunça que tudo se tornou.

Pensou em X. Ela deu batidinhas na janela, sem saber por quê. Ele estava lá fora, em algum lugar. Ela não deveria tê-lo deixado ir embora, mas não podia exatamente forçá-lo a ficar.

Zoe voltou para a mesa. Sabia o que ia dizer.

— Não vimos ninguém além de Stan. Por quê?

No momento em que Zoe disse isso, soube que tinha cometido um erro. De algum jeito, calculara mal. Até a mãe parecia saber que ela estava mentindo, mas como? O estômago de Zoe apertou-se de novo, como se alguém estivesse girando uma manivela.

O policial Maerz, ela percebeu, não havia escrito sua resposta, não porque tivesse esquecido, mas porque sabia que seria usada contra ela mais tarde. Zoe pensou que aquilo foi legal e gentil. Em sua mente, ela pôs uma estrelinha ao lado do nome de Maerz, embora soubesse que sua pequena rebelião estava prestes a ser sufocada.

— Stuart, anote o que nossa jovem amiga acabou de dizer, palavra por palavra — disse Baldino.

Ele sorriu, tamborilou na mesa e endireitou a postura. Agora parecia grávido de apenas três ou quatro meses, como se tivesse acabado de começar a dizer às pessoas que teria um bebê.

— Brian — disse ele —, vamos mostrar a foto para ela. Está com ela à mão aí?

Então havia uma foto. Como poderia haver? E de que? A manivela no estômago de Zoe girou três vezes em rápida sucessão.

Ela estava prestes a falar quando a mãe surpreendeu a todos, fechando o computador de uma vez.

— Que foto? — quis saber ela. — Por que estamos sabendo dela só agora? E por que está fazendo joguinhos com uma garota de dezessete anos?

— Desculpe, sra. Bissell — disse Vilkomerson, enquanto buscava a foto no telefone.

— Por que você está pedindo desculpas pra essa mulher? — bronqueou Baldino. — Demos à garota a chance de falar a verdade.

— Aceito suas desculpas, Brian — disse a mãe de Zoe. — Mas você — ela estava apontando para o delegado Baldino — está começando a me irritar.

Era o Instagram. Brian tinha uma filha irritante que estava algumas séries atrás de Zoe na escola, e a menina tinha visto a foto, achou que era bonita e deixou algum comentário idiota, tipo *OPAAAA!*, e também mostrou ao pai.

A foto mostrava X de costas, os braços e pernas tão estendidos que parecia um X de verdade. Era possível ver as costas largas e nuas, iluminadas pelo brilho que vinha do gelo. Era possível ver as tatuagens primitivas correndo pelos antebraços. Era possível ver que Stan se encolhia aos pés dele em desespero.

— Agora, há muitas coisas estranhas nessa fotografia — disse o delegado Baldino. — Por exemplo, o lago está laranja.

— É só um filtro — retrucou Maerz. — Todo mundo usa.

Zoe tinha parado de ouvir. Não estava olhando para X, mas para Stan. A mãe também estava olhando para ele. Parecia atordoada em vê-lo de novo depois de décadas, provavelmente. O homem era vil: o corte escovinha, a sobrancelha branca, a cabeça feia como uma rocha. Zoe não tinha deixado apenas que vivesse, mas também tinha deixado que *escapasse*. Não conseguia desviar os olhos, mesmo quando sentiu o gosto de bile no fundo da garganta.

Baldino começou a bombardeá-la com perguntas:

— Pode confirmar que tirou essa foto ontem à noite? Você pode confirmar que a tirou do lado de fora da antiga residência de Bertram e Elizabeth Wallace?

Zoe ficou zonza. Apenas Vilkomerson percebeu. Ele pôs a mão com gentileza em seu braço e disse algo que ela não conseguiu processar. Tudo estava deslizando. Tudo estava virando de cabeça para baixo.

E Baldino não calava a boca.

— Sabemos que este homem aqui é Stan Manggold — disse ele. — A caminhonete era roubada, mas nós colhemos as impressões e descobrimos que ele é procurado no estado da Virgínia por um monte de coisas desagradáveis. O que *não* sabemos é quem é o outro homem na foto... aquele com as tatuagens. Passamos a imagem por nosso banco de dados e não tivemos resultado. Então, por que você não para de desperdiçar nosso tempo e nos diz quem é ele?

— Eu não sei — respondeu Zoe.

— Sabe dizer se ele estava envolvido no assassinato de Bertram e Betty Wallace?

— Ele não estava envolvido. De jeito nenhum.

— Como pode saber se você nem sabe quem ele é?

— Eu só *sei*.

— Que tal nos dizer tudo o que você *só sabe* sobre ele?

— Eu já disse... nem sei o nome dele.

Baldino resmungou. Tinha certeza de que ela estava mentindo.

— Quer ficar sentada aqui a noite toda, srta. Bissell? — perguntou ele. — Eu não quero... mas vou.

— Estou falando a verdade — disse Zoe. — Ele saiu da floresta, depois voltou *para dentro* da floresta. Não troquei duas palavras com ele. Não sei quem ele é.

— Então por que está mentindo para proteger ele?

Zoe estava à beira das lágrimas agora. Olhou para a mãe, que se levantou.

— Isso é totalmente inaceitável — ela disse a Baldino. — Você está assediando uma garota que está falando com você por vontade própria. Pensa que porque eu faço ioga não posso encontrar um advogado para acabar com a sua raça?

No silêncio que se seguiu, houve uma barulheira nas escadas. Parecia um prisioneiro com uma corrente e uma bola de ferro. Todo mundo se virou.

Era Jonah, parecendo terrivelmente traído. A ponta dos dedos estavam cobertas com band-aid. O tornozelo direito estava arrastando um skate por um pedaço de fio roxo.

Baldino sacudiu a cabeça e disse, baixinho dessa vez, e para ninguém em particular:

— Essas pessoas não são normais.

JONAH CONTOU TUDO À polícia, porque, como Zoe temia, ele *tinha* visto tudo. Havia acordado no sofá de Bert e Betty. Gritou para chamar Zoe. Como ela não respondeu, ele limpou a janela com a mãozinha fria e olhou para fora.

Agora Jonah estava sentado no colo de Zoe à mesa e apontava para o Instagram.

— Esse aí é Stan — disse ele. — Falou que o sobrenome dele era O Cara, mas talvez tenha inventado, então é bom conferir.

Jonah parou por um segundo.

— Eu joguei uma pedra nele — ele contou, então olhou para sua mãe, inseguro: — Desculpa.

— Tudo bem, só dessa vez — respondeu ela. — Seu pai me apresentou a Stan há muitos anos, meu amor, muito antes de vocês nascerem, e eu quis jogar uma pedra nele também.

— O que mais pode nos dizer, filho? — perguntou Vilkomerson.

— Stan era malvado — disse Jonah, a voz vacilando pela primeira vez. — Ele machucou Bert e Betty e tentou machucar meus cachorros. Não sei por quê. Essa outra pessoa na foto, que parece estar meio pelado... Não sei o nome dele, mas ele é mágico... e ele salvou os cachorros. Também fez o gelo ficar laranja.

Quando Jonah terminou de falar, todos deixaram suas palavras assentarem. Ninguém falou, exceto o policial Maerz, que disse:

— Sério... isso é um filtro.

Baldino se voltou para Zoe.

— Minha jovem, você pode corroborar alguma coisa do que seu irmão está dizendo?

— Eu posso *corroborar* tudo — disse ela.

Ele pensou que ela não saberia o que significava a palavra?

— Interessante — disse Baldino, o tom condescendente voltando. — Mesmo a parte sobre magia?

— *Especialmente* a parte sobre a magia.

O DELEGADO BALDINO ANUNCIOU que estava cansado de ouvir mentiras, de ser "zombado por uma adolescentezinha", e logo ele e seus homens estavam partindo noite adentro. Os Bissell observaram da porta da frente até a escuridão engolir a viatura quatrocentos metros adiante na estrada.

A mãe de Zoe pediu para que ela e Jonah a seguissem até a garagem.

— Tem uma bagunça lá que precisamos arrumar — disse ela.

— Agora? — perguntou Zoe.

Eram quatro da manhã.

— Agora — respondeu a mãe.

— Odeio guaxinins — disse Zoe.

Pareceu que sua mãe não tinha ouvido — provavelmente fazia vinte e quatro horas que não dormia —, mas por fim respondeu.

— Hein? — ela disse. — Ah, eu também odeio.

A garagem ficava do outro lado da rotatória. Zoe tinha vivido naquele terreno a vida inteira, mas ainda se surpreendia que pudesse ser tão silencioso — um silêncio de espaço profundo, de ficção científica — quando era noite e não havia vento. O silêncio, sua mãe gostava de dizer, podia curar ou enlouquecer a gente. Tudo dependia de como a gente o ouvisse.

Zoe não sabia dizer o que o silêncio faria com ela naquela noite.

— Por que você me disse para calar a boca quando eu falei aquela coisa sobre os policiais não terem ido pegar o corpo do nosso pai?

— Antes de mais nada — respondeu a mãe —, eu nunca mandaria você calar a boca porque essas palavras não são legais. E não traria nada de bom remexer em tudo isso agora. A polícia não fez seu trabalho. Fim.

Zoe deixou para lá, e eles caminharam arrastando os pés.

— Sei que você acha que estamos mentindo sobre o que aconteceu com Stan — disse ela enquanto cruzavam a rotatória.

— Não estamos, mãe — interrompeu Jonah. Ele parou para cavar buracos na neve com uma vara. — Não estamos mentindo.

— Claro que não, querido — respondeu a mulher.

— Stan machucou mesmo Bert e Betty — disse ele. — E o homem mágico salvou mesmo Spock e Uhura.

— É claro que sim, querido.

Zoe ficou irritada pelo jeito que ela estava simplesmente concordando com ele. Ficou para trás para caminhar com seu irmão, que ainda estava perfurando a neve como se fosse sua inimiga.

— Dá pra parar? A neve está morta. Você matou. Você venceu.

Ela amava Jonah, mesmo durante suas explosões estranhas. E sentiu isso intensamente naquele momento. Desejou que a noite pudesse aproximá-los ainda mais da mãe, e por um momento pareceu que havia aproximado. Agora, a mãe estava se afastando deles, olhando as estrelas como se Zoe e Jonah não estivessem lá.

— Nós não mentimos, mãe — disse Jonah, tentando atraí-la de volta. — *Não* mentimos.

— Deixa quieto, Jonah — disse Zoe. — Não é importante que nossa mãe acredite na gente, porque *a gente* acredita na gente.

Estavam a dois metros da garagem, e só agora o local estava tomando forma na escuridão, como a proa de um navio se aproximando em meio a névoa. Era um galpão com telhas feito para dois carros e dividido ao meio por uma parede fina. Jonah já tinha força o bastante para abrir as portas sozinho. Ele correu à frente, deliciado.

— Qual delas? — perguntou à mãe.

— A da direita — respondeu ela. — Mas deixe que eu abro, por favor.

A baia à esquerda estava com o Subaru Forester prata da mãe. O carro de Zoe, um Taurus velho horrendo que ela chamava de Lata Velha, sempre ficava estacionado à direita. Mas Zoe havia deixado Jonah transformar seu lado da garagem em um mini-parque de skate para que ele pudesse praticar durante todo o ano. Seu irmão instalara um *quarter pipe* e um *rail*, e cobrira as paredes com pôsteres que diziam "Shred Till Yer Dead" e "Grind on It!".

A mãe de Zoe soltou um suspiro que formou uma nuvem de vapor no ar. Ela pediu a Jonah que se afastasse. Jonah não ficou feliz com aquilo, bateu os pés na neve como um cavalo impaciente, mas obedeceu.

Zoe parou ao lado do irmão, apoiando-o na birra. Do interior da garagem, ouvia algo arranhando e se debatendo. Ela puxou Jonah para ainda mais longe, preparando-se para os guaxinins que sairiam à toda velocidade. Eram animais desagradáveis. Pegou uma pá de neve que estava encostada na garagem e segurou-a como um bastão de beisebol.

A mãe de Zoe abaixou-se para abrir a porta, em seguida parou e se virou para eles.

— Eu acredito em vocês — ela disse. — Desculpem se pareceu que não acreditei.

Ela parecia ter mais a dizer, mas abriu a porta antes de continuar. A porta subiu com um gemido metálico.

— Mais tarde quero ouvir tudo sobre o homem mágico — disse sua mãe. — Mas agora...

Zoe viu uma figura escura amontoada no chão da garagem. A figura virou-se para ela, seu rosto úmido, bonito e tão pálido quanto giz.

— Agora — disse a mãe — vocês precisam me ajudar a levar ele para dentro.

parte dois

DESTINOS QUE SE CONECTAM

quatro

X OUVIU UMA CONFUSÃO de ruídos do lado de fora da garagem: vozes. O farfalhar de roupas. Botas na neve.

A porta ergueu-se com um guincho arrepiante, e o vento o rodeou. Sentia-se febril, nauseado, esgotado. Qualquer som era como uma explosão na cabeça.

Ergueu os olhos e viu três figuras se aproximando em um funil de luz. Era a garota do lago e seu irmão. Uma mulher vinha à frente, protegendo-os. A mãe, com certeza. X encolheu-se e fechou os olhos, como se isso fosse fazê-los desaparecer. Não temia que fossem lhe fazer mal. Temia que tentassem salvá-lo.

X sabia que *não podia* ser salvo. Caçadores de recompensas como ele eram apenas prisioneiros com benefícios e obedeciam a leis. Ele tinha sido imprudente e pisoteara cada uma delas.

O mandamento mais antigo era "ninguém pode saber", ou seja, os mortais nunca podiam ficar sabendo da existência da Terrabaixa. Nunca podia ser mais que uma história que contavam uns aos outros, uma lenda sobre um lago de fogo que chamavam de inferno. Nunca podiam ter uma *prova*. Dessa forma, os vivos podiam ser julgados pela maneira como se comportavam quando pensavam que não haveria consequências. Os caçadores de recompensas nunca deveriam ser vistos por ninguém além de sua presa. Deviam atacar rapidamente: nas sombras e em silêncio.

X exibiu-se. Falou com a garota. Carregou ela e o irmão pela floresta fechada. O pior de tudo: havia deixado a alma que tinha sido enviado para buscar escapar para a floresta, como um vírus se espalhando no ar. Alguma vez um caçador de recompensas havia fracassado em retornar aos senhores com a alma que o mandaram capturar? Alguma vez um caçador de recompensas *se recusou* a cumprir seu dever? X nunca tinha ouvido falar de tal escândalo antes de ele mesmo o cometer.

E por que estava tão fraco? Por que deixara Stan desaparecer nas colinas? *Porque a garota quis.*

Não, não havia mais salvação para ele. A febre que torturava seu corpo era chamada de Tremor. Era seu castigo e havia apenas começado.

UM DIA ANTES, X estava sepultado em sua cela na Terrabaixa com uma dor completamente diferente começando a surgir.

Ele não sabia se era dia ou noite, nunca sabia, pois a prisão ficava mergulhada na terra como um tumor. Fazia horas que estava tentando dormir. Estava deitado de lado, curvado como um ponto de interrogação no chão rochoso, quando as escoriações sempre presentes sob seus olhos começaram a queimar. Ignorou-as no início, desesperado para descansar. Mas a dor cresceu até parecer que seu rosto estava em chamas.

Era um sinal, um chamado. Um dos senhores logo viria até ele e o forçaria a capturar uma nova alma.

X tinha ouvido falar de histórias de um Poder Superior que governava a Terrabaixa, mas os senhores eram as criaturas mais ferozes que já havia encontrado. Havia homens e mulheres em suas fileiras, e eles mesmos já tinham sido prisioneiros no passado. Agora já eram uma raça em si. Usavam faixas douradas que ficavam bem presas ao redor da garganta e capas vívidas que brilhavam na escuridão. Como prisioneiros que governavam — X conhecia apenas uma exceção —, os senhores não envelheciam. Os que tinham sido condenados quando jovens ficavam jovens para sempre. Quase sempre, eram lindos e majestosos. Os mais velhos, no entanto, eram pesadelos ambulantes. Às vezes, X via os anciãos caminhando pela Terrabaixa, sibilando, uivando e afiando as garras curvadas nas rochas. Alguns tinham longos cabelos grisalhos que ondulavam pelas costas e mãos ossudas que pulsavam com veias tão gordas quanto vermes. Quando X encarava o rosto deles, conseguia ver o crânio tentando atravessá-los.

Imaginou qual senhor iria atrás dele e para qual canto do mundo seria enviado.

X DEVIA TER PEGADO NO SONO. Ele acordou gritando.

O prisioneiro na cela à sua direita, conhecido como Batedor, tinha entreouvido.

— Pesadelo, cara? — perguntou. — Ouvi você surtando.

As almas eram proibidas de conhecer os nomes umas das outras, e Batedor ganhou seu apelido da maneira mais simples possível: batendo a testa no chão para aliviar sua angústia mental. Tinha sido barman em Phoenix. Não fazia muito tempo que, em um ataque de fúria, ele esfaqueara um cliente em um bar. Então, fugiu para a América do Sul, abandonando a esposa e a filha de quatro anos. Batedor tinha vinte e sete anos quando X o transportou para a Terrabaixa. Agora teria vinte e sete anos para toda a eternidade. Os senhores não permitiam que os guardas batessem nos prisioneiros, porque sabiam que os prisioneiros consideravam a dor uma distração bem-vinda. Batedor e muitas almas além dele cometiam violências contra si mesmos.

X caminhou até a porta de sua cela e espiou o corredor, esperando que um guarda calasse o vizinho. O mais próximo, um russo gigante e manco que usava um uniforme azul e óculos de aviador sem nenhum motivo, estava a quase trinta metros de distância.

— Você não ouviu nada — disse X a Batedor —, porque não falei nada.

Uma terceira voz juntou-se à conversa sem aviso prévio:

— Hipócrita, hipócrita, hipócrita!

Era Arrancadora, que ocupava a cela à esquerda de X. Para se distrair dos próprios pensamentos, ela arrancava as unhas e esperava com impaciência que crescessem de novo para que pudesse arrancá-las mais uma vez. No século XIX, em Londres, ela viu uma de suas servas derramar sopa no colo de um convidado de um de seus jantares. Ela se levantou da cadeira, seguiu a jovem até a cozinha e a matou com um único golpe da chaleira fervente. Depois, instruiu dois serviçais a depositarem o corpo da moça sob as pedras de calçamento atrás da casa. Sabia que a polícia ficaria intimidada demais por sua riqueza para interrogá-la. Arrancadora tinha trinta e seis anos havia quase dois séculos.

Muitos dos colegas prisioneiros de X eram homens e mulheres miseráveis cujas almas haviam sido transportadas para a Terrabaixa quando morreram. Um número menor, como Batedor e Arrancadora, tinha sido arrebatado de suas vidas pelos caçadores de recompensas quando a justiça terrena não conseguiu puni-los.

Arrancadora estava caminhando pela cela e recitando um poema de sua juventude:

— Impostor, hipócrita/Suas calças acesas estão/De qual poste ou forca/Esta noite elas penderão?

Era uma mulher linda e formidável. Treinara X e dezenas de outros para serem caçadores de recompensas. Ultimamente, no entanto, parecia apartada da insanidade por apenas por um fio de cabelo.

X olhou para o corredor novamente. O guarda russo tinha ouvido Arrancadora reclamando e estava a caminho, arrastando o pé esquerdo atrás de si.

Batedor sibilou para Arrancadora:

— Meu Deus, Ranca, pode calar a boca?

— Mas ele é um impostor! Também ouvi o grito!

— Tudo bem, está certo — disse Batedor. — Mas se acalme aí. E, a propósito, a versão real desse negócio aí é "Calças em chamas, mentiroso infame/ Pendure todos por um fio de telefone". Só para constar.

Isso fez com que Arrancadora desse uma gargalhada.

— Sim, claro — disse ela. — Vou alertar o sr. William Blake do erro da próxima vez que o encontrar.

O russo chegou e enfiou o cassetete pelas barras da cela de Arrancadora.

— Por que moça sexy fala tanto? — ele perguntou. — Precisa fechar boca.

— Eu já avisei, cara — disse Batedor. — Estou cuidando disso.

O guarda arrastou-se até a cela de Batedor.

— Não estou precisando de ajuda de besouro rola-bosta como você — disse ele. — Por favor, cala boca também.

— Ou vai fazer o que? — perguntou Batedor. — Vai me bater? Ah, é, você não pode. Porque seu trabalho é uma meeeeerda. Pelo menos tem seguro-saúde? Está claro que não tem seguro-dentário.

— Se alguém tiver que ser espancada, deve ser *moi* — interrompeu Arrancadora. — Devo insistir, realmente devo.

O guardião xingou, depois voltou se arrastando para a cela de Arrancadora. Após um olhar furtivo ao redor, ele lhe deu uma pancada rápida com seu cassetete. Ela estava gemendo de prazer quando ele se afastou, mancando.

— Nada pra mim? — Batedor gritou para ele.

— *Nyet* — disse o guarda —, porque você é idiota.

O silêncio reinou por algum tempo. X deitou-se no chão rochoso, os ossos do rosto ainda incandescentes de dor. Assim que seu coração começou a se acalmar, ouviu o sussurro irritante de Batedor.

— Fala comigo, cara — disse ele. — Me conta sua história. Eu conto a minha.

X segurou uma onda de fúria. Não queria falar. Falou secamente para acabar com aquela conversa.

— Batedor, conheço muito bem sua história. Você esqueceu que fui eu quem o trouxe para este lugar? Ou que eu te treinei para ser um caçador de recompensas, assim como a Arrancadora me treinou? Conheço bem demais seus crimes. Ouvi-los novamente só me enojaria.

— Nossa — disse Batedor. — Quando quer ser um babaca...

Quando voltou a ficar quieto, X fechou os olhos, já se arrependendo de sua explosão. Havia coletado catorze almas para os senhores da Terrabaixa, e sem dúvida Batedor não era a pior delas. Mas X odiava contar sua história: só o lembrava das injustiças de sua vida.

X não havia cometido nenhum crime.

Era inocente.

Ao contrário de qualquer outra alma que já havia encontrado, não sabia por que tinha sido condenado. Não sabia que baixeza havia supostamente cometido, ou mesmo como ou quando poderia tê-la feito. Mas, em vez de aquilo fazer com que se sentisse puro, a confusão de X somente o convencia de que havia algo vil e corrupto em seu coração que um dia descobriria.

A dor embaixo dos olhos era excruciante agora.

Já era hora.

Até Batedor sabia disso. Estava de pé diante das barras de sua cela, olhando para fora.

— Tem companhia, cara — disse ele.

X olhou através das barras, seu coração palpitando.

Um senhor saltara do plano pedregoso e avançava sobre ele pelo ar.

TAMBÉM ERA PROIBIDO QUE OS PRISIONEIROS soubessem o nome dos senhores. Mas a figura que irrompeu pela cela de X tinha uma postura real e africana e era chamada discretamente de Regente, por respeito à sua postura orgulhosa, sua grande altura e a sua pele de ébano brilhante.

X deitou-se de barriga para cima, preparando-se para o ritual que estava por vir.

Regente assomou sobre ele, a faixa dourada ao redor de sua garganta e o azul brilhante de sua túnica reluzindo na escuridão.

Ele baixou a mão sobre o rosto de X como uma máscara e começou a entoar um discurso que o rapaz tinha ouvido muitas vezes antes.

— A Terrabaixa exige outra alma para sua coleção — ele entoou. — Ele é um homem maligno, impenitente e impune. Trago-te seu nome odioso. Receberás este nome e me trarás o homem de joelhos?

— Sim — disse X.

— Vais defender o sigilo de nosso mundo o tempo todo? Vais defender a muralha ancestral e inviolável entre os vivos e os mortos, como os caçadores de recompensa têm defendido desde antes de o tempo sequer ser talhado em pedra? — perguntou o Regente.

— Sim — respondeu X.

O senhor segurou o rosto de X com mais firmeza entre suas garras. O crânio dele parecia estar entrando em combustão. A dor percorreu seu pescoço, atravessou os ombros e seguiu adiante até consumi-lo por inteiro. Não conseguia respirar. Sabia, pelas catorze ocasiões anteriores, que o terror passaria, mas não conseguia evitar se contorcer e chutar. A mão do senhor pressionou ainda mais.

Mas X não achava que Regente fosse cruel. Mesmo enquanto o segurava com firmeza, ele acariciava os cabelos de X com a outra mão, tomando cuidado para que suas unhas não lacerassem a pele. Logo algo atrás dos olhos de X explodiu como uma barragem, e ele não viu nada além de uma brancura avassaladora. Quando recuperou os sentidos, estava no Mundo de Cima, em uma montanha, em meio a uma nevasca.

Regente tinha injetado os pecados de um homem nas veias de X.

X era como um cão que tinha recebido o cheiro de sua presa.

Agora podia caçar.

O nome do homem era entediante: Stan. Não apenas a história de Stan corria pelo sangue de X, mas também a de todos cujas vidas ele havia infectado. Havia um velho casal chamado Bert e Betty. Havia um menino perdido na floresta sem casaco ou luvas. Dois cães.

E uma garota.

X poderia ter invocado o rosto dela e o visto com perfeita clareza, mas teve o cuidado de não fazer isso. Simplesmente a vislumbrou no canto da mente e viu o suficiente para saber que era bonita demais — intensa demais e cheia de esperança — para que ele conseguisse superar.

cinco

Agora a garota estava na frente da garagem. Estava parada ali, estreitando os olhos para X e esfregando o nariz, os cabelos amassados pelo sono. No entanto, ele ficou tão atordoado com ela que tudo em seu corpo parou. Ela tinha cabelos ondulados, castanho-claros, que mal chegavam aos ombros. Havia uma pinta bonita e escura no alto da bochecha esquerda que chamava a atenção para os olhos, que eram grandes, brilhantes e pareciam mudar de azul para cinza enquanto X a observava.

Ele se virou e tossiu fortemente. Os pecados de Stan estavam poluindo seu corpo desde que Regente os deixou soltos em sua corrente sanguínea. Agora que X havia deixado Stan ficar livre, a dor se intensificara. O Tremor era a maneira de os senhores assegurarem que os caçadores de recompensas seguiriam as ordens e retornariam à Terrabaixa com suas presas.

X nunca tinha sofrido assim porque nunca havia se recusado a cumprir seu dever antes. Ainda assim, sabia que seu sofrimento — a febre, a dor, o delírio — só aumentaria, a menos que retomasse sua busca por Stan. Mesmo que X pudesse suportar o mal-estar, os senhores enviariam outro caçador de recompensas atrás dele. Ou talvez o próprio Regente chegasse, fervendo de raiva e disposto a se vingar.

Quando a tosse diminuiu, X voltou-se para a garota e sua família. A mãe estava mantendo os filhos a uma distância segura, mas o garoto conseguiu se libertar e correu para ele. Por reflexo, o corpo de X ficou tenso — ninguém se aproximava dele, a menos que quisesse lhe fazer mal —, porém o menino só queria abraçá-lo e sussurrar:

— Você salvou meus cachorros!

Ele abraçou X com tanta força que o rapaz ofegou.

— Pare com isso... você está machucando ele — disse a garota. — *E* está sendo esquisito.

— Se afasta dele, Jonah — disse a mãe.

O menino obedeceu. A mãe olhou em volta da garagem.

— Meu Deus, está quente aqui — disse ela. — Como é possível?

X havia aquecido o ar com uma simples fricção de mãos. Ao ver a preocupação da mãe, ele fez um movimento circular com a palma da mão, e a garagem ficou gelada novamente em um instante.

— Uau — exclamou a mãe, ainda mais alarmada do que antes.

— *Incrível!* — falou o menino.

A garota não disse nada. Não se aproximou. Estava com medo? Com nojo? X não podia culpá-la. Era repulsivo até para si mesmo. Viu que ela notou os ferimentos sob seus olhos e depois desviou rapidamente o olhar. A vergonha irradiou através dele. Desejou que ela e sua família fugissem. Desejou que queimassem a garagem com ele dentro. Não queria que vinculassem seu destino ao dele. Agora que havia traído os senhores, era um corpo em queda livre, ganhando velocidade enquanto caía.

X tocou gentilmente as costas do menino para que ele soubesse que não o tinha machucado. Deu outra olhada furtiva para a garota, com medo de ver o horror nos olhos dela. Em vez disso, viu uma expressão suave que não conseguiu identificar. Seria pena?

X conseguiu falar, o que foi uma surpresa mesmo que para ele. Disse três palavras com tanta força quanto conseguiu:

— Me deixem. Protejam-se. — Então, tão baixo como se estivesse falando consigo mesmo, disse mais duas: — Jonah. *Zoe.*

Então começou a perder a consciência, a escuridão derramando-se por todos os lados. Ouviu uma última troca de palavras. O menino disse, maravilhado:

— Ele sabe nosso nome, mãe! Como ele sabe nosso nome?!

E a mãe respondeu, embora não fosse verdadeiramente uma resposta, mas um tipo de oração exausta:

— Eu só queria saber o que estou levando para dentro de casa.

ZOE E A FAMÍLIA precisaram de dez minutos para elaborar um plano para levar X para dentro. Enquanto esperava, ele pairou entre a consciência e a inconsciência, como um barco que não conseguia decidir se afundava ou flutuava. Cada vez que emergia, implorava para que o abandonassem. Não conseguia fazer com que entendessem os perigos. Finalmente, Jonah e sua mãe saíram para buscar alguma coisa dentro de casa. X e Zoe ficaram sozinhos.

Mesmo em sua febre, X conseguiu sentir o desconforto do momento. Sentiu os olhos de Zoe passarem por seu rosto novamente, seus cabelos, lábios, olhos, e novamente ficou envergonhado de pensar como deveria parecer para ela. Tinha visto outras como ela antes, à distância, e nunca haviam despertado nada nele. Mas Zoe... Ele conseguia sentir o olhar dela sobre si, mesmo quando se virava, mesmo de olhos fechados. Seu rosto emitia tanto calor que era uma espécie de luz. Nenhuma quantidade de horror ou ódio podia causar qualquer impressão em X, mas a amabilidade e a bondade o deixavam sem chão.

— Quem é você? *O que* é você? — perguntou Zoe, depois de um silêncio agoniante. — Ela fez uma pausa e riu sozinha. — Você anda de skate?

— Se eu...?

— Desculpe — disse ela. — Tenho um problema de falar o que vem à cabeça.

De novo, aquele desconforto tomou conta. X queria muito falar com ela, deixá-la confortável, fazer com que ela visse nele algo que não fosse miserável.

— Eu não... ando de skate — respondeu ele.

Por algum motivo ela riu, sacudiu a cabeça e cobriu o rosto com as mãos. Ela encarou a escuridão para ver se sua mãe e Jonah estavam voltando. Não estavam.

— Zoe — disse X, imaginando se tinha energia para falar as palavras que pululavam em sua cabeça. — Você *precisa* me abandonar. Não sou como você. Viu do que sou capaz... e criaturas ainda mais perigosas logo virão atrás de mim. Exigirão que eu recapture Stan e vão destruir qualquer um cuja sombra atravesse seu caminho. Zoe, verdadeiramente, não posso lhe oferecer nada além de perigo.

Ela se ajoelhou ao lado dele.

Quanto mais perto chegava, mais a febre arrefecia. Ele nunca havia experimentado esse fenômeno antes.

— Você salvou a mim e a meu irmão — disse Zoe. — E eu posso lidar com um pouco de perigo. — Ela abriu um sorriso fraco. — Qual é o seu nome? Eu nem sei seu nome.

— Eu não tenho nome — respondeu ele.

— Isso é bem zoado — disse ela. — Olha só, seja lá quem você for, nós *não* vamos deixar você aqui fora congelando até a morte. Você ajudou Jonah e a mim quando não precisava ter ajudado e não matou Stan quando poderia ter matado... e foi aí que eu vi do que você é capaz.

— Zoe, eu lhe imploro...

— *Não*. Não tem nada que implorar. — Sua voz estava séria agora. Ele temeu que a tivesse irritado, mas viu que ela estava lidando com muitas emoções. — Minha família teve um ano de merda — ela disse, então parou para se recompor.

— Não precisa falar se isso lhe causa dor.

— Não, eu quero. — Ela começou novamente, falando devagar, com cuidado: — Tivemos um ano de merda. Não tinha nada que pudéssemos fazer sobre isso, mas podemos fazer alguma coisa sobre você. Então vamos te ajudar, não importa o que você fale... ou quão estranho você fale.

X vasculhou a mente de Zoe para ver se a vontade dela era tão forte quanto parecia. Ele se moveu lentamente, tateando seus pensamentos como se estivesse abrindo galhos em uma floresta. Quase imediatamente, ela estremeceu e lhe lançou um olhar de alerta.

— Pare com isso — bronqueou. — Nada dessa história de ler mentes... ou seja lá o que for. Você precisa prometer. Nem comigo, nem com minha família.

— Dou minha palavra — disse ele. E acrescentou, mesmo sem ter certeza se deveria: — Nunca fui capaz de fazer isso com ninguém além de você.

Isso pareceu surpreendê-la, e Zoe sorriu.

O desconforto estava desaparecendo, dissipando-se como fumaça.

— Do que você vai me chamar? — ele perguntou.

— Vou pensar — respondeu ela.

A porta da frente bateu ao longe, um baque surdo, sem eco. X virou-se para ver Jonah e sua mãe cruzarem a entrada. Jonah corria com entusiasmo. Estava carregando um trenó redondo e vermelho, segurando-o à sua frente como um escudo.

JUNTOS, ELES PUXARAM X até a casa. A cada batida e chacoalhada, ele arqueava as costas em agonia. Assim que entraram, manobraram o trenó pela cozinha, depois pela sala de estar. Zoe e a mãe puxavam a corda enquanto Jonah abria caminho e gritava instruções frenéticas, às vezes contraditórias.

No primeiro degrau da escada, conseguiram colocar X de pé, como uma equipe de trabalhadores levantando uma estátua. Zoe e a mãe seguravam os braços para estabilizá-lo, e Jonah empurrava as costas o máximo que podia para evitar que ele caísse para trás. Depois de cinco minutos desesperadores, chegaram ao patamar. Jonah queria que X dormisse em seu quarto com ele, e quando sua mãe hesitou, começou a entoar: "Dorme lá! Dorme lá! Dorme lá!" No final, ficou decidido que X dormiria na cama de Jonah, apesar de ser pequena e ter o formato de uma joaninha. Os Bissell todos dormiriam no chão. A mãe não queria os filhos dormindo sozinhos com ele.

Zoe ajudou X a se deitar na cama, colocando a palma da mão contra o peito para firmá-lo. X fechou os olhos para esconder sua surpresa. Sua camisa tinha um V rústico na gola, e o indicador direito de Zoe pousou em um pedaço de pele nua. Nos instantes seguintes, tudo o que ele conseguiu sentir — tudo o que teve consciência no mundo — foram os pequenos movimentos de sua mão enquanto ela movia de leve o dedo de volta ao tecido.

X ainda estava tonto e fraco. No momento em que Zoe tirou a mão, ele caiu no colchão com um baque tão forte que as antenas da joaninha chacoalharam. Zoe desamarrou suas botas, as tirou e as deixou embaixo da cama. Quando foi pendurar seu sobretudo em um armário, ele fez que não com a cabeça.

Zoe sorriu.

— Mantinha de estimação? — perguntou ela.

X não sabia o que aquilo significava, mas percebeu que havia gentileza nas palavras.

Zoe pousou a palma da mão no peito de X novamente, evitando com tanto cuidado a pele exposta que ele sentiu seu toque ainda mais intenso do que antes, e disse, com uma espécie estranha de doçura:

— Boa noite, lua.

Quando ela se virou, ele estendeu a mão para tocar seu braço. Se não estivesse em um devaneio e quase inconsciente, nunca teria tido coragem.

— Por que se expõem assim ao perigo? — quis saber. — Por que tudo isso por mim?

Zoe olhou para baixo, onde a mão dele a havia segurado com leveza. Ela abriu um sorriso, um traço de luz na escuridão.

— Porque não tem nada de bom passando na TV — respondeu.

Jonah adormeceu primeiro e começou a lutar contra alguém ou alguma coisa em seus sonhos. A mãe de Zoe revirou-se no chão por algum tempo, arfando toda vez que rolava sobre um brinquedo que Jonah tinha deixado no tapete, então adormeceu também, um braço jogado amorosamente sobre o filho.

X ficou deitado em silêncio, incapaz de descansar, apesar do cansaço. Ele se virou para encarar a janela ao lado da cama. Um besouro frenético estava batendo de um lado para outro entre as vidraças, preso para sempre com o mundo todo à vista. X sabia como aquele besouro se sentia. Por um momento se permitiu imaginar escapar da Terrabaixa e viver. Viver *de verdade*. Imaginou-se com Zoe no verão, quando o mundo não ficava endurecido pelo gelo e engolido pela neve. Quando não havia o Tremor. Nem o medo.

Ele balançou a cabeça. A visão era ridícula e, além disso, perigosa. Quanto mais resistisse em retornar à Terrabaixa, mais colocaria todos em perigo.

Ainda assim, até o som da respiração de Zoe na escuridão o cativava. Eram quase cinco da manhã agora. Eram os únicos ainda acordados. Algum instinto de proteção impedia que ele dormisse antes dela. Então, X e Zoe ficaram lá deitados, no escuro. Ele ouvia a respiração dela, esperando que se aprofundasse e diminuísse, e teve a sensação de que, embora tivesse dificuldade em acreditar naquilo, ela estava ouvindo a dele.

A NEVASCA HAVIA ARRASADO as escolas de Zoe e Jonah, e elas teriam de ficar fechadas por dias. O mastro na escola de ensino médio tinha se quebrado na metade e voado pela porta da frente como um míssil. Metade das janelas no lado norte do prédio tinha sido quebrada: tudo o que restava dos vidros era uma borda de fragmentos minúsculos e pontudos que pareciam pequenos dentes cruéis. Na escola de ensino fundamental, as salas de aula foram inundadas de água enlameada. Redações escritas à mão sobre mudanças climáticas e desenhos de cavalos flutuavam pelos corredores como vitórias-régias.

X caiu em um sono tão longo e ininterrupto que era quase um coma, o peito subindo e descendo, as pernas penduradas na beirada da joaninha. Dormiu grande parte da segunda-feira. Tinha apenas uma vaga ideia das idas e vindas do andar de baixo. Ouviu vozes. Ouviu armários rangendo para abrir e batendo para fechar. Ouviu galhos sendo arrastados pela neve e jogados sobre uma pilha.

À tarde, um amigo de Zoe chegou em uma caminhonete com música estrondante. X ouviu Zoe chamá-lo de Dallas, mas não tinha certeza de que aquilo fosse realmente um nome. Dallas trouxera um café para Zoe, o que pareceu deixá-la feliz. ("Ai, meu Deus, tem *leite* de verdade aqui? *Não* conte para minha mãe.") Ainda assim, ela o mandou embora sem deixá-lo entrar na casa. X sabia que ele era o motivo e estava consciente o bastante para sentir a vergonha se espalhar pelo peito.

Horas mais tarde, ele acordou de novo: outro motor de carro, outro amigo ou amiga. O céu estava preto, exceto pelo borrão de luzes amarelas de outra cidade no horizonte. A camisa de X estava encharcada de transpiração.

Essa amiga devia conhecer Zoe muito bem, pois não se incomodou em bater na porta da frente; apenas entrou no vestíbulo, chamando por ela. No instante em que Zoe tentou mandá-la embora, a amiga perguntou:

— Por que você está assim, esquisita? Gloria e eu tiramos *uma* soneca de quatro horas... tudo bem, foram cinco horas, fica quieta... e agora você está me dispensando? Aliás, que foto louca foi aquela no Instagram? As pessoas não param de *me* perguntar.

Mesmo febril e meio adormecido, X conseguiu sentir a tensão de Zoe crescer.

Ele ouviu um degrau de madeira rangendo enquanto ela se sentava: não queria a amiga perto de X. Estava bloqueando as escadas.

— Eu vou te contar tudo, Val — ela disse, finalmente. — Mas primeiro me conte o que você ouviu.

Val suspirou.

— Eu odeio esse joguinho — retrucou ela. — Tudo bem, ouvi dizer que você resolveu o caso do assassinato dos Wallace, encontrou um extraterrestre gostoso e fez o chefe da polícia ficar uivando feito uma cadela. — Ela parou por um instante. — Vamos começar com o alienígena.

— Ele não é alienígena — disse Zoe.

— Estou decepcionada — comentou Val —, mas continue.

— Conheci ele durante a tempestade — continuou Zoe. — Ele ajudou a mim e ao Jonah.

— *E?* — perguntou Val.

X não entendeu a pergunta, mas Zoe certamente compreendeu. Ela reduziu o tom de voz para um sussurro, sem saber como a audição de X era aguçada.

— E ele é tão gostoso que eu não consigo nem explicar — ela disse.

— Não consegue explicar? — repetiu Val.

Elas estavam dando risadinhas agora.

— Eu nem consigo *começar* — disse Zoe. — Me pergunta sobre os ombros dele. Ou sobre os braços. Quer dizer... escolhe qualquer parte do corpo.

— Tudo bem, está bem, entendi — disse Val. — Só porque acho o sexo heterossexual nojento e imoral não significa que não sei o que é um cara gostoso.

Zoe riu.

— Agora é imoral também? — perguntou ela.

— Olá, superpopulação! Olá, pobreza mundial! — Val respondeu. — Mas estou tentando manter a cabeça aberta. Me conte mais sobre o alienígena.

— Não é um alienígena — corrigiu Zoe.

— E eu estou decepcionada — disse Val.

X mergulhou de novo no sono como se alguém o tivesse empurrado para dentro de um rio. Só entendera metade do que tinha ouvido.

NA TERÇA-FEIRA, ELE ACORDOU apenas duas vezes.

Na primeira vez, Zoe apoiou sua cabeça em um travesseiro e levou colheres de sopa à sua boca, dizendo gentilmente:

— Mais três golinhos... Mais dois... Mais um... Vamos, pare de recusar.

Na segunda vez, ela se inclinou sobre ele com um copo de água e tentou colocar algo em sua boca. X ficou confuso. Começou a sufocar. Jonah, que estava brincando com dinossauros e feiticeiros no chão, ergueu os olhos e perguntou com uma voz chocada:

— Ele não sabe usar *canudinho*?

— Fica quieto, Jonah — disse Zoe. — Assim você vai deixar ele envergonhado.

Agora que estava aos cuidados de Zoe, X começou a voltar dos sonhos com mais regularidade. O Tremor havia afrouxado suas garras. Os pecados de Stan fluíam mais silenciosamente através de suas veias, embora não tivessem desaparecido por completo.

Às vezes, ouvia os Bissell discutindo sobre ele quando achavam que estava dormindo. Ele vinha do inferno, era o que queria dizer com Terrabaixa? Por que fora enviado para lá? *O que tinha feito?* Estava vivo? Era um morto-vivo? Quais eram seus superpoderes e quais eram suas fraquezas? Estas duas últimas perguntas eram de Jonah, que, quando os olhos de X se abriram momentaneamente, também tinha se aproximado e perguntado se ele era um dos Vingadores.

A mãe de Zoe sugeriu que todos escrevessem suas perguntas em pedaços de papel e os colocassem em uma tigela de metal que ela deixou na mesinha de cabeceira. Quando ele se recuperasse, ela disse, ela cuidaria para que ele respondesse a todas.

Agora, mesmo enquanto dormia, X conseguia sentir a tigela ao seu lado enchendo-se de papel. Ele temia responder às perguntas, e o medo entrou em seus sonhos como uma inundação crescente. Viu imagens terríveis: um desfile de cada alma que havia arrastado para a Terrabaixa. Viu o medo que inspirou em suas vítimas e, às vezes, até as próprias mãos envolvendo suas gargantas. X tinha certeza de que, quanto mais Zoe soubesse sobre ele, mais teria repulsa. Tinha feito apenas o que os senhores mandaram fazer, mas tinha feito.

X FINALMENTE TEVE FORÇAS para se sentar na cama na quarta-feira de manhã. Zoe e os outros estavam enrodilhados no chão, ainda murmurando a sono solto. O Tremor já deveria ter obrigado X a voltar à Terrabaixa, mas, graças à presença de Zoe, a dor estava muda. Ele olhou pela janela com fome de ar. O rio congelado reluzia aos pés da colina como uma longa fita brilhante.

Ele saiu da casa, e o vento gelado arrancou o que restava da sonolência. O sol ainda não era visível, mas emitia uma inundação de laranja e vermelho no céu para anunciar sua chegada. X agradeceu que o dia ainda não estivesse claro. Tinha vivido tanto tempo em uma cela que seus olhos estavam acostumados com a escuridão e com cômodos fechados. Ficava mais confortável àquela hora, quando o mundo se revelava devagar.

X tinha sido treinado para ignorar a beleza do Mundo de Cima. Tinha aprendido a deixar os olhos baixos ou voltados para frente como um cavalo puxando uma carruagem. Qualquer lembrança que formasse ali, não apenas de montanhas e céu, mas de cachorros acariciando seu rosto com o focinho ou de Zoe pousando a mão contra seu peito, o faria sofrer ainda mais quando voltasse à Terrabaixa.

E ele *seria* forçado a retornar, não podia se permitir esquecer desse fato. Os senhores acabariam levando-o para casa. O que o aterrorizava era não saber quando ou como... ou que praga mandariam sobre a família de Zoe por ter lhe dado abrigo.

X estava indo até a colina quando ouviu a porta se abrir atrás dele. Ele se virou e viu Zoe se aproximar. Ela havia vestido um casaco e sapatos para neve, e seu rosto tinha uma expressão sombria.

— Está dando no pé?

— Dando no pé? — X devolveu a pergunta.

— *Indo embora*. Você está *indo embora*?

— Não, garanto que não estou.

Zoe pareceu não acreditar.

— Porque já estamos de saco cheio de gente que nos deixa — disse ela. — E Jonah gosta de você. Sabe quem mais teve permissão para dormir na joaninha? Ninguém, nunca.

— Zoe — disse ele. — Estou apenas testando meus pulmões. — X fez uma pausa. — Você vem comigo? Ficaria feliz com a sua companhia.

Ele podia ver nos olhos dela que estava se esforçando para acreditar nele e conseguiu enxergar o instante em que Zoe decidiu arriscar.

— Sim, gentil senhor. Eu gostaria de testar meus pulmões também.

— Você está zombando de mim? — perguntou ele.

— De fato, estou.

Caminharam em silêncio em direção às árvores carregadas de neve. Zoe não o soterrou com perguntas sobre quem ou o que era, e ele ficou feliz por isso. Não conseguia se lembrar de um momento em que simplesmente havia caminhado ao lado de alguém sem um destino horrível em mente. Não conseguia se lembrar de alguém ficar tão calmo em sua companhia. Zoe parecia não o temer de forma alguma. Enquanto atravessavam o rio congelado, ela chegou até mesmo a dar um encontrão nele de brincadeira. Ele sentiu o corpo inteiro ficar afogueado.

Quase sem perceber, se viram no caminho para o lago. A parte morta da floresta surgiu diante deles; as árvores nuas e carbonizadas como se tivessem sido dizimadas em uma explosão atômica. X observou enquanto Zoe absorvia aquela visão sombria. Ele sugeriu que voltassem, ela fez que não com a cabeça, como se fosse algo que sabia que precisava superar. Para se distrair, ela começou a cantar:

— *"Row, row, row your boat /Gently down the stream /Verily, verily, verily, verily /Life is but a dream."*

— Até eu conheço essa canção — disse X. — Porém, acho que você adulterou as palavras.

Zoe riu.

— Adulterei? Acho que não.

Mais uma vez, de leve, ela esbarrou nele com o quadril, e novamente ele sentiu o calor espalhar-se.

Quando chegaram ao lago, Zoe seguiu diretamente até o buraco que Stan tinha feito, como se quisesse se convencer de que não havia sonhado. X seguiu atrás dela.

O buraco estava quase coberto de gelo, como um machucado se curando.

X queria tirar Zoe dali, queria protegê-la das lembranças que ele sabia que afundariam como pregos em seu cérebro.

Antes que ele pudesse conceber um plano, ela disse:

— Então Stan realmente conhecia meu pai. Aquele réptil desagradável conhecia meu *pai*. Pensei que estivesse mentindo quando disse que eram amigos.

X procurou algo adequado para dizer. Estava tão desacostumado a falar que formar a frase mais simples era como erguer uma parede. Cada palavra era uma pedra que precisava sopesar nas mãos.

— Stan é um veneno — disse X com cuidado. — Não deve deixar uma única sílaba que ele proferiu entrar em seu sangue.

Zoe concordou com a cabeça, mas ele percebeu que ela estava distraída e não o tinha ouvido de verdade.

— Era de se pensar que, já que meu pai morreu, ele não poderia mais me decepcionar. — Ela parou e chutou o gelo com a ponta da bota de neve. — Lá se vai essa teoria por água abaixo.

X viu a dor e a raiva nela; eram como tempestades concorrentes.

— Ainda assim você amava seu pai? — perguntou ele. — Ou as decepções não a afligiriam?

Zoe hesitou apenas o suficiente para que X sentisse suas bochechas enrubescerem e desejasse não ter falado nada.

— Eu amava — disse ela. — Às vezes, acho que amei o bastante para me ferrar pelo resto da vida.

X fez silêncio por um momento.

— Você não me parece... não me parece ferrada.

Zoe riu.

— Tem que me conhecer melhor.

Desta vez, X falou sem pensar.

— Conheceria se pudesse.

Zoe franziu a testa e se virou. X imaginou se era porque ele a tinha lembrado de que, no fim das contas, teria que ir embora. Decidiu que era melhor ela não esquecer. Era melhor que nenhum dos dois esquecesse.

Ela estava encarando o gelo. A borda do buraco estava manchada, quase decorada, com o sangue de Stan.

Zoe estremeceu e endireitou o corpo de novo.

— Tem outra coisa que Stan disse. Não consigo parar de pensar nisso. Ele disse que ouviu dizer que meu pai morreu em "uma caverna desgraçada" e que simplesmente deixamos ele lá.

— Mais veneno — disse X.

— Não — Zoe retrucou. — É verdade.

O silêncio se fez novamente e, como o vento havia se aquietado, parecia mais profundo. X esperou. Zoe começou a contar sobre seu pai, sobre a manhã em que acordou e descobriu que ele havia morrido, sobre a busca por seu corpo. Pareceu surpresa com o fato de a história ter lhe escapado de um jeito tão espontâneo.

— Fiquei fula da vida quando percebi que ele tinha ido para as cavernas sem mim — disse ela. — Quer dizer, não era só uma coisa nossa... era a nossa *única* coisa juntos. Se ele achasse que eu não estava pronta ir à caverna com neve ou o que quer que fosse, deveria ter esperado por mim. Deveria ter me treinado. Tínhamos *uma* coisa juntos! É tão difícil assim manter *uma coisa* sagrada?

Zoe parou por um segundo. X não sabia se ela continuaria.

— Achei que ele tinha ido até Polebridge — ela disse por fim. — Há duas cavernas bem difíceis lá em cima... Lágrima Negra e Lágrima Prateada... então uns vinte de nós ajudamos os policiais a procurar por ele. Estava um frio insano. Meus amigos Val e Dallas foram. Eles nem gostam um do outro, mas fingiram se gostar porque eu estava muito assustada. Dallas trouxe um pote grande daquele shake nojento de marombeiro e disse que nos daria "a força de mil brutamontes". Eu me recusei a beber. — Zoe fez uma pausa. — Jonah também foi. Quer dizer, era louco ele estar lá. Um terapeuta disse para a minha mãe que era uma boa ideia. O garoto ainda tinha sete anos... e estava nas montanhas procurando pelo pai morto.

Zoe ficou em silêncio novamente.

— Desculpa. Você não quer ouvir isso tudo.

— Eu quero — afirmou X.

Zoe fitou os olhos dele para ver se estava falando a verdade.

— É uma história horrível.

— Talvez contá-la tire um pouco do peso — disse ele.

Ela assentiu e continuou. X não reconhecia todas as palavras, algumas passavam por ele como cardumes, como peixes exóticos. Ainda assim, sentiu a dor de Zoe penetrando em seu peito e se tornando parte dele.

— Buscamos primeiro ao redor da Lágrima Prateada — disse ela. — Não encontramos nada. As cavernas lá em cima têm grutas super íngremes... muito retas, tipo, quedas de trinta metros... então, na verdade, ninguém vai lá dentro. Mas, na Lágrima Negra, encontramos a corda com a qual meu pai costumava descer. Uma ponta estava amarrada em uma árvore. A outra simplesmente desaparecia na caverna. — Ela olhou para X e parou. — Foi Jonah quem encontrou a corda. Ficou com aquele olhar feliz de criança, sabe? Como se dissesse "Eu encontrei ele! Eu encontrei ele!".

Zoe se afastou de X.

— Então, Jonah viu sangue na ponta da corda e, de repente, deixou a corda cair como se fosse uma cobra e começou a chorar. — Zoe olhou para o céu. — Peguei o shake de marombeiro de Dallas e tomei tudo de uma vez. Acabei vomitando por todo lado. Um charme, não é?

X não conseguiu falar nada.

— Seu pai — disse ele quando o silêncio ficou desconfortável. — Ele caiu na caverna?

— Deve ter parado para tirar uma foto enquanto estava descendo — respondeu Zoe. — Provavelmente queria que eu visse alguma formação de gelo ou algo assim. Essa é a parte que realmente... — Ela não conseguiu terminar a frase. — Sabe? Porque ele estava fazendo isso por *mim*. E teria sido ok, só que ele costumava usar um capacete velho de nerd que tinha uma chama de verdade como luz. Meu pai era assim: fazia as coisas *porque* eram bobas. A chama deve ter queimado a corda. Eu costumava amar o bobo que ele era. Mas dessa vez a bobeira matou ele.

As palavras de Zoe ficaram suspensas no ar.

X pousou a mão no ombro dela. Não conseguia se lembrar da última vez que havia tocado alguém daquele jeito. Não sabia se alguma vez tocara alguém assim.

— Os policiais prometeram que buscariam o corpo do meu pai, mas nunca buscaram — disse Zoe. — Simplesmente cercaram a caverna e deixaram o corpo dele lá embaixo, todo quebrado ou sei lá. Fizemos um funeral na cidade, que foi horrível. Até a comida estava uma porcaria. Então, minha mãe, Jonah e eu fizemos uma pequena cerimônia em nosso quintal. Jonah quis enterrar uma das camisetas do nosso pai. Ele decorou uma caixa de papelão com estrelas roxas — que era, tipo, o caixão, eu acho? — e colocou uma camiseta antiga com a estampa "Pai Ninja". Enterramos debaixo de uma árvore que Jonah conseguiria ver da janela. Não conseguimos enterrar muito fundo porque o chão estava duro demais. De qualquer forma, foi aí que as coisas desandaram. Jonah escreveu um poema, mas estava chorando demais para ler, então só passamos de mão em mão. Eu só consegui ler, tipo, duas linhas antes de perder o controle. As duas primeiras linhas eram, sério, tipo: "Agora que meu pai e eu fomos separados/Não sei mais o que fazer com meu coração machucado."

Quando Zoe terminou sua história, X ficou desesperado para contar algo de si, mas cada pensamento, cada lembrança, cada sensação entalava na garganta.

Ele disse isso para ela do seu jeito vacilante.

Zoe balançou a cabeça.

— Não contei tudo isso porque queria que você me contasse alguma coisa. Contei porque confio em você.

— E eu em *você* — disse X. — E, mesmo assim, estou aqui, aparvalhado como um toco de madeira. Tudo o que sei sobre mim me envergonha.

Zoe olhou-o com tanta tristeza que X temeu apenas ter agravado sua dor.

— Me conte *uma* coisa sobre sua mãe e seu pai — pediu ela. — Uma coisinha. Não precisa ser uma coisa muito importante.

X pensou nesse pedido.

— Não sei quem eles eram.

Zoe suspirou. X sentiu uma pontada de vergonha.

Ele falou um pouco sobre a Terrabaixa. Perguntou-se se ela acreditaria nele. Quando viu que ela acreditava, a vergonha sobre quem e o que era continuou se espalhando. Zoe parecia saber disso, então deu um passo à frente e o abraçou. Ele ficou atordoado demais com o gesto para abraçá-la de volta.

— É hora de te dar um nome — disse ela quando se separaram.

— Estou pensando em Aragorn ou Fred.

Mais tarde, subiram a colina de volta para a casa dos Bissell, os montes brancos farfalhando embaixo dos pés. Zoe apontou para o salgueiro onde haviam enterrado a camiseta de seu pai. Era uma árvore fina, pesada com a neve e tão curvada que parecia estar tentando pegar algo caído no chão. X achou aquela uma visão de abandono. Deu um passo à frente e pegou os galhos um a um na mão. Sacudiu suavemente a neve até que a árvore pudesse se aprumar de novo.

Sentiu os olhos de Zoe sobre ele o tempo todo.

DE VOLTA PARA CASA, Zoe informou todo mundo do novo nome de X.

A mãe riu e disse:

— Tecnicamente não é um nome, mas tudo bem.

Jonah gritou:

— Vou te chamar de *Professor* X! — E imediatamente se esqueceu de chamá-lo assim.

A mãe de Zoe levou todos para a sala de estar, onde se fez um silêncio constrangedor. A tigela prateada cheia de perguntas tinha sido trazida para baixo e agora estava na mesa de centro. X encolheu-se ao vê-la. Temia contar aos Bissell ainda mais de sua história. Deveriam tê-lo expulsado dias atrás, e assim que soubessem quem ele era de verdade, o expulsariam.

Zoe estava ao lado dele no sofá.

— Não precisa nos dizer nada que não queira — disse ela suavemente. — E *ninguém* vai te julgar.

A mãe de Zoe pegou a tigela e a entregou para X.

— Hora de descobrir com quem estamos lidando — disse ela.

Ela não falou por mal, mas magoou.

X pegou a tigela e colocou-a no colo. Imediatamente se sentiu ansioso e desconfortável, como se houvesse um animal solto dentro do peito. Mesmo que Zoe tivesse contado tudo o que sabia sobre ele, só conheciam o início do início. Mas esse não era o único motivo por que X temia o que estava para acontecer.

Ele olhou para o ninho de papéis.

Não conseguiu convencer sua mão a entrar na tigela. Ficou paralisado.

— Pega um! — disse Jonah.

X puxou uma tira de papel. A tigela tilintou quando o nó de seu dedo raspou nela. Ele desdobrou a tira e encarou as palavras que tinha em mãos. As letras voejavam em todas as direções, como sempre faziam.

Ele olhou para Zoe, impotente.

Ela não entendeu... e então, de repente, caiu a ficha. Ela se inclinou para sussurrar sua pergunta.

Mas Jonah foi mais rápido:

— Você não sabe ler?

X fez que não de leve com a cabeça.

— Nem escrever — disse ele. — Nem desenhar, agora que pensei nisso.

X sabia que a mãe de Zoe o estava encarando. Estava enojada? Assustada? Estava criando uma estratégia para separá-lo de seus filhos? Ficou com medo de se virar para ela, então não sabia.

— Eu posso te ensinar — ofereceu Jonah. — Na verdade, *nem* é tão difícil.

— Obrigado — disse X.

Zoe tirou o papel suavemente de suas mãos para poder lê-lo em voz alta. Sua voz vacilou apenas o suficiente para revelar a X que ela também estava nervosa.

— Por que você foi enviado para a Terrabaixa? — ela leu. — Você matou alguém? Você matou *uma tonelada* de pessoas... tipo, com uma catapulta?

— Essa é minha — comentou Jonah.

— Nós sabemos — disse Zoe.

X respirou fundo.

— Sei que pode haver descrença — respondeu X —, mas não cometi nenhum crime. Nunca fui acusado. Juro por tudo o que quiserem.

Do outro lado da sala, a mãe de Zoe tossiu o que pareceu ser uma tosse desnecessária.

— Desculpe — disse ela —, mas realmente... como você disse mesmo?... *Pode haver descrença*?

— Mãe, pare — disse Zoe.

— Não censure sua mãe por minha causa — disse X. — Esta casa é dela. Ela não me demonstrou nada além de bondade.

— Obrigada, X — disse a mãe de Zoe.

Era a primeira vez que alguém usava o nome dele. Mesmo em circunstâncias infelizes, ele gostou daquele som. Fez com que se sentisse centrado... *presente* de alguma forma, como uma imagem entrando em foco.

— Li sobre muitas religiões quando o pai das crianças morreu — disse a mãe de Zoe —, e em todas elas havia algo que me ajudou. A essa altura, sou tipo o equivalente de uma frase religiosa em um adesivo de caminhão. — Ela parou por um instante. — E desculpe, mas... nunca ouvi falar de pessoas que foram enviadas ao inferno sem motivo.

Zoe pegou a tigela do colo de X e a bateu com raiva na mesa de centro, onde ela vibrou, ruidosa.

— Péssima ideia, essa — disse ela. — Vamos parar por aqui.

— Não — retrucou X. — Sua mãe tem razão: ninguém é enviado à Terrabaixa sem motivo.

Ele se virou para a mãe de Zoe e fitou os olhos da mulher.

— Mas, veja, eu não fui *enviado* para a Terrabaixa — disse ele. — Eu nasci lá.

Ninguém falou nada enquanto as palavras de X ecoavam. O único som era o de Spock e Uhura ladrando à distância. X odiou falar aquilo, mas, de algum jeito, se sentiu mais livre.

Zoe pegou de novo a tigela.

— É estranho ter trezentos anos ou seja lá quantos forem? — ela leu.

X surpreendeu a todos quando gargalhou.

— E de quem é essa pergunta? — perguntou ele, olhando ao redor da sala.

— Minha — disse Zoe. — Quer dizer, não quero ofender, mas você fala coisas antigas pra burro.

Jonah deu uma risadinha.

— Burros não falam, Zoe — disse ele, e se virou para X, incerto: — Falam?

— Creio que não — respondeu X. — Quanto à minha idade, eu era apenas um menino quando uma mulher a quem chamamos de Arrancadora começou a me treinar para ser um caçador de recompensas. Durante anos, praticamente ouvi apenas sua voz. Suponho que aprendi a falar como ela... e ela foi extirpada de seu mundo há quase duzentos anos.

— Então, *quantos* anos você tem? — Zoe quis saber.

X ouviu uma urgência em sua voz, como se essa questão importasse mais que as outras.

— Arrancadora me disse que tenho vinte anos — respondeu ele.

— Vinte? — questionou Zoe. — Sério?

— Sim — respondeu X. — A única razão que tenho para duvidar dela é que a mulher está beirando a insanidade.

— Uau, vinte — disse Zoe. — Se quiser, ajudo você a se inscrever na faculdade.

X reconheceu isso como um "falar sem pensar" e deixou passar.

Zoe desdobrou outra pergunta.

— *Onde* fica a Terrabaixa? *O que* é a Terrabaixa? — ela leu.

— Essas são minhas — disse a mãe.

— Boa, mãe — disse Jonah.

X ficou sentado, imóvel, tentando compor uma resposta na cabeça. Por fim, ele se virou para Jonah e pediu que juntasse todos os bonequinhos de seu quarto, os soldados, os animais, os magos, os dinossauros, os anões, e os trouxesse em um cesto.

— Não sei bem se consigo *explicar* a Terrabaixa — disse ele. — Mas talvez eu possa construí-la para vocês.

seis

Eles estavam no quintal, olhando para X como se ele tivesse enlouquecido. Ele estava rolando uma bola de neve gigantesca, dando voltas ao redor deles cada vez mais rápido, e a ponta de seu sobretudo azul se erguia com o movimento. Uhura corria atrás dele em êxtase, como se fosse uma brincadeira. Spock estava ali perto, comendo neve.

— Acho que a primeira pergunta foi: *onde fica a Terrabaixa?* — disse X.

A bola de neve já tinha cerca de um metro e vinte de altura, e ele finalmente tinha parado.

— Sim — confirmou a mãe de Zoe.

X fez um gesto indicando sua criação.

— Esta é a Terra — disse ele. — Ou o mais semelhante a ela que sou capaz de fazer.

Ele estava se animando com a tarefa. O medo que sentia tinha sido derrubado, substituído pelo desejo de se explicar de modo claro e verdadeiro. Eles mereciam aquilo e mais por aceitá-lo, mesmo quando tinham todas as razões para temê-lo.

— A Terrabaixa — ele continuou — fica *aqui*.

Ele enfiou o punho esquerdo no fundo do globo, quebrando-o com tanta força que fez Jonah dar um passo para trás e exclamar:

— Cacete!

X nunca tinha ouvido aquela palavra, que soava bem estranha, e a mãe de Zoe a considerou inaceitável e disse isso para Jonah.

X tinha começado a transpirar. Ele tirou o casaco — o braço esquerdo estava coberto de neve até o ombro — e o colocou sobre o galho baixo de uma árvore. Jonah e sua mãe, que haviam cruzado os braços e estavam se remexendo para se manterem aquecidos, novamente olharam para ele como se fosse um maluco. Zoe apenas sorriu. X ficou satisfeito ao pensar que seu modo de ser estava se tornando familiar para ela.

— A pergunta que veio em seguida foi: *o que é a Terrabaixa?* — disse ele.

A mãe de Zoe assentiu.

X ajoelhou-se ao lado das ruínas do que, até pouco tempo antes, tinha sido a Terra, e fez um gesto para que Jonah se aproximasse. Juntos, eles usaram a neve para esculpir um muro alto e curvo que se estendia ao longo da beira de uma planície.

A mãe de Zoe interrompeu X enquanto ele enchia a área com pedras e o puxou de lado para dizer algo que só ele pudesse ouvir.

— Não sei se quero que Jonah veja isso — disse ela.

— Vou fazer disto uma brincadeira — respondeu X. — E vou me esforçar para esconder dele o que digo a você agora: a Terrabaixa é uma abominação.

X PEDIU PARA JONAH imaginar que a neve era uma rocha negra, porosa e úmida. Ele o orientou a fazer uma grade de furos no muro, que ele chamou de "os quartos onde dormimos" em vez de "celas", e a enfiar um bonequinho em cada um deles.

— Meninos ou meninas? — perguntou Jonah.

— Tanto faz — orientou X. — Os dois.

— Soldados da Guerra Civil ou da Segunda Guerra Mundial... ou cavaleiros, talvez? — perguntou Jonah.

— Pode usar qualquer um deles — respondeu X. — Existem almas de todo tipo na Terrabaixa, todas com as roupas que vestiam quando morreram. Eu moro *aqui*, entre os caçadores de recompensas — ele apontou para uma cela em uma fileira no meio do muro — e tenho dois vizinhos. À minha esquerda, vive um homem que chamo de Batedor. Eu levei ele para a Terrabaixa em 2012. À minha direita, vive Arrancadora, de quem falei antes. Ela deu o último suspiro em 1832.

— Eles são seus melhores amigos? — perguntou Jonah.

X pensou.

— Sim — disse ele. — Se posso dizer que tenho quaisquer amigos.

Ele não pretendia soar tão infeliz, mas notou que Zoe franziu a testa para o que ele disse e então se sentou ao lado dele na neve.

Zoe e sua mãe observaram a Terrabaixa ganhar vida. Quando as celas foram preenchidas com "residentes", X disse a Jonah que eles precisavam de cinco ou dez bonequinhos.

— Para fazer o papel dos guardas — explicou, antes de se corrigir e se referir a eles como "os ajudantes".

Jonah pediu para ele descrever os ajudantes.

— Para eu poder ter uma ideia da situação — disse ele.

X disse que eram gordos, simplórios e de mente fraca, na maioria das vezes, e que tinham pele cerosa e nariz avantajado, além de serem muito mordazes.

Jonah perguntou o que "mordaz" significava.

— Eles gostam de mordidas — disse Zoe, o que pareceu satisfazer sua curiosidade.

X perguntou qual tipo de bonequinhos Jonah sugeriria para os ajudantes, e Jonah franziu a testa e fez cara de pensativo.

— O que acha dos orcs e dos anões? — perguntou ele.

X pediu para ver elementos de cada espécie. Jonah puxou alguns da cesta e os mostrou para X, com corpos feios de barriga para cima na palma fofinha e aberta da mão dele.

— Boa escolha — disse X. Eles colocaram os guardas enfileirados no alto do muro. — Agora talvez precisemos de um rio e de uma árvore.

— Eu tenho uma árvore! — disse Jonah. — É a árvore de mel do Pooh. Eu não brinco mais com isso. *É óbvio.*

Ele a tirou da cesta e entregou a X, que olhou para ela com um sorriso.

— Esta é uma árvore muito mais bonita do que as da Terrabaixa — disse ele. — Ainda assim, para nossos propósitos, é perfeita.

Ele a colocou cuidadosamente na planície, cobrindo sua base com neve para que não caísse, e então ele e Jonah começaram a discutir o que poderia ser um rio. Estavam sem saída e prestes a cavar uma longa e serpenteante vala ao longo da planície quando Zoe desenrolou o cachecol azul do pescoço e o ofereceu. X fez uma reverência em agradecimento — ela pensou que ele tivesse feito aquilo brincando, mas era sério — e arrumou o lenço para que ele ficasse sinuoso no chão.

Quando X anunciou que seu modelo estava quase completo, Jonah fez cara de confuso e levantou a mão, como se estivesse na escola.

— Onde o diabo mora? — perguntou ele.

X hesitou.

— Dizem que há um Poder Superior que governa a Terrabaixa — disse ele. — No entanto, nunca vi provas de tal presença, nem ouvi o mesmo relato sobre ele duas vezes.

Então X contou a Jonah sobre os senhores. Tinha adiado descrevê-los porque não sabia como disfarçar que eles o aterrorizavam. No final, simplesmente disse que eram feras selvagens, e que ele e Jonah deveriam usar os bonecos mais fortes para representá-los.

Jonah ergueu a mão novamente, seus dedos balançando depressa.

— Tiranossauros Rex? — perguntou ele.

Em pouco tempo, meia dúzia de dinossauros estavam dispostos na Terrabaixa em miniatura. Alguns estavam urrando na planície, bocas abertas, dentes brilhando. Outros estavam escalando a grande muralha e alcançando as celas.

— Foram os senhores que enviaram você para cá? — perguntou Zoe.

— Sim, foram eles — respondeu X. — Eles colocaram o nome de Stan em meu sangue como um veneno, junto com os poderes que eu precisava para capturá-lo. Meus poderes são apenas uma parte dos deles, no entanto, e serão tirados de mim quando eu voltar para lá.

— E se você não voltar nunca? — indagou Zoe. — E se você *ficar* no nosso mundo?

Ele já não havia contado a ela? Zoe não entendia que ele era uma ameaça para eles o tempo todo que permanecesse no Mundo de Cima? Por que estava tão relutante em acreditar nele?

— Suspeito — disse ele — que eles aniquilariam tudo, e todo mundo, que você já amou.

CONSTRUIR A TERRABAIXA, MESMO de neve e de brinquedos, deixou X com um humor tão grave que, assim que terminou, mal conseguia olhar para ela. Jonah continuou a brincar. X ficou emocionado ao ver que ele tinha libertado os prisioneiros de suas celas e trancado os senhores e os guardas no lugar deles.

A mãe de Zoe parecia tão perturbada quanto X. Pegou o braço da filha e a levou para a frente da casa, sem saber que a audição de X era aguçada.

— Ele é bonito, entendi, mas quero que ele *vá embora* — ele ouviu a mãe dizer.

As palavras, embora envolvidas pelo vento, eram tão claras que era como se ela estivesse de pé na frente dele.

— Vou dar a ele mais um dia para ter certeza de que se recuperou — ela acrescentou. — E é isso.

— Você quer mandar ele *de volta* para lá? — perguntou Zoe. Ela falou como se tivesse levado um golpe. — Agora que você sabe que ele é inocente? Agora que viu como é a Terrabaixa?

— Sim, tem tiranossauros, eu sei — disse sua mãe.

— Você acha que ele está mentindo? — perguntou Zoe. — Você não viu o que Jonah e eu vimos no lago.

— Sinceramente, não sei *em que* acreditar. Mas ontem à noite, quando acordei às duas da manhã suando, me ocorreu que, na melhor das hipóteses, ele é um psicopata delirante. Bem, estou *torcendo* para que seja isso.

À distância, X ouviu um carro, uma caminhonete, pelo som, trocando as marchas ao subir a montanha. Estava tão confortavelmente instalado na casa dos Bissell que tinha se esquecido de que existiam outras pessoas no mundo. O lembrete foi inquietante.

— Não vou deixar que você mande ele de volta — disse Zoe. Sua voz foi ficando mais alta. — Não vou deixar.

— Não vou mandar X para lugar nenhum, só *embora* — retrucou sua mãe. — Ele falou para não ficarmos com ele. Foi a primeira coisa que disse. Olha, eu sei que ele ajudou você e Jonah...

— Ele salvou nossas vidas — disse Zoe. — De Stan... alguém sobre quem *você* deveria ter nos alertado.

— Não faça isso — disse sua mãe. — Eu fiz seu pai parar de falar com aquele homem na Virgínia há vinte anos.

— Por que você nunca me falou sobre ele? — perguntou Zoe.

— Porque não é uma história bacana.

— É, bem, eu quero saber dela de qualquer maneira. Agora.

Sua mãe suspirou.

O carro fez mais barulho. X viu quando ele apareceu. Era uma van e, ao contrário da picape de Stan, que era tão desgastada e sinistra quanto o homem que a dirigia, as laterais estavam pintadas para se assemelharem ao topo de uma majestosa montanha cheia de neve. Presa ao telhado havia uma escultura de madeira de um urso. Parecia ser um acessório permanente, pois estava posicionada para parecer que o urso era o rei da tal montanha. Era um urso feliz, sorrindo e acenando enquanto atravessava o campo.

X não sabia nada sobre veículos, mas para ele a van parecia... tola. Por um momento, ela parou. O escapamento cuspiu fumaça, como alguém fumando pela primeira vez. Mas o motorista deu partida de novo e retomou a subida. X se repreendeu por ter deixado a van distraí-lo. Ele voltou sua atenção para Zoe e sua mãe.

— Stan era nojento mesmo na adolescência — dizia a mãe de Zoe. — Mas conseguia convencer seu pai a fazer qualquer coisa. Eles invadiram a casa de um professor. Roubaram um caminhão de lixo. Sério: um caminhão de lixo! Você sabe o que fizeram com aquilo? Eles saíram coletando o lixo das pessoas. Já ouviu o suficiente agora? Posso parar... *por favor*?

— Não — disse Zoe. — Quero ouvir tudo.

— Não quer, *não* — disse sua mãe.

Houve uma breve pausa.

A van se aproximou.

— Quando fizeram dezoito ou dezenove anos, os crimes começaram a ficar cada vez menos engraçadinhos — relatou a mãe. — Era como se Stan estivesse tentando descobrir o quanto seu pai aguentava e o quanto ele poderia provocá-lo. Fizeram coisas tão ruins que seu pai chorou por elas. Por fim, ele e Stan foram presos por algum motivo... eu nem me lembro por que, bloqueei isso... e dei um ultimato: *ele ou eu*. Casamos um ano depois. Não acho que ele adotou meu sobrenome por ser um grande romântico, acho que fez isso porque tinha ficha criminal. Agora, eu deveria ter contado tudo isso quando você era criança, Zoe? Sobre o *seu pai*? Que já vivia te decepcionando? Devo contar a Jonah? Como você acha que seria?

Zoe não disse nada. X desconfiava que ela estivesse chorando. Quando a mãe voltou a falar, sua voz estava baixa e calma.

— Sou grata a X e é por isso que não entreguei ele à polícia. Mas, meu amor, acho que Jonah está se apegando muito a ele. — Ela parou enquanto a van se aproximava. — E eu *sei* que você está.

X ainda estava esperando que Zoe negasse quando a van subiu a entrada da casa dos Bissell, a cerca de cem metros delas. O motor fazia um barulho absurdo e quase catastroficamente alto.

— Droga, é o Rufus — disse a mãe de Zoe. — O que ele está fazendo aqui?

— O que você *acha* que ele está fazendo? — perguntou Zoe, ainda abalada com a conversa. — Ele está obcecado por você, e está na hora de um novo episódio de *A conquista mais lenta do mundo*. "Esta semana, Rufus começa a cultivar uma rosa!"

— Não faça isso — disse a mãe. — Se ele ouvisse você dizer algo assim, ficaria bem envergonhado.

Rufus parou perto da garagem e desligou o motor.

— Leve X para a floresta — pediu a mãe de Zoe —, a menos que você ache que consegue explicar quem ele é. Porque eu com certeza *não consigo*.

As palavras despertaram X. Por que ele ficara ali parado, ouvindo? Não podia se dar ao luxo de ser visto por outro cidadão do Mundo de Cima. Toda pessoa que o via era mais uma em perigo. Daria no mesmo pendurar todas elas sobre uma fogueira.

Ele observou a floresta. Poderia alcançá-la em um instante, mas temeu assustar Jonah, se corresse. Ele olhou para o menino. Jonah estava virado de costas, ajoelhado na neve, mexendo no cachecol de Zoe.

X caminhou em direção às árvores. Ele se forçou a andar devagar. Foi aterrorizante. Estava a apenas trinta metros quando Jonah, aparentemente não tão distraído pela brincadeira quanto X imaginara, se levantou, bateu a neve dos joelhos e começou a gritar:

— Rufus! Voltamos! Vem conhecer o nosso novo amigo!

Zoe deu a volta na casa e correu na direção de X.

— Existe alguma chance de você falar como um ser humano normal por pelo menos dois minutos? — disse ela.

— Eu empenharei os esforços que as circunstâncias exigem — disse ele.

Zoe revirou os olhos.

— Estamos *bem* ferrados.

Rufus também deu a volta na casa e os viu. Ele se aproximou de Jonah primeiro, expondo os dentes de modo brincalhão e sibilando como um animal.

— Eu sou Um-Dente, antigo governante das tribos de gatos da tundra! — exclamou ele.

— E eu sou Muitos-Dentes, o usurpador! — Jonah gritou em resposta.

Depois disso, os dois caíram na risada e correram para se abraçar.

Observando, X foi tomado por uma onda de ciúmes; ele não tinha percebido como estava ligado ao garotinho.

Já a mãe de Zoe parecia assustada.

— Talvez nem tudo esteja perdido — X disse a Zoe bem baixinho. — Passei anos ouvindo Batedor em sua cela e ele morreu há pouco tempo. Acredito poder fazer uma imitação razoável dele.

— Então comece *agora* — replicou Zoe.

Rufus caminhou na direção deles. Estava corado de felicidade. Estendeu a mão para cumprimentar X. Rufus devia ser uns cinco anos mais novo que a mãe de Zoe. Tinha um rosto simpático e receptivo, uma barba rebelde castanho-avermelhada e cabelos escuros partidos em mechas de uma maneira estranha. Ele flagrou X observando e abriu um sorriso tão largo e natural que o ciúme de X aumentou um pouco.

— Sim, estou pensando em fazer dreads — disse Rufus. — Mas só estou *pensando*, então não me julgue. Seu cabelo é bem épico também, mano. Qual é seu nome? Eu sou Rufus.

X pegou a mão dele.

Zoe e sua mãe o encararam, em expectativa. Ele nunca nem tinha falado seu nome em voz alta.

— E aí, cara? — disse ele. — Eu sou X.

sete

Naquela noite, depois de Zoe mergulhar nos sonhos, X caminhou pela casa silenciosa. Tinha vivido uma vida tão sombria que o surgimento de rostos, vozes e laços o havia enervado. Não conseguia dormir. Os senhores estariam montando estratégias, naquele momento, para puni-lo da melhor maneira. Ele sabia que deveria retornar à Terrabaixa antes que eles surgissem. E, no entanto, Zoe quase havia silenciado o Tremor. Havia quase silenciado tudo. *Preenchido* tudo. Quando o abraçou apenas por um instante no lago...

Se pudesse ter só mais um dia com ela...

Ele se lembrou da mãe de Zoe dizendo que ela havia se aproximado demais dele. Zoe não negou. Era possível que pensasse nele como algo além de um coitado? Não conseguia parar de se perguntar. A ideia mais parecia um trem em um trilho circular.

X olhou pela janela da sala de estar. A lua estava alta e quase cheia. O gelo no rio brilhava com a luz refletida e parecia adorável na escuridão. X se lembrou da própria imundície.

Ele saiu e desceu a colina sob um vasto e impressionante céu lotado de estrelas. Em seu mundo não tinha nada igual. Na verdade, não tinha *nada* para que alguém olhasse por livre e espontânea vontade.

Quando alcançou o rio, ajoelhou-se às margens. A superfície estava decorada com espirais nebulosas, com pedras e juncos espalhados que tinham se prendido no gelo.

Ele tirou a camisa e as calças e as colocou no chão a seu lado. Seu corpo estava cheio de contusões da luta com Stan. Tentou imaginar até onde sua presa havia chegado. Teria fugido para o lugar mais longe que conseguiu sem olhar para trás? Teria entrado na casa de uma família inocente? Ainda estava por perto, tremendo entre as árvores? Graças a Zoe, muito pouco de Stan permanecia nas veias de X. O homem poderia estar em qualquer lugar.

X inclinou-se para a frente e forçou o gelo, testando-o. Cerrou a mão esquerda em punho e a ergueu. Estava prestes a socar o gelo quando sentiu que estava sendo observado. Era como se as pontas dos dedos de alguém estivessem tocando seu pescoço.

Pegou sua camisa, agora coberta de neve, e a enrolou na cintura. Ele se virou para a casa e passou os olhos pelas janelas. Não havia ninguém lá.

Voltou-se para o rio, se ajoelhou mais uma vez e deu um soco no gelo, que se quebrou instantaneamente, com rachaduras se espalhando em todas as direções. Ele deixou a camisa de lado.

A água brilhava, escura como o óleo.

Ele entrou.

O rio o envolveu enquanto afundava, os cabelos flutuando como tentáculos. Foi como viajar pela terra até a Terrabaixa, uma deriva lenta e embaçada que existia fora do tempo. Quando chegou ao fundo, flexionou os joelhos contra o peito e os envolveu com os braços. Permaneceu suspenso por dois ou três minutos — um novo tipo de criatura do mar —, e então subiu à tona.

Zoe estava lá.

— Você está louco? — disse ela.

X procurou suas roupas, nervoso.

— Relaxe — disse ela. — Não consigo ver nada.

Mesmo assim, X afundou os ombros para baixo d'água.

Ela riu de sua timidez.

— Ai, meu Deus, *aqui* — disse ela, e jogou as calças para ele. X as empurrou para debaixo da água e as vestiu, sentindo-se ridículo.

— Por que você questiona minha sanidade? — perguntou ele.

— Porque está um frio *congelante* aqui fora, idiota.

— Nada de ruim vai me acontecer — disse X. — Eu esquentei a água.

Zoe tirou uma luva e mergulhou a mão no rio. Surpreso, X flutuou para trás até sentir a borda do gelo nas costas. Quando a mão de Zoe tocou a água, seus olhos ficaram surpresos.

— Eu lhe disse a verdade, não disse? — perguntou X.

— Você me disse a verdade — disse Zoe.

Ela se sentou na neve e olhou para a borda escura. O ar estava parado. O único som era o bater da água enquanto X flutuava, seus braços tatuados se mexendo sem esforço.

— Sua pergunta sobre minha idade — disse ele. — Foi a única pergunta que fez à tigela, ou outras ainda me aguardam?

— Só fiz duas — disse Zoe. — A outra foi idiota.

— Não vai me contar?

— Foi sobre a primeira vez que vi você... quando estava atrás de Stan. Eu queria saber por que você deixou o gelo laranja.

X afundou na água e ficou suspenso lá embaixo uma segunda vez. Quando finalmente subiu à tona de novo, pressionou as palmas das mãos no gelo e saiu do rio. O peso da água fez suas calças escorregarem pelo quadril. Ele sentiu que Zoe o observava e puxou a calça o mais rápido que pôde, então sentou-se no gelo de frente para ela.

— Você não colocou na tigela uma pergunta sobre os machucados sob meus olhos — disse ele. — Ficou com medo de me constranger? Foi por isso que fugiu da pergunta?

Zoe demorou a responder.

— Não perguntei porque já sabia a resposta. Alguém andou te machucando.

X não disse nada.

— Quem? — perguntou Zoe. — E por quanto tempo?

— Os senhores. Faz parte do ritual do caçador de recompensas. A dor é passageira, eu juro. Não pense nisso.

— Não consigo evitar. Isso me irrita. Eles não têm o direito...

Ele a interrompeu.

— Não, Zoe — disse X baixinho. — Sou eu quem não tem direitos. Nasci no meio deles. Eu não sou filho de ninguém, não sou irmão de ninguém. Pertenço à própria Terrabaixa. Meus pais... Não consigo imaginar como conseguiram passar um tempo juntos para me fazerem, mas infringiram todas as leis da Terrabaixa para isso. Sou só a encarnação viva de um crime... se é que posso dizer que estou "vivo".

X parou e olhou para Zoe. Ela havia colocado as mãos nos bolsos do casaco para aquecê-las. Parecia não saber o que dizer.

— Ninguém nunca te contou quem eram seus pais? — perguntou ela, por fim.

— Eles nunca contaram nem à Arrancadora — respondeu X. — Acredito que temessem que eu os procurasse. E nisso estão certos. Quando eu era pequeno, costumava me consolar inventando uma história de amor sobre minha mãe e meu pai. Dizia a mim mesmo que minha mãe chorou e que meu pai arrancou os cabelos quando os senhores me levaram. — Ele fez uma pausa. — Você não esperava um monólogo tão melancólico. Devo encerrá-lo aqui?

— Por favor, não — disse Zoe, depois citou algo que ele mesmo havia dito: — Talvez contar a história tire um pouco do peso.

— Suspeito que meu pai não sabia da minha existência e minha mãe ficou feliz por se livrar de mim — disse X. — Afinal, é quase certo que fossem prisioneiros e de caráter difícil. Tenho poucas lembranças de minha primeira década de vida. Era estranho que uma criança crescesse entre os condenados. Nunca conheci outra. Só *eu* precisava comer porque só *eu* precisava crescer. Só eu estava envelhecendo.

— É por isso que você não sabe ler — deduziu Zoe, delicadamente. — Porque ninguém se deu ao trabalho de te ensinar.

— Muitos dos prisioneiros me odiavam quando eu era criança — X continuou. — Muitos ainda odeiam. Talvez eu faça com que eles se lembrem da própria inocência perdida. Talvez estejam com inveja porque pensam que, ao contrário deles, vou envelhecer e um dia morrer, e escaparei da Terrabaixa.

— Você vai morrer? — perguntou Zoe. — Você *pode*?

— Nem eu sei. Não há outro como eu para perguntar. Talvez eu apodreça pouco a pouco, mas nunca pereça realmente. Vejo que minhas palavras te machucam, Zoe, mas você deveria saber com que tipo de criatura fez amizade. — Ele parou, antes de retomar sua história. — Como uma criança na Terrabaixa, fui agredido por outros prisioneiros. Fui agredido até mesmo por alguns dos guardas, que se ressentiam por terem que me levar água e carne. Eles me davam apelidos, mas foram logo esquecidos, um após o outro, porque ninguém se preocupava o suficiente comigo para lembrá-los. Então, quando eu tinha dez anos, um dos senhores simplesmente me empurrou para Arrancadora e disse para ela me treinar para caçar almas. "Vamos ver se vale a pena mantê-lo vivo", disse ele.

— Arrancadora — disse Zoe. — Você gosta dela.

— Devo tudo a ela. Aprendi a caçar rapidamente. Batedor foi minha primeira alma. Eu o recebi quando tinha só dezesseis anos. Eu o encontrei em uma taberna. Ele olhou para mim como se eu fosse uma criança, um incômodo... então o golpeei no pescoço. Arrancadora pareceu surpresa quando o levei de volta à Terrabaixa e o joguei aos pés dos senhores. Ela me disse que eu era especial. Juro para você, o elogio dela me manteve vivo. Ela não pôde me ensinar a ler, pois não tinha livros, nem papel, nem canetas. Não tinha nem unhas para arranhar letras na rocha, porque tinha arrancado todas elas. Mas me ensinou a ser rápido, forte e valente... assim como sua mãe lhe ensinou.

— Eu queria poder conhecer Arrancadora — disse Zoe.

X riu baixinho.

— Conseguir um encontro pode ser complicado.

— É mesmo?

Ela também estava rindo agora.

— Mas Arrancadora adoraria você — replicou X.

Zoe corou. X não sabia por quê.

— Você não explicou o gelo no lago — disse ela. — Por que deixou laranja?

X pareceu incomodado.

— Não posso ter nenhum segredo? — perguntou ele.

— Eu te contei o meu — disse ela brincando.

X ficou de pé e se aproximou dela. Ele a viu sorrir e revirar os olhos ao ver seus pés descalços no gelo. Algo naquela garota afrouxava o nó sempre presente em seu peito. Só de vê-la, tudo nele relaxava.

Zoe entregou a camisa a ele. Ela se virou, mas só um pouco, enquanto ele se vestia. Quanto mais se aproximavam, mais o próprio ar parecia querer juntá-los.

— Incendiei o lago porque sabia que você estava lá — disse ele. — Não havia necessidade.

Zoe arqueou uma sobrancelha.

— Você estava se exibindo para mim? — perguntou ela, sorrindo.

— Vou deixar que pense o que quiser. Não tenho mais nada a dizer sobre o assunto.

Zoe inclinou-se para ele.

Ela afastou os cabelos molhados de X de seus olhos, seu rosto a poucos centímetros do dele.

X afastou-se, surpreso. Zoe desviou os olhos, constrangida.

Imediatamente, X foi tomado por um desprezo de si mesmo. Ela quisera beijá-lo, e ele se afastou! Tinha arruinado o momento.

Mas, não, ele não deixaria a chance passar.

Então *ele* se moveu em direção a *ela*.

Sentia que estava tremendo. Mal sabia o que estava fazendo. Poucas coisas em qualquer um dos mundos o assustavam, mas *aquilo* sim.

Zoe viu que ele estava nervoso e se aproximou para encontrá-lo. No último momento, ela desviou os lábios dos dele e beijou os machucados sob seus olhos, cada um deles.

O nó no peito dele se desfez.

Naquele momento, X soube que a amava.

Zoe pegou uma caneta do bolso e desenhou um grande símbolo preto nas costas da mão dele.

— Isso é um *X* — disse ela.

Ela desenhou três letras menores acima, mas apenas sorriu quando ele perguntou o que elas significavam.

X segurou o braço dela, e eles se viraram em direção à casa. Ela inclinou a cabeça contra o ombro dele e fechou os olhos.

Ao contrário dele, ela não viu que sua mãe estava observando de uma janela.

oito

X ACORDOU DE MANHÃ e encontrou a casa vazia. Alisou os lençóis da joaninha, como tinha visto Jonah fazer. Depois, durante uma hora, andou de um lado a outro, tentando pensar em algo que não fosse Zoe e a sensação dos lábios dela em sua bochecha. Pegou algo para comer da caixa de metal na cozinha, o ar frio soprando suavemente seu rosto. Ficou parado na porta da frente acenando para os cachorros enquanto eles corriam pelo quintal. Jogou um graveto para Spock, como Jonah lhe ensinara. Spock correu atrás dele, mas parecia não saber que deveria pegá-lo e devolvê-lo; o cachorro parecia pensar que o objetivo do jogo era simplesmente provar que o graveto ainda existia.

Mais tarde, X sentou-se na sala de estar analisando fotos de família e ficou impressionado ao perceber como as características de Zoe — os olhos grandes e brilhantes que prometiam coisas, mas também exigiam — tinham permanecido constantes mesmo com o passar dos anos e com seus cabelos crescendo, encurtando, enrolando e alisando e ficando azuis por pouco tempo, e até quando os dentes dela ficaram temporariamente decorados com trilhos de trem em miniatura.

X estava hipnotizado pelo rosto dela. Tudo o que sabia sobre delicadeza começava e terminava com ela.

Ele ainda conseguia sentir os lábios de Zoe em sua pele. Repassou o momento tantas vezes em sua cabeça que começou a achar que nunca mais pensaria em outra coisa. Na verdade, não *queria* pensar em outra coisa.

Talvez a mãe de Zoe reconhecesse que ele e a garota haviam estabelecido uma conexão de verdade. Talvez ele pudesse ficar. Talvez os senhores da Terrabaixa o tivessem esquecido. *Talvez pudesse ficar.* Ele não passava de uma alma em um infinito mar de corpos e, embora nunca tivesse tido a audácia de lembrá-los, não havia feito nada para merecer a condenação.

X ouviu o carro dos Bissell na rua. Foi até a varanda e ficou à espera, ansioso como um cão. Uma chuva fria havia começado a cair. Ele não se preocupou. Estava feliz demais para isso. Olhou para a escultura que Rufus havia feito para os Bissell: um urso de pé, acenando, sorrindo de modo ridículo. Sentiu uma afinidade com ele.

Mas Zoe e sua família saíram do carro de mau humor, batendo as portas.

— É melhor você dizer a ele — disse a mãe de Zoe para a filha enquanto subiam as escadas em direção a X.

Zoe permaneceu na varanda, mas não falou.

X não suportou o silêncio.

— Ela exige que eu vá embora agora mesmo? — perguntou ele, cabisbaixo. — Não posso julgá-la, embora eu tenha me embriagado na ilusão de que poderia ficar.

— Não é só isso — disse Zoe. — Estávamos na cidade e vimos um policial que conhecemos chamado Brian. — Ela hesitou por um momento. — A polícia não consegue encontrar Stan, e ele matou outra pessoa. Talvez esteja no Canadá agora, talvez esteja no México, eles não sabem. Talvez tenham perdido ele para sempre.

* * *

As notícias foram um golpe duro para X. Toda a esperança e a alegria escaparam dele. Tinha sido um tolo ao pensar que merecia alguma coisa no mundo. Sua raiva pela maldade de Stan, por sua própria fraqueza, lhe causou uma dor aguda na cabeça. Era como se alguém tivesse soltado uma abelha dentro de seu crânio. Ele permaneceu do lado de fora muito tempo depois de Zoe entrar, apenas meio consciente de que estava sendo encharcado pela chuva. Sentiu o Tremor despertar em seu sangue.

Por fim, Zoe voltou e insistiu que ele entrasse. Ela o envolveu com um cobertor e pousou a mão em seu ombro de modo consolador.

— Stan se foi — disse ela. — Você não poderia ir atrás dele mesmo se quisesse.

X não suportou ser tocado. A abelha em seu crânio tinha agora a companhia de uma dúzia de outras. Ele afastou Zoe de um modo mais grosseiro do que pretendia.

— É meu dever caçá-lo, mesmo que ele fuja para o fim do mundo. É para isso que existo.

Zoe recuou.

— Você não pode ir — disse ela.

— E ainda assim não posso ficar aqui, fingindo que sou algo além do que eu sou.

Ele viu como suas palavras a feriram. Tentou explicar, mas ela o dispensou e se afundou no sofá, recusando-se a olhar para ele. Lá fora, a chuva caía mais forte. Congelava assim que tocava o chão, cobrindo o caminho, as árvores, o mundo de gelo.

Em pouco tempo, a eletricidade falhou com um suspiro assustador que todos sentiram no estômago. A casa ficou no breu. Velas foram acesas e distribuídas. Elas bruxuleavam, mas não eram reconfortantes. Os Bissell aconchegaram-se no sofá, sentindo cada vez mais frio e ouvindo a chuva que os envolvia pouco a pouco. X recostou-se em uma parede, as mãos na cabeça. A tempestade ficou tão intensa que até mesmo ele ficou preocupado.

No final da tarde, Zoe usou o telefone para ver quando era a previsão de término, mas descobriu que não havia relatos de chuva — nem de neve nem de cortes de energia — em nenhum ponto em um raio de oitocentos e cinquenta quilômetros.

— Idiotas — disse ela. — Como não conseguem ver essa tempestade?

X começou a temer que a tempestade fosse só para eles.

Spock e Uhura bateram à porta da frente, implorando para entrar. Tinham finalmente recebido permissão para entrar na casa de Bert e Betty, e agora estavam tentando a sorte ali. Jonah olhou para a mãe com olhos tão suplicantes que ela acabou resmungando e disse apenas:

— Tá bom, vai.

Jonah bateu palmas animadamente, correu até a porta e descobriu que estava congelada. X ouviu enquanto Zoe e sua mãe tentavam e não conseguiam abri-la. Ele ouviu Spock e Uhura nos degraus, choramingando. Imaginou-os tremendo, com o pelo coberto de gelo.

Acima deles, o telhado rangeu, ameaçando cair.

Então, de repente, a chuva parou.

Mas o alívio durou pouco, pois logo o silêncio foi interrompido pelo som de árvores se rendendo ao gelo e cedendo.

No começo, era apenas um galho ou outro que estalava e caía na neve. Logo, porém, o ruído se tornou terrível e constante, como se fossem mil ossos se quebrando. Árvores que existiam havia mais de um século foram quebradas em um instante. X pôde ver Zoe e os outros observando todas as perdas. Jonah correu para uma janela que dava para o quintal.

— A árvore do Paizão! — disse ele.

O salgueiro não tinha quebrado, mas estava novamente curvado e ameaçando se partir. X não podia ajudar. Sua cabeça estava fervendo. Ele escorregou ainda mais na parede, envolto no cobertor que Zoe havia lhe dado.

A nevasca tinha danificado a floresta, mas a dizimação parecia quase vingativa e não podia ser ignorada, pois não havia vento nem neve para encobrir o som. Mesmo para X, que tinha ouvido muitos dos sons agonizantes que o universo podia produzir, a destruição das árvores parecia cruel e impiedosa, como um assassinato em massa.

A mãe de Zoe, inquieta de raiva e preocupação, disse que uma tempestade de gelo não acontecia há anos.

— Isso não faz nenhum sentido — disse ela.

Naquele momento, X sentiu os machucados sob seus olhos começarem a arder.

Um dos senhores tinha ido buscá-lo.

X sentiu o chamado. Podia imaginar as mãos nodosas do senhor invocando a tempestade, como se fosse o maestro de uma orquestra. X não tinha escolha senão ir até ele. Para acabar com aquilo.

Ele fez um gesto para Zoe se aproximar.

— Eu magoei você — sussurrou ele.

Sua voz estava rouca.

— Um pouco — disse ela.

— Sinto muito e, além disso, estou envergonhado — replicou ele. — Esta tempestade, esta chuva... não é do seu mundo, mas do meu. Um senhor me espera na floresta. Sinto sua raiva em meu corpo todo. Ele veio para me colocar de volta aos trilhos.

— Deixa ele esperando — disse Zoe. Ela falou de modo alegre, mas ele percebeu o medo em sua voz.

— Devo terminar o que eu comecei — disse ele. — Preciso arrastar Stan para a Terrabaixa, onde seres como ele devem ficar. Você precisa me deixar ir.

— Não — disse Zoe.

— Sim.

— *Não.*

— Sim — insistiu X, rindo baixinho da teimosia dela. — Por quanto tempo vamos continuar assim?

— Posso passar a noite toda — respondeu Zoe. Ela se sentou ao lado dele no chão. — Você não percebe o que os senhores fizeram com você? Você era uma criança pequena, totalmente inocente, e isso *acabava* com eles. Então fizeram você caçar almas. E você ficou grato, certo? Porque tinha poderes por um tempo. Porque podia sair de sua cela de vez em quando, tipo umas férias sobrenaturais. E o tempo todo, *o tempo todo*, eles têm tentado transformar você *neles*. E agora você acha que lá é seu lugar! E não é. Estou *tão cansada* de perder as pessoas, X. Não me faça perder você.

Ela começou a chorar. X queria tocá-la, pois Zoe era a única prova que ele já tivera de que havia luz, vida e calor no mundo, mas sabia que, se tocasse a pele dela, não teria força para ir embora. Ele se afundaria nela, e tudo se perderia.

— Eu trouxe o mal a menos de cem metros de sua porta — disse ele — e vou encará-lo antes que se aproxime mais um centímetro.

Zoe desviou o olhar, derrotada.

— Fique aqui dentro, por mais que eles rosnem — continuou X. — O senhor não arriscará ser visto por quem anda neste mundo. É um código inviolável. Eu mesmo estou prestes a descobrir qual será a punição por quebrá-lo.

Ele cambaleou até a porta. Respirou fundo, reunindo forças para que pudesse quebrar o selo de gelo. X olhou para o teto como se seu visitante da Terrabaixa estivesse pairando logo acima de sua cabeça.

— Se o senhor me quer — gritou ele — deixe-me *sair*!

Ele empurrou com tanta força que a madeira acabou sendo arrancada das dobradiças.

A porta voou longe.

Spock e Uhura correram para dentro da casa, delirando de alívio. O pelo dos dois estava coberto de gelo, assim como X imaginara. Suas pernas estalavam enquanto eles corriam.

Jonah e sua mãe foram até os cães. A última coisa que X viu foram eles cobrindo os animais com o cobertor que havia caído de seus ombros.

ELE CAMINHOU NA DIREÇÃO da floresta, a cabeça baixa, as costas largas curvadas contra o frio. Tinha avançado uns duzentos e cinquenta metros quando ouviu Zoe chamá-lo.

— Você vai voltar? — ela gritou. — Depois que encontrar Stan, quando você levar ele para a Terrabaixa, você vai voltar?

Era uma pergunta impossível. Certamente ela sabia disso. Embora estivesse assustado, ele queria fazê-la rir, se pudesse.

— A menos que eu entre na faculdade! — gritou. Quando Zoe sorriu, ele acrescentou: — Falei sem pensar.

— Sim, eu sei! — disse ela. — Mas, sério, você vai voltar?

Seria uma mentira dizer que sim, se ele realmente não sabia?

Nada poderia levá-lo a mentir para ela.

X começou a andar na direção dela pela neve. O senhor teria que esperar mais um momento.

Zoe chorou ainda mais quando viu X se aproximar. Ele viu os ombros dela tremendo.

— Se eu não voltar foi só porque não um, mas *dois* mundos conspiraram para me impedir.

Zoe desceu os degraus apenas com um moletom e jeans. X quase voou pelos metros restantes. Ele a envolveu com o próprio casaco, que se iluminou brevemente, como brasas sendo sopradas.

X segurou o rosto dela entre as mãos e aproximou seus lábios. A boca de Zoe era fria e macia.

Ele a ergueu do chão quando viu que ela estava só de meias.

AS ÁRVORES PARECIAM FRÁGEIS e eram translúcidas: uma floresta de vidro.

X moveu-se lentamente, atraído na direção do senhor por uma força invisível. Ele temia que, se roçasse em um ramo, pudesse quebrá-lo. Esquivou-se de alguns galhos das árvores e passou por baixo de outros. Onde os troncos eram mais grossos, ele rastejou. Mais à frente, ouvia o gelo rachando e as árvores se partindo. Sabia que o senhor estava perto.

Ele chegou a uma clareira repleta de árvores caídas. O senhor, que estava em uma fúria maior do que qualquer outra que X já tivesse visto, avançou para ele como louco, derrubando os abetos com um único empurrão.

— Imploro que pare — disse X. — Eu vim.

Não era o Regente de pele de ébano, mas um senhor enlouquecido e cruel que eles chamavam de Dervish. O senhor encarou X, os olhos tomados de raiva.

— Você implorará por MUITAS coisa antes de o horizonte engolir o sol — disse ele.

Dervish retomou a destruição das árvores, arrancando ramos e troncos de forma que suas entranhas fossem expostas.

X deu um passo à frente, hesitante.

— Sim, sim, aproxime-se! — Dervish gritou. — Veja bem o que eu faço com essas árvores, pois vai ser pouco perto da violência que lhe infligirei... e às criaturas que o abrigaram.

O senhor tinha traços marcados como os de um rato. Seu rosto era tão pálido e enrugado como um ninho de vespas.

— Você estava esperando que aquele que chama de Regente viesse em seu socorro, sem dúvida! — disse o senhor. — Mas ele é um gatinho muito suave, veja. Ele mimou você. E em troca? Você o envergonhou deixando sua presa fugir e se misturando com os mortais! Quando retornar à Terrabaixa, não se surpreenda se vir os ossos de Regente flutuando em sua sopa. — Ele fez uma pausa, depois acrescentou com satisfação: — *Eu* sou seu mestre agora.

— Farei o que pedir — disse X. — Mas imploro que poupe a família que me recebeu. Eles não sabem nada sobre quem sou.

A isso o senhor respondeu com gargalhadas.

— E agora você *mentiu* para mim? Testemunhei todos os seus momentos naquela casa. Ouvi seu resmungo ridículo. Parecia um menininho apaixonado arrancando as pétalas de uma flor.

X repetiu sua súplica, ainda mais suavemente:

— Poupe a família, eu imploro. Farei o que for preciso.

— De fato, você fará. E exigirei coisas que reduzirão seu coração a cinzas! — Ele andou na direção de X. — De joelhos, caçador de recompensas — ordenou o senhor. — É hora de você sentir os pecados de Stan em seu sangue mais uma vez.

Dervish segurou o rosto de X com as duas mãos e começou a recitar o discurso familiar:

— A Terrabaixa exige outra alma para sua coleção. Ele é um homem maligno... impenitente e impune.

Enquanto continuava, as unhas do senhor, longas, curvas e amareladas, rasgaram a pele de X e o sangue escorreu por seu rosto.

X sentiu o poder do senhor fluir por seu corpo. Mais uma vez, a história de Stan o adentrou. Foi ainda mais odioso dessa vez, porque novos pecados tinham sido somados aos antigos. Quando Dervish terminou, ele jogou X ao chão, onde ele tremeu como se estivesse tendo uma convulsão.

O senhor deixou-o se contorcendo e marchou em direção à casa dos Bissell, deixando árvores quebradas pelo caminho.

X estava aterrorizado por Zoe e sua família.

Conseguiu forças para se levantar. Ele tropeçou pelo bosque escuro, batendo contra os galhos que se esforçara a preservar. Imaginou a mão doentia do senhor em torno do pescoço pálido de Zoe. Pensar naquilo quase fez com que vomitasse na neve.

X encontrou Dervish à beira da floresta. O senhor estava à espreita atrás da última fila de árvores, tomando cuidado para não ser visto da casa. Ele se virou para X e abriu um sorriso tão grande que seus dentes tortos brilharam na escuridão.

— Então foi aí que você brincou de casinha com seus pequenos e belos mortais — Dervish resmungou. — Sabe que seria bem fácil para mim matar todos eles? Seria fácil e prazeroso.

— Sei — disse X, temendo que se dissesse mais alguma coisa, acabaria por enfurecer o senhor.

— Traga-me a alma cujo nome está nadando seu sangue — disse Dervish com frieza, e então apontou para a casa de Zoe. — Não falhe pela segunda vez. Caso contrário, voltarei aqui amanhã à noite... e nadarei no sangue *deles*.

nove

X MERGULHOU NO CHÃO como se fosse água. Passou por neve, terra, pedras. O solo se abria diante dele e se fechava após sua passagem.

Os pecados de Stan Manggold o percorriam a toda de novo, desta vez junto com a fúria de X. Ele havia soltado o homem, tinha lhe mostrado misericórdia, só para que Stan pudesse matar novamente. Agora X havia sido arrancado de Zoe. Agora seu coração estava destruído, e o pior era que tinha acabado de descobrir para que seu coração servia.

X saiu da terra em um pântano quente e cheio de lodo. Estava em uma parte do país que nunca tinha visto. Tentou se orientar, mas não havia tempo: ruídos já atacavam seus ouvidos. A cem metros dali, uma matilha de cães de caça latia ferozmente, um bando de gansos tomava o céu, e meia dúzia de tiros ressoou, espalhando fumaça pelo ar.

Apesar de todos os homens e mulheres más que já havia visto, X nunca tinha ouvido tiros. O som o sacudiu. Ele o sentiu sob a pele.

Três pássaros caíram do céu. Os caçadores abaixaram suas armas e começaram a conversar sobre o vento e a luz. Beberam de garrafas prateadas que reluziam na luz do fim do dia. Alguns deles já tinham gansos mortos amarrados ao pescoço como colares gigantes. Lembraram X das histórias que a Arrancadora lhe havia contado sobre canibais que usavam caveiras no peito. Ele não era melhor do que os caçadores nem do que os canibais. Poderia ter usado catorze crânios em um colar próprio para todas as almas que tomara.

O crânio de Stan seria o próximo.

Os caçadores pegaram seus troféus e seguiram em frente. Enquanto esperava que eles desaparecessem, X voltou a pensar em Zoe. Ele a imaginou vestida com seu casaco na chuva. Ficou feliz por ter deixado algo de si. Zoe o usaria, mesmo que fosse muito grande para ela, mesmo que pendesse ao redor de seus tornozelos. Ele sabia que ela usaria. E algum dia, em breve, ele bateria à porta dela e diria...

Diria o que?

Diria: *Eu esqueci meu casaco.*

Ela gostaria disso. Sorriria. E então ele a beijaria pela segunda vez. Ela esperaria que ele fosse tímido, mas X nunca mais queria saber de timidez. Não havia tempo para isso.

Quando não conseguiu mais ouvir os cães, X saiu do pântano e torceu a água das calças. O chão era plano por quilômetros. Não se parecia em nada com Montana. Havia grupos de árvores aqui e ali, mas havia principalmente zonas úmidas marcadas por rios largos e pequenas ilhas tomadas pela vegetação. Parecia que o mundo havia sido inundado e que a água havia acabado de retroceder.

Não havia nenhuma estrada à vista, mas X não precisava delas. Ele se movia em um ritmo sobre-humano. A raiva que sentia aumentava a saudade, e a saudade aumentava a raiva. Seus passos espirravam água do chão pantanoso. Se alguém estivesse observando, teria visto o que parecia um cometa atravessando a paisagem.

Depois de quase dois quilômetros, X sentiu a dor se aprofundar. O Tremor o orientava. Ele estava na trilha de Stan.

ELE O ENCONTROU ALGUNS minutos depois. Stan estava caminhando pela rua principal de uma cidade pequena, tomando um sorvete de casquinha e olhando para uma vitrine, parecendo tão inocente quanto uma criança. X sentiu-se enojado ao vê-lo. Mas havia muitas pessoas na rua para atacar Stan e quebrar seu pescoço. Saiu de vista e esperou que sua presa descesse por alguma rua tranquila.

X não sabia o nome da cidade. Meio quilômetro atrás, no topo de um poste envolto em videiras, havia uma placa com um brasão. Ele olhou para ela, sentindo que a placa o recebia na cidade de sei--lá-onde no estado sei-lá-o-quê. Tinha um X no nome do estado. Ele reconheceu a letra pelo que Zoe havia escrito nas costas de sua mão. X olhou para a mão, desejando que ela tivesse lhe dito o que as outras letras significavam.

A mensagem já estava começando a desaparecer: meu X.

Ele afastou os pensamentos dela. Tinha que levar Stan à Terrabaixa. Se levasse, havia a chance de ver Zoe novamente um dia. Se falhasse, ela e sua família talvez não sobrevivessem até a manhã seguinte.

Quando X ergueu os olhos, Stan tinha desaparecido.

X desceu pela calçada, notando seu reflexo na vitrine de uma loja. Parecia uma criatura selvagem. Suas calças estavam imundas. Sua camisa estava rasgada. E seus cabelos... seus cabelos o deixavam com uma aparência de quem havia passado por uma tempestade de gelo e um pântano. Cada mecha seguia em uma direção diferente.

Chamava muita atenção daquele jeito.

Encontrou uma loja com um cavalo entalhado na porta e uma arara de camisas coloridas na calçada. X olhou para dentro. Ninguém estava vigiando. Ele tirou uma das camisas do cabide. Era roxa com costuras brancas decorativas que cruzavam o peito. X colocou-a sobre a própria camisa. Era muito pequena para ele, e ele não conseguia lidar com os botões de pérola, então a deixou aberta. Olhou-se de novo na vitrine. Agora parecia uma criatura selvagem vestindo uma camisa roxa.

Ele balançou a cabeça e foi atrás de Stan.

A dor lhe mostrava o caminho a seguir com a mesma precisão de uma bússola.

Quando encontrou Stan, viu que ele tinha mordido a parte de baixo da casquinha e estava sugando o que havia restado. O sorvete escorria de seu queixo e pingava na barriga.

Stan terminou a casquinha e caminhou até a beira da rua, que estava cheia de caminhões e SUVs. Ele analisou uma picape verde--escura para ver se valia a pena roubá-la. Decidiu que não, esfregou o nariz e continuou andando.

No meio do quarteirão seguinte, Stan abriu a porta de uma loja e saiu de vista. X o acompanhou. Ele não conseguia ler o nome na vitrine da loja, mas, na porta, havia uma tesoura e uma mulher acariciando os cabelos sedosos.

X olhou entre as cortinas de renda que cobriam as janelas. Na frente da loja, atrás de uma mesa brilhante, havia uma jovem entediada que fotografava as unhas dos próprios pés. Nos fundos, havia meia dúzia de mulheres usando umas batas, vagueando. Stan já estava se comportando de modo ridículo, dançando em torno de uma bela mulher negra de maneira que parecia maldosa. A mulher não parava de gesticular nervosamente para a cadeira.

X estava tão perto do homem agora que seu corpo começou a tremer. Mas revelar quem ele era — o *que* ele era — para outra meia dúzia de pessoas parecia loucura. Ele encostou a cabeça contra a janela, esperando que a dor passasse.

Não passou. Só aumentou, até X se sentir como um boneco cujo ventríloquo o manipulava com violência. Ele havia infringido muitas leis da Terrabaixa. O que seria mais uma indiscrição?

Ele abriu a porta.

Sentia-se tão mal agora que a mulher atrás da mesa era apenas um borrão de flores e batom.

— Bem-vindo ao Salão de Beleza Incomum — disse ela em um resmungo.

Antes que X pudesse responder, a mulher analisou seus cabelos despenteados.

— Ah, querido — disse ela —, acho que *isso* aí não tem jeito.

X tentou se concentrar para clarear a mente. Ouvia Stan nos fundos, tagarelando. Estava pedindo para a mulher que cortava seu cabelo para chamá-lo de Stan, o Cara ou, "dependendo da nossa intimidade", Stanley Machão.

A mulher atrás da mesa revirou os olhos.

— Esse cara é problema — comentou ela. — Assim que ele entrou, eu perguntei: "O senhor andou bebendo?" E ele assobiou e disse: "Desde os catorze anos!" Eu vou te dizer uma coisa, vou chamar a polícia se ele causar problemas pra Marianna.

X resmungou, meio irritado, meio agonizante, e caminhou para os fundos de modo trôpego. Ele ignorou a mulher quando ela o chamou.

MARIANNA HAVIA ESTICADO uma toalha quente sobre o rosto de Stan. O vapor subia quando ele se reclinou na cadeira, gemendo de prazer.

— Você não é linda, mas com certeza não é feia — disse ele a Marianna. — Por que não se senta no colo do Papai Noel?

Ele estendeu a mão cegamente para agarrá-la, mas ela se esquivou dele como um toureiro.

X fez um gesto para Marianna ficar em silêncio. Ele se aproximou de Stan, enojado e furioso, tomado pela dor.

E agarrou o pescoço do homem.

Marianna arfou. As outras mulheres fugiram, metade delas com as batas, os cabelos molhados ao vento. Mas Marianna parecia muito chocada para se mexer.

Stan tirou a toalha do rosto, viu X pelo espelho e começou a dar chutes e socos no ar.

X riu de modo assustador.

— Meu maior desejo era que você lutasse — disse ele.

— É, olha, vou lutar pra caramba, seu esquisito — disse Stan. — E, a propósito, *bela camisa*, caubói. Está bem apertada?

Stan olhou ao redor enquanto X apertava sua garganta. Havia uma tesoura brilhante sobre o balcão.

Ele a fincou na coxa de X e a girou.

X gritou, mais irritado do que com dor. Ele puxou a tesoura da perna e a jogou no chão. Não soltou o pescoço magro de Stan nem mesmo quando o sangue começou a molhar suas calças.

Ele se virou para Marianna.

— Você ficaria mais segura em outro lugar — disse ele, do modo mais delicado que pôde. Ele olhou ao redor do salão e viu seu reflexo multiplicado infinitamente nos espelhos, como se estivesse na linha de frente de um exército.

— O que vai fazer com ele? — perguntou Marianna.

— Vou fazer com que ele atravesse a parede — respondeu X.

Marianna também saiu correndo do salão.

Stan continuou a lutar. Ele não parecia perceber que quanto mais atacava, mais X apertava sua traqueia.

— Você não vai me levar com você, esquisito — arfou ele. — Vai ter que me matar primeiro.

— Sim. Eu vou.

Stan pegou coisas do balcão e atirou-as em X: latas de spray, garrafas, uma escova, um secador de cabelo. X o empurrou contra a cadeira. Ele encarou Stan com compaixão, como se olhasse para uma criança fazendo birra. Quando Stan ficou sem munição, X o puxou da cadeira e o jogou no chão.

Stan tentou se levantar, mas X ergueu a bota e deu um pisão nas costas dele. Os dois permaneceram imóveis por um tempo. Então, rompendo o silêncio, ouviu-se um som novo e terrível.

Stan estava chorando.

X não teve piedade.

— Sua coragem já acabou? — perguntou ele.

X deu um passo para trás. Stan rolou de costas e cobriu a enorme cabeça com as mãos, soluçando com tristeza. X detestava tanto o homem que o som não teve nenhum efeito sobre ele. Era como se fosse o grasnado de um urubu.

Em pouco tempo, Stan estava listando as muitas razões pelas quais não merecia morrer. X tinha ouvido tais discursos de muitos homens. (Batedor era a única exceção: ele simplesmente perguntou a X se conseguiria sinal de celular no lugar para onde estavam indo.) Stan resmungou, mentiu e se justificou de modo tão veemente que falava cuspindo. X só ouviu parte do que ele disse.

Por fim, Stan se acalmou. X ficou de pé e tirou tanto a camisa roxa quanto a fina por baixo dela.

— Ah, qual é — disse Stan. — *De novo* com o maldito show de *striptease*?

X estendeu os braços e sentiu os pecados de Stan ganhando força dentro dele. Imagens começaram a surgir em suas costas.

Um carro estava parado no acostamento de uma estrada escura. Um senhor com rosto simpático e receptivo aproximou-se para ajudar e caminhou em direção ao carro. Estava usando chinelos, uma camisa cor-de-rosa e shorts cáqui. Suas pernas eram magrelas e pálidas como frango cru.

Ele bateu os nós dos dedos na janela do motorista.

O motorista era Stan.

Ele estava esperando por um bom samaritano. Abriu a porta, derrubando o velho na estrada. O homem olhou para cima, confuso, e levantou uma mão para pedir ajuda. Stan chutou-o nas costelas.

O velho engatinhou para fugir. Stan o seguiu, rindo e chutando, até o homem estar caído no meio da estrada sobre as duas linhas amarelas.

Retraindo-se no salão, Stan desviou os olhos. Ele não suportava ver.

X estendeu uma palma na direção de um espelho, que ganhou vida. O filme também se passava ali. Em um instante, saltou para o espelho seguinte e depois para o próximo e assim por diante na sala, como se um fogo se espalhasse por eles.

X puxou a cabeça de Stan para cima e forçou-o a ver.

— Eu lhe dei a liberdade no lago — gritou ele. — Eu lhe dei a vida! E você a desperdiçou *desse jeito*!

No filme, Stan estava assobiando de felicidade ao entrar no carro do senhor e partir.

Sua vítima estava jogada no meio da estrada. Tentou rastejar e rolar. Tentou se arrastar pelo asfalto se agarrando com as unhas. Seus chinelos tinham caído e estavam atrás dele na estrada.

Naquele momento, foi possível ouvir um caminhão fazendo a curva. Seus faróis estavam altos. Os freios estavam gritando.

Nem mesmo X conseguiu ver o resto.

Ele cerrou o punho, e o filme desapareceu. Fora do salão, ele ouviu sirenes da polícia berrando como gatos. Estavam a meio quilômetro e cada vez mais altas.

X olhou para Stan com um vestígio de compaixão. Foi então que Stan soube que estava realmente prestes a morrer. Estava tão assustado que mal conseguiu balbuciar uma palavra.

— Agora? — perguntou ele.

— Agora — disse X.

— Você não tem que me levar de volta para aquele lago?

— Não. Podemos chegar ao nosso destino de qualquer lugar. Podemos alcançá-lo daqui mesmo.

X vestiu-se lentamente. Quando terminou, fechou os olhos por um momento e o salão ficou escuro.

— Por que apagou as luzes? — perguntou Stan.

Ele estava enrolando.

— Respeito pelo morto — disse X. Quando Stan lhe lançou um olhar confuso, ele apenas acrescentou: — *Por você*.

Ele pegou Stan e o jogou sobre o ombro.

Virou-se para o grande espelho redondo na estação de Marianna.

— Vai... doer? — perguntou Stan.

— Só para sempre — disse X.

Ele saltou no espelho. O vidro explodiu quando ele e Stan atravessaram. Os cacos, em vez de caírem no chão, foram sugados depois deles. X deixou a casca que era o corpo de Stan para trás, uma casca desgastada e feia para que a polícia encontrasse, enquanto levava a alma para a escuridão.

dez

Eles caíram em um vazio penumbroso. O ar passava por eles tão intensamente que encobria todo som. X estava acostumado, mas sabia que Stan sentiria uma pressão forte nos globos oculares, um martelar nos ouvidos. Viu Stan entrar em pânico e resistir à queda. Viu-o se debatendo no ar, como se pudesse subir de volta à superfície. Como se *houvesse* uma superfície. O vento os lançava em todas as direções.

X caiu mais rápido que Stan. Ele havia se encolhido, como um mergulhador. Quando viu Stan resistindo, esticou o corpo, estendeu a mão e agarrou seu tornozelo para estabilizá-lo. Stan chutou loucamente, mas desistiu após um último espasmo. X desconfiava que seus sentidos estavam tão sobrecarregados que tinham deixado de funcionar. Stan deixou os braços flutuando acima da cabeça. Deixou X arrastá-lo para baixo.

Depois de caírem por um tempo, Stan retomou um pouco do equilíbrio. X sabia o que aconteceria a seguir. Podia prever quase a hora exata: Stan seria tomado por uma tristeza tão grande que quase o cegaria. O arrependimento, o remorso e a raiva o venceriam, como venciam todas as novas almas. Era sempre naquele momento que eles percebiam que não estavam viajando por um túnel sagrado em direção a uma luz cintilante, mas sim descendo por um poço até um vácuo.

Stan começou a chorar de novo, bem na hora. X ficou grato por não conseguir ouvi-lo daquela vez. Só o olhar distorcido e triste de Stan era suficiente para revirar o estômago. Todas as almas recém-colhidas choravam, nunca por suas vítimas, apenas por si mesmas, e X achava a autocomiseração irritante. Todos acreditavam que eram inocentes, independentemente do que tivessem feito. Enquanto o vento uivava ao redor deles, Stan chorou copiosamente. Suas lágrimas voavam para cima, como bolhas.

O ar ficou frio. Era o sopro do rio subindo para recebê-los. A viagem, X sabia, estava quase no fim.

Ele olhou para baixo e viu o rio que atravessava sua colmeia na Terrabaixa. Era só um fio pálido no início, mas se aproximou rápido. Faltavam apenas trezentos metros de queda. Depois, cento e cinquenta. Stan também devia ter visto a corrente turbulenta. Fechou os olhos, encheu as bochechas de ar e apertou o nariz como uma criança pulando em uma piscina. X fechou os olhos e imaginou o rosto de Zoe, tranquilo e acolhedor. Prometeu a si mesmo outra vez que voltaria para ela, que seguraria aquele rosto com cuidado — que diria *eu esqueci meu casaco*.

A água os atingiu como uma parede.

O RIO NA TERRABAIXA corria como sempre, mas X chegou à margem com facilidade, mesmo sem os poderes dos quais desfrutava no Mundo de Cima. Havia entregado Stan, por isso o Tremor tinha desaparecido. Junto com seus poderes, a dor se foi. Por um momento, seu corpo se sentiria aliviado e renovado.

Atrás dele, Stan gritou com o frio ártico da corrente. Apressou-se para a margem, mas o rio continuou sugando-o para baixo. Alguns guardas aglomeraram-se à beira da água, rindo dele. Quando Stan finalmente chegou à beira do rio, os pulmões estavam cansados. Ele se curvou e vomitou água (e sorvete) na terra. Um guarda aproximou-se dele com uma expressão bondosa, o pegou e o jogou de volta.

Os outros gritaram de alegria. Stan começou a atravessar para o outro lado do rio, mas também havia guardas esperando lá.

X sentou-se na terra e esperou que alguém lhe levasse um cobertor e um pedaço de pão, como sempre faziam quando ele voltava com uma alma. Ele notou, com um arrepio de pavor, que Dervish estava observando ali perto. X desejou novamente que fosse Regente.

Ele respirou fundo e preparou-se para um confronto. Seria humilde, abaixaria a cabeça, pediria perdão cem vezes. Suportaria qualquer humilhação que Dervish pudesse inventar. Mais cedo ou mais tarde, seu crime seria esquecido, levado como se pela água do rio. Ele seria enviado de volta ao Mundo de Cima para pegar a próxima alma e fugiria para ver Zoe. Uma hora com ela o sustentaria por um ano.

Mas Dervish nem sequer olhou na direção de X. Bateu palmas quando Stan tropeçou. Assobiou e gritou quando a corrente puxou sua cabeça grande e confusa para dentro da água. Dervish estava coberto de colares e braceletes, todos roubados das almas da Terrabaixa. As joias brilhavam e tilintavam enquanto ele pulava.

— Muito bem, guardas! — gritou ele. — Muito bem!

X olhou abertamente para Dervish naquele momento, ansioso para que sua punição começasse. Ele sabia que o senhor ainda estava fervendo de raiva. Mas a criatura continuou a ignorá-lo. X não esperava aquela recepção, e isso o preocupou.

A luz já havia deixado seu corpo. A realidade da Terrabaixa, a maneira com que sugava toda esperança e felicidade, o fedor como o da boca de uma enorme fera, o tomou. Sua ansiedade aumentou. Ainda não havia cobertor. Ainda não havia pão.

X levantou-se e entrou no rio.

Stan continuava a lutar contra a corrente. Ele estava corado e ofegante, gemendo por causa das cãibras nas pernas. X agarrou-o pela cintura e o jogou sobre o ombro mais uma vez. Mesmo sem poderes sobrenaturais, não tinha dificuldade para levantar um fracote como Stan.

Ele o levou para a margem do rio.

— Obrigado, esquisito — disse Stan, gritando para ser ouvido por cima do barulho da água. — Não gostei de *ninguém* aqui até agora.

Os guardas reclamaram quando viram que não havia mais diversão. Mas mesmo isso foi um conforto para X, porque significava que a vida, como era na Terrabaixa, voltaria ao normal.

Ele colocou Stan no chão e esperou que os guardas se aproximassem do novo prisioneiro aterrorizado.

Por fim, Dervish cortou o ar com o dedo indicador de unha longa e gritou:

— PRENDAM ELE!

Mas algo estava diferente.

Havia algo de errado.

O senhor estava apontando para *ele*.

Os guardas cercaram X de todos os lados, como leões sobre um cervo abatido. A diversão deles no rio tinha sido uma artimanha. Estavam esperando o sinal do senhor o tempo todo.

Tiraram a camisa roxa de X. Ele a viu passar por muitas mãos. Viu que brigavam por ela, a puxavam e, por fim, ela foi carregada de modo triunfante, como se fosse uma bandeira recém-conquistada.

Dervish instruiu os guardas a levarem X para a árvore da planície. Houve alguns resmungos por isso — os homens eram pequenos e rechonchudos como hobbits e não estavam acostumados a trabalhar de verdade —, mas obedeceram à ordem.

X não ofereceu resistência. Pelo menos agora seu castigo havia começado, o que significava que um dia terminaria.

Foi uma longa marcha pelo ar fedorento e úmido. Os guardas resmungavam raivosamente com seu fardo — por que o castigo daquele traidor tinha caído sobre eles? —, enquanto Dervish se pavoneava na frente. Os guardas amarraram e cutucaram X para aborrecê-lo. Quando viram que o senhor não só não se opunha aos maus tratos, mas urrava de prazer com isso, *acidentalmente* o deixaram cair no chão e o arrastaram por metros.

As almas no nível mais baixo de celas sentiram que algo estava acontecendo. Podiam ver pelas tatuagens que decoravam os braços de X e pelos machucados em seu rosto que ele era um caçador de recompensas. Ver um deles ser punido era incomum... e emocionante. A notícia chegou até o nível superior das celas e se espalhou. Logo, a grande parede negra parecia tremer enquanto os prisioneiros gritavam nas línguas de uma centena de países e milhares de anos. X só ouviu palavras incessantes de ódio e raiva ao passar. Ocasionalmente, uma voz podia ser ouvida mais alta do que as outras:

— Que porra você aprontou, garoto?

Arrancadora e Batedor reconheceram X enquanto ele era carregado pela planície. Arrancadora estava tão chateada que girava como louca em sua cela. Ela chorou e cuspiu e amaldiçoou as próprias unhas por ainda não estarem longas o bastante para serem arrancadas. Batedor sugeriu que ela "ficasse fria", o que só a confundiu, e ela tentou, aos berros, calar as almas que os cercavam, chamando-os de odiosos e idiotas.

O grupo finalmente chegou à árvore. Tinha dez metros de altura, era feia, nua e cinza como um elefante. Seu tronco era formado por uma dúzia de galhos desgastados e entrelaçados. Os ramos manchados dobravam-se e espalhavam-se em todas as direções, como se estivessem em busca de algo que nunca encontrariam. As raízes afundavam na terra como veias.

Os guardas empurraram X contra a árvore e o amarraram, o que deu início a uma onda de aplausos das celas. A corda rasgava a pele de X, mas ele sabia que não deveria reclamar. Quando os guardas terminaram, eles se afastaram e Dervish se aproximou.

— Ótimo tê-lo de volta entre nós, X! — disse ele alegremente. — Posso chamá-lo de X? Como todos os seus novos amigos chamam?

O senhor rodeou a árvore, avaliando o trabalho de seus homens.

— Receio que esta corda não sirva — comentou ele. — Seja gentil, X, e pergunte aos guardas se podem fazer a gentileza de apertá-la. Eu quero *muito* que você sinta seu abraço.

Havia quatro guardas, mas eles pareciam uma única fera de muitas cabeças. Eram fedorentos e tinham a pele marcada. Suas roupas eram trapos esquisitos, já que, assim como os senhores, eles vestiam o que conseguiam roubar dos prisioneiros. Usavam coletes desgastados, camisas surradas e sujas, calças listradas e calças jeans, bem como uma echarpe ou outra, apesar do calor. Um dos guardas — o mais baixo e mais forte deles, com um nariz que já tinha sido quebrado tantas vezes que era quase plano em seu rosto — parecia ser o chefe. Ele usava uma blusa de gola alta branca e uma gravata vermelha.

— Guardas — disse X —, podem fazer a gentileza de apertar minha corda?

Os homens riram como se ele tivesse contado uma piada.

— Claro, meu caro — disse o homem forte. — Será uma honra!

O guarda mexeu na corda, que, na verdade, não dava para apertar muito mais. Dervish a testou outra vez, o sangue de X estava começando a escorrer embaixo dela, e assentiu com a cabeça, aprovando.

O senhor encarou o vasto muro de almas que ainda gritavam juramentos a X. Ele fez um gesto pedindo silêncio.

— VEJAM UM HOMEM QUE PENSA SER MELHOR DO QUE VOCÊS! — ele berrou. — VEJAM O CAÇADOR QUE CHAMA A SI MESMO DE X!

As celas começaram a tremer mais uma vez.

— Talvez tenha sido ELE MESMO que acabou com sua vida e trouxe você aqui! — continuou o senhor, animado pelos gritos. — Mesmo que não seja, ouso dizer que teria feito isso com prazer. Agora, ao que parece, nosso nobre caçador de recompensas ficou ENTEDIADO com nossa companhia. Tentou fugir, pois se APAIXONOU! O que vocês dizem, almas da Terrabaixa? Devo soltá-lo?

Nem mesmo Dervish poderia ter previsto o monte de palavrões que veio das celas.

Ele se virou para X com os olhos arregalados de alegria.

— Pelos céus! Parece que eles não gostam de você!

O senhor olhou de volta para a parede.

— Acredito que eu devo deixar vocês castigarem esse homem — ele gritou. — É O QUE VOCÊS QUEREM?

As celas entraram em erupção mais uma vez.

O medo envolveu o coração de X com mãos frias.

Dervish chamou os guardas que patrulhavam o muro e ordenou que liberassem alguns prisioneiros de suas celas.

— Cerca de cem, digamos? — perguntou ele. — Deixem que venham aqui e tenham a justiça que julgam necessária!

X não só ouvia a sede de sangue dos prisioneiros agora, mas também sentia o cheiro azedo que saía das celas. Do nada, ele se lembrou de Zoe dizendo a Jonah que "mordaz" significava "alguém que gosta de mordidas". A lembrança o aqueceu.

Dervish percebeu.

—Veja como ele sorri! — gritou. — O CAÇADOR NÃO TEM MEDO DE VOCÊS!

As portas das celas abriram-se. Os prisioneiros partiram em direção aos degraus. O muro estava em frenesi, pedindo o sangue de X.

— Preciso me despedir — disse o senhor. — Eu *abomino* violência.

A PRIMEIRA LEVA de almas marchou pela planície em direção a ele. Toda a colmeia parecia estremecer sob seus pés.

Os guardas fugiram rapidamente.

— Eu não recebo o suficiente para essa merda, recebo? — disse o mais forte com gravata vermelha enquanto corria.

— Você recebe *alguma coisa*? — perguntou outro.

— É modo de dizer, sabe?

As primeiras almas a alcançar X simplesmente cuspiram nele ou lhe deram um único golpe. Ele olhou nos olhos de cada um deles, se recusando a abaixar a cabeça.

Os golpes logo ficaram mais violentos. X obrigou sua mente a vagar. Ele se lembrou de construir a Terrabaixa com neve e brinquedos. Imaginou Zoe, Jonah e sua mãe se aglomerando ao redor dele em um quintal cercado por pinheiros.

Ele foi tirado de seu devaneio por uma voz que reconheceu.

— Cara, acorda! Esta merda é *maluquice*.

Era Batedor, olhando com preocupação para o rosto dele. Arrancadora estava ao lado. Ela se remexia em seu vestido dourado e sujo como se estivesse em um baile da alta sociedade em Londres.

— Por que eu deveria acordar? — perguntou X. — Eu acordo em um pesadelo. Nada pode impedir que esses homens façam o que quiserem.

— Cale a boca — ordenou Batedor. — Isso é pensamento negativo.

— Cale a boca *mesmo* — disse Arrancadora. Ela parou no meio de um giro e olhou fixamente para X. — Você está estragando o que promete ser um resgate muito emocionante!

X sempre suspeitara que o jeito maníaco de Arrancadora era, em grande parte, fingimento. Era como se ela ainda esperasse ser julgada por assassinar a serviçal com aquela chaleira fervente e planejasse usar a loucura como defesa. Apesar dos acessos de loucura, X podia ver em Arrancadora a mulher de aço que o tinha treinado. Uma dúzia de caçadores de recompensas estava ao redor dela agora, seus rostos feridos, como o de X, pelos dedos dos senhores. Arrancadora havia orientado a todos, e eles tinham atendido ao seu chamado.

— Sou grato por sua amizade — disse X. — Mas, se você me libertar, apenas adiará meu castigo até outro dia... e estará correndo risco. Vou aguentar e acabar com isso de uma vez.

— Não seja tão nobre — disse Arrancadora. — Você vai me matar de tédio. — Ela parou, seu cérebro sempre buscando um plano. — Se não nos deixa libertá-lo, então podemos pelo menos nos colocar entre você e a ameaça. Você *é* um dos nossos, e não vamos ficar parados enquanto acabam contigo.

Arrancadora chamou os caçadores de recompensas.

— Formem um círculo, minhas flores! — gritou ela. — E tentem parecer pelo menos um pouco ferozes.

Os caçadores formaram uma corrente humana ao redor da árvore. Batedor e Arrancadora andavam para lá e para cá na frente deles, a primeira linha de defesa. X ficou surpreso e emocionado ao ver que muitos dos seus companheiros caçadores haviam ido lhe prestar ajuda.

Surgiam cada vez mais prisioneiros. A chance de brigar com um ou outro caçador de recompensas era muito tentadora para deixar passar, e todos queriam tentar a sorte para chegar a X. A cadeia humana podia ter a intenção de ser uma medida protetora, mas ganhou ares de desafio.

Batedor sozinho derrubou meia dúzia de homens, mas logo os prisioneiros o atacavam de dois em dois. Arrancadora foi em seu auxilio várias vezes, pulando nas costas deles, golpeando os olhos e tentando arrancar seus dedos com os dentes. (Ela realmente conseguiu uma vez, jogando o dedo no peito da vítima atordoada e exclamando: "Ah, não chore, bebezão! Sua babá pode remendá-lo!") Em pouco tempo, os prisioneiros se cansaram de perder. Atacaram a árvore em uma massa viciosa, passando por Batedor e Arrancadora e golpeando a cadeia de caçadores de recompensas com pedras e galhos.

X esforçou-se para se livrar da corda, mas ela apenas cortou mais sua pele. Vários homens o atingiam agora: um gigante barbudo bateu com uma pedra na lateral de seu crânio. Um homem magricela e pálido o acertou com um galho várias vezes, no mesmo lugar em que Stan o havia apunhalado com a tesoura. X estava perdendo a consciência quando ouviu a voz furiosa e irada que só podia ser de um senhor.

— Chega! O próximo homem que desferir um golpe será atacado por mim cem vezes!

Era Regente, o senhor principesco. Fez-se silêncio na planície. Esgotado, Batedor colocou as mãos nos joelhos e tentou acalmar sua respiração. Arrancadora limpou o sangue da boca, parecendo irritada por não poder extirpar mais dedos.

Quando Regente se aproximou de X, os caçadores de recompensas se dispersaram e se afundaram na multidão. O senhor usava sua túnica azul-real, mas nenhuma joia nem bracelete. Ele não havia roubado nada de seus agressores. Só ele, dentre todos os senhores, parecia se lembrar de já ter sido prisioneiro.

Regente gritou para os guardas dirigirem a multidão de volta às celas. Os prisioneiros reclamaram, mas sabiam que não deveriam resistir. Somente Batedor e Arrancadora permaneceram. Eles não abandonariam seu amigo, e os guardas os deixaram em paz.

Regente arrancou a corda que amarrava X e, quando seu corpo ferido caiu para a frente, ele o pegou e deitou no chão.

— Sinto muito pelo mal feito a você — disse ele. — Dervish é maléfico por engendrar essa tortura e vai ter que se entender comigo.

— Você tem minha gratidão — respondeu X. — Mas eu infringi as leis deste lugar e mereci um castigo.

O senhor sacudiu a cabeça.

— Você não merecia isso — disse ele. — Nunca.

Atrás deles, ouviu-se um grito sem palavras.

Só podia ser Dervish.

Batedor o viu e gemeu:

— Esse cara é um idiota.

Arrancadora voltou-se para Regente.

— É só mandar e arranco os dedos deste louco.

— Não faça nada — disse ele. — Vou resolver o assunto sozinho.

Dervish se aproximou e imediatamente começou a repreender Regente.

— Como OUSA soltar meu prisioneiro? Como ousa dizer que é um senhor? Você realmente se acha igual a mim, criatura imunda?

Sem uma palavra, Regente socou Dervish na boca, lançando-o sobre a planície rochosa.

Os prisioneiros, ainda subindo as escadas, pararam para assistir ao confronto. Logo uma dúzia de outros senhores surgiu dos túneis, movendo-se tão rapidamente que pareciam voar.

— Eu disse ao seu amiguinho que seus ossos logo estariam em uma sopa — disse Dervish. — E agora vou tomá-la.

Arrancadora riu da ameaça.

— Por favor — disse ela a Regente. — Os dedos? Posso?

— Sua proposta é interessante — respondeu ele. — Mas não.

Os outros senhores se reuniram ao redor de X, homens e mulheres em uma profusão de roupas e pedras de cores vivas. No topo dos degraus, os prisioneiros ficaram atônitos ao ver tantos senhores reunidos em um só lugar, como pássaros com penas de cores fortes. Até mesmo os guardas ficaram hipnotizados.

A caverna ficou em silêncio enquanto os senhores assimilavam a cena estranha diante deles. Regente estava na frente de X, protegendo-o. Quando Dervish tentou se levantar, ele o empurrou para o chão com o calcanhar de sua bota, fazendo com que os prisioneiros e os guardas, e até alguns dos senhores, rissem. X ficou aliviado ao descobrir que seu preferido tinha tal posição, mas temia que a humilhação só fortalecesse a resolução de Dervish. Ele não queria nenhum inimigo ali, nenhuma visibilidade, nenhum escrutínio de qualquer tipo que pudesse pôr em perigo seu retorno ao Mundo de Cima e à Zoe.

Os senhores começaram a debater sobre o que deveria ser feito. Murmuravam de modo que os prisioneiros não pudessem ouvir.

Dervish ficou indignado com a demora. Ele apontou para Regente e gritou:

— Derrubem esse animal!

Os senhores o ignoraram.

— Por que demoram, tolos? Terei minha satisfação!

Regente pigarreou e dirigiu-se aos senhores, não se importando se os prisioneiros nos degraus ouviam.

— Este homem foi muito maltratado — disse ele, indicando X. — Ele violou nossas leis? Violou. Suas ações pediam punição? Pediam. Mas ele não mereceu os horrores que *essa* odiosa falsificação de homem — ele apontou para Dervish — causou a ele. Eu defenderia qualquer alma de tais abusos, e esse homem não é qualquer alma.

X não tinha ideia do que Regente quis dizer com a última declaração e ficou chocado ao ouvir outros senhores concordarem.

Dervish finalmente ficou de pé. Ele fez uma careta, como se sentisse um gosto amargo na boca.

— O que você está querendo dizer com essas bobagens? — perguntou ele. — Se X... e note que ele deu um nome a si mesmo, o que é um ultraje por si só... se esse troglodita na minha frente é melhor do que a mais ordinária das almas, eu gostaria de saber o porquê.

— Você sabe muito bem por quê — respondeu Regente. — Não finja ser ainda mais lento do que é. Sua estupidez já é enorme.

— Bem, se *eu* sei por que ele é tão especial e *você* sabe por que ele é tão especial — disse Dervish —, então por que não fala em voz alta?

— Porque, como você com certeza sabe, a lei da Terrabaixa proíbe — Regente disse friamente. — Mas você parece muito agitado hoje. Talvez queira ensinar a todos.

— Acha que tenho medo? — perguntou Dervish. Ele fez um gesto para os senhores, que estavam se aproximando e olhando para ele com inquietação. — Você acha que eu tenho medo *deles*? Eles são fracos. Não podem fazer nada, a menos que seja decidido e aprovado pelos superiores!

X não conseguiu ficar calado.

— O que eu posso ter de tão chocante que ninguém ousa falar?

Dervish parecia pronto para responder, mas os senhores lhe lançaram olhares ameaçadores.

— Esta desgraça que você chama de Regente acredita que você é especial — disse Dervish —, porque ele acredita que sua mãe era especial.

Com isso, os senhores avançaram e começaram a arrastar Dervish para longe. Ele relutou e deu pontapés, indignado por ousarem tocá-lo.

— Quem era minha mãe? — gritou X, para qualquer um disposto a responder.

Ele olhou para Regente.

— *Quem* era minha mãe? — repetiu. — Por favor.

Regente olhou-o com pesar, mas não falou nada.

Dervish fez-se ouvir uma última vez.

— Ela não era nada nem ninguém, assim como seu pai — gritou ele. — Seu pai era menos do que um monte de merda. Sua mãe era uma traidora... e uma puta.

Então sua voz ficou abafada e se perdeu.

X precisava saber mais. Estava ofegante e à beira do choro.

Regente devia ter ficado com pena, pois pegou o braço do rapaz e começou a caminhar lentamente para os grandes degraus de pedra.

— É verdade o que ele diz sobre meus pais?

— Esse rato dessecado não tem ideia de quem era seu pai — Regente disse calmamente. — Mas posso garantir que sua mãe não era uma puta. Ela é agora uma prisioneira em um canto secreto deste lugar, mas já foi uma boa amiga. Dervish está correto quando diz que ela é a razão pela qual acredito que ainda haja esperança para você.

Regente fez uma pausa, e o mundo pareceu parar com ele.

— Sua mãe era um dos senhores.

onze

X ACORDOU COM A CABEÇA no colo de Arrancadora, que cuidava de suas feridas. Ele ficou chocado ao encontrá-la em sua cela, sem guardas por perto. Nunca tinha visto dois prisioneiros serem deixados sozinhos, nem por um instante. Regente devia ter dado um jeito.

Arrancadora estava sentada sobre os próprios pés, o puído vestido de ouro se espalhando. Ao lado dela, havia uma tigela de pedra cheia de água curativa. Ela tocava o rosto de X com um pano, cantarolando uma melodia leve enquanto trabalhava. Uma lanterna rústica de metal lançava sua silhueta contra a parede.

Algo na sombra e na música despertaram uma lembrança em X.

— Você já me ajudou antes — disse ele. — Quando eu era criança. Você cantou essa mesma música.

Arrancadora mergulhou o pano, depois o torceu sobre a tigela.

X se retraiu ao ver as mãos dela: eram pele e osso. As unhas que ainda tinha eram curtas e cheias de sangue. Ainda assim, ela era delicada, tinha um brilho que ele não via desde a infância.

— É uma das poucas músicas de que me lembro — disse ela. — E não pergunte sobre a letra, porque ela sumiu da minha cabeça. Algo insuportável sobre um pardal, sem dúvida.

Ela pressionou o pano na testa de X.

— Eles nunca lhe contaram que minha mãe era um dos senhores? — perguntou ele. — Sinceramente?

— Nunca, eu juro — disse Arrancadora. — Eu sabia que havia algo especial em você, e eu lhe disse isso. Você era, aos dezessete anos, um caçador de recompensas melhor e mais forte do que eu... e, como sabe, sou praticamente uma lenda.

Depois que limpou as feridas de X, Arrancadora começou a pôr ataduras nas mais graves, começando com o corte na perna. X não tinha forças para levantar a cabeça e examinar o ferimento. Ainda assim, sabia que devia ser profundo, porque a amiga franziu a testa ao vê-lo.

— Esse ferimento na sua perna me preocupa. É um rasgo fundo de tecido e sangue. Está ardendo?

— Está — respondeu X. — Como se estivesse em chamas. E, por favor, não descreva a ferida novamente.

— Minhas desculpas — disse Arrancadora. — Receio que possa estar infectado, embora eu não seja médica, apenas uma assassina.

X rangeu os dentes para se distrair do desconforto e olhou para Arrancadora. Sua pele tinha sofrido por séculos na Terrabaixa, e ela ainda era linda. Tinha feições fortes e bem-feitas, o queixo delineado, com covinha, e olhos muito azuis. Como fazia décadas que não caçava uma alma, até mesmo os hematomas sob seus olhos tinham desaparecido. Naquele dia, seus cabelos escuros estavam presos em um coque no topo da cabeça, uma única mecha grisalha cobrindo-o como uma tira de ouropel.

— Você sente falta de ser mãe? — X perguntou a ela, depois de um tempo.

A conversa era um alívio bem-vindo, e ele viu que teria que alimentá-la como se alimenta uma fogueira.

Arrancadora assentiu.

— Eu fui uma boa mãe — disse ela. — Alfie e Belinda estavam sempre corados e gordinhos. Infelizmente, as crianças se afastam depois de verem alguém abrir a cabeça de uma serviçal com a chaleira.

X perguntou se ela já os havia espiado, espreitando pelas janelas, ou ficando escondida do outro lado da rua quando saía para pegar almas.

Arrancadora negou com a cabeça, cansada.

— Não conseguiria ver meus filhos e não os abraçar — disse ela. — Eu não teria sobrevivido. — Por um momento, ela ficou perdida em pensamentos. — Cem anos depois de ter sido trazida para cá, outro caçador de recompensas descobriu o que havia acontecido com minha família. Meu marido arranjou outra esposa, uma americana, ainda por cima, e eles navegaram para a Nova Inglaterra, como aqueles peregrinos horríveis. Quando Alfie tinha onze anos...

Arrancadora parou por um momento, decidindo se continuaria.

— Quando Alfie tinha onze anos, ele morreu em um incêndio em um estábulo. Ficou preso embaixo de um poste, luminária, ou coisa que o valha. Belinda tentou tirá-lo de lá, mas tinha só nove anos e não teve força suficiente. Nunca se recuperou do luto, pelo que soube. Foi internada em uma casa de repouso, porque a nova esposa do meu marido não aguentava o choro dela.

— Seu marido — disse X. — Você o amava?

A pergunta pareceu mudar o jeito deprimido de Arrancadora.

— Meu Deus, não, não — respondeu ela. — Quando ele estava calado e não punha as mãos suadas em cima de mim era uma companhia simpática. Mas creio que um vaso de planta teria servido da mesma maneira.

X fechou os olhos. Ouviu quando ela rasgou uma atadura.

— Acho que... — ele começou, mas parou quando sentiu o rosto corar de vergonha.

— Sim? — perguntou Arrancadora. — O que você acha?

— Acho que eu... acho que eu posso estar apaixonado — disse ele.

Se Arrancadora tivesse rido, sorrido ou mesmo feito uma pausa para absorver suas palavras, ele teria fechado a boca.

Ela não fez nada disso.

— Sim, pensei que fosse algo do tipo — disse ela. — Caso contrário, você não teria infringido tantas das leis que ensinei. Eu meio que esperava que os senhores *me* castigassem por suas transgressões, sabe? Se não me achassem louca de pedra, talvez tivessem.

— Até eu te achava maluca — comentou X.

— Sim, bem, eu quase fiquei por um tempo. Depois que soube do incêndio no estábulo. E, nesse intervalo, aprendi que parecer louca tem suas utilidades.

Ela ficou de pé e, com um floreio exagerado, jogou o conteúdo da tigela no corredor. A água salpicou os prisioneiros abaixo, e ouviu-se um coro de palavrões, o que fez com que Arrancadora risse.

Ela se sentou ao lado de X mais uma vez.

— Conte-me sobre essa garota que você ama. Depressa, antes que o guarda venha me expulsar.

— Se você me dissesse que tal pessoa existia, eu a teria chamado de mentirosa.

— É mesmo? — perguntou Arrancadora, arqueando uma sobrancelha. — Sem parar para pensar, me diga três coisas que você ama nessa criatura incrível.

X pensou por um momento.

— *Sem* parar para pensar — disse Arrancadora. — Pensei que as regras desse jogo fossem bem claras.

— A força dela — começou X. — Mas três é um número insuficiente... não poderei lhe fazer justiça.

— Ah, *pare* de choramingar — retrucou Arrancadora.

— Muito bem. A força. O modo impulsivo de falar. O rosto.

— O modo impulsivo?

— Não sei explicar.

— Por favor, não explique — disse Arrancadora. — Sim, bem, tudo isso realmente parece amor... pelo menos, como foi descrito para mim uma vez. Como disse, o amor não foi um mar no qual nadei.

Um guarda atravessava o corredor, batendo o cassetete nas grades. Arrancadora preparou suas coisas para sair, e X ergueu-se nos cotovelos para observar a cela.

A camisa roxa com a costura branca tinha sido devolvida a ele. Estava dobrada no chão junto à porta. Ele ficou chocado ao vê-la de novo.

— Um guarda devolveu enquanto você dormia — disse Arrancadora. — O fato de sua mãe ter sido um dos senhores agora é um segredo bem conhecido.

X deitou-se novamente. Os passos do lado de fora ficaram mais altos. Ele sabia, pelo arrastar dos pés, que era Russo.

— O que você acha que os senhores farão comigo? — perguntou X.

— Haverá um julgamento de algum tipo, acredito. Dervish insistirá para que você seja devorado por leões ou algo igualmente teatral. Ainda assim, você é uma alma inocente... e filho de um senhor. Isso torna você um caso especial. Na verdade, não sei se os senhores sequer têm a autoridade para punir pessoas como você. Como sabe, há um Poder Superior que governa este lugar, e os senhores tremem diante dele, ou dela, como eu gosto de imaginar.

O guarda se aproximou. Arrancadora continuou rapidamente:

— No julgamento, você poderá falar só uma vez. Desculpe-se pelas suas ações com as palavras mais melosas que conseguir. Talvez permitam que você continue sendo um caçador de recompensas e, por fim, lhe deem as costas por tempo suficiente para que possa visitar sua garota impulsiva. Você está envelhecendo, ao contrário do resto de nós. Eu odiaria vê-lo apodrecer nesta cela até não sobrar nada seu além de ossos.

Terminado o discurso, ela tocou com delicadeza o rosto de X. Sua palma era áspera, mas ele sentiu seu calor.

— Eu gostei da nossa conversa — disse Arrancadora. — Fazia anos que eu não falava tantas palavras coerentes em sequência.

— Obrigada por seu conselho. — Ele sorriu com gratidão e percebeu que não estava pronto para deixá-la partir. — Arrancadora.

— Sim?

— Eu queria dizer... — ele começou, sem jeito. — Eu queria dizer que gosto muito do seu vestido.

— Bem, obrigada, gentil senhor— disse ela, parecendo satisfeita e tirando um pouco da poeira do bordado velho. — Na verdade, nunca gostei muito dele. Mas não sabia, quando eu o vesti naquela última manhã, que o usaria por toda a eternidade.

Russo virou a chave na porta e entrou na cela. A lanterna lançou uma luz fraca em seu agasalho azul-claro.

— Está na hora — disse ele. — Festa acabou. E nós choramos, buá.

Arrancadora fez um último meneio de cabeça a X e depois contorceu seu rosto na máscara de insanidade que havia inventado para a Terrabaixa. Era como se alguém inteiramente novo habitasse seu corpo agora.

X observou com admiração enquanto ela girava, sibilava para o guarda como um gato selvagem e voltava para a cela.

OS DIAS SE PASSARAM, MAS AS FERIDAS de X demoraram a desaparecer — sua pele continuava sendo uma paisagem de roxo, amarelo e azul. Mas em pouco tempo ele estava forte o bastante para andar em sua cela e fazer exercícios simples. Ainda pensava em Zoe constantemente. Mas conseguia desviar os pensamentos, como uma cidade desviava um rio, da ideia de perdê-la para a de reencontrá-la.

Um dia — como de costume, ele não sabia se era manhã ou noite — X acordou ao som de uma chave enferrujada raspando na fechadura. Uma tropa de guardas estava amontoada lá fora. Eram os mesmos que o haviam abandonado na planície. O chefe da equipe, com blusa de gola alta e gravata vermelha, avançou e ajudou X a se levantar do chão.

— Tenho pensado em me desculpar — disse ele. — Eu e os homens nos comportamos mal com você. Como covardes. Você merece coisa melhor.

O guarda só estava se rebaixando porque soubera que a mãe de X tinha sido um dos senhores. Ainda assim, X não tinha gosto pela crueldade.

— Obrigado. Eu não teria como pedir desculpas mais sinceras.

— Tenho praticado — disse o guarda.

O guarda gesticulou para que X o seguisse e guiou-o para a ampla escada de pedra. Os prisioneiros sacudiam as barras e gritavam quando eles passavam.

— Aonde vai me levar? — perguntou X.

O guarda ficou sério.

— Prometi não contar.

— Entendo.

— Mas como você foi muito tranquilo com o outro assunto, vou contar mesmo assim — disse o guarda. — A cachoeira que alimenta o rio, conhece?

— Sim — disse X.

— Bem, atrás dela tem um túnel e, no final do túnel, uma espécie de salão de reuniões. Muito grande, sim. Os senhores fazem seus negócios lá, as discussões, as leis, tudo. — Ele fez uma pausa enquanto X hesitava no primeiro degrau. — Fiquei sabendo que estão todos esperando por você. Eles têm resolvido vários assuntos o dia todo, mas você é o prato principal.

A CACHOEIRA ERA TÃO pesada que X quase não conseguia atravessá-la. Finalmente, com a ajuda de dois guardas, ele emergiu em uma longa passagem de pedra que nunca tinha visto antes.

Ninguém disse nada. Os únicos ruídos eram o do crepitar de tochas, o ecoar de botas e o pingar de roupas enquanto caminhavam. X sabia que deveriam estar se aproximando da sala de reuniões. Muitos senhores congregados juntos enviavam uma energia inconfundível, um pulso, como uma colmeia.

Como se para confirmar a suspeita de X, a passagem começou a se transformar. As paredes tinham começado feias e ásperas, mas quanto mais o grupo caminhava mais bonito o túnel se tornava, até estar brilhando como prata. Havia também gemas enormes na parede. Elas reluziam e piscavam quando os guardas passavam com as tochas.

No final do túnel, havia uma porta azul com detalhes entalhados. Duas sentinelas com rifles pretos assustadores estavam em frente à passagem.

As sentinelas eram uma espécie mais elevada que os guardas gorduchos e tolos, e mal olharam para eles. Eles se viraram para a porta com precisão coreografada e abriram-na sem dizer palavra alguma.

X passou pela porta e recebeu uma explosão de luz. Ele e os guardas entraram em um impressionante anfiteatro branco feito inteiramente de mármore. Os senhores, centenas deles, estavam sentados em círculo em torno de um pequeno palco, suas roupas tão coloridas e finas que quase pareciam plumas. Pararam de falar quando viram X e observaram conforme ele foi conduzido pelos degraus até o palco.

O palco estava vazio, exceto por um único assento de pedra e um pódio. Os guardas, tentando impressionar os senhores, empurraram X para a cadeira rudemente e subiram a escada em fila.

Os olhos de X lentamente se ajustaram à luz. As paredes eram como o interior de uma pirâmide; esculpidas com milhares, talvez milhões, de palavras e desenhos, bem como um mapa imenso que parecia representar cada centímetro da prisão. O teto era uma abóbada enorme e transparente, acima da qual o rio largo da Terrabaixa corria sem fazer barulho.

X estava sentado havia pouco tempo quando a cadeira de pedra começou a girar e, de onde quer que os senhores estivessem sentados, puderam observá-lo. No entanto, a multidão rapidamente se entediou com aquilo e começou a conversar. A cadeira continuou a girar. Moveu-

-se lentamente, depois depressa, e então devagar de novo. X ouviu gritos irados, risos irregulares, pisadas fortes. Ele observou enjoado enquanto rostos apareciam sem parar. Estava esperando o início do julgamento, e então se deu conta...

Aquele *era* o julgamento.

Ele lutou contra o pânico. Procurou Regente na multidão, mas não conseguiu encontrá-lo. Certamente Regente estava lá. Certamente não o abandonaria agora. X continuou procurando. Havia muitos senhores. Suas roupas eram esvoaçantes. As faixas douradas no pescoço deles brilhavam. Dervish estava sentado no meio de uma fila, rindo maliciosamente com outros senhores. Estariam rindo dele?

Por fim, em meio à confusão, um senhor um pouco mais alto do que uma criança subiu ao palco. X observou quando ele foi para trás do pódio e silenciou a multidão. Com uma voz alta e nervosa, o senhor anunciou que agora ouviriam os argumentos finais antes de votar se o prisioneiro deveria continuar sendo um caçador de recompensas ou ser para sempre um prisioneiro.

Argumentos finais!

A mente de X estava a toda. Ele estava tonto com o movimento da cadeira. Sua camisa roxa estava ensopada de suor. O corte na perna parecia brilhar sob o curativo.

Ele fechou os olhos e, quando os abriu, viu Regente. Finalmente! O senhor levantou-se do assento e aproximou-se do palco.

Antes de Regente se dirigir à audiência, ele se inclinou para X e confirmou o que Arrancadora havia dito: X poderia falar, mas apenas uma vez. X viu a simpatia nos olhos do senhor e se emocionou. Sem pensar, sussurrou:

— O senhor foi muito gentil comigo. Posso saber seu nome verdadeiro?

O senhor ficou chocado com a pergunta e se virou sem responder.

Regente disse a seus colegas que estava enojado que cogitassem mais punições para a alma que estava sentada diante deles. Lembrou sua plateia que, apesar de X não ter cometido nenhum crime, passou a vida na Terrabaixa, que havia aprendido a engatinhar, andar e falar em uma cela pouco maior que seu corpo. *Claro* que havia sentido vontade de fugir! *Claro* que tinha se apaixonado!

Foi um discurso agitado. Os senhores pareceram tocados por ele.

Regente falou sobre a mãe de X, sobre o sangue raro que corria em suas veias, sobre a tortura terrível que ele sofreu na planície.

X ansiava em se defender e tinha medo de perder a chance. Lembrou que Arrancadora lhe disse para implorar. Praticou silenciosamente: *Meus senhores, meus atos têm sido terríveis. Eu imploro para continuar sendo um caçador, para que eu possa continuar a servi-los. Eu me retrato com tudo e com todos. Meu único amor é a Terrabaixa.*

Ele detestou todas as palavras e nenhuma era sincera.

Quando Regente terminou, houve uma leve chuva de aplausos. Dervish, que parecia viver em um estado perpétuo de indignação, ficou tão escandalizado que nem se incomodou em tomar o palco para responder. Passou pelos senhores sentados ao lado dele e começou a gritar do corredor.

— Este patife NÃO DEVE e NÃO PODE continuar sendo um caçador de recompensas — declarou ele. — Ele JÁ revelou que é fraco e sentimental. Ele JÁ nos traiu. E, no entanto, alguns entre nós permitiriam que ele continuasse sendo caçador e passeasse pelo Mundo de Cima para se divertir? Não, eu digo! NÃO, NÃO, NÃO!

Dervish esperou sua salva de palmas. Mas depois daquela estranha série de "não", Regente disse alto:

— Perdoe-me, mas um cavalo entrou na sala?

O riso tomou o ambiente.

Dervish estava encurvado no meio do corredor, recalculando seu plano de ataque. Um pensamento lhe ocorreu. X pôde vê-lo em seus olhos.

— A VERDADE — gritou o vil senhor — é que este patife nem sequer DESEJA continuar sendo um caçador de recompensas. Ele só quer mesmo se manter com sua VADIA! Eu deveria tê-la MATADO quando pude... e pode ser que ainda a mate!

X se levantou de seu assento. Estava tão furioso e tonto que mal conseguia enxergar.

Regente tentou acalmá-lo:

— Ele blefa esperando enfurecê-lo. Não se deixe provocar!

Mas X não ouvia nada além do sangue latejando em seus ouvidos. Ele tropeçou ao descer do palco e seguiu pelo corredor em direção a Dervish.

— Se encostar um dedo em Zoe, vou deixar seu rosto ainda mais feio... com uma pedra!

— Você não pode me impedir — provocou Dervish. — Vou lamber o pescoço dela, se quiser.

Regente voou os degraus para segurar X. Mas, zonzo como uma criança que girou muitas vezes, X desferiu um soco em Dervish.

Em vez dele, acertou Regente.

Um suspiro ergueu-se entre os senhores. As sentinelas correram para frente com seus rifles. X olhou para Regente, cujo rosto era uma máscara de fúria e surpresa.

— Eu não quis... — disse X.

Regente ergueu a mão para silenciá-lo.

— Você falou — retrucou ele, seu tom repentinamente alterado e sério. — E não pode falar de novo.

X DESABOU DE NOVO na cadeira de pedra. Tudo estava perdido. Nunca mais seria um caçador de recompensas. Nunca veria Zoe. Sua insolência poderia até custar a vida da família dela.

Ele olhou para o curativo na perna. O sangue o havia manchado como um pequeno lago. Para se distrair, pressionou a ponta dos dedos e sentiu a dor correr seu corpo. Talvez, com a ajuda de Arrancadora, ele pudesse impedir que a ferida cicatrizasse, para que pudesse sempre golpeá-la e ter uma lembrança permanente de sua perda.

Quando chegou a hora de os senhores votarem, Regente o ajudou a se erguer da cadeira.

— Fique em silêncio, não importa o que aconteça — disse o senhor. — Fiz tudo o que pude.

X obrigou-se a olhar para os juízes. Poucos deles o encararam, o que bastou para que ele soubesse tudo o que precisava saber sobre seu destino.

O minúsculo senhor que deu início ao evento anunciou o referendo oficial com voz fina:

— Esta alma permanecerá como um caçador de recompensas, sim ou não?

Alguém gritou um não, depois mais alguém e mais duas pessoas.

X sentiu como se estivesse observando seu futuro com Zoe desaparecer e morrer. Ele havia prometido voltar para ela, a menos que dois mundos conspirassem contra ele: que promessa imprudente! Tudo que bastou foi sua raiva e seu orgulho; sua voz saindo sem pensar.

Ele tentou não ouvir o que era dito. No entanto, ouvir os próprios pensamentos não era nada melhor. Quanto tempo Zoe demoraria para admitir para si mesma que X a havia decepcionado — que ele nunca mais voltaria?

O nono — ou o décimo? — não foi berrado.

X esperava que Zoe soubesse que ele a amava. Não achava que havia dito aquelas palavras de fato. Quando a beijou, estava todo tomado por sentimentos. Ela sabia disso? Ela se lembraria? Ou decidiria que ele nunca tinha se importado com ela? Poderia ser melhor se ela pensasse assim?

Sua mente doía. Cada pergunta era como madeira seca explodindo no fogo.

Ele poderia pedir a Batedor que levasse uma mensagem a Zoe quando ele fosse enviado para recolher outra alma. Batedor era um amigo leal, claro. Ele faria isso. Mas o que a mensagem diria? As palavras "Me desculpe" eram muito pequenas.

Regente votou a favor de X, que sentiu uma pontada de esperança.

Seguiram-se mais três nãos. X ficou surpreso ao ver como ainda doíam.

Ele precisava que aquilo acabasse. Era uma tortura.

Os senhores estavam cansados de votar. Começaram a ficar de pé e a seguir em direção ao corredor. O homem-criança atrás do pódio gritou por ordem. Eles o ignoraram e se empurraram na saída. X perguntou-se como um grupo de adolescentes poderia governar a Terrabaixa.

E então ele se deu conta: eles *não* governavam a Terrabaixa. Não mesmo. As palavras de Arrancadora voltaram: os senhores respondiam ao Poder Superior.

De repente, X ouviu uma voz gritar:

— Eu questiono sua autoridade!

Ele ficou chocado ao descobrir que era a dele.

Regente sacudiu a cabeça violentamente, lembrando X que ele estava proibido de falar de novo.

Mas X não ficaria em silêncio. Zoe não teria ficado.

— *Eu questiono sua autoridade!*

Todos se viraram.

— Com base em quê? — perguntou o senhor pequeno.

X olhou para Regente, na esperança de ser encorajado. O senhor meneou a cabeça para ele.

— Com base... no argumento de que você não tem o direito de me julgar, pois eu sou filho de um senhor.

O silêncio varreu a caverna. Arrancadora o aconselhara bem.

— Existe alguém acima de vocês — X continuou. — Somente *Ele* tem o poder de me punir. Só *Ele* pode decidir o meu destino. Peça a Ele que me julgue, se ousarem.

BATEDOR OUVIU COM TODA atenção a história de X. Os guardas o haviam levado de volta para sua cela, e também não se cansavam da história dele. Ficaram agrupados em frente às grades, admirando abertamente a coragem de X ("Ele tem colhão! Imagine!") e absorvendo todos os detalhes com espanto. Arrancadora dançava espalhafatosamente em sua cela, fingindo loucura, mas X sabia que ela ouvia e estava orgulhosa.

Quanto ao próprio X, estava dividido entre o êxtase e o choque. Tentou acalmar seu sangue, lembrando-se de que seu destino ainda era incerto.

— Você disse: "Eu questiono sua autoridade"? — Batedor perguntou, não pela primeira vez. — Você disse isso *mesmo*?

— O desespero me levou a isso — disse X.

— E então, o que aconteceu? — perguntou um dos guardas, que tinha um rosto enrugado como uma maçã murcha. — Desordem, aposto.

— Os senhores começaram a discutir — replicou X. — O barulho foi terrível. Eles me rodearam, indignados com a minha insolência. Eles me ameaçaram com punições medievais. Dervish aproximou o nariz a centímetros de meu rosto e perguntou se eu sabia de quantas formas diferentes era possível tirar a pele de um corpo humano. Mas eu estava tão tomado pelo senso de justiça que ele não me assustou, e eu mostrei isso a ele respondendo, com o máximo de calma que consegui: "Sete?"

Isso provocou risadas.

— Apesar da fúria dos senhores — continuou X —, ninguém sugeriu que eles *tinham* autoridade para me julgar. Fiquei cada vez mais ousado, e comecei a gritar: "Peça a Ele que me julgue! Somente *Ele* pode me julgar!" Uma vez, acho que até gritei: "Ele pode nos ouvir agora? Ele está ouvindo?! Diga-lhe que Ele deve responder!" Fiquei desatinado. Então, de repente, no meio do caos, aconteceu algo tão peculiar que não sei explicar.

X ficou em silêncio por tanto tempo que seu público gemeu de frustração.

— A própria câmara pareceu *despertar* de alguma forma — disse ele por fim. — O rio que corria sobre nossas cabeças escureceu. As paredes ficaram úmidas e escorregadias, como se fossem feitas de pele. Então começaram a vibrar. Foi um leve tremor no começo, mas cresceu de forma constante, e logo foi acompanhado por... Mais uma vez, não sei como descrever. Foi acompanhado por um zumbido. Começou como uma espécie de rosnado, algo emanando da barriga de uma fera. Mas o zumbido aumentou cada vez mais e logo se tornou um assovio estridente. Não consigo nem começar a explicar como foi ruim. Era como se houvesse um espinho dentro do ouvido.

— Eu já ouvi esse som! — exclamou a maçã murcha.

— Ah, ouviu nada! — disse o chefe forte.

— Eu vi o medo transformar os rostos dos senhores, até o de Regente — disse X. — Ele ordenou que as sentinelas me tirassem da câmara. Resisti, pois os senhores ainda não tinham me informado sobre meu destino. Mas o lugar estava tão tumultuado que eu não podia fazer muita coisa para defender mais minha causa. Ao sair, eu me virei para os senhores por um momento. Acho que vocês não vão acreditar, mas vi que as faixas de ouro que os senhores usam no pescoço começaram a brilhar. De repente, os senhores tiraram as mãos das orelhas e seguraram seus colares como se estivessem sendo engasgados. As sentinelas e eu tivemos que passar por um dos senhores para sair da câmara, e a última coisa que vi foi uma cortina de sangue escorrendo pelo pescoço dele.

As últimas palavras de X caíram no silêncio. Então, mais uma vez, a maçã murcha se pronunciou.

— Eu já vi isso também! — disse ele. — Vi essa mesma *coisa*!

O guarda forte se virou.

— Mentiroso — acusou ele, irritado.

— Certo, tudo bem — disse a maçã. — *Mas* já vi muitas vezes seus senhores se *atrapalhar* e *puxar* os colares de ouro, como se os incomodasse.

Na cela ao lado, Arrancadora parou de rodar e surpreendeu a festa ao exclamar:

— O sr. Feio se deparou com uma verdade! Essas faixas de ouro não são sinais de poder... ou não são *só* sinais de poder. Elas são correntes.

— Bem observado — disse a maçã. — Ser chamado de sr. Feio machuca os sentimentos da pessoa, mas vou deixar pra lá, porque todo mundo sabe que você é doida.

Antes que Arrancadora pudesse responder, Batedor advertiu-os sobre o movimento na planície abaixo. Regente estava passeando na borda rochosa. X não conseguia ver seus traços, mas sua agitação era nítida.

— Certo — disse o chefe dos guardas. — Melhor a gente cair fora. Vamos, sr. Feio.

X olhou para a planície enquanto o grupo se afastava. Regente estava meditando e caminhando em um ritmo tão acelerado que dava a impressão de que poderia abrir um sulco na rocha. X sabia que receberia sua visita... e logo. No entanto, não conseguia imaginar as novidades que traria.

O peso em seu coração indicava que não seriam boas.

Por fim, Regente parou de caminhar. Virou-se para a vasta parede de celas e saltou em direção a X, aterrissando na frente de sua cela com um forte baque e uma rajada de ar, então fez um gesto para X em direção às barras.

— Recebi a missão de lhe dizer que você deverá trazer mais uma alma à Terrabaixa — disse ele. — Se não conseguir localizar essa presa final, se ficar sentimental e libertá-lo, como liberou Stan... ou se desperdiçar um único instante atrás de seu novo amor... nunca mais sairá daqui. Nunca sairá nem desta cela.

— E se eu fizer exatamente o que me mandarem fazer? — perguntou X. — Se eu trouxer a alma de joelhos? Poderei continuar sendo um caçador de recompensas?

— Não — respondeu Regente. Ele fez uma pausa que pareceu infinita e então continuou. — Depois disso você será livre.

X demorou muito para conseguir falar.

— *Livre*? Para sempre? Nunca ouvi falar de tal coisa.

— Eu também não. Mas você é inocente, e o filho de um senhor. Não nasceu para ficar em uma jaula. Talvez esta seja a tentativa da Terrabaixa de fazer justiça.

— Não quero parecer ingrato, porque você tem sido um grande aliado — disse X. — Mas eu temo que esta seja uma armadilha.

— Então reze para que não seja — disse Regente. — E eu vou rezar com você. — O senhor observou se alguém estava olhando, e então passou as mãos pelas barras e apertou a de X com força. — O que estou prestes a revelar, você nunca deve contar a outra alma. Me dá sua palavra?

— Dou — respondeu X. — Claro que dou. Devo o mundo a você.

— Muito bem — disse Regente. — Meu verdadeiro nome é Tariq.

parte três

PROMESSAS A MANTER

doze

Zoe tentou dormir em uma dúzia de posições, como se estivesse inventando um alfabeto com o corpo. Do lado de fora, as árvores farfalhavam pacificamente, e uma brisa soprava pela janela. O mundo estava voltando ao normal, como se a palavra "normal" ainda significasse algo.

Dias inteiros haviam passado desde que X partira. Haveria escola no dia seguinte. Escola! Não era absurdo? Sempre que Zoe sentia uma onda de tristeza prestes a chegar, ela se lembrava de como ficou parada na frente de casa, de meias, de como X colocou o casaco em torno de seus ombros, como puxou seu corpo para junto de si. A boca de X era tão quente que fez os lábios de Zoe brilharem como ferro em brasa.

À meia-noite, sua porta se abriu, e Jonah entrou, junto com o facho de luz amarela que vinha do corredor.

Zoe fingiu estar dormindo. Lidar com o irmão não estava em sua lista de prioridades.

Ela soltou um ronco alto.

— Sei que você está acordada — disse Jonah. — Dã.

Zoe roncou ainda mais alto.

— Fingida — disse Jonah. Depois de um momento, ele acrescentou: — Cadê o X? Por que ele não voltou? Gostei de quando ele ficou aqui.

Zoe grunhiu e sentou-se na cama.

— Ele teve que ir embora — respondeu ela. — Você sabe disso, monstrinho.

— Mas, tipo, ir embora *mesmo*? — perguntou Jonah. — Embora *para sempre*? — Sua voz vacilou.

A realidade da situação também invadiu Zoe. Talvez nunca mais visse X. Talvez seu beijo tivesse sido tão envolvente, tão singular, porque seria o único.

— Não sei se para sempre — respondeu ela. — Tudo o que sei é que ele *quer* voltar e que é teimoso como a gente.

Jonah pareceu aceitar a resposta. Ele se aproximou dos pés da cama de Zoe e se preparou para se enfiar nos cobertores.

— Não, monstrinho — disse ela. — Você não pode dormir aqui. Hoje não.

Ele não achou que ela estivesse falando sério, e ergueu os cobertores.

— *Não*, monstrinho — repetiu Zoe, puxando para longe o lençol e o cobertor.

Jonah saiu do quarto sem dizer palavra, arrastando consigo uma nuvem de mágoa. Zoe caiu de volta na cama. Através da parede, ouviu Jonah abrir a porta da mãe e dizer: "Odeio a Zoe. Posso dormir aqui com você?"

Zoe mudou de posição novamente. Ela sentia falta de X — havia um lago de dor onde deveria estar seu coração — e também se sentia culpada. No alto do telhado, um pedaço de gelo se soltou, deslizou pelas telhas, despencou diante das janelas como um corpo caindo e aterrissou na neve com um baque surdo.

Nunca ia conseguir dormir.

Exasperada, Zoe se sentou e atirou o travesseiro pelo quarto. Ele bateu nas prateleiras sobre a mesa e derrubou alguns troféus no chão.

Ela tentou avaliar o dano, mas, na escuridão, só conseguiu identificar um prêmio de Melhor Tosadora de Ovelhas entre as vítimas. O troféu era uma ovelha tosquiada pela metade. Era um dos favoritos de Zoe porque lembrava Val, que havia raspado o lado esquerdo da cabeça, e era tão linda que conseguiu ficar bem assim mesmo. Zoe havia comprado o troféu em uma loja de segunda mão em Columbia Falls. O homem atrás do balcão — ele estava dormindo, e ela teve que acordá-lo com uma campainha brilhante de hotel — ficou tão surpreso que alguém quisesse aquela coisa que perguntou "É sério?".

Frustrada, Zoe bateu a cabeça para trás contra a parede. Uma vez, duas, três. Sua mãe devia ter pensado que ela estava chamando, porque bateu de volta. Foi um som reconfortante.

Zoe percebeu que, na verdade, não queria ficar sozinha.

A porta do quarto da mãe estava aberta. Zoe entrou, hesitante, imaginando se seria mandada embora. Sua mãe e Jonah estavam aconchegados sob os cobertores, sussurrando como conspiradores. Jonah ouviu os passos de Zoe e levantou a cabeça.

— Este quarto é só para pessoas tristes — disse ele. Estava chorando.

— Também estou triste — replicou Zoe. — Juro.

Jonah fez aquela cara franzida de quem estava pensando. Por fim, assentiu.

Zoe foi ao pé da cama e se esgueirou sob os cobertores como uma toupeira, para tentar alegrar Jonah. Quando ergueu a cabeça, viu que ele segurou o sorriso que não queria que ela visse.

Zoe recostou-se contra a parede para que ela e sua mãe protegessem Jonah, como parênteses.

— Você está tão quente — disse ela.

— Eu fico quente quando estou triste — respondeu Jonah. — Por causa da ciência.

Zoe e a mãe se revezaram fazendo cafuné em Jonah. Um ventilador de metal barulhento que sua mãe usava como som de fundo para dormir girava ruidosamente em um canto, como a hélice de um antigo avião.

Jonah adormeceu em poucos minutos, e a mãe de Zoe seguiu logo depois. Zoe ficou deitada de lado, os pensamentos rodopiando. Era assim o amor, uma parte de prazer, o dobro de dor? Zoe pensou na obsessão de Val com Gloria. E agora entendia. Nunca havia sentido nada assim por Dallas; nunca tinha sequer lhe *ocorrido* fazer um Tumblr sobre os pés dele. Em primeiro lugar porque tinha certeza de que ele depilava os pés com cera.

Zoe riu baixinho e seu corpo relaxou, músculo por músculo. Conseguiu finalmente sentir o sono chegando.

Mas então, Jonah, que pelo visto não estava dormindo, anunciou na escuridão:

— Não vou para a escola amanhã.

Zoe cerrou os dentes.

— Psiu — disse a mãe com a voz cheia de sono. — Falamos sobre isso de manhã.

— Tudo bem, mas não vou — replicou Jonah, tão desafiador quanto conseguiu. — E você não pode me obrigar.

— Falamos sobre isso de *manhã*.

— Eu sei que você vai tentar me obrigar. Mas eu não vou. Eu odeio a escola.

Zoe sabia que deveria manter a boca fechada. Mas a ideia de que Jonah odiava a escola era ridícula. Ele adorava sua professora, srta. Noelle. Uma vez, ele a desenhou no braço, como uma tatuagem.

— Você não odeia, monstrinho — disse ela. — Não fala isso.

— Se eu digo que odeio, eu odeio — teimou ele.

Jonah sentou-se empertigado e chutou as cobertas para os pés da cama.

Que saco, pensou Zoe. *Lá vem a crise.*

— Jonah, se controla — disse a mãe. — Por favor.

— Só *eu* sei se odeio ou não a escola — disse ele. — Por isso Zoe não tem que dizer que *não* odeio. Se eu *digo* que odeio, eu odeio.

Zoe saiu da cama e atravessou o quarto, permitindo a si mesma uma explosão infantil. Já estava aguentando sofrimento o suficiente. Não conseguiria acrescentar o do irmão àquela pilha. Não dessa vez. Não era justo. Jonah não sabia que ela também sentia falta de X? Não sabia que ela estava pensando nele a cada respiração?

No caminho até a porta, ela chutou o ventilador idiota com o pé descalço. Atrás dela, Jonah disse:

— Viu como ela foi embora? *Ninguém* fala tchau.

A MANHÃ FOI UM pesadelo. Zoe evitou Jonah enquanto imprimia um trabalho de inglês, mas conseguiu ouvir seus gritos de "Se eu digo que odeio, eu odeio" soando pela casa. Ele não comeu, não escovou os dentes, não se vestiu. Zoe sentiu a impaciência da mãe aumentar. Ao passar pelo quarto de Jonah, viu a mãe tentando vesti-lo. Jonah recusava-se a cooperar. Endureceu o corpo como um manifestante antiguerra.

Zoe fez um gesto para que a mãe saísse para o corredor.

— Não acredito que ele está sendo tão horrível — disse ela.

— Ele está sofrendo, Zo — respondeu a mãe. — Cada um processa a dor de um jeito diferente.

— Sim, e ele processa de um jeito horrível — insistiu Zoe.

— De qualquer jeito, olha, não tem como eu ir trabalhar hoje.

— Você pode tirar esse dia de folga? — Zoe quis saber.

— Não, mas também não posso pagar uma babá. E quem eu poderia chamar? Todas as cuidadoras vão estar na escola, onde as crianças deveriam estar.

Jonah devia ter ouvido, porque gritou de seu quarto:

— O Rufus pode ser minha babá? Eu não seria horrível com Rufus.

A mãe de Zoe não gostou da ideia. Provavelmente não queria tirar proveito da paixão de Rufus por ela. Mas Zoe achou genial e queria acabar com aquela manhã, aquela crise e aquela bobagem crescente de Jonah.

Ela mesma ligou para Rufus. Ele pareceu surpreso com o pedido — raramente se pedia para um artista de serra elétrica para cuidar de uma criança —, mas antes que ela pudesse dizer para deixar para lá, ele havia declarado que a ideia era demais.

— Graças a Deus — disse Zoe. — Fiquei com medo de você achar de menos.

— Está tirando sarro de mim, eu sei — disse Rufus, rindo —, mas diga ao meu camarada Jonah para se preparar para umas horas *épicas*.

Vinte minutos depois, ouviram a van de Rufus avançando pela encosta da montanha. Zoe viu o urso de madeira afixado no teto surgir através das copas das árvores, acenando como uma rainha.

POR FIM, ESTAVA LIVRE. Ela dirigiu o decrépito Lata Velha até a escola como se fosse um carro de corrida. Cada nervo em seu corpo parecia estar zumbindo. Cada música no rádio parecia ser sobre X.

As escolas de Zoe e de Jonah ficavam aninhadas uma ao lado da outra em Flathead Valley, perto de um denso conjunto de lojas de departamento (Target, Walmart, Costco) e restaurantes que serviam carne e que a mãe de Zoe chamava de Praça de Alimentação Canibal (Sizzler, Five Guys, House of Huns). Os alunos podiam ir almoçar no shopping assim que entravam no primeiro ano do ensino médio. Para todos os outros, ele simplesmente cintilava do outro lado da estrada como uma terra prometida inalcançável. Zoe já estava no ensino médio, mas a emoção de comer na Praça de Alimentação Canibal havia perdido seu brilho. Em parte porque a ética de sua mãe a impregnou com o passar dos anos — Zoe não era vegetariana, mas sentia uma névoa de culpa sempre que comia carne —, e em parte porque a House of Huns era onde ela havia falado para Dallas que não queria mais sair com ele.

Val havia implorado para Zoe não sair com ele desde o início. Ela o achava arrogante e meio idiota. Mas o relacionamento de Val com

Gloria era tão intenso que ela acabava tendo uma ideia distorcida das possibilidades oferecidas no segundo ano do ensino médio. Zoe adorava o fato de Dallas ser um explorador de cavernas como ela e seu pai, de ser divertido e descomplicado e de que seu tríceps ficava marcado em quase qualquer camisa. Quando disse a Val que daria uma chance a ele, a amiga respondeu apenas:

— Só lamento por você.

Eles começaram a ficar em setembro, e Zoe logo descobriu que havia muitas coisas bonitinhas em Dallas: sua cor favorita era laranja, ele ainda dormia de pijama, usava uma foto de sua mãe como tela de fundo do laptop. Val não queria ouvir nada daquilo. Uma vez, quando Zoe e Dallas cruzaram com ela no corredor, Zoe cantarolou:

— Ainda ficando!

Val assentiu e cantarolou como resposta:

— Ainda lamentando!

Em novembro, quando seu pai morreu e ela chorava o tempo todo, e tudo estava tão dolorido e vertiginoso que ela parecia ter sido jogada de um carro em movimento, Zoe decidiu se afastar de todo mundo que não fosse essencial para sua vida. E Dallas simplesmente *não era*. Ela lhe deu a notícia na House of Huns, que era um lugar tipo Benihana, onde homens sem camisa grunhiam como bárbaros diante de uma grelha circular gigante. No início, Dallas não aceitou ser rejeitado. Disse a Zoe que ela estava muito perturbada para tomar "decisões que mega-alterassem sua vida". Zoe levou a mão ao rosto — não conseguiu evitar — e disse:

— Cara, *de jeito nenhum* essa é uma decisão que mega-altera minha vida. *Eu sei* o que é um evento que altera a vida, ok? Meu pai acabou de morrer.

— Sinto muito — respondeu Dallas. — Eu não quis comparar isso com... *com isso*. Com seu pai. Só acho que você é foda. E é gostosa. E essas são, tipo, as duas melhores coisas.

Dallas perguntou se ainda podiam se ver às vezes... como amigos ou o que quer que fosse. Disse isso de um jeito muito simples e genuíno. Zoe disse que sim, claro. Dallas sorriu e falou que, de qualquer forma, havia outra garota na escola da qual ele era meio a fim... e que tinha certeza de que, se ele a convidasse para sair, ela diria que sim. Disse que Zoe provavelmente era "muito complicada" para ele. Com tudo ajeitado, Dallas voltou a atenção para o cartão de comentários e para o lápis que era uma miniatura de um taco de golfe que havia sido deixado em sua mesa: *Como foi a sua refeição? Comente conosco!* Dallas refletiu por um momento e escreveu: *Bufê de salada dos bons!* Quando Zoe saiu, ele ficou lá para se candidatar a uma vaga de emprego.

Naquele dia, Zoe enfiou com tudo o Lata Velha no estacionamento que ligava as escolas. Estava uma hora atrasada graças ao colapso de Jonah. Pegou seus livros e bolsas e fechou o carro, um processo complicado que envolvia puxar a maçaneta para cima e para a direita porque a porta tinha tomado uma batida lateral de um limpa-neve e ficava meio caída.

Ninguém na escola de Jonah pensou duas vezes quando ela lhes disse que ele estava doente. Todos sabiam que a família de Zoe tinha entrado em um túnel escuro. Ela sempre fora uma estudante exemplar, mas ultimamente suas notas estavam despencando. Considerando a coisa terrível que aconteceu, achava cada vez mais difícil acreditar que havia realmente uma diferença estrondosa entre um A e um B, ou mesmo entre um B e um C. Naquele dia, a vice-diretora da escola de Jonah, sra. Didier, perguntou se Zoe estava bem, usando um tom tão cheio de compaixão — com contato visual tão intenso — que Zoe soube que os rumores sobre o acontecido no lago com Stan deviam estar circulando. Só imaginava como a história tinha sido retorcida a cada vez que avançava.

— Estou bem, sim — disse Zoe para ela. — Jonah meio que... não.

— Bem, veja, foi algo muito assustador e perturbador — comentou a vice-diretora. — Não há um manual para lidar com isso. Mas faremos o que for preciso pela sua família. Diga a Jonah que estamos torcendo por ele. Quem está com ele agora?

— Nosso amigo, Rufus.

— O cara da serra elétrica? — disse a sra. Didier.

— Isso. Mas ele é...

— Ah, não, não, eu adoro o Rufus — interrompeu a sra. Didier. — Não quis parecer crítica. Ele fez um alce para mim.

Quando Zoe chegou na sua escola, a única aula que restava antes do almoço era a de espanhol. Sentou-se entre Val e uma menina chamada Mingyu, que usava delineador gatinho, se vestia com camadas de preto e desenhava pentagramas e 666 na parte de baixo dos pulsos durante a aula. Mingyu tocava baixo em uma banda punk só de garotas chamada Slim Reaper e dizia ser satanista. Zoe não acreditava na parte da adoração ao diabo. Mas agora, ali sentada ao lado de Mingyu, desejou que a garota realmente fosse satanista, para poder chocá-la.

Ei, Mingyu, adivinhe de onde vem meu namorado!

A professora de espanhol, uma mulher esbelta chamada sra. Shaw, que tinha, de longe, o que Zoe e Val concordavam ser o melhor cabelo entre os professores, bateu a aliança de casamento na lousa para chamar a atenção da classe. Zoe ergueu a mão quatro vezes nos primeiros oito minutos para que pudesse passar o resto da aula olhando as montanhas e pensando em X sem ser chamada.

Tentou imaginar onde ele estaria naquele instante. Tinha encontrado Stan ou ainda o estava caçando? Tudo o que conseguia imaginar era o modelo da Terrabaixa que ele havia construído com Jonah, então o imaginou conversando com um soldado da Guerra Revolucionária enquanto um orc de O Senhor dos Anéis agitava um tacape ali perto. Zoe estava aterrorizada por X, mas disse a si mesma que o veria de novo. Ela o *veria sim*. Encontrar X a convenceu de que tudo era possível. Ela nem sabia o que era tudo, mas não importava. Tudo!

Ela o levaria para nadar no lago Tally, não apenas naquela praia minúscula de pedras cercada de cordas, mas na grande bacia de águas azuis. Ela cataria frutinhas silvestres com ele. Ela o levaria para fazer a trilha Highline no Parque Nacional Glacier. Ensinaria para ele todos os nomes das flores. Perguntaria o que suas tatuagens significavam. Perguntaria se ele já havia beijado alguém além dela. Ela tinha certeza de que não; os lábios dele tinham tremido um pouquinho.

Os lábios de X eram tão *quentes*. Será que os dela eram frios demais? Ele havia notado? Ficou decepcionado?

Tudo bem, ela estava pirando de verdade. Quando voltou de seu devaneio, Val e Dallas estavam-na encarando e gesticulando na direção de sua carteira. Zoe olhou para baixo e viu um questionário que deveria estar fazendo.

Assim que o sinal tocou, Val correu até ela, mas Zoe desviou da amiga e passou o resto do dia naquela viagem.

Depois da escola, no Lata Velha, Val recomeçou a falar.

— Tudo bem, *em que* você estava viajando na aula de espanhol? Você sabe que aquele questionário conta ponto, certo?

— Como assim conta ponto? — perguntou Zoe. — Ponto para quê? Para a pontuação da minha vida? *Esta quiz no es me importa para mi!*

— É, percebi, mesmo nesse espanhol horrível — comentou Val.

Zoe riu.

— *Sí, usted eres razón* — disse ela.

— Ai, para com isso — ralhou Val. — Você está acabando com uma língua linda.

Estavam atravessando as fazendas em uma longa estrada que parecia uma montanha russa. O carro estremecia e chacoalhava. O para-brisa tinha uma rachadura que se assemelhava a uma teia de aranha; ainda havia uma pedra, do tamanho de um mirtilo, cravada no centro dela, e o assoalho no lado do passageiro estava tão enferrujado que, se alguém afastasse o tapete de borracha, dava para ver o chão passando ali por baixo.

No momento em que o Lata Velha entrou engasgando no caminho de casa, Zoe disse para Val tudo o que podia sobre X, embora substituísse "caçador de recompensas sobrenatural" por "aspirante a músico". Foi o que contou a Rufus quando ele apareceu sem avisar naquele dia. E parecia plausível, se ninguém insistisse demais no motivo por que um músico aspirante estava em um lago congelado no meio de uma nevasca e por que ele havia lutado com um assassino.

Zoe nunca havia omitido nada para Val antes. Disse a si mesma que não estava mentindo sobre nada significativo. De onde X era e *o que* ele era não importava tanto como *quem* ele era, como ele a despertou para a vida e a ajudou a deixar um pouco de sua dor de lado. Tudo isso de um cara que nunca tinha recebido nada.

Ela estacionou na frente de casa e desligou a ignição. O Lata Velha continuou resmungando e tossindo depois que ela e Val bateram as portas e se afastaram.

Antes que pudessem chegar aos degraus, Rufus saiu. Parecia estranhamente sério. Tinha algo de errado com Jonah? Zoe teve de segurar o impulso de passar por Rufus e entrar na casa.

— Só queria te alertar antes — disse Rufus. — Ah, ei, Val, o que tá pegando?

— Ei — disse Val.

— *Fala*, Rufus — disse Zoe. — Você está me assustando.

— Não, não, não, está tudo bem, tudo bem. Quer dizer, quase tudo bem. Quer dizer, sinceramente, não está muito bem. O rapazinho só está super-super-deprê. Como se estivesse em choque, quase. Não consegui tirar ele de casa de jeito nenhum. Nem mesmo um passo. Ele simplesmente congelou. Ele não está bem mesmo.

Zoe grunhiu.

— Ele não saía depois da morte do meu pai — ela comentou. — Eu não vou passar por isso de novo. Vou dar a ele um pouco de amor bruto.

— Na verdade — disse Rufus —, acho que isso pode piorar as coisas.

Zoe o ignorou. Gostava de Rufus, mas sabia o que era melhor para seu próprio irmão.

— Está bem, posso cuidar disso. Jonah ficou muito apegado àquele cara, o X, que te apresentei.

Val não conseguiu se segurar e interrompeu:

— Rufus conheceu X, mas *eu* não? Que porcaria é essa, hein?

— O músico? — perguntou Rufus. — Cara superbacana. Cabelo *épico*. E nem culpo o cara por não querer falar sobre inspirações musicais e coisa do tipo. Também sou artista. Eu entendo. É preciso abrir uma trilha própria.

Rufus cofiou a barba ruiva desgrenhada que ele deixava crescer loucamente no inverno. Naquele momento, estava chegando perigosamente perto dos olhos.

— Mas, olha só, acho que não tem mais a ver com X.

— Tem sim — disse Zoe com impaciência. — Conheço meu irmão.

Rufus balançou a cabeça, e os seus dreads novos sacudiram para frente e para trás. Sua teimosia a surpreendeu. Na sua experiência, ele não gostava de confronto e seguia com o fluxo, não importava aonde o levasse.

— Olha, conversamos sobre X. E, sinceramente? Acho que ele ter dado o fora foi pior para você do que para Jonah. Jonah gostava dele, gostava mesmo. Está chateado com a separação, claro. Mas essas coisas... o choro, o trauma e isso de não sair de casa... essas coisas são mais profundas do que isso. Esse tipo de coisa tem raízes, como uma árvore gigante. Tem a ver com outra coisa agora.

A porta da frente se abriu. Jonah parou perto da soleira. Estava de sapatos, o que podia significar alguma coisa... ou nada.

— Quero falar com você — ele disse a Zoe. — Tenho uma pergunta.

Ele estava a um único passo de distância do mundo exterior. Um vento veio e sacudiu a porta de tela no batente.

— Não consigo te ouvir — disse Zoe. — Chegue mais perto.

Rufus balançou a cabeça e inclinou-se para ela.

— Não se anime — ele sussurrou. — Eu tentei.

Zoe o ignorou. Por que ele não tinha ido embora ainda? Ela esperou o irmão responder.

— Não — disse Jonah. — Eu sei o que você está tentando fazer.

— Não estou tentando fazer nada, monstrinho. Só que eu não consigo te ouvir.

Rufus se virou, como se não quisesse ver o que estava prestes a acontecer.

— Ele só não está pronto. Você está brincando com fogo.

— Pare, Rufus — Zoe disse entredentes. — Você não é irmã dele.

Jonah olhou para todos eles com desconfiança.

— Eu preciso falar com você, Zoe. Por causa da minha pergunta.

— Venha até a escada — pediu ela. — Depois pode voltar *direto* lá para dentro.

Val pousou a mão no ombro de Zoe.

— Talvez Rufus tenha razão...

Zoe encarou Val: *você também?* Ela voltou a se concentrar em Jonah. Ele estava encostado na porta, o cabelo todo amassado.

Ele empurrou a porta alguns milímetros para a frente.

Vamos lá, é isso aí, pensou Zoe. *Vamos, só abra, seu merdinha.*

Ele a fechou de novo.

— Você está tentando me enganar.

— Não estou, monstrinho.

— Não me chame de monstrinho quando está tentando me enganar.

— Olha, se você não pode vir até os degraus por *dois segundos*, então vamos conversar mais tarde. Sua pergunta não deve ser tão importante.

— Eu quero saber...

— *Mais tarde*, Jonah.

Ela odiava ser cruel, mas alguém tinha que pegar pesado com o garoto ou ele se confinaria para sempre. Quando alguém tinha medo de água, não se devia simplesmente jogá-lo dentro de uma piscina? Não era assim que funcionava? Se não fosse, deveria ser.

— Você parou de me chamar de monstrinho — disse Jonah. — Quer dizer que você *estava* tentando me enganar. Você não usou para tentar me enganar.

Zoe caminhou em direção à porta, devagar, como alguém tentando não assustar um gato.

Atrás dela, ouviu Val dizer com preocupação:

— O que você está fazendo?

Zoe a ignorou e subiu os degraus. Ela ouviu Rufus dizer:

— Não quero nem ver.

Ela também o ignorou. Acabaria com aquilo antes que piorasse.

Ela abriu a porta. Jonah afastou-se para dentro da casa. Havia medo em seus olhos, desconfiança.

Zoe sorriu. Abriu a porta com um pé.

— Me abraça? — ela pediu.

O rosto de Jonah ficou confuso. Ele estremeceu quando o vento soprou para dentro. Depois de um momento, avançou e estendeu os braços. Zoe estendeu a mão para pegá-lo.

Ela o agarrou e correu para fora.

Jonah entrou em pânico. Ele se debateu, gritou e puxou os cabelos de Zoe. Ela continuou. Estava convencida de que o que estava fazendo era certo. Mais tarde ele entenderia.

Rufus e Val a encararam como se ela estivesse louca. Ela se afastou deles. O chão estava cheio de neve. Ela quase caiu. Jonah era mais pesado do que ela se lembrava. Zoe tentou acalmá-lo. Sussurrou em seu ouvido:

— Eu sei que você sente falta de X. Eu também! Mas ele vai voltar. Eu juro, eu juro, eu juro.

— *E daí?* — gritou Jonah. Ele estava batendo com os punhos nas costas de Zoe. — Eu não *ligo* para X! Eu nem sinto falta dele!

— Você sente — disse Zoe. — E tudo bem!

— Eu não sinto, juro por Deus, não sinto — berrou Jonah. — Eu sinto falta do papai!

Ele acertou um chute no joelho direito dela. As pernas de Zoe se dobraram, e ela desabou na neve.

Jonah fugiu para dentro de casa.

Rufus conseguiu entrar logo depois dele antes de o garoto trancar a porta.

Zoe recostou-se no Lata Velha e chorou por muito tempo, mortificada pelo que tinha feito. Val a abraçou. Tentou consolar Zoe descrevendo todas as coisas idiotas e embaraçosas que *ela* já havia feito, o que levou quase quinze minutos. Nenhuma delas era tão ruim quanto traumatizar o irmão mais novo exatamente quando ele estendeu a mão para pedir ajuda. Nenhuma era tão ruim quanto permitir que sua obsessão por um cara a fizesse esquecer que seu pai estava morto, que havia sido abandonado em um buraco e que ela e quase todos que amava ainda estavam tentando lidar com a tristeza.

Finalmente, Zoe entrou e chamou por Jonah. Ela não esperava uma resposta e não recebeu uma. Espiou os degraus para os quartos. Jonah tinha chutado uma pilha de roupa limpa que a mãe havia dobrado antes de sair para o trabalho. Camisetas, sutiãs e pequenas cuecas boxer xadrez estavam espalhados pelos degraus. Zoe baixou a cabeça e subiu as escadas.

Rufus estava sentado do lado de fora da porta de Jonah, tentando tudo o que podia pensar para que o garoto a abrisse. Quando viu Zoe, ficou em pé, abraçou-a e — sem dizer *eu te falei*, graças a Deus — foi para o andar térreo.

Zoe sentou-se e brincou de arranhar a porta. Jonah não respondeu. Ela conseguia ouvi-lo pulando na cama de joaninha.

— Me desculpe, Jonah — disse ela. — Eu sou um péssimo exemplo agora. Eu sei disso.

O pula-pula parou. A cama rangeu quando Jonah desceu. Zoe ouviu-o se aproximar da porta. Em vez de abri-la, ele se sentou do outro lado e não disse nada. Ao menos foi um gesto da parte dele.

— Não devia ter tentado te enganar — disse ela.

Ela falou com gentileza. Conseguia ouvi-lo respirar.

— E eu nunca deveria ter dito que sua pergunta não era importante — acrescentou. — E nunca, *nunca* deveria ter comprado um carro tão feio.

Silêncio.

Havia um espaço entre a parte debaixo da porta e o carpete. Ela passou os dedos pelo vão e mexeu com eles do outro lado. Aquele era o gesto dela. Estava prestes a retirar os dedos quando sentiu a mão de Jonah na dela.

Zoe não queria assustá-lo, então ficou parada. Logo Jonah soltou seus dedos, ficou em pé e recuou ainda mais para dentro do quarto. Um minuto depois, ele deslizou um pedaço de papel, que havia dobrado um número ridículo de vezes, por baixo da porta.

— Você é um excelente dobrador — disse Zoe. — Todo mundo comenta.

Ela abriu o papel e alisou-o sobre o tapete. Mesmo antes de ler a mensagem, sorriu com carinho pela caligrafia de Jonah, que era... excêntrica. Os *v's* minúsculos, por exemplo, sempre eram maiúsculos; erguiam-se orgulhosos onde quer que surgissem na frase, como medalhistas de ouro erguendo os braços. Zoe nunca implicou com Jonah sobre isso. Sabia que o TDAH dele dificultava sua escrita — a caneta não conseguia acompanhar seu cérebro, para começo de conversa — e que ele tinha vergonha, pois seus colegas de turma já estavam bem à frente.

Ela leu a mensagem:

Por que o papai não leVou Você com ele para aquela caVerna? Ele sempre leVou Você.

Zoe não sabia o que dizer.
Ela ganhou algum tempo comentando:
— Eu não tenho nada com que escrever, monstrinho.
Jonah se afastou da porta e depois voltou. Rolou algo pelo vão: uma caneta preta e fina amarrada a uma corrente de contas de prata. Ele devia ter arrancado de uma mesa do banco. Zoe deixaria que sua mãe conversasse com ele sobre isso.
Ela apoiou o papel contra a porta.

Não SEI por que ele não me levou. Eu me perguntei isso MUITAS vezes, mais vezes do que eu me perguntei por que comprei UM CARRO TÃO FEIO. Talvez papai estivesse triste? Ou talvez achasse que eu não aguentaria aquela caverna?

Continuaram passando o papel por baixo da porta. Jonah parou de dobrá-lo, o que parecia ser um sinal de que estava se abrindo para ela.

Por que o Paizão estaVa triste?

Talvez fosse por causa de dinheiro. NÃO por sua causa, por minha causa ou da mamãe. Ele nos AMAVA. AMAVA AMAVA.

Não houve resposta. Zoe não sabia se a conversa tinha terminado. Sentiu uma agitação, uma coisa não resolvida, como um campo de estática no peito.
O papel finalmente voltou. Jonah dobrou-o várias vezes de novo. Vê-lo assim fez com que o coração de Zoe também se dobrasse.

Por que deixamos ele LÁ EMBAIXO? Odeio isso e fico preocupado se ele não Vai ficar com frio.

Zoe virou o papel. O outro lado estava em branco, embora vincado uma dúzia de vezes e começando a rasgar. Ela escreveu outra mensagem. Era uma promessa para Jonah e uma promessa para si mesma. Nem parou para pensar. Simplesmente saiu.

Monstrinho, ela escreveu,

> *Vou FAZER com que a polícia encontre o corpo do papai, ou eu mesma vou até aquela caverna e vou encontrar ele sozinha. Juro por Deus. Sempre quis provar que conseguia. E se eu não conseguir tirar o papai de lá sozinha, ao menos vou garantir que ele não sinta frio. EU VOU LEVAR UM COBERTOR PARA ELE.*

Ela escreveu a mensagem em letras enormes e até assinou, datou e desenhou uma pequena imagem de si mesma como uma super-heroína vestindo uma capa e flexionando os bíceps.

Jonah abriu a porta, parecendo feliz e tímido. Atrás dele, Zoe percebeu que ele tinha pulado tão forte na joaninha que a cama havia se afastado da parede.

No andar de baixo, Zoe perguntou a Rufus se ele poderia cuidar de Jonah mais algumas horas — ela estava tão envergonhada pelo jeito como se comportou que mal conseguia olhá-lo —, e depois saiu para encontrar Val plantando bananeira na neve. (Val não sabia ficar entediada nem por um segundo.)

Depois que Val voltou a ficar de pé e limpou as mãos na calça jeans, Zoe entregou a ela o papel que ela e Jonah haviam rabiscado. Val refletiu, girando-o para lá e para cá quando necessário.

— Jonah é tão incrível. Estou falando sério. Tenho vontade de apertar ele até ele explodir.

Zoe assentiu e passou por ela para chegar ao carro.

— Vou até a delegacia — disse ela. — Vou dizer que eles *precisam* buscar o corpo do meu pai. Quer vir comigo?

— Vai ter uma grande briga? — perguntou Val.

— Provavelmente — respondeu Zoe.

— Então *é claro* que eu quero ir.

Elas não conversaram no carro. Simplesmente se revezaram mexendo no rádio. Zoe estava mergulhada em uma fase de música *country*, e Val gostava de uma estação que tocava os mesmos quatro sucessos de música pop sem parar, como um experimento psicológico. A paisagem, que parecia tão brilhante e esperançosa na viagem da escola para casa, agora pairava pelas janelas parecendo desesperançada e morta.

Zoe estacionou na frente da delegacia e deu uma daquelas "respirações profundas e purificadoras" das quais a mãe sempre falava.

— O que você quer que eu faça lá dentro? — perguntou Val. — Posso fazer uma personagem? Posso improvisar?

— Só seja minha amiga... e não deixe que me prendam — respondeu Zoe.

Val fez biquinho.

— E se *eu* quiser ser presa? — perguntou ela.

— Voltamos outra vez para isso — disse Zoe. — Com figurino e tudo o mais. Certo?

— Muito certo.

Ela e Val bateram as mãos. Fingiam fazer isso ironicamente, mas a verdade é que simplesmente gostavam do *high-five*. A única vez que tentaram fazer o toque do soquinho, nenhuma das duas quis fazer o som estúpido da explosão.

A delegacia estava agitada, mas o único policial de que Zoe gostava, Brian Vilkomerson, levantou-se atrás de sua mesa quando viu as garotas entrarem. Devia ter visto a tensão emanando delas como um rastro de vapor.

— Tem a ver com Stan Manggold? — ele perguntou antes que Zoe e Val chegassem até a mesa. — Porque...

Stan Manggold! Zoe não pensara naquele psicótico por dias e ouvir seu nome a desnorteou.

— Não — disse Zoe. — Já cuidaram de Stan.

Felizmente, Brian não perguntou o que ela quis dizer com aquilo. O que ela poderia ter dito? *Vocês tiveram sua chance, rapazes. Agora, meu namorado está levando o cara para o inferno.*

— É mais importante — disse Zoe rapidamente. — Tem a ver com meu pai.

Ela disse a Brian que não queria falar com o chefe Baldino. Ela se referiu a ele como "o malvado, aquele que parece estar grávido".

Brian apertou os lábios para não rir.

— Por que você e sua amiga não se sentam aqui comigo um minuto? — ele ofereceu.

Fez um gesto para duas cadeiras verdes junto à mesa. Zoe ouvia Baldino no escritório dele, desembalando ruidosamente um sanduíche e rindo ao telefone de algo que provavelmente não tinha nada a ver com o trabalho da polícia.

Brian estendeu a mão para cumprimentar Val. Nem todo mundo era tão respeitoso com adolescentes. Além disso, Brian não lançou a ela aquele olhar triplo e condescendente que quase todos os adultos lançavam quando conheciam Val. Primeiro, olhavam o cabelo meio raspado com mechas laranja e faziam uma careta como se estivessem passando por um acidente na estrada. Em seguida, notavam o quanto Val era gostosa. Por fim, a testa deles se franzia, e eles imaginavam por que uma garota tão bonita *blá-blá-blá-blá...* O que nunca incomodou Val, pois ela tinha a mesma opinião das pessoas que Zoe tinha de troféus: eram ridículas e incríveis e tudo o que se podia fazer era colecionar os melhores.

Zoe ficou feliz que Brian simplesmente tivesse estendido a mão e dito olá e não tivesse tratado sua amiga como se fosse um Objeto de Interesse. Já havia uma estrelinha ao lado do nome dele na cabeça de Zoe, então ela acrescentou uma segunda juntamente com um ponto de exclamação.

— Olá, sou o sargento Vilkomerson.

— E eu sou a Val — disse ela. — Sou advogada de Zoe.

Brian inclinou a cabeça, mas deixou passar.

Agora que Zoe estava sentada lá, com um simpático ouvinte inclinado para a frente, pensou que não queria mais gritar ou fazer ameaças. Só queria ser *ouvida* e levada a sério. Tentou não ficar agitada demais com o cotidiano barulhento da delegacia: o rádio gritando, um bebê chorando, os policiais martelando nos teclados. A coisa mais difícil de bloquear era o som de Baldino ao telefone, fazendo imitações que achava engraçadas. O som da voz dele a enojava.

— Já passaram meses desde que meu pai morreu — disse ela.

Ela parou por um segundo, surpresa com a emoção que aquela única frase provocava.

Val passou um braço por seu ombro, o que de algum jeito a deixou ainda mais triste. Ela recuou do abraço.

Disse a Brian que a ideia de o corpo de seu pai estar caído em uma caverna estava corroendo sua família. Contou a ele sobre Jonah se trancando em casa, sobre os bilhetes que ele passou por baixo da porta. Brian pareceu aflito. Zoe percebeu que ele estava tentando não olhar as fotos de sua filha que se espalhavam como monumentos por toda a mesa.

— Olhe só — disse ele —, isso é tão, tão complicado... e não apenas porque essa caverna em especial é muito perigosa.

Zoe esperou para ouvir *por que* era tão complicado, mas enquanto Brian estava procurando palavras, o chefe Baldino saiu pesadamente de seu escritório, como um urso. O estômago de Zoe apertou. Ela rezou para que ele não a notasse. Se ele dissesse alguma grosseria, ela surtaria.

Ela viu Baldino de soslaio. Ele amassou o saquinho do sanduíche, compactando-o em uma bolinha como se fosse um feito de força. Então, embora Zoe pudesse contar pelo menos quatro latas de lixo à vista, ele a entregou ao policial Maerz e disse:

— Jogue isso fora para mim, Stuart. Leve uma lata de Coca Zero para a minha mesa também.

O chefe bocejou, esticou-se e examinou seu reino.

Ele notou Zoe.

Fez uma careta e foi na direção dela. Estava claro que não tinha se esquecido daquela noite desagradável em sua casa. Estava claro que a detestava tanto quanto ela o detestava. Zoe simplesmente rezou para que ele não dissesse nada para provocá-la.

Baldino chegou tão perto que tudo o que ela podia ver era seu barrigão. As migalhas da camisa caíram em seu colo.

— Eu *pensei* ter farejado adolescentes — disse ele.

Zoe saltou da cadeira. Começou a falar muito alto, suas mãos tremendo o tempo todo, como se quisessem se desligar do corpo. A delegacia inteira ficou em silêncio. Todos a encararam.

Zoe terminou de gritar, e antes que Baldino, cujo rosto tinha inchado de raiva como um balão, começasse a berrar "Você é uma pirralha desrespeitosa, e eu nem ligo que seu velho fique naquele buraco", ela ouviu um absurdo apito de micro-ondas em meio ao silêncio. O burrito de alguém estava pronto.

Val e Brian também já estavam de pé. Quando tinham se levantado? Tudo estava embaçado. Os dois apoiaram a mão em um dos braços de Zoe e estavam levando-a para a porta. Ela não queria cooperar. Endureceu o corpo, como Jonah fazia quando se recusava a se vestir. Finalmente, Val sussurrou:

— Eu amo você, mas pare ou vai ser presa de verdade. Estou dizendo isso como sua advogada.

Baldino pareceu notar Val pela primeira vez agora. Deu a olhada tripla menos sutil que Zoe já tinha visto.

Val lhe abriu um grande sorriso — meu Deus, ela amava Val, ela também era uma boca-aberta de nascença — e provocou:

— Posso te mostrar como fazer esse *look*, se você quiser.

Baldino bufou.

— Tire sua amiguinha daqui.

Zoe amoleceu o corpo.

Havia turistas na porta, olhando para ela, boquiabertos. Brian abriu caminho através deles.

— Está tudo bem — disse gentilmente a Zoe.

A porta se abriu. Ela sentiu o ar frio no rosto. Ouviu pneus sibilando na rua molhada. Já tinha esquecido tudo o que tinha dito ao chefe Baldino. Sabia que tinha gritado, mas fizera sentido? Ele a *ouviu*? Ela contou o que havia prometido a Jonah?

Ela se voltou para o chefe. Brian abaixou a cabeça. Ele só queria que aquilo terminasse. E estava terminado. Quase.

— Se não forem buscar meu pai, eu vou sozinha — ela disse a Baldino. — E então talvez vocês tenham dois corpos para tirar daquela caverna, e não apenas um.

VAL PEGOU AS CHAVES DO CARRO DE ZOE e a escoltou até o lado do passageiro. Zoe ainda estava tão atordoada que Val teve que ajudá-la com o cinto de segurança.

Brian inclinou-se e se recostou na janela do carro.

— Vamos todos respirar por um segundo — disse ele.

Ele se encostou no Lata Velha, as mãos enfiadas nos bolsos, a cabeça inclinada para o céu.

Zoe esperou a tensão dos últimos dez minutos se dissipar, o vento soprar e levá-la para longe e transformá-la em chuva ou em outra coisa. Devagar, ela recuperou o equilíbrio. Tudo começou a voltar ao foco.

Brian deu duas batidinhas no teto do carro, como se dissesse "bem, vamos lá". Ele se agachou de novo ao lado da janela de Zoe.

— Primeiro, a boa notícia — disse ele.

Ele apontou para um saquinho de doces, minhocas de goma azedinhas, ao que parecia, e o ofereceu às garotas.

— Confisquei isso da minha filha hoje de manhã — disse ele. Quando elas sorriram, Brian acrescentou: — Foi uma batida de rotina.

Zoe e Val pegaram um punhado de minhocas — Brian estremeceu quando viu quantas elas estavam prestes a ingerir — e as engoliram uma atrás da outra. As garotas contorceram-se enquanto o azedume corroía suas línguas.

— I*fo* é horrí*fel* — disse Val.

— Bem horrí*fel* — concordou Zoe.

Quando se acalmaram, Brian deu outro tapinha duplo no teto do carro.

— Podemos conversar por um segundo? — ele perguntou.

— *F*im — disse Zoe.

— *Fem* dú*fi*da — acrescentou Val.

Brian olhou para a delegacia para garantir que nenhum policial estava perambulando por ali.

— Eu sei que o chefe não parece ser o cara mais incrível do mundo — começou ele. — E, eu não vou mentir para você, Zoe, ele não é. Aqui entre nós, a esposa dele está indo embora, e ele está bem arrasado com isso. De qualquer forma, a questão é que... — Ele fez uma pausa, franzindo a testa. — A questão é que ele não está dizendo não para a busca de seu pai porque é um idiota descomunal. Ele *queria* recuperar o corpo, acredite em mim. Tem algumas boas unidades de resgate de cavernas por aí. Ele estava em contato com elas. — Brian pausou novamente, parecendo aflito. — Mas disseram para ele deixar para lá. Bem, não *disseram*, na verdade. Eu não deveria pôr as coisas nesses termos. *Pediram* para ele deixar para lá.

Zoe e Val responderam simultaneamente:

— Quem?

— Não cabe a mim dizer — respondeu Brian. Ele abaixou a cabeça, como um cão que sabia que tinha feito algo errado. — Desculpe.

Zoe precisava de uma resposta. Ela fez com que Brian a encarasse. Seus olhos, ela sabia, estavam rasos d'água e injetados. Ótimo. Que ele visse o tipo de dor que estava sentindo.

— *Quem?* — ela insistiu.

Brian soltou um grunhido. Passou a mão nos cabelos, que se espalharam e ficaram ainda mais bagunçados.

— Eu *sei* que vou me arrepender por te contar — disse ele. Brian bateu no teto do carro pela última vez, como se dissesse adeus. — Sua mãe.

ZOE ESCORREGOU NO banco do passageiro, seu humor ficando mais obscuro a cada segundo. Havia uma porção de nuvens negras se aproximando. Parecia a parte debaixo de uma nave espacial gigantesca.

— Você devia ligar para sua mãe — Val disse, baixinho.

— É — respondeu Zoe. — Mas podemos só ficar aqui por um segundo?

— Tudo o que você precisar. Vou ficar aqui sentada para sempre, se quiser. Fico sentada aqui até rebocarem o carro para o ferro-velho. Entro no compactador de lixo com você, se precisar.

— Obrigada — disse Zoe.

— Quer dizer, eu preferiria não ter que ir para o compactador de lixo.

Zoe riu, apesar do que estava sentindo.

— Quer ouvir uma coisa estranha? — perguntou ela.

— Claro — respondeu Val. — Você não me conhece?

— Quando os policiais vieram nos perguntar sobre Stan, eu fiz alguns comentários sobre como eram idiotas e como nunca conseguiram tirar o corpo do meu pai da caverna. E minha mãe me lançou aquele olhar, como se dissesse: *remexer nisso tudo não vai trazer nada de bom!* Agora eu sei por quê; porque ela pediu para deixarem ele lá. Porque ela ficou feliz por ele ter desaparecido.

— Talvez tenha outro motivo — disse Val.

— Tipo?

Val retorceu a boca em uma careta.

— Sei lá.

Quando Zoe estava pronta para ligar para a mãe, Val saiu do carro para lhe dar privacidade. Enquanto saía, deu um empurrãozinho encorajador em Zoe.

Zoe observou a amiga desaparecer em um brechó do outro lado da rua e finalmente ligou. Até o telefone parecia nervoso enquanto tocava. A mãe levou uma eternidade para atender.

— Zoe, o que foi? Você está bem? Estou no trabalho.

As primeiras gotas gordas de chuva começaram a explodir no para-brisa.

— Zoe? Você está aí? O que foi?

Zoe endureceu a voz para não chorar.

— O que foi é que você disse aos policiais para não buscarem o corpo do meu pai — disse ela. — O que é *tão* bizarro! E você *mentiu* para mim sobre isso.

Houve um longo silêncio. Zoe esperou. Conseguia ouvir os sons cotidianos do Hot Springs ao fundo: o sinal de abertura da porta, o bip da caixa registradora, o estalar dos chinelos de banho no chão de concreto.

— Olha, essa conversa é bem longa — disse a mãe. — E não posso falar agora. Estou com gente aqui pedindo dinheiro de volta porque não querem ficar lá fora na chuva, como se eu fosse responsável pela *chuva*.

Zoe deslizou para o banco do motorista e ligou os limpadores do para-brisa para que pudesse enxergar. A chuva já estava caindo com força, atingindo o teto como pregos.

— Não ligo para o quanto a conversa é longa. Quero conversar *agora*.

Do outro lado da rua, Val estava acenando para ela pela vitrine do brechó. Estava vestindo um blazer de camurça vermelho e perguntando a opinião de Zoe. Zoe encolheu os ombros como se dissesse "meh". O vermelho não combinava com as mechas laranja dos cabelos de Val.

— Eu disse à polícia para deixar ele lá porque eu não queria que outra pessoa morresse. E *essa* é a verdade.

Zoe considerou a ideia.

— Você está de sacanagem.

— Zoe! — bronqueou a mãe.

— Desculpa, mas *está* — disse Zoe. — Essa pode ser parte da verdade, mas definitivamente não é a verdade inteira.

— Então, me diga. Por que eu fiz isso?

— Por causa de todas aquelas coisas que você me contou sobre ele e Stan — respondeu Zoe. — Porque o papai nunca estava por perto. Porque ele era uma "decepção", ou sei lá como você o chamou. Porque você *odiava* ele.

— Você está enganada. Eu nunca, nunca odiei seu pai. Não teria passado vinte anos com alguém que eu não amasse. No mínimo, eu não ia querer dar um exemplo desses para você e para Jonah. Melhor tentar adivinhar de novo.

— Estou cheia de tentar adivinhar. Falei para você antes de X ir embora que eu quero saber de tudo.

— E eu disse para você que *não quer*.

Houve outro silêncio, um impasse.

— Olha só — disse a mãe. — Tem coisas que eu ainda estou processando. Tem coisas pelas quais ainda estou perdoando seu pai. Ainda não estou pronta para falar sobre tudo isso... e não acho que você esteja pronta para ouvir. Desculpe.

Val apareceu novamente na vitrine. Estava segurando um gambá realmente enorme de plástico. *Que tal isso?!*

Zoe riu em silêncio para que a mãe não ouvisse.

Um carro passou com tudo, jogando neve e água sujas nas janelas. A mãe ainda estava esperando que ela dissesse alguma coisa.

Zoe não estava pronta para perdoá-la. Simplesmente não estava.

— Sabe de uma coisa? Na verdade, eu não me importo com o que você achava do meu pai. Jonah e eu amávamos ele, mesmo que fosse um idiota às vezes. — Ela fez uma pausa. — Eu avisei a polícia e agora vou avisar você. Meu pai me ensinou a explorar cavernas... e você sabe o que isso significa? Significa que eu sei como ir buscar ele.

VAL CORREU DE VOLTA ao carro debaixo de chuva. Atravessou no meio da rua e, quando um caminhoneiro irritado buzinou para ela, respondeu com uma reverência rápida. Ela entrou no carro e entregou uma sacola para Zoe. Ela havia comprado um troféu no brechó. Tinha um "O" dourado estranho no topo.

— Você venceu o concurso de Melhor Rosquinha — disse Val.

Zoe saiu do seu humor sombrio o suficiente para sorrir e aceitar o prêmio graciosamente.

— Tem *tantas* pessoas que quero agradecer.

Zoe colocou o troféu no banco de trás e ligou o Lata Velha. O motor tossiu antes de pegar, irritado por ter sido acordado. Mas logo estavam na ampla e escorregadia rodovia para Kalispell. Zoe disse a Val que precisavam fazer mais uma parada. Tinham que ver Dallas. Quando ela começou a explicar, Val a interrompeu.

— Você quer ver Dallas porque ele é um explorador de cavernas. Quer que ele treine você no caso de ter que entrar na Lágrima Negra. — Ela fez uma pausa. — Oi? Sou *eu*, Zoe. A única pessoa para quem você não precisa explicar as coisas.

A chuva estava mais suave agora. As nuvens estavam se afastando, e havia uma pequena abertura azul no céu. Zoe sentiu como se estivesse começando a respirar de novo. Ela tinha um plano; *e* havia ganhado o troféu de Melhor Rosquinha. Na estrada diante delas, havia uma picape imensa com pneus traseiros duplos e um adesivo no para-choque onde estava escrito "Montana está cheia! Ouvi dizer que Dakota do Norte é legal".

* * *

Dez minutos mais tarde, Zoe parou no estacionamento gigante diante da House of Huns, onde Dallas havia conseguido o trabalho dos sonhos nas grelhas. Val ainda não era uma grande fã do garoto. Ele nunca tinha chamado para sair a "garota que ia dizer sim", e Val estava convencida de que ele ainda tinha uma queda por Zoe.

Ela disse a Zoe que tomaria um *frozen yogurt* na FroYoLo.

— Eu não aguento ver Dallas babando em você.

— Dallas e eu somos só amigos. Ele já entendeu.

— Ah, claro, tudo bem. Na verdade, eu não me importo se você magoar o cara, principalmente porque o cara é *chato*. Quer dizer, ele foi batizado com um nome de série de televisão.

— Ele diz que o nome vem do time Dallas Cowboys — disse Zoe.

— Ah, claro — retrucou Val. — Eu também diria se tivesse nome de uma série de TV.

Zoe sentiu a gordura no ar cobrir sua pele quando entrou na House of Huns. Dallas e outros três cozinheiros estavam grunhindo ao redor da grelha gigante, que eles chamavam de Círculo do Destino. Eram todos malhados de um jeito cômico. Carregavam lanças com ponta de borracha e usavam chapéus de couro em forma de cone, que eram cobertos com pelos falsos. Tinham largas tiras de couro entrecruzando peito e costas, mas não usavam camisa. Por causa do calor, transpiravam o tempo todo. De vez em quando, gotas de suor caíam na grelha e chiavam.

A grelha em si era um círculo preto imponente com um buraco no meio para os restos. Os clientes entregavam as carnes congeladas, vegetais e molhos que haviam escolhido no bufê de saladas — placas sugeriam ao menos cinco conchas de molho e recomendavam várias combinações — e depois empurravam a bandeja ao longo dos trilhos que cercavam a grade enquanto os cozinheiros fritavam as coisas e cantavam bobagens que parecessem a língua dos hunos. Havia um gongo em miniatura posicionado ao lado que os clientes podiam soar com um martelo se colocassem alguma coisa no jarro de gorjetas. Sempre que o gongo soava, os cozinheiros paravam o que estavam fazendo e se curvavam.

Seria tremendamente pouco dizer que Dallas amava seu trabalho.

Ele sorriu quando viu Zoe, então lembrou que tinha que ser um huno.

— O que quer? — ele vociferou teatralmente.

— Posso falar com você? — perguntou Zoe.

— Não conversar — disse Dallas. — *Comer.*

Zoe olhou para a grelha. Estava cheia de lascas cinzentas do que era para ser carne de porco e carne bovina. Um punhado de ervilhas congeladas rolava como bolinhas de gude.

— Não vou comer essas coisas — disse ela.

Zoe viu, com uma pontada de arrependimento, que ela o ofendeu.

— Não comer, não falar — disse ele. — Grrrrr!

— Sério?

Com isso, Dallas voltou a ser Dallas por um segundo e disse, quase suplicante:

— Vamos lá, Zoe. Me ajude!

Outro cozinheiro — seria o Chefe Huno? — foi até eles pisando duro e bateu o punho no peitoral, que reluzia com suor e óleo corporal.

— Menina não comer? — perguntou para Dallas.

Zoe revirou os olhos.

— Tudo bem, tudo bem — disse ela. — Menina comer, menina comer. Grrrr!

Mais tarde, quando Dallas estava em seu intervalo, ele se sentou na frente de Zoe enquanto ela enrolava macarrão com um garfo.

Ele tirara o chapéu de huno e vestira uma camiseta branca com gola V um pouco rasgada na ponta do V. Estava se abanando com um cardápio laminado.

— E aí? — perguntou ele, contente. — Não te vejo aqui desde que você me deu um pé na bunda.

Zoe sorriu.

— É, me desculpe.

— Você meio que partiu meu coração, cara.

— Eu sei. Não sabia...

— Não sabia o quê? — quis saber Dallas. — Que eu tinha sentimentos?

— Tipo isso.

Dallas a surpreendeu rindo, e ela viu por um instante o cara bonitinho e despretensioso com quem costumava dar uns pegas no banheiro de deficientes da Target.

— Para ser totalmente sincero, eu também não sabia que eu tinha sentimentos. Mas tudo bem. Não se preocupe. Quer dizer, estou quase chamando outra pessoa para sair.

— A garota que vai dizer sim? — perguntou Zoe.

— Ela *vai* dizer sim — respondeu Dallas.

— Eu sei que vai. Também estou saindo com outra pessoa.

A expressão de Dallas murchou.

— Ai. Por que você precisava me dizer isso?

— *Você* acabou de dizer que ia chamar alguém para sair.

— Mas mesmo assim! — disse Dallas.

Zoe comeu uma lasca de carne de porco com uma aparência horrenda como gesto de boa vontade. Dallas fingiu não se importar, mas ela percebeu um vislumbre de orgulho em seus olhos.

— É melhor do que você pensou, certo? — ele perguntou.

Zoe assentiu.

— Na verdade, não é — disse ela.

Atrás dela, outro cozinheiro começou a bater o gongo em um ritmo baixo e constante para sinalizar que o intervalo de Dallas tinha acabado. Como ele não se levantou imediatamente, os cozinheiros começaram um cântico ininteligível além das batidas do gongo. Dallas olhou sobre o ombro de Zoe para os selvagens seminus que eram seus colegas de trabalho.

— Tenho que ir logo. Antes que meus camaradas fiquem malucos.

— Vai ser rápido — disse Zoe. — Quero voltar a explorar cavernas e quero que você vá comigo. Não sei como fazer isso na neve, e você é o único que conheço que é tão bom quanto meu pai era.

Dallas fez que não.

— De jeito nenhum.

O coração de Zoe afundou — até ele continuar.

— Seu pai era muito melhor que eu.

— E aqui vai a parte zoneada da coisa... — disse Zoe. — Eu disse a Jonah que iria até a Lágrima Negra se os policiais não fossem. Na verdade, isso é loucura, mas que se dane... eu disse para ele que levaria um cobertor para o meu pai.

Dallas pensou um pouco. Os cozinheiros estavam cantando mais alto. Ele ergueu os olhos e gritou algo que soou como "Furg!".

— Por que seu pai precisaria de um cobertor? — ele perguntou para Zoe. — Ele está... morto.

— Jonah acha que ele está com frio.

— Nossa.

Zoe esperou.

— Você vai me ajudar? — ela quis saber.

— Isso é muita loucura, Zoe — disse Dallas. — E bem horripilante.

— Você sabe o que seria mais horripilante? Se eu não me importasse com o que aconteceu com o corpo do meu pai.

O rosto de Dallas assumiu uma expressão reflexiva.

— Verdade.

— E, olha, talvez os policiais lidem com isso — disse Zoe —, e eu não precise ir até lá.

— Mas você não está só blefando, está? — questionou Dallas.

— Não.

— Essa caverna é o bicho — disse Dallas. — Obviamente.

— É — respondeu Zoe.

— Lágrima Negra fica a poucas centenas de metros da Lágrima Prateada, que é menos pedreira — disse ele. — Podemos fazer um treino lá e ver como você se sai. — Ele fez uma pausa. — Esse seu novo namorado de quem você gosta mais do que de mim... ele é explorador?

A pergunta surpreendeu Zoe.

— Mais ou menos... Mas estou pedindo para *você*. Vai me ajudar?

— Bom, eu não vou deixar você ir sozinha — respondeu Dallas. — Mas vamos ter que fazer isso rápido, porque quando a neve começa a derreter, essas cavernas viram tobogãs de água. Além disso, se passarmos muito tempo treinando, você vai ficar muito atraída por mim, e *isso* vai ser um problemão.

Ela riu.

— É verdade.

Dallas levantou-se e voltou para o personagem, como um ator prestes a chegar ao palco. Ele pôs o chapéu de huno e, com um grito alto, rasgou a camiseta com as duas mãos. (O corte na base do V facilitava rasgá-la e, Zoe suspeitava, tinha sido feito ali exatamente para esse objetivo.) Uma mulher mais velha, sentada ali perto, deu um gritinho alegre ao avistar os bíceps de Dallas. Ele jogou a camisa para ela, em seguida se inclinou para Zoe e sussurrou com orgulho:

— Eles nos dão as camisetas de graça.

Zoe ficou sentada sozinha por um tempo, empurrando os fios de macarrão para lá e para cá. Estava nervosa com o plano — só não estaria se fosse idiota —, mas estava fazendo isso por Jonah, e não o decepcionaria.

Houve uma comoção do outro lado do restaurante. Zoe ergueu os olhos e viu que Val, depois de ter terminado seu *frozen yogurt*, estava do lado de fora da janela. Estava entediada e fazendo polichinelos para chamar sua atenção.

Um pensamento estranho ocorreu a Zoe enquanto rumava para a porta: ela ia se enfiar debaixo da terra por seu pai, enquanto X estava tentando *sair* de debaixo da terra por ela.

treze

Zoe e Dallas planejaram a viagem à Lágrima Prateada como se fosse uma operação militar. Nos salões reluzentes e de pé-direito alto da escola, passavam bilhetes um ao outro sobre amarrações, cordames e mosquetões e sobre se deveriam usar uma corda de onze milímetros, que era a mais segura, ou de nove milímetros, que era mais leve de transportar. Dallas era o tesoureiro de um clube de espeleologia com o infeliz nome de Gruta dos Garotos. Seu entusiasmo fazia Zoe se lembrar tanto de seu pai que, às vezes, quando Dallas estava gesticulando e falando empolgado sobre a viagem, ela sentia seus olhos arderem com as lágrimas.

Era sexta-feira à noite, perto da meia-noite. Sairiam para explorar a caverna pela manhã. Zoe deitou-se no sofá da sala com uma lista de suprimentos e um mapa da Lágrima Prateada nas mãos. Seu corpo estava tenso. Ela não conseguia fazer a mente se aquietar. A lua, grande e brilhante, invadia a janela ao seu lado. Um larício arranhava o vidro com suas mãos esqueléticas.

Lágrima Prateada era apenas um treino. Era menos assustadora que a Lágrima Negra, onde seu pai havia morrido, mas mesmo assim...

Ela nunca tinha saído para escalar no inverno. Nunca havia lidado com neve e gelo. Nunca, jamais tinha ido sem seu pai.

O pai tratava as cavernas como se fossem solo sagrado. Zoe achava que alguns dos grafites nas paredes eram legais, especialmente os que pareciam muito antigos. Mas eles costumavam deixar seu pai louco da vida. Ele apontava a lanterna do capacete para uma parede onde alguém havia esculpido *Phineas* na rocha e balançava a cabeça: "Mesmo nos anos 1800 tinha alguns babacas." Ele havia mostrado para ela cavernas com incríveis tetos abobadados, cavernas com lagos tão azuis que pareciam fosforescentes, cavernas com enormes estalagmites vítreas que pareciam um órgão de igreja.

— O negócio é o seguinte, Zoe — ele dizia. — Ainda há um milhão de lugares inexplorados na Terra, lugares onde nenhum ser humano jamais pôs os pés. Sabe o quanto isso é irado? *Sabe o quanto isso é muito irado?!* Só que todos eles estão no subterrâneo.

O pai de Zoe sempre ficava poucos metros à frente dela, testando os túneis, as quedas e os rios subterrâneos. Ele sempre estivera *bem ali*, sorrindo com aquele jeito meio tonto, e gritando para trás: "Você é incrível! Você consegue! É minha garota!"

Mas não mais. Nunca mais.

Ela pegou o telefone da mesa de centro e mandou mensagens para Dallas, para se empolgar.

Amanhã Amanhã AMANHÃ!!!!, ela escreveu.

Dallas respondeu instantaneamente, como se estivesse só esperando para clicar em *Enviar*.

Ansioso!, ele escreveu. *Só tenho que escapar do trabalho. Os hunos estão sendo hunos filhos da mãe. Espera aí.*

Como assim?, Zoe respondeu. *Não se atreva a dar pra trás!*

Nunca. Eu tô ANSIOSO!!! Tenho que ir... estou passando a gilete. (Não é no rosto.)

ECA. Fala pros hunos que se não liberarem você, vou dar um chute no GRRRR deles e enfiar uma lança no FURG deles.

Ha!

Exagerei?

Não! Tô rindo pra baralho!

Baralho?

Caralho, Zoe. CARALHO!

Ela deixou o telefone na mesa de centro e olhou para o mapa da caverna. No canto superior direito, havia uma inscrição:

Lágrima Prateada. Descida em 2 de março de 2005. Líderes da equipe: Bodenhamer & Balensky. Temperatura da água: 32°–33°.

O mapa, que tinha sido desenhado à mão, parecia a ilustração de um trato digestivo como costumavam a apresentar na aula de biologia do nono ano. A entrada da caverna, a boca, era um espaço estreito em que só dava para rastejar. Seria claustrofóbico, e eles precisariam se amarrar e usar o arnês enquanto rastejassem, porque depois de quinze metros de passagem chegariam a uma queda íngreme de cinquenta e quatro metros, o esôfago. A água corria por uma das paredes o ano inteiro. A única dúvida que assolava Zoe e Dallas era a quantidade de água que haveria; uma goteira ou uma cachoeira. Esperavam que a neve fora da caverna não tivesse começado a derreter e a inundar o subterrâneo.

Os olhos de Zoe percorreram o mapa até embaixo. No fundo da queda havia uma grande câmara em forma de sino, o estômago, onde a cachoeira batia em uma pedra gigante e se derramava no chão. Ela e Dallas bateriam em um lago congelante. Teriam que usar roupas de neoprene debaixo dos trajes.

Os exploradores de cavernas iam até lá por causa dessa câmara. Devia ter algumas formações glaciais espetaculares penduradas no teto: chamavam-na de Sala dos Candelabros.

Zoe deixou o mapa cair no chão e esfregou os olhos.

Conseguia ouvir a mãe no andar de cima, andando de um lado para outro. Não se falavam havia dias. Zoe ainda estava furiosa e magoada, mas sentia falta da mãe. Sentia-se desconectada do mundo, como se estivesse flutuando no espaço sem uma âncora. O fato de X ter desaparecido piorava tudo. Zoe ouviu quando o teto rangeu sob o passo dela. Cada som fazia com que se sentisse mais solitária.

Zoe estava indo explorar a caverna porque Jonah precisava que ela fosse... por que a mãe não conseguia entender isso? Achava que ela só estava fazendo aquilo para causar problemas? Ou porque precisava de uma distração enquanto esperava X? Jonah ainda estava sofrendo demais para sair de casa, esperando que Zoe ou a polícia chegassem ao fundo da Lágrima Negra. Ele havia ficado pálido e choroso. Roía as unhas sem parar. Todos os dias da semana, pela manhã, Rufus chegava retumbando na caminhonete com o urso que acenava, mas mesmo ele, com seu vasto repertório de bobeiras, não conseguia animar o garoto. Quando Rufus e Jonah brincavam de esconde-esconde, Jonah se escondia no velho freezer do porão como costumava fazer com o pai, mas até isso parecia entristecê-lo. Rufus recusava-se a aceitar dinheiro para cuidar dele. No início, Zoe achou que fazia parte do flerte lentíssimo dele para com sua mãe. Então, uma tarde, viu Rufus segurando a mão de seu irmão e cortando delicadamente suas minúsculas unhas, e percebeu que ele realmente *se importava com Jonah*. Esse foi o dia em que Zoe concluiu que o cara era um santo.

Naquela noite, antes que Jonah fosse dormir, Zoe havia ditado alguns suprimentos extras que ela precisaria e, em uma rara explosão de energia, ele escreveu o melhor que pôde em um caderno espiral.

Zoe repassou a lista mais uma vez:

H_2O
Barras de proteína, 3?
Elástico de cabelo para prender cabelo
Passsas
Lanternas, 2
CaniVete suíço
Pílias

Meias de lã bem grossas
LuVas de laVar louça (BIAZRRO!)
Joelheiras para joelho
Bolsa grande para poncho, <u>só para garantir</u>!

Tudo estava embalado agora. Zoe deixou o papel flutuar até o chão. Não havia mais nada a fazer além de esperar a manhã.

A<small>INDA ESTAVA ACORDADA</small> às duas da manhã. Ela se forçou a sair do sofá. Foi ao armário do hall — por que não havia pensado nisso antes? — e pegou o sobretudo azul de X. Ele brilhava mesmo com a luz do corredor apagada. Os cabides de metal tilintaram ao se esbarrarem.

Zoe encostou o rosto no casaco. Cheirava a fumaça de madeira, pinheiro e um traço leve de suor. A lembrança de se chocar com X no lago, de sentir seu corpo despencar embaixo dela, de sentir seu cheiro pela primeira vez, a inundou. Ela apertou o casaco com força, como se ele estivesse ali dentro. Dallas era fofo. Tinha um sorriso doce e curvado, mas X... X era meio que impressionante. Zoe esfregou um dos botões do casaco. Era feito de pedra. Aqueceu-se em sua mão.

Ela levou o casaco até o sofá e se aconchegou embaixo dele. X era quase quinze centímetros mais alto que Zoe, então o casaco a engoliu, espalhando-se sobre ela, fazendo com que se sentisse *segura*. Imaginou X finalmente voltando. Imaginou-o subindo os degraus. Ele ficaria nervoso demais para olhá-la, de início. Ela diria... O que ela diria?

Diria: *você esqueceu seu casaco.*

Às três da manhã, ela decidiu escrever uma carta a X, embora não tivesse como entregá-la *e* ele não soubesse ler. A caneta com a corrente de contas que Jonah havia trazido do banco estava sobre a mesa de centro. Ela a pegou. Pegou a lista de suprimentos do chão, virou-a e apertou-a contra o joelho. Não se importava que X nunca visse a carta. Só queria, só *precisava* captar alguns dos pensamentos que voavam em círculos em sua cabeça.

Ela escreveu sem parar até preencher a página. Às 3h15, dobrou a carta e colocou-a em um bolso do casaco de X como se fosse algum tipo de caixa de correio sobrenatural. Em segundos, adormeceu. A caneta roubada ainda estava em sua mão. O casaco flutuava sobre ela como água morna.

Às 8h58, Zoe acordou ao som de Dallas buzinando feito louco. Ele estava dois minutos adiantado e, desde a última vez que vira aquele carro, pelo visto Dallas tinha personalizado a buzina para tocar as cinco primeiras notas da música de *Os Simpsons*. Zoe saiu aos tropeços até a janela da cozinha. Fez um movimento de cortar a garganta (*Pare de buzinar!*), estendeu os dedos da mão direita (*Eu preciso de cinco minutos!*) e depois repetiu o gesto de cortar a garganta (*Sério, buzine novamente e você morre!*). Estava exausta. O pescoço doía por ter dormido no sofá. Não estava em condições de explorar cavernas. A adrenalina teria que sustentá-la durante o dia inteiro.

No andar de cima, Zoe vestiu a roupa de neoprene e, sobre ela, o máximo de camadas que conseguiu sem andar como uma múmia. Fez uma verificação rápida da mochila e da bolsa esportiva que continha o equipamento. Tudo certo. No caminho pelo corredor, ela espiou o quarto de Jonah, esperando que ele estivesse acordado para poder abraçar seu corpinho fofo antes de ir embora. Porém, ele estava dormindo profundamente, afogueado e a vinte mil léguas submarinas.

Lá embaixo, a mãe pairava como um fantasma na cozinha. Ela estava no balcão, mexendo um chá.

— Estou indo — disse Zoe.

Ela não respondeu. Nem sequer se virou.

Zoe não queria sair assim.

Ouvia Dallas lá fora, tocando um rap de Kendrick Lamar no último volume em sua picape 4Runner.

— Eu vou ter cuidado. — Disse isso como uma espécie de trégua, mas a mãe se virou, furiosa.

— Se quisesse ter cuidado, se quisesse respeitar minhas vontades, você não iria.

— Mãe, escuta...

— Não, Zoe, não vou escutar nada. Se você for, vai logo.

A mãe recusou-se a falar mais. Ela pegou a caixa laranja de chá e começou a ler o verso, como se fosse interessante.

Zoe estava em frangalhos quando entrou na 4Runner. Dallas tentou puxar algum assunto. Zoe sentiu-se mal por isso. Dallas estava tão EMPOLGADO! EMPOLGADO! EMPOLGADO! para a expedição, e ela parecia uma garotinha patética toda incomodada com seus *sentimentos*. Não era de seu feitio.

Em uma surpreendente onda de consideração, Dallas levara um cappuccino da Coffee Traders para Zoe e mudou o rádio para uma estação *country* de que ela gostava. Violinos e violões acústicos encheram o carro. Zoe percebeu que Dallas odiava, mas não disse uma palavra. Ela colocou uma estrelinha ao lado do nome dele.

— No fim das contas, os hunos deixaram você vir — ela disse finalmente. — Muito legal.

— Os hunos são uma bosta — disse Dallas, aliviado por desabafar. — Nem vou começar a dizer o quanto eles são uma bosta.

Ele parou em um semáforo vermelho.

— Olha só, meu chefe, certo? Deveríamos chamar ele de rei Rugila, que é estúpido e difícil de pronunciar... o nome dele na verdade é Sandy. De qualquer forma, o rei R me deu um sermão *gigantesco* e muito entediante sobre o código sagrado dos hunos e sobre como não abandonam seus irmãos por uma garota. — Ele fez uma pausa. — Aliás, *você* é a garota.

— Entendi — disse Zoe.

— Então vou pra Wikipédia, certo? Nunca tinha lido sobre os hunos antes porque quis criar meu próprio personagem. Mas, olha só: os hunos *não* tinham nenhum código! Essa era a questão: eles simplesmente atacavam!

O semáforo ficou verde. Dallas deixou uma fileira de carros virar na frente dele antes de avançar. Era um motorista estranhamente educado.

— Desculpe por ficar tão irritado — disse ele. — Só que o rei R me deixa louco.

— Não quero que tenha problemas por minha causa — retrucou Zoe. — Você não vai ser demitido, vai?

— Não, com certeza não vou ser demitido. Porque eu pedi demissão.

— Dallas! Por minha causa?!

— *Sim*, por sua causa — ele disse com timidez. — Sem comentários.

Ela o deixara envergonhado. Quem imaginaria que Dallas pudesse ficar envergonhado?

— Vão me implorar para voltar na segunda-feira — acrescentou ele. — Todas aquelas mães gostosas não entram lá pela comida... que, aposto, nem é autêntica dos hunos. Não estou dizendo que eu sou o maior gostosão que eles têm. Seria me achar demais. Mas sem dúvida estou entre os três primeiros. Tipo, o rei R tem pelo nas costas.

Zoe riu, feliz por Dallas ser tão profunda e audaciosamente... *Dallas*.

Eles passaram por Columbia Falls e viraram para o norte, na direção de Polebridge. Rapidamente a civilização desapareceu. Todos os serviços de celular e internet evaporaram, e as últimas lojas e restaurantes deram lugar a estradas vazias e esburacadas que serpenteavam pela floresta. Placas de "Propriedade privada" e "Cuidado com os ursos" estavam pregadas nos abetos ao longo da estrada. De vez em quando, uma cabana de madeira soltava uma coluna gorda de fumaça. Tirando isso, o mundo estava vazio. Zoe sentia esse vazio no estômago. Quanto mais perto chegavam da Lágrima Prateada, mais ansiosa se sentia por estar prestes a explorar cavernas de novo. Dallas devia ter percebido.

— Você está nervosa? — perguntou ele.

— Estou.

— Sério? Porque vamos *detonar* essa caverna. Nós somos demais mesmo. Repita comigo: *detonar, detonar, detonar*!

— Detonar, detonar, detonar? — disse Zoe.

— Que fraquinho. *Nunca* uma coisa ficou detonada por alguém que fala "detonar" desse jeito.

— Não é só a caverna.

Dallas franziu a testa.

— Você quer... quer falar sobre seus *sentimentos*, ou sei lá?

Zoe apenas o encarou. Não pôde evitar. Era a última coisa que o Dallas com quem ela havia ficado teria perguntado.

— Você andou praticando como conversar com garotas, cara? — perguntou.

— Talvez. Talvez com a minha mãe... que é terapeuta. Estou dizendo *talvez*.

— Bem, foi gentil da sua parte perguntar — disse Zoe. — Mas eu *sei* que você na verdade não quer saber dos meus sentimentos.

Eles chegaram a uma curva estreita na estrada. Outro carro estava se aproximando. Dallas desacelerou e entrou no acostamento para que ele pudesse passar.

— É isso que as meninas não entendem...

— Ai, meu Deus — disse Zoe. — Por favor, me diz o que as meninas não entendem... porque eu sempre quis saber o que era.

Ou Dallas não notou o sarcasmo ou decidiu ignorá-lo.

— O que as meninas não entendem — ele começou, sério — é que os caras realmente querem saber dos sentimentos delas... só não querem saber de *todos*. Eles querem saber de *alguns*.

— De quanto estamos falando? — disse Zoe. — Vocês querem ouvir, tipo, trinta por cento dos nossos sentimentos?

Dallas refletiu.

— Talvez cinquenta por cento? Depende. Só queremos que sobre um tempo para falarmos de outra coisa. Mas com vocês, caras... com vocês, *meninas*... tudo está sempre conectado com tudo, então vocês começam a falar de um sentimento e isso leva a *outro* sentimento, o que leva a *outro* sentimento. — Ele a encarou com aquela expressão vulnerável e suas covinhas. Era absolutamente sincero. — Sabe? Nunca sobra tempo.

Eles estavam bem diante de Polebridge agora. Dallas virou na estrada que seguia até a cidade. Polebridge era um local pequenino no meio do nada. Tinha uma dúzia de prédios: um café, uma loja que vendia de tudo, uma porção de cabanas, um depósito vermelho com uma lua crescente na porta. Com exceção das antenas parabólicas, poderia estar parada em 1912. Havia até um trilho para amarrar cavalos.

Dallas estacionou na frente da loja, desligou o motor e se virou para Zoe, aparentemente ainda esperando pelo resumo de seus sentimentos.

Que inferno, ela pensou.

— Tudo bem, aqui vão os destaques — disse ela. — Minha mãe está chateada comigo porque estou explorando cavernas. Jonah não quer sair de casa. Ele parece um maluco em uma peça de teatro. Eu não vejo X, meu namorado... faz *dias*. Desculpe. Sei que você não quer saber dele. O que mais? Sinto falta do meu pai. Nunca fui explorar cavernas sem ele. Nem sei *como* explorar cavernas sem ele. — Ela se obrigou a parar de falar. — Então, esses são meus sentimentos. De quais cinquenta por cento você quer ouvir mais?

Dallas ganhou pontos nesse momento, pois disse exatamente a coisa certa:

— Você precisa de açúcar.

Ele desapareceu na loja e voltou cinco minutos depois com um saquinho de doces, que jogou no banco entre eles como o tesouro de um pirata. Havia biscoitos de chocolate, bombons de cereja e folhados de frutas silvestres. Era muito mais comida do que os dois poderiam comer. Zoe desembrulhou um folhado e começou a devorá-lo, lambendo a cobertura dos dedos. Não tinha percebido o quanto estava com fome.

— Quando terminarmos a Lágrima Prateada, quero ver a Lágrima Negra, tudo bem? — pediu ela. — Não vou lá desde...

Ela parou, e Dallas terminou a frase por ela:

— Desde a busca pelo seu pai?

— É.

— Você está realmente pronta para ver aquele lugar de novo? — Dallas quis saber.

Zoe riu. Não tinha certeza por quê. Talvez fosse o açúcar.

— Sei lá.

Eles saíram de Polebridge e percorreram os últimos quinze quilômetros até a Lágrima Prateada, o carro pulando e chacoalhando pela estrada. A floresta naquela parte das montanhas havia queimado recentemente. As árvores estavam nuas e calcinadas e saíam da neve como agulhas. Lembravam Zoe dos bosques perto da casa de Bert e Betty, claro, e isso a lembrou de quando caçou Jonah e os cachorros através da nevasca, de quando conheceu X e Stan. Era exatamente como Dallas dizia: tudo estava conectado.

A Lágrima Prateada ficava embaixo do leito de um riacho congelado que corria ao longo da estrada. Não havia onde estacionar. Dallas dirigiu mais oitocentos metros e finalmente a estrada se alargou o suficiente para parar o carro. Pelos cinco minutos seguintes, ele tocou "Monster", a música de Kanye West, no último volume, o que parecia ser seu ritual pré-exploração. Zoe ficou do lado de fora da caminhonete, divertindo-se enquanto observava Dallas imitar cada movimento do clipe. Finalmente, a música terminou. Dallas saiu da caminhonete, corado e radiante.

— Uhul! — ele gritou, não tanto para Zoe, mas para o universo.

Ele gesticulou para que Zoe o seguisse, caminhou até a traseira da 4Runner e abriu-a com um floreio.

— Olha! — ele disse.

Zoe ficou muda por um momento: era o paraíso dos equipamentos. Havia belas bobinas de corda penduradas em ganchos. Havia brocas, kits de parafusos, arneses, mosquetões de subida e descida, mochilas de exploração de cavernas com orifícios no fundo para que a água pudesse escorrer. Havia pás dobráveis e machados de gelo reluzentes. Havia caixas inteiras fechadas de barras de cereal Clif Bars e bolsas CamelBaks cheias de água. Tudo meticulosamente separado e cuidado. Tudo estava *brilhante*. O pai de Zoe sempre usava o mínimo possível de equipamentos: gostava de improvisar e era meio negligente. Dallas tinha quatro capacetes laranja idênticos. Tinha até uma pilha de macacões que eram de um tom alaranjado mais claro. Pareciam que tinham sido passados a ferro.

— Acontece que eu tenho um pouco de TOC — disse Dallas.

Zoe não queria constrangê-lo.

— Não mais que, tipo, um *serial killer* — respondeu ela.

Dallas pegou um macacão da pilha, abriu-o e entrou nele. O traje tinha um bolso no peito, mas Dallas o removera para que não se enchesse de lama quando rastejasse. A frente tinha furinhos formando um U onde ficava o bolso.

Em seguida, Dallas inspecionou a fileira de capacetes. Zoe se perguntou como ele conseguia diferenciá-los. Por fim, escolheu um, equipou-o com uma lanterna de LED e o vestiu. Ficava com o queixo quadrado e bonito naquele conjunto de capacete e macacão cor de laranja.

— Como estou? — perguntou ele.

— Parece um Lego — respondeu Zoe.

Ela colocou o próprio macacão, que tinha sido embolado no fundo de sua bolsa de lona. Era *off-white* e tão manchado de terra que parecia uma pintura abstrata. Seu capacete veio em seguida. O pai tinha lhe dado quando ela completou quinze anos. Era azul-escuro e tinha arranhões de tetos baixos e pedras caindo. Era um pouco grande demais e mal acolchoado. Sempre que ela meneava a cabeça, o capacete dançava.

Por dez minutos, Dallas e Zoe se equiparam. Tudo o que Dallas tinha parecia ter sido cientificamente projetado; mesmo as luvas pareciam algo que se usaria para reparar uma estação espacial. As coisas de Zoe eram porcarias vindas da terra das roupas descombinadas. Mas Dallas não a julgou, e, de qualquer forma, ela não se envergonhava facilmente. Pegou as luvas amarelas de lavar louça como se fossem feitas de seda.

Zoe e Dallas verificaram as lanternas de cabeça, suas pilhas, as pilhas de reserva, a broca. Dallas ficou puto quando percebeu que tinha esquecido de levar os walkie-talkies. Felizmente, Zoe havia se lembrado de levar um par. Ela os pescou da bolsa de lona e entregou um a ele.

— Por favor, venha preparado da próxima vez — disse ela, brincando.

Dallas trancou a 4Runner — *bip, bip!* — e eles voltaram pela estrada, caminhando endurecidos debaixo de todas as camadas de roupa. Depois de alguns minutos, viraram uma curva e viram alguns cervos na neve à frente. Os olhos dos cervos estavam úmidos e nervosos. Sua pelagem, fina e vermelha no verão, tinha ficado áspera e cinza para sobreviver à estação de frio e caça. Olharam para Dallas e Zoe, então se afastaram, saltando alto como cavalos de carrossel.

No silêncio, a ansiedade de Zoe começou a voltar. Ela tentou clarear a mente, mas não conseguiu. Uma história que o pai lhe contou quando tinha dez ou onze anos ressurgiu e, no momento em que se lembrou, não conseguiu se livrar dela. A história era sobre espeleólogos ingleses nos anos 1960 que ficaram presos no subsolo quando uma tempestade absurda inundou a caverna.

Ela nunca se esqueceu dos detalhes: os socorristas vieram correndo de seus bares. Fizeram uma barragem, mas ela caía o tempo todo, então tiveram que segurá-la com os próprios corpos. Trabalharam a noite toda para bombear a água para fora. Finalmente, se enfiaram em um pequeno túnel para procurar os sobreviventes. No fundo da caverna, o líder do resgate encontrou os corpos de dois espeleólogos mortos bloqueando o caminho. Teve que rastejar sobre eles para encontrar os outros. Que também já eram cadáveres. O último deles tinha se espremido em uma fenda apertada, caçando ar desesperadamente. O líder do resgate começou a recuar, sabendo que tudo estava perdido. Os voluntários atrás dele estavam chorando e vomitando no túnel. Ele disse ao primeiro que viu: "Volte, Jim. Estão mortos."

Dallas notou que Zoe não estava falando.

— No que está pensando?

— Nos espeleólogos ingleses — disse ela.

— Os caras que morreram no túnel... *aqueles* ingleses? — perguntou ele. Não havia uma lenda da espeleologia que Dallas não conhecesse. — Que coisa horrível de se pensar, cara. Aperte "delete" agora. Sério.

Zoe empurrou a história para a caixa "Não Abrir". A história não queria entrar, brigou com ela, mas acabou entrando. Zoe se imaginou sentada na caixa para manter aquela coisa presa.

Mas, ainda assim, estava nervosa enquanto atravessavam o vazio. Entre o silêncio e a neve e as florestas queimadas passando ao largo, Zoe sentiu como se ela e Dallas fossem personagens de algum filme pós-apocalíptico, sobreviventes de um vírus mortal ao qual apenas eles eram imunes.

Dallas não parecia nem um pouco nervoso. Nunca parecia. Estava empolgado, quase eufórico, distraído. Estavam a um braço de distância um do outro, mas ainda assim a quilômetros de distância.

— É por aqui — disse Dallas, que estava olhando para o GPS. Ele ergueu um punho no ar: — *Uhul!*

Ele a guiou para a margem da estrada e desceu o barranco íngreme. Se houvera uma trilha ali algum dia, estava enterrada. A encosta estava empilhada com árvores caídas que os limpa-neves haviam empurrado para fora da estrada. Os troncos estavam carbonizados e empelotados.

Zoe esforçou-se para passar por cima das árvores. O peso da mochila tirava seu equilíbrio o tempo todo.

Chegar à caverna deveria ser a parte mais fácil.

Dallas estava logo à frente. Ela tentava pisar exatamente onde ele havia pisado. Começou a suar sob as roupas. Estava perto do fundo do barranco quando pisou em um tronco podre com o sapato de neve.

Teve uma sensação nauseante, como se o chão estivesse desaparecendo.

E *estava*.

Ela caiu para a frente, os braços girando, impotentes.

Dallas ainda estava tagarelando. Não fazia ideia. Zoe caiu em direção às costas dele, os braços estendidos e tentando agarrar o ar. Um galho passou perto de seu rosto, errando o olho por centímetros.

Ela caiu em cima de Dallas.

Ele soltou um grunhido de surpresa e, em seguida, também caiu para a frente. A coisa toda durou apenas um instante, menos que um instante.

O céu girou sobre a cabeça de Zoe. Ela caiu de lado na neve, ouviu um estalo seco, agudo — o som de um osso quebrando —, e esperou a dor que nunca veio.

Dallas estava caído a alguns metros de distância. Tentara amortecer a queda com as mãos. Estava apertando o pulso, a boca formava um "O", e estava prestes a gritar.

DALLAS INSISTIU QUE ZOE podia detonar a Lágrima Prateada sem ele. Ele *não ia* estragar o dia. Era importante demais. Ele tirou um Advil da mochila e se sentou no fim do barranco, o pulso mergulhado na neve para parar o inchaço. Jurou que estava bem, que provavelmente era apenas uma torção e que tinha gritado por causa do susto. Zoe discutiu com ele e perdeu.

Seguiram o leito do riacho por algum tempo, e logo o GPS os informou que haviam chegado ao seu destino. Zoe não viu nada parecido com uma caverna. A entrada devia estar soterrada na neve.

Ela e Dallas retiraram os sapatos de neve e desceram até o riacho congelado. A alguns metros de altura, ele corria por uma colina rochosa e deslizava para o subsolo. Zoe ajudou Dallas a tirar sua mochila, pegou uma pá dobrável e começou a limpar a boca da caverna. Dallas insistiu em ajudar. Encheu um bolso de neve e manteve a mão direita enterrada nele enquanto batia na entrada com um machado de gelo. Trabalharam lentamente para conservar a energia. Não falaram muito, embora em certo momento Dallas tenha olhado para as luvas de borracha de Zoe, sacudido a cabeça e dito:

— Posso te dar um par melhor, por favor? Prometo devolver o seu se precisarmos lavar algum prato.

Os dedos de Zoe já estavam tão frios que pareciam queimar. Ela assentiu com tanta ênfase que Dallas gargalhou.

Quando limparam a neve, encontraram uma densa parede de gelo bloqueando a boca da caverna, como se a defendesse contra intrusos. Bateram nela por meia hora. O braço de Zoe começou a doer. Fragmentos de gelo voaram em seu rosto. Mas quando a entrada da caverna surgiu do gelo, ela percebeu que estava sorrindo como uma idiota. Fitou os olhos de Dallas que, mesmo feridos, tinham aquela expressão loucamente feliz.

— Não é?! — disse ele com alegria.

O mapa não havia feito justiça à estreiteza da entrada. Tinha mais ou menos a forma de um buraco de fechadura e não tinha mais que sessenta centímetros de largura.

— Cara, é apertado — comentou Dallas. — Não teria conseguido entrar aí sem arrancar meu saco fora.

— Obrigada por essa imagem — disse Zoe.

Ela e Dallas se agacharam, e suas lanternas inundaram o túnel. O teto estava escorregadio pela condensação, o chão cheio de pedaços de rocha quebrada e bolhas de calcita que os exploradores de cavernas chamavam de pipoca. Mas nada disso era tão preocupante quanto o fato de que o túnel parecia nunca se alargar. Zoe teria que rastejar por um corredor sinuoso de quinze metros *de lado*. Nenhum deles falou nada e, enquanto não falavam, um gigantesco rato selvagem avançou para a luz e encarou-os com indiferença.

— Você consegue — disse Dallas.

— Eu sei — afirmou Zoe. Pensou na tatuagem no ombro dele. — Nunca não pare, certo?

— Exatamente! Nunca, *jamais* não pare! — Ele hesitou. — A menos que...

Zoe nunca tinha visto Dallas hesitar.

— *Não* bagunce minha cabeça dois segundos antes de eu entrar — ela disse. — Ou eu mesma vou arrancar seu saco.

— Não, não, não, você consegue. *Mas*. Se você entrar lá e tiver uma tonelada de água caindo, você precisa sair. Promete que não vai dar uma de intrépida.

Zoe prometeu, mas os dois sabiam que ela estava mentindo.

Ela pôs o arnês e o mosquetão de descida. Dallas checou duas vezes com tanto cuidado que a deixou ainda *mais* nervosa. Ele estava agindo como se ela estivesse prestes a saltar de um avião.

Zoe testou o walkie-talkie. Tudo o que ela precisava fazer agora era parar de postergar.

Inspirou o ar fresco pela última vez.

Os primeiros três metros de caverna estavam cobertos de gelo. A voz de seu pai apareceu em sua cabeça, como uma bolha de desenho animado: "Isso é *escarcha*, Zoe! Também conhecida como *geada branca*. Vamos lá... tem que conhecer suas geadas!"

Ela se inclinou para o túnel e deitou-se de lado, então deslizou para a frente como uma cobra, empurrando uma bobina grande de corda e uma mochila pequena à sua frente.

A passagem era insanamente claustrofóbica. As paredes eram como uma braçadeira.

Sua nuca já estava pegajosa de suor quando avançou cerca de um metro e meio. Já podia ouvir a cachoeira se derramando à frente. Pensou nos espeleólogos ingleses que se afogaram — não conseguiu evitar — e nos homens que correram dos bares e tentaram salvá-los.

"Volte, Jim. Eles estão mortos."

Precisava se concentrar. Era a primeira coisa que se aprendia como explorador de caverna: ou se concentrava ou se machucava. Na verdade, a *primeira* coisa que se aprendia era que explorar cavernas sem pelo menos outras duas pessoas era loucura. Assim, se alguém se machucasse, uma pessoa poderia ficar com o ferido e a outra buscar ajuda.

Ela torceu as pernas para conseguir se impulsionar com os dois pés. Arrastou o corpo sobre os escombros e a calcita. Mesmo através do neoprene e de quatro camadas de roupas, ela conseguia sentir os arranhões.

Quando o túnel ficou ainda mais estreito, ela encheu os pulmões com ar, então o soltou para que seu peito se encolhesse e ela pudesse continuar rastejando. Avançou mais um metro e meio ou um pouco mais. Teve que estender o pescoço para ver aonde estava indo. Seu capacete sacolejou e raspou pelo chão. De vez em quando, ele arrastava em uma pedra, e precisava balançar a cabeça até que a pedra caísse. À distância, o ruído da cachoeira ficava mais alto. Ela havia esquecido como a água soava feroz em um espaço fechado; como fazia o coração palpitar mesmo que não se estivesse com medo.

E então lhe ocorreu: ela não *precisava* ter medo. Estava com frio, seu corpo estava tenso como um fio esticado, sentia como se estivesse rastejando na garganta de um animal, mas não precisava ficar assustada. Ela sabia como fazer aquilo. *Adorava* fazer.

E nem estava sozinha de verdade. Tinha toda uma equipe de apoio em seu cérebro: Dallas, Jonah, X. Mesmo seu pai, de certa forma.

Especialmente seu pai.

"Você é muito incrível! Você consegue! É minha garota!"

Ela chegou a uma curva no túnel e se contorceu para fazê-la. Imaginou que era uma super-heroína que podia se transformar em água ou aço fundido; que poderia atravessar a rocha e depois se reconstituir à vontade.

O sorriso idiota estava de volta.

De repente, o walkie-talkie tocou. No momento em que Zoe terminou a laboriosa tarefa de tirar a luva e pegar o aparelho da mochila, ele parou. Irritada, ela chamou Dallas.

— Estou me transformando em aço fundido! — ela disse. — O que você quer?

Houve uma pausa durante a qual Dallas provavelmente tentou descobrir do que ela estava falando. Quando respondeu, sua voz estava tão distorcida que ela precisou se esforçar para preencher as palavras que faltavam.

— Onde (você) está? — ele perguntou. — Está detonando? Consegue (ouvir a) água?

— É *claro* que estou detonando. Cai fora!

Ela enfiou o walkie-talkie de volta na mochila, enxugou o nariz e voltou a colocar a luva. Mesmo naquele breve intervalo, a mão ficou dura de frio, e ela teve que flexionar os dedos para recuperar um pouco da mobilidade.

À frente, mil insetos de pernas longas pendiam do teto em um amontoado, as pernas envoltas em uma massa tão densa que pareciam cabelos sujos. Zoe estava acostumada com aranhas, mas ficou surpresa ao vê-las já no fim de fevereiro. Ela deslizou por baixo dos bichos e estreitou os olhos. Ouviu a voz do pai novamente: "Essas pernas-longas não são aranhas, Zoe! São opiliões! Vamos lá, isso aqui é *Vida de Inseto!*"

Quando era pequena — tinha cinco, talvez seis anos? — seu pai lhe deu uma palestra empolgada sobre aquelas coisas. Havia duas coisas de que sempre se lembrava. A primeira era como o rosto do pai brilhava de empolgação. A segunda era a informação horrível de como os opiliões podiam se fingir de mortos separando uma das pernas para enganar os predadores. Eles a deixavam para trás, ainda tremelicando!, enquanto rastejavam na direção oposta. Somente seu pai podia ter pensado que era uma coisa legal de se dizer a uma criança. E, ainda assim, *foi* meio legal.

Zoe balançou a cabeça e sorriu. O capacete fez sua dança.

Ela já havia perdido a noção de quanto tempo estava na caverna. O tempo tinha um jeito de se estilhaçar no subterrâneo. A cachoeira rugia ainda mais alta agora. Ela continuou rastejando no escuro, dizendo a si mesma para se concentrar.

O túnel finalmente se alargou, depois parou na borda da queda gigante que levava até a Sala do Candelabro. Zoe rolou para ficar de bruços, abaixou a cabeça até o chão e exalou agradecida, como um nadador que acabara de chegar à praia. Seu pescoço doía. O lado esquerdo de seu corpo parecia destruído. Ela estava com medo de olhar as contusões. Os super-heróis ficavam cansados assim?

Ela girou a cabeça lentamente, a lanterna varrendo as paredes. Havia parafusos em ambos os lados que outro explorador tinha deixado na rocha; um primário e um reforço. Ela desenrolou a corda e fez laços como orelhas de coelho. Chegou aos parafusos com uma fivela e se aproximou para ouvir o tilintar forte e reconfortante.

Ainda havia um metro e meio entre Zoe e o fosso gigante que caía até a Sala dos Candelabros. Ela se ergueu até ficar agachada como o Gollum e avançou devagar, esperando que a cachoeira não fosse tão feroz quanto soava.

O fosso era mais ou menos circular. Suas paredes eram irregulares e cheias de bolsões de gelo que brilhavam à luz da lanterna de Zoe. Do lado direito, um rio subterrâneo explodia através de um buraco meio congelado na parede, depois caía como o cabelo de Rapunzel. Não era a goteira que ela e Dallas esperavam. Estava feliz por ele não estar lá para dizer "Esquece, cara, isso é muuuuuito intrépido". Ela tinha certeza de que, se descesse direto, poderia evitar a maior parte do jorro.

Testou de novo os parafusos na parede, embora o teste não lhe dissesse nada definitivo: se fossem se soltar, se soltariam quando ela estivesse no ar. Ela se enganchou na corda, respirou fundo e virou-se.

Deu um passo para trás da borda.

Podia ter gritado de alegria quando as solas da bota bateram na parede. Ela começou a descer. Lentamente. Cautelosamente. Apenas alguns metros por vez. A mão direita ficou o tempo todo no freio. Uma nuvem fria de névoa da cachoeira a envolveu. O ruído era imenso. Seu coração palpitava ainda mais alto. Era como se estivesse sendo perseguida.

Tentou ignorar a cachoeira, mas estava jorrando da parede com a força de um hidrante. A água batia nas botas enquanto ela descia. O borrifo envolvia seu corpo, encharcando as pernas, os braços, o peito. Zoe ficou feliz por estar com trajes de neoprene embaixo das roupas. Ela refreou o impulso de descer mais rápido, descer mais ainda, cair livremente até o fundo.

A água atingia seu pescoço agora. Seu rosto. Era tão gelada que parecia uma garra na pele. Ela se virou. Precisava de um novo plano. Precisava se afastar mais das quedas d'água.

Zoe começou a se afastar para o lado, para longe da torrente. Estava descendo agora em um ângulo, como um pêndulo. Os músculos das pernas estavam se negando, ficando tensos, enviando alertas de dor. A corda estava raspando contra as pedras. Zoe desceu pouco mais de um metro e meio daquele jeito, mas ainda assim o jorro batia nela. Se ela conseguisse avançar mais um pouco... Ela estendeu a ponta da bota direita.

Que bateu no gelo.

Escorregou. O coração foi à boca.

Ela se sentiu ser puxada de volta na direção do jorro, o corpo girando como um pião. Não conseguia parar, não conseguia encontrar nada para se agarrar. Lá em cima, a corda raspava contra a borda do penhasco.

Zoe estava balançando tão forte que foi empurrada para baixo das cataratas. A água batia nas costas, furiosa e fria. Golpeava seu frágil capacete. Encharcava cada centímetro dela. Tentou se mover, se impulsionar para longe da parede, fazer alguma coisa, qualquer coisa, mas o corpo estava rígido com o choque, e de repente uma flor terrível desabrochou em sua cabeça.

Foi assim que meu pai morreu, aterrorizado e balançando em uma corda.

Por fim, a corda a puxou de volta para longe da água, como se tudo aquilo tivesse sido uma maneira de a gravidade lhe dizer que o único caminho para baixo era reto. Zoe pendeu suspensa por um momento, lágrimas escorrendo dos olhos. Sentia-se abalada, estúpida, humilhada. O walkie-talkie apitou em sua mochila. Era possível Dallas saber o que havia acontecido? Ela tinha gritado sem perceber? Ele a ouviu? Não tinha como.

Ela não respondeu. Dallas ouviria sua voz trêmula e diria para ela sair. Estava bem agora. Estava *bem*. Mas, por um momento, sentiu como se o chão tivesse desaparecido do mundo e ela estivesse caindo.

Tirou a luva da mão direita, abrindo o velcro com os dentes, e a deixou cair na escuridão.

Inspecionou o arnês e o freio. O metal estava tão frio que parecia carregado de eletricidade. Ela tirou o gelo de tudo da melhor maneira que pôde. Seu coração estava galopando.

Não conseguia tirar o pai da cabeça.

Foi assim que ele morreu.

Ela se viu encarando a mão direita nua, estranhamente fascinada por ela, como se não lhe pertencesse.

Havia sangue e pele na corda de seu pai. Era das mãos dele? Do pescoço? A corda se enrolara na garganta? Ela o enforcou, o sufocou, como se ele fosse um bebê tentando nascer?

Ela estava chorando agora. Estaria fazendo um barulho horrível se não houvesse uma torrente de água jorrando junto com suas lágrimas.

* * *

O WALKIE-TALKIE TOCOU de novo, e ela respondeu com raiva:

— Pode me deixar em paz, *por favor*?!

— Posso (o quê)? — perguntou Dallas.

As explosões de estática estavam piores que antes.

— Pode me deixar em paz por um segundo?!

— Posso o que para quê? — quis saber Dallas.

Dane-se, pensou ela.

Zoe deixou cair o walkie-talkie também. Não ouviu quando ele aterrissou, mas o imaginou se estilhaçando na rocha lá embaixo, a bateria pulando e deslizando pelo chão da caverna. Ela desligou a lanterna. Queria só ficar no escuro por um momento. Não se importava mais com o jorro da cachoeira. Não daria para ficar mais molhada.

A escuridão era absoluta. Era como se a água, com seu ruído surpreendente, tivesse dizimado todos os outros sentidos.

Pensou em seu pai. Pensou em X. Pensou em como os dois ficariam *extremamente* preocupados com a aventura basicamente insana na qual ela havia embarcado. Era tão estranho que eles não tivessem se conhecido. Um tinha saído da vida dela quando o outro entrou. Tinham passado um pelo outro, deixando de se encontrar por instantes.

No escuro, Zoe torceu lentamente na corda. Concentrou-se na água. Tentou divisá-la, tentou ouvir cada pequeno som no meio do rugido. Deixou a implacabilidade do ruído tirar todos os pensamentos de sua da cabeça; extinguindo-os como focos de incêndio, um após o outro. Os batimentos cardíacos começaram a diminuir. Sua respiração ficou mais profunda.

Mais tarde — ela não conseguia dizer quanto tempo tinha passado —, Zoe religou a lanterna e continuou a descida. O gelo na rocha brilhava até lá embaixo.

* * *

A Sala do Candelabro era de tirar o fôlego. Os olhos de Zoe não sabiam o que devorar primeiro. No meio da câmara, havia uma rocha gigante envolta em gelo translúcido. A cachoeira atingia seu ponto central, depois espirrava em todas as direções como uma fonte maluca. As paredes também estavam cobertas de gelo. Ali, porém, o gelo era tão grosso e ondulado quanto cobertura de bolo e brilhava com a luz sonolenta azul-esverdeada de um aquário. A cada seis metros, mais ou menos, havia colunas de pedra maciças de aparência quase derretida. (Seu pai não calava a boca naquele dia: "Não são colunas de pedra, Zoe! São *pilares de calcário*! Vamos lá, respeite suas rochas!")

Zoe pisou com cuidado no chão congelado, passando as mãos nuas em cada superfície, depois as enfiando dentro do casaco para aquecê-las. Estava hipnotizada. Tudo na câmara parecia tão antigo quanto a Terra, mas, de alguma forma, ainda evoluindo, ainda respirando, ainda em formação. E quando Zoe pensou que a Sala do Candelabro não poderia ser mais atordoante...

Ela olhou para cima.

Sincelos de todos os tamanhos possíveis pendiam do teto. Parecia uma floresta de cabeça para baixo, como um instrumento musical gigantesco que ainda não tinha sido inventado. Era lindo. Ela passou os olhos pelo gelo com avidez. A lanterna fazia a coisa inteira brilhar.

Só quando Zoe sentiu algo estalar sob seus pés — um pedaço de plástico do walkie-talkie — que se lembrou de Dallas. Ele estaria lá em cima, andando de um lado para o outro com a mão ferida no bolso, possivelmente surtando. O walkie-talkie estava totalmente destruído, mas ela recolheu todos os pedaços que conseguiu encontrar e os enfiou na mochila.

Ela voltou aonde a corda pendia do fosso. Estava coberta de gelo, então ela bateu a corda contra a parede como se batesse um tapete. Olhando para cima, conseguiu ver fragmentos da água, pequenos jatos e contas acertarem a luz da lanterna enquanto caíam.

Ela se enganchou na corda de novo e começou a subir.

* * *

Vinte minutos depois, Zoe rastejou para fora da caverna, tonta e encharcada. Os cristais de geada na entrada caíam de seus ombros como um presente de despedida.

Ela se esforçou para se levantar, deixou a mochila cair na neve e engoliu o máximo de ar que seus pulmões aguentaram. Suas pernas estavam bambas. Cambaleou como um potro recém-nascido dando os primeiros passos. Tirando isso, sentia-se mais leve em todos os sentidos. Sentia-se elevada.

Dallas foi em direção a ela, radiante, oferecendo uma toalha laranja de sua mochila. Ele parecia não saber se deveria abraçá-la, então Zoe passou seus braços ao redor dele e o apertou, agradecida.

— Obrigada por me trazer aqui.

Ela ficou preocupada de não soar suficiente, então acrescentou, no idioma dele:

— Você é muito demais e é o cara... Obrigada!

Estava entusiasmada. O ar deixava seu sangue agitado.

— Tudo bem, tudo bem — disse Dallas, rompendo o abraço. — Você está começando a ficar atraída por mim. Eu te *avisei*.

— Quanto tempo eu fiquei lá? Meia hora?

— Duas horas e meia — respondeu ele.

— Duas horas e meia? — repetiu Zoe. — Desculpe.

— Não precisa se desculpar, cara. Essas merdas são mesmo especiais.

Zoe tirou uma foto deles na frente da entrada da caverna para que pudesse enviar pelo Snapchat para Val quando tivessem sinal de novo. Ela rabiscou uma legenda no topo em amarelo:

Caverna: Lágrima Prateada! Detonada por: Zoe!

O pulso de Dallas ainda estava enterrado no bolso. Não quis mostrá-lo para Zoe, então ela supôs que estivesse inchado e roxo. Ele jurou que estava bem. Insistiu para que ainda dessem uma olhada na Lágrima

Negra. Talvez estivesse sendo egoísta, mas Zoe precisava ver o lugar onde o pai havia morrido, por mais molhada que estivesse — precisava vê-lo agora, enquanto a adrenalina ainda estava correndo no sangue.

— Vamos só olhar hoje, certo? — disse Dallas. — Vamos só dizer olá ou sei lá? Você não vai me enganar e subir lá?

— Sem truques — prometeu Zoe. — Mas você tem que jurar que vamos voltar se a polícia não fizer seu trabalho.

— Com um cobertor — disse Dallas. — Por Jonah. Eu lembro.

— Promete? — perguntou Zoe.

— Prometo.

— Porque agora você sabe que não tenho medo de nenhuma caverna — disse Zoe.

Os sapatos de neve de Dallas batiam suavemente atrás dela.

— Disso eu já sabia.

A CAMINHADA ATÉ A LÁGRIMA Negra foi curta, mas cansativa. A neve se erguia diante deles em ondulações enormes e intocadas. Zoe sentiu as costas e as pernas reclamando umas às outras, prontas para o motim.

Seu corpo reconheceu a caverna antes dela. Sentiu a tempestade juntar-se de novo no estômago quando escalaram a última elevação nevada e olharam para baixo para ver a fenda rochosa na terra. Lágrima Negra estava rodeada por uma cerca de alambrado e com várias placas de alerta. A cerca tinha uns dois metros e meio de altura, mas era um tanto inútil. O vento a soprava para frente e para trás, de modo que partes inteiras se inclinavam loucamente como dentes soltos.

Zoe ficou surpresa com como a caverna parecia normal. Era apenas um buraco no chão. Ainda assim, quanto mais olhava para ela, mais parecia estar protegida, não apenas por uma cerca, mas por algum tipo de campo de força. Ela ficou encarando por mais tempo do que deveria.

Dallas a alcançou e ficou em silêncio ao lado dela. A caverna estava a algumas dezenas de metros à frente. Zoe achou difícil avançar.

— Eu iria com você — disse Dallas —, mas não consigo pular a cerca com só uma das mãos.

— Não se preocupe. Eu me viro.

Zoe desceu a colina. A neve parecia pó e estava funda. Ela parou na cerca. Não sabia o que deveria sentir, mas o que *sentia* era uma confusão de emoções, cada uma delas lutando para chegar à linha de frente: tristeza, fúria, medo.

Tentou dar a cada uma das emoções um momento no coração. Volutas de ar quente, que tinham ficado presas dentro da caverna por meses, escapavam pela entrada. Parecia uma boca exalando fumaça. Era como se houvesse um dragão ali em vez do corpo de seu pai.

Ela deixou cair a mochila, tirou os sapatos de neve e escalou a cerca. Mais uma vez, sentiu que os músculos das pernas odiaram a ideia. Ainda assim, eles obedeceram, e logo ela estava caindo do outro lado. Agora o único problema era que não sabia por que tinha vindo ou o que pretendia fazer.

Forçou-se a avançar. No chão, perto da entrada, havia dois objetos que apenas espreitavam para fora da neve. Ela se ajoelhou e os limpou.

Uma cruz de pedra. Um Buda de pedra. Estavam deitados de costas, olhando para o céu.

Alguém tinha estado lá desde a busca pelo corpo de seu pai. Alguém havia visitado. Alguém havia deixado as estátuas como presente.

Sua mãe.

Somente sua mãe teria levado um Buda *e* uma cruz. Quando disse que nunca havia deixado de amar o pai de Zoe, estava falando a verdade. Então, por que não permitiu que a polícia levasse o corpo dele para casa?

As estátuas pareciam ter caído de um aflormento de rocha acima da entrada da caverna. Zoe pegou o crucifixo, chocada pelo peso dele. Ela o limpou, então subiu as rochas e o colocou de volta na plataforma de pedra. Fez o mesmo com o Buda.

As estátuas irradiavam calma e pareciam estar estimulando Zoe a encontrar a paz também. Ela queria dizer alguma coisa. Mas o quê? Ainda estava com raiva por seu pai ter sido tão imprudente. Quando caiu na caverna, foi como se tivesse puxado todos lá para baixo com ele. Mas ela o amava. Talvez existisse uma maneira de dizer tudo isso?

Ela fechou os olhos e tentou encontrar as palavras.

— Eu te amo por tudo o que você foi, pai. Eu te perdoo por tudo o que você não foi. — ela disse, por fim. — P.S. — acrescentou. — Jonah está ficando louco sem você, e eu estou apaixonada por alguém fora da cidade.

Ela abriu os olhos, desejando poder fazer mais.

Uma ideia iluminou sua mente. Ela procurou no chão e encontrou um pedaço de casca de árvore na neve. Pediu para Dallas jogar para ela o canivete em sua mochila.

Zoe riscou e esculpiu a casca por cinco minutos. Quando terminou, estava suando, o braço estava dolorido, e ela havia começado a perder a sensibilidade nas mãos. Mas estava orgulhosa de sua obra. Colocou-a na borda com as estátuas e tirou uma selfie para enviar a Jonah mais tarde. Até pôs no Instagram para que a polícia percebesse o quanto ela falava sério sobre entrar na caverna, se fosse necessário.

Ela tinha escrito uma mensagem para o pai na madeira:

EU VOU VOLTAR.

catorze

Dallas jurou de pés juntos que conseguiria dirigir passando marchas apenas com a mão esquerda, mas Zoe disse que já havia desafiado a morte o suficiente naquele dia. Ela dirigiu a 4Runner pelas estradas esburacadas até sair da região selvagem.

No momento em que chegaram a Columbia Falls — e à civilização —, seus celulares finalmente deram sinal, como se tivessem acabado de cair do céu. Zoe estacionou para enviar uma mensagem à mãe. Ver o Buda e a cruz que a mãe havia deixado na caverna amolecera um pouco seu coração. Não estava pronta para perdoá-la totalmente, mas achou que ela merecia saber que estava bem. Então lhe enviou a mesma mensagem que enviara na noite da tempestade de neve: *Seguros*. Ao pressionar *Enviar*, não teve apenas um *déjà vu*, mas uma sensação de espanto por tudo o que havia acontecido desde que tinha visto X avançando na direção dela e de Stan através do gelo.

A mãe respondeu antes que Zoe tivesse a chance de colocar o telefone no painel do carro de Dallas.

Graças a Deus!, ela escreveu. *Graças a TODOS os deuses! Beija!*

"Beija" era a versão da mãe de "Beijos". Zoe implorou para que ela não usasse aquilo, pois cada vez que aquela palavra aparecia no telefone ela pensava, por uma fração de segundo, que a mãe a estava mandando beijar alguma coisa.

Ainda estou bem chateada com você, Zoe respondeu.

Sua mãe começou a digitar. O balão com "..." apareceu na tela. Como sempre, essas reticências pareciam prometer algo profundo.

Eu sei que está, Zo. Entendo e não culpo você. Eu tenho sido um desastre... tão preocupada em impedir que você se magoe que não tenho conseguido comer/respirar/operar maquinário pesado. Estou no Hot Springs. Passe aqui para eu te dar um abraço?

Talvez. Não sei. Vou ver se consigo me des-chatear.

Por favor-por favor-por favor?

OK, OK, eu vou... só não comece a me mandar emojis. Beija (como você diria).

Obrigada. E NÃO zombe do meu beija! :)

O P<small>IPING</small> H<small>OT</small> S<small>PRINGS</small> era um lugar velho e dilapidado, aninhado em uma encosta acima de Flathead Valley. Tinha duas piscinas. (Literalmente: havia uma bandeira murcha na entrada onde se lia: "Temos duas piscinas!") As duas ficavam ao ar livre e eram alimentadas por águas rejuvenescedoras e enriquecidas com minerais que brotavam da terra. Uma era uma piscina de aparência comum, mantida a vinte e oito graus. A outra era um lago gigante em forma de rim, com fundo de concreto que sempre estava precisamente a quarenta graus. A mãe de Zoe era uma gerente atenciosa, mas os proprietários viviam fora do estado, estavam sempre a ponto de vender a empresa e não queriam colocar mais dinheiro nela. Então, a cada temporada, o Piping Hot Springs parecia um pouco mais largado, um pouco mais desesperado. As portas de correr verdes de fibra de vidro estavam bambas e enferrujadas. As flâmulas coloridas que decoravam as paredes estavam desbotadas. Os enormes relógios digitais estilo anos 1970 estavam todos com defeito, de modo que, em vez de contar o tempo, pareciam estar fazendo anúncios em chinês.

Ultimamente, turistas ricos iam todos a spas onde recebiam roupões de microfibra e cestas de arame brilhante com loções e buchas vegetais. Os mais aventureiros iam até o Canadá, onde bolsões agitados de água quente surgiram como que por magia no meio de rios gelados. O Piping Hot Springs atraía principalmente casais idosos que se sentavam contra a parede da grande piscina com os braços gentilmente pousados sobre os ombros uns dos outros. Havia também alguns turistas europeus e alguns bêbados de vinte e poucos anos que achavam o lugar divertidíssimo. Zoe teria ficado com vergonha do Piping Hot Springs, não fosse pelo fato de que nunca tinha visto ninguém sair de lá sem parecer em êxtase, com cara de sonhador e corado. As águas funcionavam.

Era fim de tarde quando Dallas teve o pulso enfaixado em um pronto-socorro da rodovia e deixou Zoe em Hot Springs. Zoe flagrou seu reflexo na porta de entrada: estava um horror. Embaixo do sobretudo de X, suas roupas estavam amassadas e rasgadas. Graças ao capacete, seu cabelo parecia um bicho atropelado.

A mãe estava empoleirada atrás do balcão da recepção, dobrando toalhas e esperando por ela. A mulher se levantou no instante em que Zoe entrou. Elas se aproximaram timidamente, como um casal que se esqueceu de como dançar.

Zoe deixou-se abraçar, mas fez questão de não abraçar de volta. Sua mãe ignorou a estranheza.

— Ai, meu Deus, esse casaco — disse ela. — É do X?

— É — disse Zoe. — Ele é *curativo*. Quando você veste, começa, tipo, a apagar as contusões e remendar os ossos.

— Sério? — perguntou a mãe, de olhos arregalados.

— Não, é só um casaco — respondeu Zoe. — Mas é superquentinho.

Sua mãe riu e deu um empurrãozinho no ombro da filha.

— Olha, preciso me desculpar com você. Vem dobrar algumas toalhas comigo e me deixa tentar?

Sentaram-se com o cesto da secadora entre elas. Zoe lembrou-se de como dobrava toalhas com Bert depois que ele ficara senil. Ele era obcecado por como eram quentinhas e fofinhas, como cheiravam a limpeza. Ela precisava impedir que ele enfiasse a cara nas toalhas.

— Então, você quer desculpas curtas, médias ou longas?

— Comece com as curtas — respondeu Zoe.

— Eu amo você e sinto muito.

— Não me afetou — disse Zoe. Ela alisou uma toalha com a mão e o tecido estalou com a estática. — Tente a média.

— Eu te amo e sinto muito... e errei em dizer à polícia para deixar o corpo do seu pai na caverna.

— *Por que* você fez isso? — Zoe quis saber. — Não entendo.

Sua mãe suspirou.

— Vou falar de uma vez, como você falaria, tudo bem? — disse ela. — Acho que talvez seu pai tenha se matado, Zo.

Zoe não respondeu.

— No fim, ele estava realmente infeliz — continuou a mãe. — Ele se sentia um fracasso. Odiava quem era. E pensou que eu tinha deixado de amá-lo, o que... ele ter pensado isso acaba comigo. — Ela fez uma pausa. — Só estou dizendo tudo porque você me pediu tantas vezes, e acho que você consegue lidar com isso.

— Eu consigo — disse Zoe. — Não pare.

— Olha, não sei nada sobre explorar cavernas, mas parece que ele era inteligente demais para morrer em algum acidente bizarro — comentou a mãe. — Então, pensei que talvez ele tivesse se matado, e eu não... — Ela fez outra pausa e pressionou as mãos contra os olhos. — Eu não queria que os policiais entrassem lá e provassem que eu tinha razão.

Zoe inclinou-se para a frente e abraçou a mãe de verdade dessa vez.

— Eu *sei* que o papai não teria feito isso — disse ela. — Ele só errou feio. Parou para tirar uma foto... e caiu. Quando eu estava na caverna hoje, consegui imaginar exatamente o que aconteceu. Consegui *sentir* o que aconteceu.

Sua mãe assentiu.

— Tenho certeza de que você tem razão. Quero que você tenha razão.

— Eu tenho — insistiu Zoe. — Então, vai dizer à polícia para ir buscar ele agora? Hoje eu detonei, mas quase me borrei de medo... e a Lágrima Prateada não é nada comparada com a caverna do papai. Não quero morrer fazendo isso.

Antes que a mãe pudesse responder, um casal idoso de alemães entrou pela porta. A mãe de Zoe recebeu o dinheiro deles e entregou chinelos, toalhas e as chaves do vestiário. Ela e Zoe observaram como eles desceram as escadas de braços dados e não falaram até que desaparecessem.

— Vou falar com a polícia — ela disse a Zoe. — Prometo que vou. E desculpe por não ter contado tudo antes. — Ela fez uma pausa. — Ser adulto é muito ruim. Você vai ser melhor que eu nisso. Já posso até ver.

O TURNO DE SUA MÃE DEVERIA terminar às seis horas, mas às 17h58 um funcionário que ela chamava de Fujão ligou para dizer que estava com manchas estranhas na língua e perguntar se *tudo bem se ele não fosse*. Sua mãe estava exausta, não tinha nem forças para tirar os cabelos que caíam nos olhos, e seus ombros se curvaram ainda mais com a notícia. Zoe ainda estava elétrica por ter detonado a Lágrima Prateada e se ofereceu para cobrir o turno. Sua mãe fez toda a cena de *eu não posso pedir para você fazer isso*, mas Zoe repetiu "para com isso, eu vou cobrir o turno, para com isso, eu vou cobrir o turno" e assim por diante, até que a mãe cedeu.

A mãe de Zoe disse que as piscinas estavam basicamente vazias: havia o casal alemão, que agora estava na piscina grande, e um pai solteiro dando uma festa de aniversário para sua encapetada filha de seis anos, na pequena. Ela lembrou que havia um salva-vidas de plantão em cada piscina, e que, se não conseguisse encontrar Lance, o segurança, ele provavelmente estaria no vestiário fazendo Pilates. A mãe disse que ela poderia fechar cedo se o lugar esvaziasse e, com um tom assustador, que deveria ficar de olho nos monitores de segurança porque eles estavam tendo alguns intrusos.

— Tem outra coisa — disse ela. Abriu o laptop que estava na mesa na frente de Zoe. — Eu ia deixar para amanhã de manhã, porque não tinha certeza que você ia conseguir lidar com isso depois da caverna e tudo o mais. Mas você vai querer ver.

A mãe de Zoe acessou uma notícia, girou o computador na direção de Zoe e deu um passo para trás.

— Parece que X encontrou Stan — afirmou ela.

Os olhos de Zoe correram o artigo:

> Um homem assassinado em um salão de beleza em Wheelwright, Texas, no início desta semana foi identificado como Stan Manggold... Sr. Manggold, 47 anos, era natural de Virgínia... Era procurado pela polícia... O relatório do legista indicou que o sr. Manggold morreu com traumatismo no pescoço quando seu corpo foi arremessado de cabeça em um espelho acima de uma das estações de cabeleireiro... As cabeleireiras descreveram o agressor como um homem caucasiano agitado, com idade entre 18 e 21 anos. Disseram que estava usando botas escuras, calças pretas e uma camisa de caubói roxa. A polícia apresentou um retrato falado, mas não tem pistas dele até o momento.

Camisa de caubói roxa?, pensou Zoe.

Ela clicou no link para o retrato falado.

A boca estava toda errada. Os olhos não tinham profundidade suficiente.

Ainda assim, havia algo naquele desenho, o cabelo longo e ondulado, as manchas nas maçãs do rosto, que evocavam X de um jeito tão poderoso que Zoe sentiu o sangue subir pelo rosto.

Ela fechou o computador e afastou-o.

— Acabou agora — a mãe sussurrou. — A loucura acabou. X, a caverna, tudo. Nós vamos ficar bem.

Mas Zoe não queria que a loucura terminasse. Ela queria X de volta. Torceu para que, agora que os senhores tinham Stan em suas garras, deixassem X caçar mais almas.

A MÃE DE ZOE disse que a buscaria mais tarde e a deixou sentada atrás da mesa, comendo pretzels de iogurte e observando o banco de velhos monitores de segurança. Já era noite quando o pai solteiro levou o bando de crianças de seis anos de idade para fora. O velho casal de alemães finalmente saiu também, a mão da esposa na bunda do marido. Nada mais aconteceu por horas.

Zoe mandou dez mensagens para Val para passar o tempo. Três delas eram sobre exploração de caverna, cinco sobre X e dois sobre pretzels de iogurte. Val devia estar com Gloria — nos fins de semana, elas geralmente iam para a cama com uma tonelada de comida, entravam escondidas na conta de Tinder do irmão de Val e davam *like* nas garotas que achavam gostosas — porque ela escreveu *não posso falar* e, quando Zoe não a deixou em paz, acrescentou: *número novo, quem é?*

Depois disso, parecia que o próprio tempo havia ficado incômodo e tedioso e decidira cochilar. Zoe caminhou pelo corredor úmido em direção às piscinas e disse a um dos salva-vidas que podia ir para casa. Isso matou cerca de dez minutos. Voltou ao andar de cima e esticou as pernas, que doíam por causa da caverna. Isso matou cerca de oito minutos.

Quando Zoe se arrastou de volta para a recepção, deu uma olhada nos monitores. Tudo estava vazio. Os corredores e escadas tinham sido limpos havia pouco tempo. As máquinas de venda brilhavam em silêncio. Uma nuvem de vapor fantasmagórica pendia sobre as piscinas.

Ela estava prestes a se sentar quando seus olhos capturaram alguma coisa.

O monitor superior esquerdo. A piscina grande.

Alguém tinha entrado.

O homem estava de costas para ela. Ele estava na água, mas usando uma touca de crochê que descia até as orelhas. Um pedacinho de cabelo desgrenhado escapava debaixo da touca.

Zoe chamou Lance pelo telefone do vestiário — ele parecia estar ofegante pelo Pilates, como a mãe tinha previsto — e disse para ele botar o cara para fora. Ela verificou o monitor novamente. Viu Lance entrar na tela e gritar para o cara na água. O cara não se moveu. Ignorou Lance inteiramente, o que não era uma coisa que o segurança aceitasse com facilidade.

Lance era um cara absurdamente grande e largo. Adorava discutir. Sua única queixa sobre ser segurança era que ninguém tinha a coragem de resistir a ele. Mais de uma vez, Zoe o viu espantar uma mosca e dizer: "Isso, corre mesmo."

Ela observou enquanto Lance ia à beira da água e punha um joelho no chão, como o ex-jogador de futebol americano que era. Zoe fechou os olhos. Só queria ir para casa. Não queria assistir a Lance dando uma surra no cara.

Quando os abriu de novo, teve um sobressalto: Lance estava olhando diretamente para ela na câmera de segurança. Seu rosto enchia a tela. Ele gesticulou para que ela descesse até a piscina.

O estômago de Zoe apertou-se. Ela vestiu o casaco de X, trancou a porta da frente e desceu as escadas o mais devagar possível.

No momento em que saiu, o estranho tinha nadado até o outro lado da piscina. Estava obscurecido pela escuridão e pelo vapor que subia. Ele era apenas um contorno, na verdade: a cabeça, os ombros e a touca brilhando acima da água.

Lance estava perto da porta, parecendo irritado.

— O que está acontecendo? — perguntou Zoe.

— O cara diz que te conhece — respondeu Lance.

Zoe olhou para o homem na água. A névoa parecia assustadora naquela noite. Rodopiava ao redor dele como uma coroa de flores, como se ele a tivesse convocado. Ela não conhecia aquele cara. Não mesmo. Estava prestes a dizer a Lance para se livrar dele quando o estranho falou.

Disse apenas uma frase, mas a fez ficar paralisada:

— Seu nome é Zoe... e você ama X.

Zoe caminhou lentamente ao redor da piscina, aproximando-se do homem. Ele havia deixado algumas roupas ao lado da água. Ela quase não conseguiu enxergá-las no escuro, pois estavam emaranhadas como um ninho de cobras.

Tentou pensar em algo para dizer, mas o estranho falou novamente e a deixou atordoada pela segunda vez.

— Esse é o casaco de X, não é? — perguntou ele. — Meio grande para você.

Ela se agachou para ver melhor seu rosto. Tinha quase trinta anos. Bonito de um jeito maltratado, mas de alguma forma trêmulo. Pouco saudável. O branco de seus olhos era injetado.

Ele sorriu para ela. Sua gentileza fez com que parecesse ainda mais ameaçador.

Ela o inspecionou de perto, sem falar nada.

Ele tinha hematomas escuros e em forma de lua crescente perto dos olhos.

Pareciam os hematomas de X.

— Quem é você? — questionou.

— Sou Eric — disse ele. — Beleza?

A alegria em sua voz era bizarra.

— X nunca falou de ninguém chamado Eric — disse ela.

— X não me chama pelo meu nome verdadeiro.

Ele esticou um braço para fora da água — seu antebraço era coberto com tatuagens quase idênticas às de X — e ergueu a touca um pouquinho. Zoe estremeceu. Sua testa estava horrivelmente ferida.

— Ele me chama de Batedor.

* * *

BATEDOR DISSE QUE ESTAVA ali com uma mensagem de X.

Zoe não conseguia identificar pelo seu rosto se era uma boa ou uma má notícia. A ansiedade era horrível.

Ela disse a Lance e ao salva-vidas que ainda estava ali que podiam ir embora. Eles pareceram chocados. Ainda assim, partiram relutantes para as escadas.

Zoe esperou que Batedor falasse, mas ele parecia gostar de sua impaciência. Era uma visão estranha na água. Tinha tirado a camisa, mas ainda estava usando a touca e a calça jeans, que estava tão encharcada que se agarrava às pernas. Ele flutuou de costas até o meio da piscina e olhou para o bordado brilhante das estrelas.

— Qual é a mensagem? — perguntou Zoe. — Diga.

Batedor sorriu e flutuou para mais longe no escuro, sua barriga branca reluzindo. Ele não tirou os olhos do céu nenhuma vez.

Ela o seguiu ao redor da piscina, recolhendo toalhas sujas e chinelos perdidos no caminho.

— Não brinque comigo, Batedor — disse ela. — Não ligo se você está morto, vou te machucar de verdade.

— Posso nadar só mais *um* minuto? — perguntou ele. — Sabe quanto tempo faz que não sinto uma água morna?

Zoe sentiu uma pontada de compaixão. Ela endireitou uma fila de cadeiras brancas que deveriam ter sido jogadas no lixo anos antes e entrou no prédio.

Depois de dez minutos, Batedor saiu da piscina, vestiu camisa e os sapatos e se juntou a ela. Tinha puxado a touca para baixo, sobre a testa destruída. Mas ainda parecia febril e adoentado para Zoe, e então ela percebeu: ele estava com o Tremor.

— Você deveria estar caçando alguém? — ela quis saber.

Ele se virou para ela, surpreso, e enxugou a transpiração do rosto com as costas da mão.

— É — sussurrou ele. — Um cara que dirigiu um ônibus escolar enquanto estava doidão de crack. Vou te poupar dos detalhes.

Ele atravessou o lobby, inspecionando cada pôster, cada peça de mobiliário e cada bibelô para ver o que eles poderiam lhe falar sobre os anos que passaram desde que fora arrastado para a Terrabaixa. Zoe desejou que tudo no lugar não fosse tão decadente e velho. Ela perguntou se ele queria ver seu celular. Os olhos dele brilharam. Batedor passou dez minutos brincando com o aparelho, então o entregou com um ar de arrependimento e disse:

— Eu tinha um BlackBerry. Era uma *porcaria*.

Zoe perguntou se ele estava com fome.

— Não. Porque, tecnicamente, estou morto. Mas o que tem no cardápio?

— Um pouco de seitan e quinoa que minha mãe fez — respondeu Zoe.

Batedor arqueou uma sobrancelha.

— Essas palavras nem existem — disse ele.

— Também tem guloseimas na máquina de venda automática.

Então os olhos dele brilharam.

— Ainda existe Skittles?

Zoe abriu a caixa registradora para pegar dinheiro, então ela e Batedor desceram rapidamente as escadas. As máquinas de venda automática zumbiam esperançosas no corredor vazio. A de bebidas era a única coisa nova em todo o edifício: parecia com um dispositivo de ficção científica que enviava um elevador em miniatura para recolher a bebida escolhida. Batedor olhou-a com fascínio. Ele refletiu sobre o que comprar por cinco minutos. Zoe achou aquilo tocante. Voltaram ao lobby com catorze dólares em energéticos, doces, batatas chips e chicletes.

Sentaram-se no chão de pedra, a compra toda empilhada entre eles. O céu noturno passara de azul para preto. Zoe não estava especialmente com fome. Ainda assim, ficou muito feliz pelo jeito que Batedor devorou os doces. Ela se recostou com as mãos para trás e observou. Imaginou que, em algum momento, ele entregaria a mensagem de X.

— Desculpe por ficar enrolando — disse ele por fim. Seu rosto ainda estava rosado pela piscina quente, a boca manchada de chocolate. — Sei que você quer saber de X. Só que sei que, assim que eu te disser tudo, você vai se encher de mim e me mandar embora.

— Não vou — disse Zoe com suavidade. — Nem tenho aonde ir. Quer dizer, meu namorado está no *inferno*.

Batedor sorriu misteriosamente.

— Talvez não por muito tempo — disse ele.

O coração de Zoe acelerou.

Quando Batedor finalmente começou a falar, Zoe mal conseguia absorver todos os detalhes porque seu cérebro estava girando muito rápido. Tudo o que queria ouvir, tudo com que se importava no mundo era descobrir se veria X de novo.

Os senhores o tinham levado a julgamento, disse Batedor. X gritara com eles, questionara sua autoridade!

Batedor ficou chocado com o fato de X ter essa coragem.

— Quer dizer, o cara nunca nem fala — disse ele. — Não é?

— Pode parar — disse Zoe na defensiva. — Ele é tímido, mas ele fala!

— Aaaaah — disse Batedor. — Alguém tem um *crush*.

Zoe corou, mas se recuperou rapidamente.

— Nem pense em zoar meu romance sobrenatural e ferrado — disse ela.

Batedor sorriu. Zoe não pôde deixar de notar que seus dentes eram lascados e cinzentos.

— De qualquer forma, X agora *fala* — disse ele. — Você deve ter ensinado a ele como se defender. Já percebi que você é bem mais *cool* que ele.

Batedor jogou metade do saquinho de Skittles na boca, uma decisão estranha, pois já estava mascando chiclete. Zoe observou, estranhamente hipnotizada. Como conseguia engolir o doce sem engolir o chiclete? Nunca tinha visto ninguém tentar.

— Você sempre foi tão nojento? — ela perguntou.

— Ah, *muito*, muito mais.

Sua boca estava triturando como um misturador de cimento enquanto ele continuava sua história.

O julgamento terminou em caos, comentou ele. Finalmente, um dos senhores deu o veredito a X.

Nesse ponto, Batedor pareceu ter sido atingido por um pico de glicose e, no momento crucial da história, começou a se desviar do assunto, o que Zoe achou torturante.

— O senhor que apareceu? — ele disse. — Só o senhor mais *cool* de todos. Nós o chamamos de Regente. Ele trata X quase como um filho. De qualquer forma... Desculpa. Perdi o fio da meada. — Ele riu. — Fio da meada! O que significa "fio da meada"? Você sabe o que é meada? Sei lá, fio da meada. Ha!

Zoe lançou para ele um olhar sério.

— Conta o que aconteceu, ou vou tirar esses doces de você.

Batedor abriu a boca para arejar a língua.

— Você precisa ficar fria — disse ele.

— Ninguém mais diz isso.

— É, nem quando eu estava vivo falavam mais isso — comentou Batedor. — Mas gosto da expressão. Ei, Taylor Swift ainda rola? E o restaurante Chipotle ainda rola? — Ele pensou por um momento. — "Ainda rola" é uma expressão que ainda rola?

Irritada, Zoe se aproximou e começou a afastar os doces dele, pacotinho por pacotinho. Reese's. PowerBar. Twix.

— O Twix não! — disse Batedor. — É chocolate *e* biscoito juntos.

Ele contou o resto da história de uma vez:

— Eles disseram a X que precisava coletar mais *uma* alma. Se ele não ferrar com tudo, se não correr chorando para você ou sei lá mais ou que, vai ser liberado. Vai poder deixar a Terrabaixa para sempre.

Zoe ouvia enquanto Batedor falava, seu coração já pulando.

— Para sempre? Eu não sabia que isso era possível.

— Eu também não — confessou Batedor. — Ainda não entendo nem metade das regras. Aquela desgraça de lugar devia ter um site.

Zoe levantou-se tão cheia de energia e emoção que quase correu pelo lobby. Não queria que Batedor visse seu rosto.

— Não posso acreditar. É tão... é tão *justo*. Porque, para começo de conversa, ele não deveria ter ficado lá. Era um garoto inocente e tratavam ele como se fosse algum tipo de monstro, tipo...

Ela parou de falar.

— Tipo eu? — perguntou Batedor.

— Desculpe — disse Zoe. — Não estou te julgando. Tudo o que sei é que você era barman e esfaqueou uma pessoa em um bar... eu nem sei por quê. Só fico feliz que X não precise mais sofrer.

FICARAM EM SILÊNCIO enquanto Zoe absorvia as notícias surpreendentes sobre X. A única coisa que a impedia de sapatear pela sala era que sentia pena de Batedor. Ele *nunca* seria livre. Batedor enfiou o restante das guloseimas nos bolsos — ela ouviu as batatas chips virando pó enquanto ele as forçava lá dentro — e jogou os pacotes vazios no lixo.

— Você não precisa ir embora — disse Zoe. — Precisa? Não pode ficar um pouco?

Batedor pareceu emocionado pelo convite. Ele sorriu e voltou a se sentar no chão de pedra. Zoe apontou para uma tatuagem no braço direito: um animal estranho, manchado, com uma cauda espigada e um pescoço longo e curvo que quase tocava o chão.

— X também tem uma dessas — disse ela. — Nunca perguntei o que era. Vocês têm animais diferentes na Terrabaixa?

Batedor bufou.

— Na verdade, não. O cara que tatua todos os caçadores de recompensas é um velho senil que está morto desde, tipo, Pompeia... e ele *não se lembra* de como são muitos dos animais. Isso aqui era para ser uma girafa.

— Fala sério — disse Zoe.

— Serião — respondeu Batedor.

— As pessoas também não dizem mais isso.

— Imaginei. Enfim, fiquei louco da vida quando vi a tatuagem. Essa coisa com chifres devia ser um macaco.

Zoe riu. Ela pensou em "Nunca não pare". Será que *algum dia* namoraria um cara com tatuagens normais?

— Será que X sabe que não são animais reais? — perguntou ela.

— Eu nunca contei — respondeu Batedor. — Acho que ele ficaria de coração partido, e eu sou meio protetor com ele... porque, como você disse, ele é inocente. Não conta para ele também, ok?

— Pode deixar — prometeu Zoe. Ela sorriu. — Também sou meio protetora com ele.

Zoe olhou para o relógio. Eram quase dez da noite. Logo sua mãe estaria lá fora buzinando para ela. Não queria que Batedor fosse embora, era sua única conexão com X, e gostava dele. Mas ele precisava encontrar um motorista de ônibus do mal. Os olhos dele perderam o brilho. O pico de açúcar tinha terminado. Batedor parecia estar desfalecendo e tinha recomeçado a suar de leve.

O homem tinha se arriscado tirando aquela hora para entregar a mensagem de X; ele se colocou à mercê não apenas do Tremor, mas dos senhores. Zoe estava tão obcecada com os próprios sentimentos que isso não tinha lhe ocorrido.

— Você vai ter problemas por ter vindo aqui? — perguntou.

Batedor deu de ombros.

— Sim, talvez. Mas depois da bagunça que fiz com a minha vida, não podem fazer nada comigo que eu não mereça.

Ele olhou para as próprias mãos apenas para ter algo a encarar. Eram cheias de calos e ferimentos e estavam vazias.

— Sabe quando você disse que não me julgava? — ele disse.

— Sei.

— Você *deveria*. Sou bem diferente de X. Queria ser como ele.

Zoe não soube o que dizer, e apenas esperou.

— Sabe por que eu esfaqueei aquele cara? — perguntou Batedor. — Porque ele estava sendo um babaca, e eu estava de mau humor. — Ele fez uma pausa. — Minha vida inteira foi um mau humor.

Zoe não queria ouvir mais nada.

— Você não precisa falar disso — disse ela.

— Eu quero — insistiu Batedor. — Depois de matar ele, esvaziei a caixa registradora e dei no pé. Nunca mais falei com minha esposa ou filha... afinal, o que eu diria? — Novamente ele fez uma pausa. — Minha filha era autista. Tinha essa coisa que ninguém podia abraçar ela. Tipo, era como sobrecarregar o sistema. Ela ficava completamente louca. Deve estar com oito anos agora. Provavelmente não faz ideia se estou vivo ou morto. — Batedor desviou o olhar. — Então, seja como for, sim, você pode me julgar.

Foi a vez de Zoe olhar para as próprias mãos.

— Você se arrepende?

— Meu Deus, claro que sim — respondeu Batedor. Ele tirou a touca, revelando de novo as contusões catastróficas que infligia a si mesmo. — Já viu minha testa?

Zoe franziu o cenho; ver aquela testa uma segunda vez não foi mais fácil do que a primeira.

— Se arrepender já conta para alguma coisa — ela disse.

— Conta? — perguntou Batedor, enquanto punha a touca de volta. — Não tenho tanta certeza. É muito fácil dizer que se arrepende... principalmente depois de ser pego.

Zoe perguntou se ele pensou em tentar visitar sua esposa e filha enquanto estava fora da Terrabaixa.

— Tenho muita vergonha — disse ele. — Tive muito tempo para pensar, e cheguei a uma conclusão: não se pode fazer o que fiz com a minha família e esperar que me perdoem. Corações são frágeis... os bons, pelo menos. A melhor coisa seria se elas concluíssem que fui só um pesadelo.

Batedor levantou-se, estremecendo ao esticar os longos membros. Zoe seguiu-o até a porta. Os doces nos bolsos estalavam a cada passo.

Do lado de fora, o vento soprava a neve em torvelinhos. Depois do ar quente e úmido dentro do Piping Hot Springs, ele bateu como um choque na pele. Havia uma lâmpada sobre a porta. Batedor estava sob o pequeno facho de luz, como se ele o aquecesse. Esfregou os braços nus e estreitou os olhos para ver à distância.

— Não pode correr por Montana sem um casaco — disse Zoe.

— O que acontece? Vou morrer? — perguntou Batedor.

Zoe grunhiu com a piada. Ela entrou, pegou o sobretudo de X e o estendeu aberto para Batedor.

— Está falando sério? — ele disse, enfiando os braços nas mangas antes que ela pudesse mudar de ideia. — Você é fera!

Zoe revirou os olhos, mas de um jeito carinhoso. Aquele cara *jamais* soubera acompanhar as gírias.

— Pode dizer a X que eu amo ele? — perguntou. — E dar a ele uns doces?

— Vou dizer que você ama — respondeu Batedor —, mas de jeito nenhum ele vai comer meus doces.

Ele saiu da luz e caminhou para a neve.

— Não importa o que aconteça com você e X, fico feliz que ele tenha te encontrado. Ele é gente boa... e você lhe deu um pouco de vida.

— Acha que os senhores vão libertar ele? — Zoe quis saber. — Seja sincero, eu aguento. Não, espere... não seja sincero. Eu *não* aguento. — Ela deu um suspiro longo e cansado. — As chances não são muito boas, são?

Batedor era apenas uma voz na escuridão agora.

— Quem liga para as probabilidades? — perguntou ele. — Quais eram as chances de ele conhecer alguém como você?

parte quatro

UM CORAÇÃO DIVIDIDO

quinze

MAIS UMA ALMA.

As palavras ecoavam no cérebro de X.

Ele virou de lado na cela. Apesar dos cuidados de Arrancadora, suas feridas não tinham sido completamente curadas e ardiam ao raspar no chão. Ele não se importava. Vivia dentro da mente agora. Seu corpo existia apenas para sustentá-lo.

Mais. Uma. Alma.

Ele só conseguiria ver Zoe novamente se levasse aos senhores essa última recompensa. Pensou no Mundo de Cima, nos caçadores com seus colares de gansos, nos canibais que usavam crânios em uma corda. Quantos seria possível usar antes que o peso dos mortos o puxasse para o chão?

Pegaria a alma para eles. Claro que pegaria. Sua perturbação toda era porque parecia simples demais. A frase "mais uma alma" girava repetidamente em sua cabeça. Procurou o alçapão escondido entre as palavras. E se exigissem um homem inocente? E se exigissem uma criança? Estava obcecado por ver Zoe. Pensar nela, pensar em Jonah, pensar até mesmo na mãe deles, que tinha sido fria com ele, fazia lampejos de angústia atravessá-lo. Ainda assim, havia coisas que ele não faria, mesmo que os senhores ordenassem. Não que ele fosse nobre demais. Não era. Mas não queria decepcionar Zoe. Ela não ia querer que horrores fossem cometidos em seu nome.

X decidiu que ele próprio era o único perigo verdadeiro. Quando Regente — era perigoso demais até pensar nele como Tariq — o enviasse ao Mundo de Cima para caçar a última alma, ele correria para Zoe? Enfureceria os senhores e anularia sua única esperança de felicidade? Poderia impedir a si mesmo? Mesmo agora, podia sentir os dedos de Zoe em três pontos muito específicos: em seus lábios, em seus quadris e nos ombros. Ele estremeceu, como se ela estivesse na cela, enroscada nele como uma videira e respirando em seu pescoço. Como era possível uma coisa que o fortalecia também o deixar de joelhos?

Um barulho repentino interrompeu os pensamentos de X. O guarda russo estava escoltando alguém pelo corredor. X ouviu uma voz dizer:

— Relaxa aí. Até parece que eu esqueci onde fica a desgraça da minha cela, cara.

Era Batedor.

X ficou de pé em um salto. Precisava saber se o amigo tinha visto Zoe, como ele havia pedido... *implorado*, na verdade. Fez o que pôde para não gritar a pergunta na frente de Russo. Segurou a língua. Esperou os homens entrarem em seu campo de visão. O guarda caminhava na frente. Em vez de seu habitual uniforme azul-claro, usava um brilhante vermelho-cereja. Era tão imponente e largo — e empertigava-se com tanto orgulho em sua roupa nova e excêntrica — que X mal conseguia ver Batedor atrás dele. Mas lá estava ele. E também estava com um traje novo. Era de um azul escuro, quase preto.

Por um momento, X não o reconheceu.

Então percebeu.

Era seu sobretudo: Batedor tinha visto Zoe.

O guarda enfiou a chave na porta da cela ao lado. Esperou Batedor alcançá-lo, puxando catarro com um ronco e depois engolindo.

Batedor entrou na cela arrastando os pés. X estendeu o pescoço, desesperado para chamar a atenção do outro, mas Russo bloqueava sua visão. X xingou silenciosamente. Estava prestes a se afastar quando Batedor recuou e olhou diretamente para X. Ele virou o colarinho do casaco e piscou.

Russo demorou uma vida para sair. Principalmente porque desfilava virilmente para lá e para cá na frente de Arrancadora, que tinha um prazer perverso em flertar com ele.

— Notou nova roupa, não é? — perguntou o guarda.

— Ah, notei sim — disse Arrancadora. — Parece bem ousado. Vai ser o assunto da Terrabaixa!

— Você pode tocar roupa — disse o guarda. — Não fale para outros. Eles não podem tocar roupa.

O guarda estendeu seu braço para dentro da cela de Arrancadora. X balançou a cabeça enquanto observava. Não se surpreendeu quando Arrancadora mordeu o homem.

— Você é um monstro! — gritou Russo, recolhendo o braço e inspecionando a manga vermelho-cereja para ver se havia rasgado. — Você tem dentes de animal!

Ainda assim, ele permaneceu perto da cela da mulher por mais meia hora. X estava quase explodindo de frustração quando ouviu Batedor sussurrar.

— Venha até as grades — disse ele. — Rápido.

X obedeceu.

— Um, dois... *três* — disse Batedor.

Ele enfiou o casaco entre as grades. X agarrou-o e puxou-o para dentro de sua cela.

— A Zoe é demais — comentou Batedor. — Ela disse que te ama, e eu disse que você ama ela, etc. etc. Tudo beleza na redondeza. — Ele fez uma pausa. — Tem um chocolate para você no bolso.

— Como posso agradecer? — perguntou X.

— É só um chocolate, cara.

— Você não compreende o que eu quis dizer — falou X. — Como posso lhe agradecer por ser um amigo fiel... quando nunca fui muito seu amigo?

As palavras deviam ter emocionado Batedor, pois ele ficou em silêncio por um tempo.

— Foi nada, não — disse ele.

— Você se engana — insistiu X. — Foi *muita* coisa sim.

Um pensamento lhe ocorreu.

Ele tirou a camisa roxa com a costura branca floreada, dobrou-a cuidadosamente, alisando os vincos da melhor maneira que pôde. Era um objeto pomposo, mas já tinha visto Batedor cobiçá-la.

X agachou-se ao lado das grades.

— Um, dois... *três* — contou ele.

E passou a camisa para Batedor. Conseguiu ouvi-lo dando risadinhas enquanto a vestia.

— Cara — disse Batedor. — Eu fico gostoso *pacas* com ela.

QUANDO RUSSO SE AFASTOU, Batedor tinha caído em um sono profundo e animal, exausto por suas aventuras no Mundo de Cima. X sentou-se recostado à parede, o sobretudo estendido sobre o colo. Estava molhado pela queda de Batedor no rio. Ainda assim, quando X apertou o rosto contra a roupa, conseguiu detectar um aroma muito leve da pele de Zoe, que atravessou-o como uma chama.

Graças a Jonah, X sabia o que era uma barra de chocolate e, buscando alívio para seus pensamentos, enfiou a mão em um dos bolsos do casaco.

Em vez do doce, encontrou um pedaço de papel.

Os dois lados estavam cobertos com marcas que ele não conseguia identificar. O mistério do que o bilhete continha era insuportável. Talvez fosse uma mensagem de Zoe.

Perguntou a Arrancadora se ela estava acordada. Falou alto o bastante para garantir que a acordaria, se não estivesse.

— Estou sempre acordada — disse Arrancadora. — É claro que você já sabe disso. Meu cérebro é como uma fábrica de fogos de artifício.

— Poderia ler uma coisa para mim? — perguntou X. — Algo que descobri no meu casaco?

— Passe para mim. Rápido. Esse russo ridículo logo voltará para outra mordida.

X manobrou o papel através das grades. Ouviu quando Arrancadora o desdobrou, seu coração acelerado.

— É uma espécie de lista — ela anunciou, por fim. — Esta é a letra de sua garota sem freio na língua? Meu Deus, ela rabisca como uma criança sem estudos. É incapaz de soletrar "passas"... e seu gosto por Vs maiúsculos beira o apavorante.

Ela continuou a examinar o papel.

— Espere — disse ela. — A escrita do outro lado não é nem de perto tão enlouquecedora.

— Pode ler para mim? — pediu X.

Arrancadora pigarreou e começou:

> *Querido X: esta é uma carta para você. Você deve estar pensando que (a) não tenho como enviá-la e (b) de qualquer forma, você não sabe ler. Então, é, esta não é uma carta muito útil. Já sei. Podemos ir para o próximo passo, por favor? Preciso tirar essas palavras do meu cérebro... estão me matando. Não me importo se elas nunca forem mais longe do que este pedaço de papel. Talvez isso ajude. De qualquer forma, a coisa principal que quero dizer (estou respirando bem fundo... me imagine respirando bem fundo, ok?)... No*

minuto que você foi embora, percebi que eu te amava. Saco, estou ficando sem papel. Devia ter escrito com letra menor.

Arrancadora interrompeu de repente.

— Devo dizer que ela é uma remetente *muito* pouco convencional — disse ela.

— Não tem mais nada? — perguntou X em desespero.

— Sim, sim, tem mais, meu menino apaixonado — disse Arrancadora. — Contenha-se.

Ela continuou:

No momento que acordo, meus pensamentos vão direto até você, como se a gravidade os puxasse até aí. Você se esforçou tanto para não pegar Stan. Confiou em mim quando eu disse que era errado. Ver você sofrer pelo que era certo foi a primeira coisa que me fez te amar, eu acho. Depois houve uma série de outras coisas para as quais eu não teria papel suficiente. Odeio sua tristeza, X, mais ainda do que odeio a minha. Quando você voltar (por favor, volte), vamos nos livrar de nossa tristeza, ok? Quando você voltar (por favor, por favor, volte), vamos enterrar nossa tristeza embaixo de cinco metros de neve. Com amor, Zoe.

X não disse nada. As palavras de Zoe desapareceram no ar, e ele se inclinou para a frente, esforçando-se para ouvir, como se pudesse fazê-las ecoar novamente.

— Poderia ler de novo? — pediu ele.

— Claro — disse Arrancadora —, pois até eu a achei adorável do jeito dela. Mas posso perguntar quantas vezes você pedirá para que eu a leia?

— Até que esteja gravada em minha memória... e eu possa repetir cada palavra a você de trás para frente.

Após uma dúzia de leituras, X finalmente deixou Arrancadora descansar. Ela devolveu o papel para ele e retirou-se para o fundo de sua cela, reclamando do estado de sua garganta. X passou os dedos pela letra, tentando conectar as marcas no papel com as palavras que memorizara. Ele aprendeu sozinho "amor", "Zoe", além de "bem fundo" e "saco".

Então, ficou sentado por horas segurando o papel e o casaco. Imaginou quando Regente o enviaria para buscar a alma final. Imaginou se conseguiria sobreviver à terrível espera.

Sussurrou para Arrancadora que Regente lhe dissera seu verdadeiro nome.

Arrancadora não respondeu de imediato.

— *Não* me diga qual é — disse ela. — Ele é um lunático por ter revelado isso.

— Nunca contarei a alma nenhuma — replicou X.

A turbulência de seu cérebro finalmente o cansou. O sono o atingiu de um jeito tão inesperado que ele tombou enquanto estava sentado com as costas contra a parede e equilibrava a carta de Zoe na palma da mão como se fosse feita de vidro.

S‍ONHOU QUE ESTAVA DE volta à câmara gigante dos senhores. Estava vazia. Ele entrara escondido. Os degraus de mármore brilhavam, o rio corria lá em cima. Tinha apenas alguns segundos para fazer o que precisava fazer. Caminhou até a parede onde o mapa da Terrabaixa estava engastado no mármore como um fóssil gigantesco, procurando pistas de onde seus pais estavam presos. Correu os dedos pelos símbolos. Havia símbolos demais... e ele não conseguia decifrá-los. A rocha começou a queimar sob seu toque. Ele não devia estar lá. O mapa, de alguma forma, sabia disso. Seu rosto foi atingido com uma onda de calor.

Quando X desprendeu-se do sonho, descobriu que as escoriações escuras em suas bochechas estavam queimando e que Regente tinha vindo com o nome da 16ª alma.

X ficou assustado ao ver o senhor em sua cela. Há quanto tempo ele estava lá? Por que não o acordou? Que razão poderia ter para postergar, mesmo por um momento, sua caçada final?

X esfregou os olhos para espantar o sono, mas isso só piorou a dor. Respirou fundo para se acalmar. Ele olhou novamente para Regente e viu que seu rosto estava carregado de tristeza. Havia algo de errado. Aquela certeza atingiu o coração de X como um martelo.

Regente não falou, não se moveu. Apenas observou X, infeliz, os braços escuros e musculosos pendendo ao lado do corpo, como se o sangue estivesse sendo drenado dele. Nada naquele momento era comum. Nada estava certo. X queria perguntar a Regente o que significava seu silêncio, mas seu cérebro estava tão frenético que não conseguia construir uma simples frase.

X começou a se levantar, desesperado para quebrar a quietude da cela. Regente, movendo-se pela primeira vez, como uma estátua que de repente ganhava vida, balançou a cabeça e pediu para X se deitar de barriga para cima. X deveria ter ficado aliviado, pois o ritual estava prestes a começar — o momento em que poderia tocar Zoe novamente estava finalmente se aproximando, e por fim poderia ter algo parecido com uma vida. Em vez disso, ele se deitou como se estivesse se acomodando em um túmulo.

Regente ajoelhou-se ao lado dele e abriu a mão direita; X pôde ver as linhas que corriam como rios pela palma. Ele fechou os olhos e esperou que a mão descesse, mas ela não desceu. Depois de um momento, X voltou a abrir os olhos e encarou o senhor interrogativamente. Não achou que conseguiria suportar mais um instante.

Finalmente, Regente falou.

— A Terrabaixa exige outra alma para a sua coleção — ele começou, como sempre fazia. — Ele é um homem maligno... impenitente e impune.

Em vez de prosseguir, Regente fez uma pausa e outro silêncio enlouquecedor preencheu a cela. Quando falou novamente, mudou o antigo texto do ritual. X nunca tinha ouvido um senhor parecer tão magoado e amargurado.

— Esse nome não é da minha escolha — disse Regente.

X abriu a boca para falar, mas antes que pudesse dizer uma palavra, o senhor desceu a mão. O nome entrou no sangue de X.

Era Leo Wrigley.

Não significava nada para X.

Mas então a história de Leo atingiu as veias de X, que uivou como um animal com o choque.

Ele tentou afastar Regente, agarrando braços, pescoço, qualquer coisa. Regente baixou a cabeça, os olhos cheios de piedade. Ele apertou o rosto de X até os ossos ameaçarem se partir e prendeu-o no chão.

DE REPENTE, X ESTAVA em uma praia rochosa em algum lugar, seu cérebro empretecido com dor e raiva. Ele começou a cambalear na beira d'água. O vento soprava frio às suas costas. A maré, espumante e cinza, cobria suas botas.

Ele planejara colecionar aquela última alma o mais rápido possível para poder voltar para Zoe. Mas era impossível, agora que conhecia a história do homem. Avançou quase contra sua vontade, o coração pesado como chumbo. Embaixo dele, o chão estava pontuado por troncos enormes que tinham sido descorados pelo sol. Pareciam ossos.

O Tremor ficava mais forte enquanto ele caminhava, puxando-o para frente como uma corrente. Ainda assim, a dor não era nada se comparada à raiva de X.

Quem escolhera Leo Wrigley? O nome tinha sido transmitido pelo Poder Superior ou era um estratagema de Dervish? A Terrabaixa não precisava do homem insignificante que X tinha sido enviado para buscar... disso X tinha certeza. O homem pecou, sim, mas era mesmo necessário? X não acreditava. E se a Terrabaixa quisesse aquela alma, por que não enviaram um caçador décadas atrás? Não, o único que os senhores realmente queriam punir era X. Ele os desafiara. Ele se rebelara. Tinha dito que era melhor do que eles, que era puro e nobre... que era digno de amor! E agora eles o derrubariam. Tirariam tudo dele.

X pisoteou as rochas. Acima dele, as nuvens estavam densas e escuras. Era como se sua própria fúria as tivesse colocado ali.

Depois de caminhar na praia por quase um quilômetro, uma forte chuva começou a cair e fez o oceano borbulhar. Havia apenas poucas pessoas no campo de visão: idosos que balançavam estranhos instrumentos de metal sobre a areia, e então se curvavam de quando em quando para desenterrar uma lata ou uma moeda. Eles estavam correndo para o calçadão entre as falésias. X continuou andando, indiferente à tempestade. A chuva era fria e escorria pelo rosto.

Ele não podia levar aquela alma. Sabia disso. Os senhores também sabiam. Sabiam que ele preferiria desistir de toda esperança de liberdade.

Ainda assim, queria botar os olhos no homem pelo qual estava prestes a se sacrificar. Continuou avançando pela praia. Não demoraria muito para voltar à Terrabaixa. Sua cela era uma boca pedregosa esperando para engoli-lo para sempre.

PERTO DO FIM DA praia, X sentiu a dor no corpo se avivar e ergueu os olhos para ver sua presa vindo em sua direção na chuva. O homem era alto e magrelo, usava óculos e uma touca de lã vermelha que balançava para cima e para baixo enquanto ele caminhava. Era o único ponto colorido à vista.

A chuva era torrencial agora. A costa estava deserta, exceto para o caçador de recompensas e para a alma pela qual ele estava ali.

Entre eles, havia uma falésia que tinha sido esboroada pela maré. Ela se erguia sobre a praia como uma onda gigante se quebrando. O homem se enfiou debaixo dela e se escondeu da chuva, sentando-se em um tronco de árvore caído. X parou a cem metros de distância, as botas afundando na areia esponjosa. Deveria voltar ou continuar? Cada possibilidade, cada pensamento, cada emoção precipitava-se sobre ele, todos de uma vez.

O homem viu X em pé no aguaceiro e inclinou a cabeça: *o que está fazendo aí fora?* Ele acenou para que ele fosse para baixo do penhasco, apontando para o tronco de árvore em que havia se sentado: *tem espaço de sobra aqui.* Mesmo em seu tormento, X considerou a inocência do convite tocante. O homem não tinha ideia de que X tinha recebido a missão de matá-lo.

X foi até o abrigo da falésia e se sentou sem dizer nada. Acima deles, a água da chuva atingia o topo da onda pedregosa, depois escorria de sua borda mais externa como uma cortina de contas. X olhou para o oceano, para o leito de pedras a seus pés, para a parede lisa e ondulante de pedra atrás dele, para tudo, menos para o homem sentado ao seu lado.

— Vai demorar um pouco — disse o homem.

X queria se virar, falar, mas descobriu que não conseguia fazer nem uma coisa, nem outra. O homem continuou tagarelando, imperturbável.

— Essa rocha é muito incrível, não é? — disse ele, apontando para o penhasco atrás deles. — Arenito. A coisa mais legal que já vi.

X finalmente se virou para ele.

O homem parecia inofensivo como uma mosca.

X procurou algo para dizer, mas havia tanta violência em seu cérebro que ela expulsava todos os pensamentos.

O homem sorriu, ansioso.

— É sua primeira vez no Canadá? — perguntou ele.

X franziu a testa.

— Aqui é o Canadá?

O homem riu, e X percebeu, com alívio, que ele achou que era brincadeira. O homem tinha uns quarenta e poucos anos, cabelos castanhos desgrenhados e olhos surpreendentemente verdes que X de alguma forma reconhecia. Sob a jaqueta, usava roupas encardidas.

Suas botas, casaco e óculos tinham sido reparados com a mesma fita preta brilhante. Suas roupas cheiravam a peixe. Ele percebeu quando X notou o odor.

— Tenho feito pesca no gelo — disse o homem. — É difícil pra caramba ganhar o pão por aqui.

X sentiu uma onda intensa de solidão despejando-se de sua presa. Normalmente, não fingia saber o que acontecia no coração das pessoas, mas a solidão era uma das poucas emoções que se sentia qualificado para julgar.

O homem tirou a luva e estendeu a mão para X.

— Sou Leo Wrigley. Qual é o seu nome?

X olhou para a mão do homem, rosada e manchada pelo frio. Ele não conseguiu se obrigar a apertá-la. Era pelo o que o homem tinha feito? Era porque X estava envergonhado por estar ali para assassiná-lo? Ele não tinha certeza, mas era como se seus braços estivessem colados nas laterais do corpo.

O sorriso do homem vacilou. Ele recolheu a mão e lançou um olhar longo e magoado para X.

Só nesse momento X percebeu por que havia reconhecido os olhos do homem: pareciam-se com os de Jonah.

X levantou-se. Tinha que fugir. A dor era demais.

— Você não se chama Leo Wrigley — disse ele ao homem. — Pode ser o nome que você se deu agora, mas não é seu nome verdadeiro.

X enfiou-se no véu de chuva que caía do penhasco e caminhou na direção do mar ruidoso. Pensou em Zoe. Iria até ela e a veria uma última vez antes de descer de volta para a única casa que merecia. Não sabia como dizer a ela, ou se diria, que seu pai ainda estava vivo.

dezesseis

Zoe acordou eufórica, como se alguém tivesse injetado luz nela. Era domingo de manhã. Seu corpo estava dolorido da exploração à caverna. Ainda assim, era o tipo certo de dor, uma dor de atleta. Às nove horas, sua mãe enfiou a cabeça no vão da porta e perguntou se Zoe queria ir até a cidade com ela. Zoe mal conseguia virar a cabeça na direção da porta.

— Só se você tiver uma maca — disse ela.

— Ótimo — disse a mãe, inclinando-se para acariciar seu cabelo. — Agora tenho dois filhos que não saem de casa.

— Pare, pare, pare — pediu Zoe. — Isso dói.

— Dói o *cabelo*? Isso é possível?

— Pelo visto, sim.

Quando a mãe saiu, Zoe deslizou até a beirada da cama, os músculos resistindo até a essa mínima jornada. Assim que ficou de pé, saiu do quarto cambaleando e percorreu o corredor até o quarto de Jonah, onde gritou:

— Vai, monstrinho, chega pra lá! — E despencou em sua cama uma fração de segundo depois de ele se afastar.

Jonah ouviu-a gemer por cinco minutos, depois subiu de volta para a joaninha, beijou-a na bochecha e disse:

— Você *não* está em condições de ficar no comando.

Ele foi até a cozinha e fez uma imensa barulheira enquanto montava algum tipo de café da manhã para ela. Zoe ouviu tantas máquinas fazerem *ping*, moer e girar (o micro-ondas, o liquidificador, o Vitamix, o desidratador, a *batedeira*?) que estremeceu ao pensar no que sobraria para ela. Ainda assim, era a primeira vez em dias que Jonah parecia... Jonah. Era porque ela tinha ido explorar a caverna. Teria feito uma dancinha se seu corpo tivesse condições. O laptop de Jonah estava aberto no chão. Ele colocara sua foto com a placa EU VOU VOLTAR como fundo de tela do computador.

Às nove e meia, Jonah abriu a porta com o pé descalço e entrou com uma bandeja de café da manhã, que colocou ao lado de Zoe com grande cerimônia. Zoe esforçou-se para se erguer. Olhando para a bandeja, ficou surpresa ao descobrir que Jonah havia gastado trinta minutos para fazer uma tigela de cereais, um copo de leite de soja com chocolate e um frasco de Advil.

— O que foi aquele barulho todo, monstrinho? — perguntou ela.

Jonah pareceu confuso.

— Eu só estava brincando — disse ele, animado. — Achou que eu estava fazendo uma omelete? Tenho oito anos!

UMA HORA ZOE DESCEU mancando para o térreo até o sofá. Estava passando tantas horas ali ultimamente que as almofadas já estavam moldadas no formato de seu corpo. Tentou fazer um pouco da lição de casa de cálculo, mas até a apostila parecia saber que sua mente estava em outro lugar: "Resolva o problema de X", lhe dizia. Zoe cochilou. Releu obsessivamente o artigo sobre Stan (onde X havia encontrado uma camisa de caubói roxa?). E almoçou, graças a Jonah, que fez para ela um sanduíche de manteiga de amendoim e banana com pão sem glúten em menos de trinta e cinco minutos. À tarde, ela ficou entediada, então fez

Val se sentir culpada por não visitá-la, exagerando nas dores e postando cinco selfies no Snapchat nas quais fez caretas cada vez mais sofridas.

Val chegou de pijama: calça de flanela vermelha e uma camiseta rosa com a estampa "Quero ser dona de casa". Como sempre, trouxe uma grande onda de energia para a casa. Acarinhou a barriga de Spock e Uhura, pintou as unhas dos pés de Jonah de verde, falou loucamente de sua namorada, Gloria, com detalhes tão minuciosos que pareceu loucura, depois fofo, e depois loucura de novo. Passar tempo com Val era tão fácil que Zoe ficou quase com os olhos marejados de gratidão. Era como ser elevada por uma onda.

Assim que escureceu, ouviram uma caminhonete na estrada. As pernas de Zoe estavam tão duras que quase cederam quando ela foi até a janela.

— É Dallas.

— Ahhh — disse Val. — Isso vai ser interessante.

— Seja boazinha — pediu Zoe.

— Não sei, não.

Jonah correu em disparada até a porta. O pulso de Dallas ainda estava enfaixado por causa da queda, e ele estava carregando uma sacola de compras, mas Jonah queria andar de cavalinho até a sala de estar — e conseguiu. Zoe sempre sentia uma fisgada quando via o quanto seu irmão adorava ter caras em casa. Era como o apito de um sonar no submarino. Zoe sabia que nem mesmo se somassem X, Rufus e Dallas poderiam preencher o lugar vazio onde seu pai costumava ficar.

O sorriso bobo de Dallas desapareceu quando ele viu Val. Sabia que ela só o tolerava em nome de Zoe.

Tímido, ele deixou a sacola no chão. Havia um presente à espreita, embrulhado em um elegante papel azul e dourado. Os cantos estavam tão retos e perfeitos que Zoe imaginou que um dos pais de Dallas tinha embrulhado para ele. O garoto ficou em pé porque Jonah ainda estava pendurado em suas costas, como uma capa.

Zoe observou o pescoço de Dallas ficar rosa, depois vermelho.

— Jonah, sai de cima dele. Ele precisa fazer outras coisas, tipo respirar.

O irmão obedeceu, mas no momento em que Dallas sentou-se, Jonah caiu em seu colo.

Ficaram em silêncio por um tempo. Val não estava apenas se divertindo com o desconforto, estava *nadando* nele. Ela apontou o pacote aos pés de Dallas.

— Não aguento o suspense — disse ela. — O que você trouxe para mim?

Dallas encurvou-se, envergonhado, e olhou para Zoe.

— É só para comemorar você ter detonado na Lágrima Prateada — disse ele. — Pode abrir mais tarde. É uma bobagem.

— Obrigada, Dallas. Eu fui bem *hardcore*, não é?

— Você foi *com tudo*, cara — disse ele.

— Abre agora — pediu Val. — Eu quero ver o que é.

— Eu também — disse Jonah, que estava balançando de um lado para outro no colo de Dallas.

— Vou esperar, monstrinho — disse Zoe. Ela se virou para Val e sussurrou: — Pare de ser babaca.

De qualquer forma, era tarde demais. Jonah já estava correndo até a sacola.

— Abre! Abre! Por favor e obrigado! Por favor e obrigado!

Relutante, Dallas tirou o presente da sacola.

— Na verdade, Jonah meio que inspirou o presente, então é um pouco para ele também.

Ele entregou a caixa a Jonah, que rasgou o papel de embrulho.

A mãe de Zoe entrou na sala com o barulho. Tinha acabado de voltar da cidade e ficou parada na entrada. A situação inteira estava descontroladamente constrangedora agora. Zoe se condoeu por Dallas, que estava ficando vermelho de novo.

Jonah tirou a tampa da caixa. No interior, havia o que parecia uma colcha antiga. Era feita com hexágonos em uma dúzia de cores. Mesmo do outro lado da sala, Zoe via como era bonita, embora não conseguisse descobrir o que tinha a ver com explorar cavernas. Jonah franziu a testa para a caixa. Também estava tentando decifrar o mistério.

— Uau, que colcha maravilhosa — disse a mãe de Zoe, apenas para quebrar o silêncio.

— É mesmo — concordou Val. — E nem estou zoando.

— Muito obrigada, Dallas — disse Zoe. — Eu amei. Mas...

Ela estava prestes a dizer que não *tinha entendido* exatamente, mas temia que isso magoasse Dallas. Felizmente, Jonah acabou sendo mais esperto que ela.

— É um cobertor para o pai — disse ele. — Assim ele não vai ficar com frio.

Trinta segundos depois, o telefone de Zoe vibrou, e ela olhou para baixo e viu que Val, do outro lado do sofá, tinha escrito uma mensagem para ela: *O cara está APAIXONADO por você. VOCÊ é a única babaca, sua babaca! Diga para ele que NÃO TEM CHANCE! Conte sobre X!*

Eu já CONTEI, Zoe respondeu.

Conte de novo! MAGOE se tiver que magoar... melhor agora que depois!

Zoe abaixou o telefone antes que ficasse óbvio para todos que ela e Val estavam se comunicando por mensagens. Depois de alguns minutos, ela expulsou todos da sala o mais educadamente que pôde. Pediu a Dallas para esperar um segundo para que pudessem conversar.

Assim que todos se afastaram — Val tinha abraçado Dallas para se despedir e nem tinha sido um abraço irônico —, Zoe se sentou no sofá e procurou as palavras certas. O sol estava se pondo atrás das montanhas. A sala era mais sombra que luz. Dallas olhou para ela com tristeza, sabendo que tinha feito algo de errado, mas sem saber o que era.

— Eu preciso saber o nome da garota que vai dizer sim — disse Zoe. — E eu preciso saber quando você vai chamá-la para sair.

— Por quê? — perguntou Dallas nervosamente.

— Porque eu preciso saber que não sou eu — respondeu Zoe.

— Não é você. Pare com isso.

— Espero que não, cara, porque juro por Deus que *não* vou dizer sim — soltou Zoe. — Eu sou a garota que nunca vai dizer sim. Quer dizer, acho você incrível. Gosto de você cada vez mais... como *amigo*. Mas...

Dallas ficou arrasado, se recusando a encará-la.

— Pare, pare, pare — pediu ele. — Não quero esse Discurso de Amigo. É a Mingyu, está bem? Vou chamar a Mingyu para sair.

Zoe ficou chocada.

— Mingyu do espanhol? — perguntou ela. — Mingyu, a satanista?

— Ela não é satanista de verdade — disse Dallas. — Só é... complicada. E complicado é bom, né? — Ele olhou para Zoe. — Finalmente entendi isso.

Zoe abriu um sorriso largo.

— Fico feliz em ajudar — disse ela.

Naquela noite, depois de todos os amigos terem ido embora, Zoe finalmente saiu do sofá com os músculos ainda doloridos. Estava caminhando pela cozinha como um soldado ferido da Guerra Civil quando sua mãe disse que poderia levá-la nas fontes termais para dar um mergulho. Tentaram convencer Jonah a se juntar ao passeio. Ele se recusou e ameaçou se trancar no quarto se perguntassem novamente.

Jonah observou pela janela enquanto Zoe e a mãe saíam. Ele nunca tinha ficado sozinho na casa antes.

As fontes termais estavam tão silenciosas e escuras que as montanhas pareciam tê-las engolido. Depois que sua mãe a deixou lá, Zoe abriu o spa, cantando alto e acendendo cada luz que conseguiu encontrar, inclusive os fios de luzes de Natal brancas que ainda não tinham sido retirados das janelas. O vestiário vazio a deixou ligeiramente assustada graças a uma centena de filmes de terror que se passavam em escolas. Ela se trocou rapidamente — o traje de banho era um maiô preto retrô com alças com o qual tinha gastado dinheiro demais e, literalmente, nunca tinha usado —, depois pegou uma toalha e partiu para o corredor. Tinha esquecido os chinelos. Atravessou o corredor de concreto frio na ponta dos pés, evitando as poças que cobriam o chão como uma corrente de lagos.

Lá fora, o ar estava gélido. Zoe tinha esquecido como o frio tirava seu fôlego, como eletrizava sua pele mesmo enquanto caminhava até a piscina. Segundos depois, seus ombros estavam tremendo e seus punhos estavam cerrados.

A água estava brilhante e escura. Zoe entrou e se agachou para que ela pudesse se derramar sobre os ombros. Seus músculos relaxaram, mas o cérebro simplesmente não conseguia. Não gostava do jeito que as montanhas se erguiam sobre ela no escuro. Sentiu-se estúpida por ter ido sozinha.

Zoe virou-se de barriga para cima e deu braçadas até o centro da piscina. Seu pai tinha lhe ensinado o nome de todas as constelações, mas ela havia esquecido a maioria delas. Então olhou para cima, e, tentando se distrair, inventou novos nomes. Ela batizou um conjunto de estrelas de Doce do Batedor e outro de Braços de X. Depois disso, fechou os olhos e flutuou em paz, as pernas e os braços abertos como os raios de uma roda.

Então começou a sentir que talvez não estivesse sozinha.

Ouviu um zumbido que não parecia o vento. Estranhamente, tomou consciência do farfalhar das árvores. Pensou em como estava a quilômetros de qualquer lugar, como estava cercada por montanhas escuras, como tinha deixado seu celular no armário do vestiário, como nem mesmo tinha um carro. Manteve os olhos fechados, mas não conseguia aliviar o nervosismo. Parecia que alguém estava arrastando as unhas na lateral de seu corpo.

Quando finalmente abriu os olhos, ficou tão surpresa com o que viu que seu coração começou a palpitar. A água em que flutuava — a água que a envolvia e ondulava levemente sobre as pernas e os braços — tinha ficado laranja e vermelha.

Tinha começado a brilhar.

ELA SE VIROU NA direção do riozinho que alimentava a piscina. Parecia um rio de fogo, e alguém estava se erguendo dele.

Um homem ia na direção de Zoe, a água escorria por ele. Ela esperou, mal conseguindo respirar. Disse a si mesma que só podia ser Batedor.

Era X.

— Você é *tão* exibido! — ela gritou. — Me deu um susto do cacete!

X não respondeu até alcançá-la. Pareceu levar uma eternidade. Finalmente, ele se ajoelhou à margem da piscina, seu rosto belo emitindo sua típica luz pálida.

— Estava tão desesperado por te ver que não consegui pensar com clareza — disse ele. — Isso serve de desculpa?

Zoe sorriu.

— É, funciona — disse ela, e estendeu a mão para ele. — Você pode me ajudar a sair?

X inclinou-se na direção dela.

— Um pouco mais perto? — pediu Zoe.

X inclinou-se sobre a água, obediente, e Zoe puxou-o para dentro. Quando se endireitou, ele ficou em pé com água até a cintura, parecendo confuso. Seus cabelos e o sobretudo pingavam na piscina.

— É o que você merece por me dar um susto desses — disse Zoe. — Aliás, se fosse uma pessoa normal, você *nunca* teria caído nesse truque.

Ele olhou para o corpo de Zoe e pareceu vê-lo pela primeira vez.

— Seus membros estão nus — disse ele.

Zoe esperou que X desviasse o olhar com timidez. Em vez disso, ele disse:

— São lindos.

— Obrigada — disse ela. — Ninguém nunca falou assim sobre... os meus membros.

X colocou os cabelos para trás das orelhas. Seu rosto e pescoço estavam cobertos de gotas que refletiam a luz. Ele tirou o casaco e deixou-o ao lado da piscina, então se aproximou de Zoe e colocou a mão em sua cintura. Ela conseguia sentir a mão dele pulsando ali. Toda a timidez de X havia desaparecido. Parecia mais faminto por ela do que nunca.

— Você está livre? — Zoe perguntou. — Os senhores deixaram você sair?

— Não me obrigue a responder. Deixe-me aproveitar este momento.

Ele pegou as mãos de Zoe e as colocou em seus quadris.

Ela sabia o que ele queria que ela fizesse.

Ergueu a camisa de X, as mãos deslizando lentamente pelo corpo. Sua pele estava quente. O calor saltou para a palma das mãos da garota e subiu pelos braços. Sentiu como se ela e X fossem parte de um só corpo. Tentou fitar seus olhos, mas ele desviou o olhar enquanto os dedos dela roçavam os vergões e escoriações que cobriam suas costelas.

— Não fica assim — disse Zoe, sua voz um sussurro. — *Nunca* quero que você sinta vergonha, está bem? Você não fez nada de errado.

X concordou com a cabeça, mas Zoe não sabia se ele acreditava naquilo.

Ela jogou a camisa na margem da piscina. Errou. A camisa aterrissou na água e flutuou como uma água-viva. Zoe nem percebeu. Olhou as tatuagens ao longo dos antebraços de X e sorriu.

— O que foi? — perguntou ele. — Me diga.

— Nada — disse ela.

Estava olhando a "girafa" com a cauda pontuda.

X a puxou para mais perto e tomou seu rosto nas mãos, inclinando-o em sua direção.

— Adorei sua carta — disse ele.

Zoe tinha se esquecido do bilhete. Ela soltou um grunhido de constrangimento.

— Ai, meu Deus. Estava no casaco!

— Insisti que Arrancadora lesse para mim até eu ter gravado todas as sílabas na memória — contou X.

— Cala a boca — disse Zoe. — Você não fez isso!

X pigarreou.

— "No minuto que você foi embora, percebi que eu te amava" — recitou ele. — "Saco, estou ficando sem papel."

— Pare, pare, pare.

Ficaram ali parados, sorrindo e balançando na água. Estava ficando impossível manter os corpos separados. Não conseguiam chegar perto o bastante para ficar satisfeitos.

X passou o polegar pelos lábios de Zoe, que os entreabriu ao toque.

Ela esperou que a boca de X alcançasse a dela... e foi o que aconteceu.

QUANDO ELA VOLTOU DO vestiário novamente vestida, Zoe viu que X tremia. Então soube com certeza o que já suspeitava: ele não havia coletado a alma final. Desafiara os senhores. Em vez da coleta, tinha ido vê-la. Não conseguia sequer imaginar quais seriam as consequências. Sob as fortes luzes fluorescentes do lobby, X começou a parecer assustado. Estava com medo por si ou por ela?

Nesse momento, ela entendeu por que ele não quisera falar.

Ela também não queria.

Em vez disso, queria mostrar uma coisa a ele. Mas estava longe. Não sabia como chegariam lá.

X entendeu antes de ela dizer uma palavra.

— Aonde quer que você queira ir, vou levá-la — disse ele.

Zoe lembrou-se de como X a levara junto com Jonah para casa através da floresta. Na época, ela estava tão fora de si que tudo o que se lembrava era de uma sensação de segurança imensa e a visão das árvores passando.

X a envolveu com os braços, e ela enlaçou o pescoço dele, se sentindo aquecida. Protegida. *Envolvida*.

Seu celular vibrou. Ela o puxou do casaco e encontrou uma mensagem de sua mãe.

Está pronta?, dizia a mensagem. *Posso buscar você?*

Zoe afundou satisfeita no peito de X.

Não, ela respondeu à mensagem. *Consegui uma carona.*

E então X os lançou noite nevada adentro. Dessa vez, a viagem nos braços dele foi sacolejante e nauseante, e Zoe percebeu que viajar em um cometa parecia muito legal até se estar realmente viajando em um. Ela se agarrou ao pescoço de X, gritando instruções. Eles se moviam mais rápido do que ela achava possível. A paisagem ficou borrada, como raios de luz. Zoe via tudo em flashes: as pistas de esqui, o rio escuro e caudaloso, as grossas nuvens de fumaça que se erguiam das árvores como se gigantes estivessem deitados de barriga para cima nas montanhas fumando charutos.

Cento e cinquenta quilômetros passaram. Logo X desceu e deslizou até parar, a neve girando por toda parte. Quando finalmente pararam, ele colocou Zoe no chão com um cuidado infinito.

Ela se afastou e vomitou.

E então passou os próximos cinco minutos tentando desentupir os ouvidos. X ficou mortificado, mas Zoe o tranquilizou.

— Está tudo bem, tudo bem — disse ela. — Eu pensei que seria romântico.

Zoe o havia guiado para um lugar deserto nas montanhas. Só naquele momento ela percebeu que, com a lua presa atrás das nuvens, eles não conseguiriam ver nada.

X não parecia preocupado.

— Para onde estamos indo? — perguntou ele.

— Para aquele lado — respondeu ela, apontando vagamente para a escuridão. — Eu acho.

X ajoelhou-se e pousou a palma das mãos sobre a neve. Um túnel de luz explodiu diante deles com três metros de altura e uns seis de largura. Iluminou as colinas e os pinheiros até onde os olhos de Zoe alcançavam.

Ela balançou a cabeça com descrença.

— Você é muito útil — disse ela.

dezessete

X seguiu Zoe por uma elevação nevada. Os montes de neve eram fundos, e o avanço deles era lento. Ele conseguia ouvi-la logo à sua frente, ofegando e xingando. Às vezes, Zoe se virava e dizia "Estamos quase lá" ou "Tudo bem, eu estava mentindo, agora estamos quase lá".

Ele mesmo não falou uma palavra. Não conseguia tirar a imagem do pai de Zoe da cabeça. Ficava imaginando a mão do homem estendida para ele, avermelhada e rachada de frio, esperando pelo cumprimento. Ficava imaginando seus olhos, *os olhos de Jonah.*

Não havia nada além de neve em todas as direções. Ele já estava cheio daquela neve toda.

Finalmente, desceram aos tropeços pelo outro lado da elevação. No fundo, havia uma cerca e uma colina de pedras, onde ficava uma pequena cruz e um Buda de pedra. X tinha visto almas chegarem à Terrabaixa com as mesmas imagens penduradas no pescoço; também tinha visto colares com estrelas douradas e luas crescentes. Novas almas nunca lutavam com tanto empenho quanto no momento em que os guardas tentavam roubar esses colares.

Sem dizer nada, Zoe começou a escalar a cerca, que rangeu enquanto ela escalava, e X sentiu uma onda de preocupação. Imaginou se deveria impedi-la. Mas então lembrou que uma das coisas que mais amava nela era que *ninguém* conseguia impedi-la.

Zoe caiu do outro lado da cerca e aterrissou com um baque fundo e abafado. Ela se virou para X.

— Essa aqui é a Lágrima Negra — disse ela. — É a caverna do meu pai. Aqui que ele morreu.

O coração de X afundou.

Aquele era o momento de dizer a ela que seu pai ainda estava vivo. *Aquele era o momento.*

Ele não conseguiu. As palavras não vieram.

Queria dar a Zoe mais um minuto de felicidade, de inocência, de *não saber.*

Precisava dizer a verdade a ela? E se não dissesse? Poderia levar a alma do pai dela à Terrabaixa e ser livre, e Zoe poderia continuar acreditando que o homem havia morrido em uma caverna. Ela não precisava saber dos pecados do pai. Não precisava saber que ele tinha fugido de seu passado o máximo que podia, ou que, quando o passado finalmente o alcançou, ele escolheu o caminho mais covarde: fingir a própria morte e deixar que ela, Jonah e sua mãe se acabassem de chorar ao lado de uma árvore no quintal de casa. Zoe podia passar *a vida inteira* sem saber.

Ela o estava encarando. Seus olhos estavam marejados. Ele precisava dizer alguma coisa.

— Mostre-me a caverna.

Ele saltou sobre a cerca e se juntou a Zoe. Já havia uma trilha meio enterrada na neve. Eles a seguiram até a caverna, depois subiram aonde a estátua e a cruz estavam, naquela plataforma.

— Eu me sinto mal por esses caras estarem aqui no frio — disse Zoe.

X não respondeu. A mente e o coração estavam doloridos.

— Mas acho que Jesus e Buda podem lidar com uma nevezinha — continuou ela.

Ela se sentou nas pedras, cercada pela luz que X havia convocado. Ela começou a falar, timidamente no início.

Falou sobre a caverna e sobre seu pai. X achou difícil se concentrar nas palavras exatas, que passavam por ele como o vento. Ela disse que tinha ido explorar cavernas no dia anterior. Disse que houve um momento durante a descida em que de repente soube o que seu pai havia passado quando morreu — não apenas a mecânica do acidente, mas também o terror. Disse que sentiu a corda enrolar-se na garganta dele como se fosse sua garganta. Viu a chama na lanterna de cabeça chamuscar a corda e depois queimá-la enquanto ele se debatia. Imaginou a queda — o pânico cru e repentino que levou o coração à boca —, como se a caverna *a* devorasse.

Zoe hesitou.

Pediu desculpas por falar tanto.

Ela o encarou, desesperada para ele dizer alguma coisa. Mas X não disse nada. E cada segundo que ele não dizia nada parecia uma mentira. Ele poderia mentir para ela pelo resto de sua vida? E os dois poderiam construir alguma coisa baseada em mentiras e ainda chamar de amor?

Zoe apontou para as estátuas. Disse que a mãe havia deixado as duas ali. Tinha ficado chocada quando as encontrou. Pensou que a mãe odiasse seu pai, mas era óbvio que não havia conseguido tirá-lo do coração. Nenhum deles tinha. Jonah, ela disse, estava *maluco de carteirinha*.

Ela pegou o pedaço de casca da plataforma acima do Buda e da cruz.

— Está vendo isso? — ela disse. — "Eu vou voltar." Escrevi para o meu pai. Queria que ele soubesse que não vamos simplesmente deixar ele aqui.

X assustou-se com as palavras.

— O que você quer dizer? — perguntou ele. — O que você quer dizer com "não vamos simplesmente deixar ele aqui"?

— Vamos voltar para buscar ele — respondeu Zoe.

X viu a seriedade em seus olhos. *Ninguém conseguia impedir Zoe.* Dessa vez, ele pensou nisso não com uma pontada de carinho, mas de pavor.

— Desculpe, estou tagarelando, mas estou tagarelando porque você não fala nada — disse ela. — Por que não fala? Deve ter um milhão de coisas para dizer.

— Eu tenho — replicou X, sofrendo. — E, ainda assim, não tenho como.

Zoe desceu das pedras, tirou uma luva e pousou a palma da mão no rosto de X.

— Tente — disse ela. — Tente dizer ao menos *uma* coisa.

X afastou a mão dela de sua bochecha. A suavidade do toque, a gentileza do gesto, apenas o feria.

— Você não pode entrar nesta caverna.

— Eu não vou entrar. A polícia vai.

— Eles também não podem — disse ele, ficando irritado. — Precisa confiar em mim. Você precisa impedi-los. *Ninguém* deve entrar nesta caverna. Deixe que a selem para sempre.

Zoe se afastou.

— Por quê?

Sua mente girava em busca de uma resposta.

— Por que eu devo impedir?

— Porque eu estou pedindo, Zoe. Porque estou *implorando*. Porque tudo depende disso. — Ele estava indo longe demais. Estava falando demais. — Porque vou destruir a caverna com minhas próprias mãos antes de deixar que alguém se aventure nela.

Zoe se encolheu.

— O que está *acontecendo* com você? *Por que eu devo impedir?* Vou continuar perguntando até me responder. E você me conhece... posso ficar nisso a noite toda.

Dessa vez, ele a interrompeu antes que ela pudesse fazer a pergunta.

— Não encontrarão nada além de sofrimento desesperador naquela caverna — disse ele. — Talvez você se recupere, mas eu não sou tão forte quanto você, Zoe. Eu não conseguiria suportar ver seu coração ficando em pedaços.

Sua ternura não teve efeito nenhum.

— Você não respondeu à minha pergunta — Zoe insistiu com raiva. — Por que eu deveria deixar o corpo do meu pai num buraco? Ele nunca teria me deixado lá. Por que não devemos entrar na caverna? Me. Diga. *Por quê.*

X sentiu a resposta subir pela garganta como um engulho.

— Porque seu pai não está lá. E porque você está enganada... ele *deixou* você. Ele deixou todos vocês.

Zoe cambaleou um passo para trás, seu rosto de repente irreconhecível.

— Do que você está falando?

Ele caminhou na direção dela. Zoe recuou, como se estivesse com medo.

— *Do que você está falando?*

— Os senhores me deram uma última missão, uma última alma que devo levar, se quiser ser livre — disse ele.

— Eu sei. Batedor me disse.

— A alma que me enviaram para buscar, Zoe... é a do seu pai — confessou X. — Ele está vivo. Eu o vi.

A cor já havia desaparecido do rosto de Zoe. Ele estendeu a mão para ela de novo. Ela não permitiu que ele a tocasse.

— Você... você viu *meu pai*?

— No Canadá — respondeu ele. — Em uma costa erma. Não faz muitas horas.

Zoe balançou a cabeça.

— Não pode ter sido meu pai. Me diz como você soube. Me fala exatamente o que ele disse.

— Nós nos falamos pouco — disse X. — Ele estava com um cheiro forte de peixe. Pediu perdão por isso... disse que estava pescando no gelo.

Os olhos de Zoe de repente brilharam com esperança.

— Meu pai não pescava — disse ela. — Ele não sabia. Se soubesse, eu saberia. Ele teria me ensinado.

— Pode ser que tenha aprendido — replicou X com gentileza. — Foi um homem que fugiu da própria vida... que negou até o próprio nome. Suspeito que ele viva agora marginalizado e nas sombras. Ele se chama Leo Wrigley.

Este último detalhe pareceu ferir Zoe mais do que qualquer coisa que viera antes.

— Tínhamos um gato chamado Wrigley — ela disse com voz vacilante. — E Leo é... é o nome do meio de Jonah. — Ela ficou calada um momento. — O que mais ele disse? Isso é *loucura*.

X vasculhou sua mente. Passara tão poucos momentos com o homem e estivera em um estado tão atormentado.

— Ele enalteceu a rocha em que estávamos abrigados — disse ele. — Ele disse que era arenito e comentou sobre como era "muito incrível". Sofro em lhe dizer isso, Zoe, mas *era* seu pai.

Zoe caiu no choro.

Ele estendeu a mão para ela de novo, e mais uma vez ela se afastou. Não poder tocá-la era excruciante. X apertou as mãos com tanta força que suas unhas tiraram sangue da palma da mão.

— Você... *levou* ele? — perguntou Zoe. — Você levou meu pai para a Terrabaixa?

— Não, Zoe — disse X. — Como eu poderia? Ele ainda está sentado naquela praia, pelo que sei.

— O que meu pai *fez*? — ela quis saber. — Quais foram os crimes dele?

— Não me pergunte. Poupe-se *um pouco*.

Zoe esfregou freneticamente os olhos, mas as lágrimas continuaram.

— Eu preciso saber pelo menos um pouco — replicou ela. — Quero dizer, foi ruim o que ele fez? Ruim, tipo... ruim como você está acostumado a ver?

X estremeceu. Cada palavra o feria, mas as palavras que ele foi forçado a falar em troca, de alguma forma, eram piores... porque feriam *Zoe*.

— Muita coisa aconteceu quando ele era bem jovem. Mas...

Zoe não conseguiu esperar que ele completasse o pensamento.

— Mas o quê?

— Mas já levei almas por menos — ele disse. — Havia sangue em suas mãos quando ele ainda era jovem. E há sangue fresco nelas hoje.

Ele observou como os últimos restos de esperança desapareciam de Zoe.

— O que acontece agora? — ela quis saber.

Ele estendeu a mão para ela uma última vez, e Zoe deixou que ele a abraçasse.

— Lamento esta resposta acima de todas as outras — disse ele. — O que acontece agora é que você deve decidir. Ou seu pai fica livre... ou *eu* fico.

X ESPEROU O QUE pareceram anos até Zoe falar.

— Me leve até ele — disse ela, finalmente. — Me leve até meu pai.

Sua voz parecia séria agora. X afastou-se e olhou fixamente para a fraca cerca metálica que tremia e sacudia ao vento.

— *Por favor* — ela acrescentou. — Ou eu vou sozinha. Vou encontrar uma maneira. Você sabe que vou.

— Mas o que você vai dizer a ele, Zoe? — perguntou X. Ele não a encarou. Não conseguia. — E o que vai querer que eu faça? Vai me pedir para parar a respiração de seu próprio pai? Vai assistir a como eu aperto seu pescoço com meus dedos? E, assim que eu tiver terminado, será capaz de me olhar novamente?

Zoe ficou em silêncio por muito tempo.

— Não sei — respondeu ela. — Mas eu quero ver ele com meus próprios olhos. Quero que ele saiba... quero que ele saiba que eu sei o que fez. Não quero que pense que se livrou... nem por mais um segundo. — Ela pousou a mão no ombro de X. — Você vai me levar? Mesmo que eu ainda não tenha todas as respostas?

Ele se voltou para ela. Seus olhos, mesmo aflitos, eram muito familiares. Sempre o delatavam.

— Você sabe que vou — disse ele.

Zoe enviou uma mensagem à mãe: *Não vou para casa esta noite. Estou bem, juro. Confie em mim MAIS uma vez, por favor.*

Ela desligou o telefone para não ouvir o aparelho explodir de mensagens e meneou a cabeça para X. Estava pronta.

Ele a ergueu e a apertou contra o peito. Nem se incomodou em pular a cerca, simplesmente soltou um uivo e a derrubou com um chute.

ELE A CARREGOU SOBRE as elevações e depois pela estrada congelada que serpenteava pelas montanhas. A lua havia rompido as nuvens. A neve emitia uma luz azul fraca. Zoe estava em silêncio; ele imaginou que ela estava dominada pelo choque. Seus olhos estavam abertos, mas ela parecia não enxergar nada.

X tentou pensar em uma história para contar a Zoe enquanto a carregava. Pensou que ouvir sua voz poderia consolá-la de alguma forma. Falar nunca era natural para ele — quantas palavras havia falado em toda a sua vida? —, e percebeu então que não conhecia muitas histórias; e as que conhecia certamente não eram agradáveis.

Então, ele contou a ela a história *deles dois*.

Começou com ela derrubando-o no gelo.

Disse que ela cheirava a cachorro, acrescentando nervosamente que aquilo era um elogio, que ele *gostava* daquele cheiro. Contou que ele havia mudado no momento em que Zoe se chocou contra ele, que, impedindo-o de levar Stan, ela o despertou; desafiou-o a não se odiar e a pensar em si como algo mais que um assassino. Porque isso era tudo o que ele era quando se conheceram, não? Não importava que tivesse matado apenas homens maus. Ainda assim era um assassino. Mesmo que Zoe e X nunca tivessem se falado (nem se tocado, nem se beijado), ele não a teria esquecido. Não *poderia* tê-la esquecido. Teria protegido sua lembrança nas mãos em concha, como se fosse uma chama ao vento.

Zoe estava ouvindo? Ele não sabia ao certo. Mas gostava de contar aquela história. Ela o acalmava.

Contou a Zoe sobre como haviam discutido quando a família dela o encontrou em agonia na garagem, como ele implorou para que ela o abandonasse, embora estivesse rezando para que ela não fosse embora. Descreveu a ida até a casa no trenó de Jonah e como foi dormir em uma cama em forma de um inseto gordo. Por que tinha o formato de um inseto? Ficou preocupado que aquela fosse uma pergunta estúpida, por isso nunca a fez.

X disse a ela como ele ficava deitado, esperando que ela adormecesse. Disse a Zoe que ela roncava bem pouquinho, mas talvez não devesse ter falado? Mudou o assunto. Falou sobre Jonah. Disse que conseguia sentir os abracinhos fortes deles até agora. Confessou que, quando ele estava saindo do quarto uma noite na ponta dos pés, ele pisou em um dos bichos de brinquedo de Jonah e quebrou seus chifres. Como tinha ficado envergonhado! Queria pedir desculpas, mas nunca pediu. Não sabia que tipo de animal era. Tinha chifres, então talvez fosse um macaco, certo?

Os lábios de Zoe contraíram-se nesse último detalhe; ela quase sorriu.

Ela estava ouvindo. E parecia estar aquecida em seus braços.

X falou por mais uma hora. Estavam longe das montanhas agora, em uma estrada ladeada por pinheiros. X viu postes amarrados com fios. Sentiu a civilização se erguendo para recebê-los. Ainda assim, levaria um século para chegar ao pai de Zoe.

Como se tivesse lido seus pensamentos, Zoe se moveu em seus braços e perguntou:

— Por que você está caminhando? — Sua voz soou monótona, mas ele ficou feliz por ouvi-la. — Por que não estamos *zunindo*? Ou sei lá como você chama aquilo? — ela acrescentou.

— Eu vi o efeito que zunir produz em você — respondeu X —, então zunir deve ser nosso último recurso. Na verdade, eu estou feliz em caminhar... quanto mais devagar formos, mais posso ficar com você nos braços.

Zoe ficou calada um momento.

— Obrigada — disse ela suavemente. — Mas tudo bem se zunirmos. — Depois de outro silêncio, ela acrescentou: — Vocês realmente chamam de zunir? Eu só estava chutando.

— Não, não chamamos assim — disse X. Temendo ser indelicado, continuou: — Mas certamente podemos chamar.

Satisfeita, Zoe mergulhou novamente em pensamentos. A lua, parecendo seguir a sugestão, escondeu-se por trás das nuvens mais uma vez. Mesmo para X, a escuridão era alarmante.

dezoito

No instante que Zoe despertou, ela soube que o pai estava por perto.

Estava deitada em uma cabana de madeira, em uma praia, onde achava ser a Colúmbia Britânica; o oceano estrondando e suspirando por todos os lados. Conseguiu sentir sua própria versão do Tremor se espalhando embaixo da pele. Seu coração, nervos, pulmões; tudo em seu corpo lhe dizia como estava perto do pai.

X não estava a seu lado. Zoe se lembrava apenas de flashes da noite anterior: a cabana estava trancada, e X tinha atravessado a porta com o punho para que pudessem entrar. Ele havia aquecido o lugar simplesmente esfregando as mãos uma na outra, mas ainda dormiram aconchegados, como se sofressem algum risco de congelar. X fizera um travesseiro para ela com seu casaco.

Uma hora antes — talvez mais, Zoe não tinha certeza —, X abrira a porta, e um facho de luz solar havia passado por seu rosto. Ela acordou por um instante, ele lhe disse que voltaria e para ela continuar dormindo. Era uma coisa linda de se ouvir: "Continue dormindo."

A mente de Zoe devia ter funcionado a toda enquanto dormia, porque acordou sabendo exatamente o que ela e X precisavam fazer quanto a seu pai. A resposta estivera alojada em seu cérebro por horas, esperando que ela acordasse. Sabia que X não gostaria. Teria que encontrar o momento e o jeito certos para lhe dizer.

Ela se sentou e se recostou contra a parede. O lugar era uma daquelas cabanas-vestiário que famílias alugavam na praia durante o verão. Era pequenina. Havia ganchos para roupas e gavetas rústicas de madeira. Tirando isso, o interior era duro, branco e vazio. Zoe conseguia ouvir o vento assobiar lá fora. Quando olhou através das placas da parede, viu uma linha de árvores cobertas de neve inclinadas quase horizontalmente sobre a beira dos penhascos.

Ela tirou o telefone do bolso. Eram oito da manhã. Havia uma série de mensagens de sua mãe, começando com *O que você quer DIZER com não vem para casa?* Havia também uma de Dallas (*Você realmente gostou da colcha que eu te dei? Tenho a nota fiscal aqui, se precisar*) e uma de Val (*Por que você não está com a bunda sentada na sua carteira da escola? Sua bunda está com defeito?*).

Para Dallas, ela respondeu: *Eu amei a colcha, cala a boca e sai daqui.*

Para Val, ela escreveu: *Looooonga história. Quem te falou da minha bunda???*

Para a mãe... Bem, o que ela poderia dizer?

Zoe olhou para o celular e começou a digitar: *Estou no Canadá, eu acho.*

CANADÁ? VOCÊ ACHA?!

Viagenzinha. Difícil de explicar. Logo estarei em casa. Não surta.

Já estou muuuito mais que surtada. Quem está com você?

...

QUEM está com VOCÊ?

...

Zoe? Você está aí?

Estou com X.

Zoe não podia explicar a situação. Não no estado em que estava. Por tudo o que sabia, X chegaria com seu pai a qualquer minuto.

Ela enfiou o telefone no bolso, vestiu o casaco de X e abriu a porta.

A cabana, pelo visto, ficava sobre palafitas e, como a maré estava alta, estava a um metro da água gélida. As paredes externas eram vermelhas e brilhantes. Em ambos os lados, havia cabanas idênticas, pintadas de amarelo e azul-claro. Zoe tinha planejado andar pela praia, mas a escada a seus pés estava tão mergulhada na água que tinha começado a flutuar. Parecia até estar em uma casa flutuante.

Zoe sentou-se na entrada, o sol frio no rosto, o vento jogando seus cabelos para lá e para cá.

Tentou não pensar na mãe. Ela acabaria entendendo.

Tentou não pensar no pai. Quando *pensava* nele, tudo o que vinha à mente era uma fúria tão obscura que parecia uma frente de tempestade. Talvez fosse melhor assim. Precisaria de sua raiva.

ZOE AVISTOU X VINDO PELA PRAIA. Ele caminhava devagar na água, as calças encharcadas, a camisa batendo contra o peito como uma vela ao vento. Estava carregando duas sacolas plásticas. Quando percebeu que ela estava empoleirada na entrada da cabana, ergueu as sacolas e gritou a coisa mais surpreendente que ela já tinha ouvido X dizer:

— Café da manhã!

X subiu a escada e entregou as sacolas a Zoe. Por um momento, ele parou na entrada, torcendo a água salgada das calças. Seu rosto estava afogueado do vento, e ele parecia estranhamente feliz. Eufórico, quase. Zoe o vira girar Stan como um bastão, o vira avançar por uma tempestade de gelo para enfrentar um senhor, mas nunca o vira tão orgulhoso de uma coisa como ficou por ter conseguido comida para viagem com sucesso.

Ela observou como X transformou seu casaco em uma toalha de piquenique — e fez uma nota mental para mandar o sobretudo para a lavagem a seco — e desembalou as compras.

Nas sacolas havia três recipientes de isopor que ainda estavam tão quentes que transpiravam um pouco. Havia também uma quantidade bizarra de latas: uma de Canadá Dry Ginger Ale, uma de Big 8 Cola, uma de Jolt Cola, uma de RC Cola, um suco de tomate e uma de Diet Dr. Pepper.

— *Exijo* que você me explique esse incrível triunfo — disse Zoe.

X olhou para ela com timidez.

— Certamente há questões mais importantes à nossa frente — disse ele.

— Não consigo pensar em nenhuma — respondeu ela. X não pareceu convencido, então ela acrescentou: — Eu preciso ouvir alguma coisa feliz. Todo o resto é horrível demais. Vamos falar de comida por um tempo? Por favor?

Ele disse que tirou dinheiro dos bolsos de Zoe enquanto ela dormia — ele ainda se sentia mal por isso —, depois perambulou pela estrada até encontrar um restaurante. Era um lugar brilhante, barulhento, cheio de gargalhadas e vidro tilintando. Todos se viraram para ele quando entrou; em parte, ele supôs, porque não estava vestindo casaco e seus cabelos não estavam muito apresentáveis.

Zoe deu uma olhada para o cabelo de X e sorriu. Ele estava espetado em todas as direções, como uma placa de interseção.

X disse que entrou em pânico quando os clientes o inspecionaram. Pensou em fugir, mas uma mulher de cabelos amarelos brilhantes e um lápis lhe deu as boas-vindas e o tranquilizou. X fingiu que não sabia falar inglês. A mulher de cabelos amarelos achou fofo. Fez um *tour* pelo estabelecimento com ele, fazendo a mímica de que ele deveria olhar o prato de todo mundo e apontar o que queria.

— Ai, meu Deus, ela estava *flertando* com você — interrompeu Zoe. — Vou ter que voltar lá e ter uma palavrinha com ela.

X estava contando sua história com empolgação, quase sem fôlego. Ele parou de falar de repente, confuso com o comentário de Zoe.

— Esquece — disse ela. — Continue. Esta é minha história favorita de todos os tempos.

Todos os clientes, disse X, queriam que ele escolhesse a *sua* comida. Aquilo virou um jogo. Eles levantavam seus pratos quando ele passava, esperando sua aprovação. Sempre que ele escolhia algo, a torcida aumentava, e a garçonete rabiscava em seu pequeno retângulo de papel. A única dificuldade tinha sido escolher as bebidas, porque não conseguia ver o que estava dentro das latas. Esperava que ela achasse algo ali aceitável.

Ela garantiu que tinha achado, pegou o *ginger ale* para si e, quando ele pegou a Jolt Cola, ela o guiou na direção do suco de tomate, dizendo:

— Acho que você já está elétrico demais.

Em seguida, veio a abertura cerimonial das caixas de isopor. X observou enquanto Zoe olhava dentro delas. Ele parecia tão nervoso que ela teria ficado emocionada se não estivesse morrendo de fome. Na primeira caixa havia duas fatias grossas de rabanadas cheias de manteiga, cada uma com um pedaço de canela no centro e ao lado uma fatia ondulada e brilhante de bacon. Na segunda havia um montinho dourado de anéis de cebola e um pequeno recipiente com molho *blue cheese*. Na terceira, uma fatia de bolo de chocolate derretido tão grande que a tampa da caixa estava presa com um elástico para mantê-la segura.

X olhou para Zoe, ansioso por um veredicto.

— Não vou fingir saber como é composta uma refeição — disse ele.

Ela se inclinou sobre as caixas, encaixou a mão na nuca de X e puxou-o para um beijo.

— Estas são as melhores comidas da Terra — disse ela. — Como você adivinhou?

X sorriu.

— Devemos começar com este aqui? — perguntou, apontando para o bolo de chocolate.

— Claro — disse Zoe.

A garçonete tinha esquecido de enviar talheres, pratos de papel ou guardanapos, então eles comeram com as mãos.

Comeram até que não restassem nem migalhas. Comeram até as mãos, a camisa, o rosto, de algum jeito até o pescoço estarem grudentos de gordura e cobertura de bolo. Comeram até a maré recuar, até o sol se erguer, até X estar tão elétrico pelo açúcar do refrigerante e do bolo que estava pulando alegremente ao redor da pequena cabana e fazendo imitações de Arrancadora, de Dervish e de Russo, o guarda. Zoe riu, se lembrando de Batedor e de todas as suas barras de chocolate. *Vinde a mim, homens da Terrabaixa*, pensou ela, *e eu vos darei açúcar! E talvez até cafeína!*

Ver X tão feliz a acalmou por dentro. Ela não teria pensado que era possível. Tinha se acostumado tanto com a dor, a perda e questões impossíveis... e, mesmo assim, bem diante dela estava o amor e a esperança, estava uma *resposta*.

Após a inevitável queda do açúcar, X dormiu por horas, suas longas pernas para fora da cabana. Zoe velou cada momento, assim como ele havia velado seu sono durante toda a noite. Seu pai a abandonara, mas X nunca a abandonaria. Não voluntariamente. Ela ajeitou os cabelos dele o melhor que pôde com as mãos. Correu os dedos pelas tatuagens em seus braços: a girafa, o macaco, uma faca, uma árvore, uma faixa de estrelas. Estava preocupada com o fato de ser errado tocá-lo enquanto dormia, mas não conseguia evitar. E, de qualquer forma, ela poderia ter jurado que a respiração de X se aprofundava sempre que sua pele tocava a dele. Pressionou os lábios no interior de seus pulsos e no vão suave na garganta. Beijou os dedos um a um e os pôs dentro da boca. Fez tudo isso com delicadeza para que ele não acordasse. Seu rosto ficou corado com o calor. Tudo tinha gosto de xarope de bordo.

Estavam tão próximos do pai de Zoe que o Tremor voltou enquanto X dormia. Estar com Zoe sempre acalmava seu corpo, mas nunca o curava por completo. A pele de X ficou úmida e febril. Zoe abriu a camisa para deixar o ar resfriá-lo, permitindo-se o breve prazer de pousar a palma da mão contra seu peito e sentir o coração bombear sob sua mão. À medida que as horas passavam, o mal-estar aumentava. X tremia e revirava a cabeça durante o sono.

O telefone de Zoe apitou no casaco.

A tela informava que *EU!!!* estava ligando. Jonah havia adicionado o próprio contato.

Ela desceu a escada vacilante para que X não acordasse e se equilibrou em um dos estreitos degraus. As aves que pairavam na água estavam descrevendo círculos ao redor dela. As ondas revolviam-se pouco abaixo de seus pés.

Jonah começou a falar antes mesmo de dizer oi.

— Por que você não está aqui? — perguntou. — Onde está você? O que está fazendo?

Zoe respondeu à pergunta menos complicada.

— Estou olhando para o oceano — respondeu.

— Onde tem um oceano? — questionou Jonah com desconfiança. — Nós *não temos* um oceano.

— Vou te contar tudo quando te encontrar, monstrinho. Não posso falar agora.

— Não desligue! — disse ele. — Se desligar, vou ligar dezesseis vezes! Você precisa voltar para casa, Zoe. Agora. A mamãe disse que você vai voltar quando estiver pronta, mas estou pronto agora!

— Ainda não posso voltar — disse ela. — Logo, logo vou.

— Eu estou sozinho!

— Espere aí — pediu ela. — Por quê?

Jonah deu um grunhido exasperado, depois falou sem parar para respirar:

— Rufus está atrasado porque sofreu um acidente... o urso caiu da van, eu acho... e a mamãe não podia esperar porque tinha que ir trabalhar, e agora estou sozinho e eu *odeio* e é assustador, e por que você tem que ficar olhando o oceano quando temos coisas bem *aqui* que você pode olhar?

Foram cinco minutos até ela conseguir desligar.

Zoe pôs o celular no bolso e subiu as escadas. Os pássaros sentiam o cheiro de comida agora. Zoe encarou-os, ansiosa. Os corpos, os bicos, os pequenos olhos úmidos, tudo era preto, com exceção das asas — que tinham listras brancas — e as pernas e pés — que eram de um vermelho brilhante e lembrou-a, estranhamente, do interior de sapatos caros. Ela correu para a cabana e começou a encher as sacolas.

Não foi rápida o suficiente: um dos pássaros mergulhou pela porta.

No instante em que entrou na cabana, o animal surtou. Bateu contra o teto e as paredes, tentando escapar. Zoe viu X registrar o ruído em seu sono. Ela queria muito que ele descansasse e queria protegê-lo como X a protegia, mas simplesmente não conseguia expulsar o pássaro. Tinha certeza de que ele havia sido enviado para lembrá-los de que não poderia haver sono — nem toque, nem esquecimento, nem *alívio* — enquanto a Terrabaixa estivesse à espreita.

Zoe finalmente aprisionou o pássaro no casaco de X, levou-o até a porta, o soltou e viu como ele desapareceu sobre as ondas, depois caiu sentada na entrada da cabana. A agitação fez com que perdesse o controle. X, que dormira durante toda a confusão, acordou no instante em que ela começou a chorar. Zoe achou aquilo emocionante, de alguma forma: ele podia ignorar qualquer coisa, menos ela.

Ele tocou seu ombro.

— Eu sonhei que você estava me beijando — disse ele. — Sonhei que você estava beijando meus dedos, minhas mãos, minha garganta.

Zoe virou-se e sorriu, culpada.

— Estranho — disse ela.

Zoe secou os olhos nas mangas da camisa, envergonhada por algo tão aleatório como um pássaro tê-la chateado tanto.

— Consegue se levantar?

Ele fez que sim e ficou de pé.

— Consegue andar?

Ele concordou de novo com a cabeça.

— É hora de encontrar meu pai — disse ela. — Eu tomei uma decisão.

X assentiu pela terceira vez e pegou o casaco com ela. Mesmo o simples ato de puxá-lo sobre os ombros pareceu deixá-lo exausto.

— Qual é sua decisão? — perguntou ele. — Eu preciso saber.

Zoe levantou-se também. Os pássaros ainda estavam circulando a cabana.

— Os senhores deram o nome dele para nos punir, certo?

— Para me punir — disse X. — Você não fez nada para se castigar. Eu imploro que não pense o contrário.

— Por que querem castigar você? — perguntou Zoe. — Porque você é inocente... e eles não? É isso? Eles são apenas... *escrotos*?

— Você pode me achar inocente, mas eles não acham. Acham-me arrogante e vaidoso, pois me coloquei acima deles. Coloquei *você* acima deles. Agora querem me mostrar o quanto realmente sou fraco.

— Porque não acham que você vai conseguir? — perguntou Zoe. — Não acham que você consegue levar meu pai, não importa que merda ele tenha feito? Acham que prefere voltar à Terrabaixa para sempre a fazer algo que me fira?

— E eu temo de que eles estejam certos — disse X.

Zoe abriu a porta e começou a descer a escada novamente.

— Eles *não* estão certos. Você *vai* levar meu pai e *vai* voltar para mim. Não é só porque ele merece ser punido, mas porque... mesmo se você for um teimoso e não acreditar... você merece ser livre.

ELES SEGUIRAM DA PRAIA até a estrada, as rochas deslizando e estalando sob os pés. Já era tarde. Zoe sabia que não ficaria claro por muito mais tempo. Caminharam meio quilômetro sem falar, e ela ficou feliz com o silêncio. Se conversassem, teriam que falar sobre o fato de X estar pior a cada minuto, de estar tropeçando nos próprios pés e se escorando em Zoe para continuar. Ela nunca tinha visto X tão fraco. Estar perto dela não o ajudava naquele momento.

Mais uma vez, o corpo de Zoe lhe disse que seu pai estava por perto, assim como o corpo de X dizia a ele. Ela via presságios e metáforas em todos os lugares. Não eram apenas os pássaros escuros lá da praia. Era o vento gélido que empurrava suas costas como se os estimulasse a continuar. Era a estrada preta que estava cheia de rachaduras no meio, como se algo estivesse tentando sair da Terra.

Após dez minutos, X e Zoe passaram por um caminhão de aparência detonada parado no acostamento da estrada. Havia uma trilha bem à frente. X guiou Zoe até ela, e eles entraram na floresta densa e nevada. Era como a floresta perto de sua casa. Todos os detalhes terríveis do dia em que ela perseguiu Jonah e os cachorros voltaram-lhe sem comando; tudo sobre Bert e Betty, o atiçador de lareira e o buraco no gelo. E ali estava ela, preparando-se para colidir com outra alma marcada para ir à Terrabaixa.

Zoe engachou-se no braço de X. Ela não sabia se conseguiria sobreviver a outro dia daquele.

A floresta estava em silêncio, exceto pelos estalidos das árvores. Alguns dos abetos estavam tão profundamente envoltos na neve que Zoe não conseguia ver nem o menor vislumbre de verde. Eles se inclinavam em todas as direções; figuras gigantes e encobertas curvando-se umas às outras. Fantasmas de neve, como já tinha ouvido falar.

Zoe pensou no quanto já tinha amado as florestas. Lembrou-se de correr por elas no verão, feixes brilhantes de luz do sol sobre a pele. Lembrou-se de como andava por elas com sapatos de neve em dias de um frio tão louco que doía respirar. Lembrou-se da risada de Jonah iluminando-os, não importava a estação. Mas muitas coisas haviam acontecido. Ela temia que as florestas sempre parecessem hostis a partir de agora, de alguma forma claustrofóbicas, como se as árvores estivessem esperando que ela desviasse o olhar para que pudessem correr e cercá-la por todos os lados.

A febre de X estava aumentando. Quando chegaram a um larício caído que atravessava o caminho, Zoe tirou a neve do tronco e arrancou meia dúzia de ramos espinhosos, depois o ajudou a se sentar.

— Quanto ainda falta? — ela perguntou.

Estava desesperada para chegar lá. E desesperada para *não* chegar.

— Talvez pouco menos de um quilômetro — disse X, cada palavra exaurindo-o ainda mais. Ele apontou para o caminho diante deles, que estava obstruído e cheio de lama. — Essas trilhas são do seu pai.

O estômago de Zoe apertou-se, como se alguém estivesse girando uma roda. Desta vez, parecia que sua pele estava presa nas engrenagens.

— Minha garganta está ardendo — disse ele. — Sinto como se tivessem enfiado carvão incandescente nela. Ainda assim, eu lhe darei um conselho, se você quiser ouvir.

— É claro — disse ela.

Zoe se sentou ao lado dele no tronco.

— Seu pai não é um homem maligno — disse X com voz rouca. — Ele é um fraco. Você saberá disso no momento em que seus olhos o encontrarem. — Ele fez uma pausa, reunindo energia. — Também saberá que ele te ama. Não vamos matar um dragão hoje, Zoe... vamos apenas pôr um animal ferido para descansar. Vai descobrir que isso é mais difícil do que você imagina. Nunca conheci meus pais, e parece que nunca conhecerei, então talvez eu não tenha o direito de aconselhá-la. No entanto, se descobrir que tem pena de seu pai, só precisa olhar para mim e eu saberei... e não o levarei.

— Pare com isso — disse Zoe. — Apenas pare. Ele não ama ninguém além de si mesmo. Agora eu entendo isso. Você será livre. Por acaso eu *pareço* alguém que muda de ideia?

Pareceram andar muito mais de um quilômetro. Talvez porque fosse uma floresta estranha. Talvez porque Zoe fosse ver seu pai. Estava tão tensa agora, tão alerta que o tempo parecia ter rachado e se expandido apenas para maximizar sua angústia.

Ela veria o pai. Parecia uma declaração tão inocente. Exceto pelo fato de que ele deveria estar morto. Ela não havia rezado por sua alma na caverna? No entanto, de alguma forma, seu pai *ainda estava vivo*. Estava lá adiante, depois das árvores. Fazendo sabe-se lá o quê. Fingindo não ter esposa, nem filhos, nem Zoe, nem Jonah, nem passado. Eles significaram tão pouco assim para ele?

A fúria percorreu seu corpo. Ela sabia de uma coisa que diria com certeza a seu pai: era bom que ele tivesse se livrado do nome, porque aonde ele iria, não o deixariam mantê-lo de qualquer forma.

Um esquilo saltou para dentro de uma árvore quando eles passaram, derrubando neve na nuca de Zoe. Ela estremeceu quando o gelo derreteu em sua pele. Eles não podiam estar a mais de quatrocentos metros de distância agora... mas a quatrocentos metros de distância do quê? Conhecendo seu pai, ele poderia estar morando em uma casa, uma caverna, um iglu, em qualquer coisa. Ela olhou por entre as árvores. Não havia nenhuma nuvem de fumaça, nenhum sinal de vida.

De repente, seu telefone apitou de novo.

EU!!!! estava na tela.

— Monstrinho, não posso falar — disse ela, esperando evitar outra bronca.

— Por que você está olhando um oceano? — perguntou Jonah, sua voz mais desesperada do que antes. — Você nem gosta de oceanos! Você tem que voltar para casa, Zoe! Agora mesmo, agora mesmo, *agora mesmo*! Eu ainda estou sozinho e agora está... está chovendo ou nevando, não sei direito. Mas é assustador e barulhento, e até Spock e Uhura estão bravos com você porque eu disse para eles onde você estava.

Zoe não ouviu direito.

A floresta ficava escassa adiante. A luz ficava mais forte.

X aproximou-se e sussurrou:

— Logo veremos seu pai.

Zoe assentiu e apertou a mão dele.

— Tenho que ir, monstrinho — disse ela ao telefone. — Desculpa. Te amo.

— Não, Zoe, *não*! Se você desligar, eu vou ligar de novo! Vou ligar trinta e duas vezes!

— Monstrinho, pare! Prometo que ligo de volta e faço você rir, tudo bem? Vou fazer o necessário. Se precisar, vou até fazer cosquinha em você por telefone.

— Isso nem é possível, *óbvio* — disse ele. — A menos que eu, tipo, coloque o telefone no meu sovaco, e nem assim deve dar.

Ela se sentiu culpada por desligar. Jonah sofrera mais que ela. Se ela chorou pelo pai uma centena de vezes, ele havia chorado mil. Seus olhos ficaram tão inchados pelo choro que ele mal enxergava, e tinha urrado de jeitos que ela nunca esqueceria.

Faltavam apenas uns cem metros de floresta.

Conseguiram ver algo através das árvores, um campo de neve, talvez. Um céu cinzento pendia acima dele.

Zoe tomou o braço de X, e eles seguiram o caminho que serpenteava pelos abetos. A raiva e o medo brigavam por sua atenção. A floresta estava muito silenciosa, como se o silêncio, em vez de ser passivo e calmo, fosse um ser vivente que devorasse todos os sons. Era como a neve. Soterrava tudo.

Logo adiante, dois fantasmas de neve inclinavam-se um para o outro, cansados sob seus pesados casacos brancos. Formavam um arco estreito, uma saída da floresta, uma entrada para o que quer que os esperasse. Zoe espreitou entre as árvores. À distância, conseguiu ver uma mancha escura na neve, uma cabana, talvez. Estariam fora da floresta em trinta metros.

Ela precisava que aquilo acabasse, mas continuou diminuindo a velocidade, não conseguia evitar. Continuava pensando naquele dia com Stan. Pensou em Spock e Uhura amontoados sobre Jonah na neve, salvando a vida dele. Pensou em Stan jogando Spock na água congelada e segurando-o submerso com o pé. Pensou em X fazendo o mesmo com Stan. A bota na cabeça de Stan, a água gélida batendo na boca: as imagens ficaram marcadas nela. Eram suas tatuagens.

Eles se abaixaram para passar sob o arco nevado. Os ramos gemeram acima deles. Zoe não confiava que fossem aguentar. Prendeu a respiração, esperando que a neve os soterrasse. Pensou no pássaro que tinha voado porta adentro no café da manhã, mas agora, em vez de ficar preso dentro da cabana, estava preso dentro *dela*. Ela sentiu suas asas se debatendo dentro do peito.

— Eu quero falar com meu pai sozinha primeiro — disse Zoe.

X começou a contestar. Ela balançou a cabeça para silenciá-lo.

— Me dê só alguns minutos. Depois você pode entrar e levar ele. Quero que ele saiba o que fez com a gente.

X concordou, relutante.

— Vou observar da floresta — disse ele. — Se precisar de mim, estarei do seu lado antes que você consiga terminar o pensamento.

Eles passaram pelo arco. A floresta ficou para trás, e o mundo se estendeu em todas as direções.

A mancha que tinham visto não era uma cabana e não estava em uma planície. Era um barracão sombrio, menor que a cabana da praia.

Ficava sobre um lago congelado.

Zoe sentiu o pássaro apertar-se em sua garganta, arranhando e sufocando-a, desesperado para sair.

Diante deles, uma pequena colina corria na direção do lago. Estavam agora a céu aberto. Se o pai de Zoe estava no barracão, poderia vê-la a qualquer momento. Ela pensou em se esconder, mas não havia montes de neve, arbustos ou pedras e, de qualquer forma, estava paralisada. Não conseguia convencer seu corpo a se mover.

A porta do barracão abriu-se. O som chegou a ela um instante depois, como um eco.

Era o pai dela.

Era o pai dela.

Estava mais magro do que se lembrava, e ela não reconhecia as roupas esfarrapadas. Mas conhecia o jeito bobo como caminhava, a maneira como a cabeça balançava, o jeito que seus braços esguios pendiam ao lado do corpo.

Estava carregando uma vara de pescar.

Ela observou enquanto ele vagava, os olhos para baixo, inspecionando o lago congelado. Zoe levou um momento para entender, para enxergar o que ele estava vendo, e então o pássaro na garganta soltou um grito tão repentino e estranho que até ela ficou chocada. X apertou sua mão.

Seu pai se virou e os viu.

Havia uma dúzia de buracos no gelo.

dezenove

X OBSERVOU ENQUANTO ZOE subia a colina. Seus braços estavam cruzados com firmeza diante do peito. Ela estava olhando diretamente para o pai, recusando-se a permitir que ele desviasse o olhar.

X ouviu ruídos atrás dele na floresta. Algo estava esmagando a neve. Ele supôs que fosse um animal e não se virou. Não tiraria os olhos de Zoe.

O Tremor ficou quase insuportável, pois X estava muito perto de sua presa. Sua febre queimava sob a pele. Suas mãos tinham vontade própria e começaram a tremer ao lado do corpo. Estavam desesperadas para agir, matar, mesmo que o pensamento lhe causasse repulsa.

Ele se lembrou de que matar essa última alma o libertaria. Mas a liberdade era uma ideia muito estranha e vasta para se firmar por mais do que um instante, e era seguida por uma culpa esmagadora. Por que precisaria levar outra alma para estar com Zoe; e por que essa alma precisava ser o pai dela? Os senhores faziam até mesmo a liberdade parecer um pecado. Ele disse a si mesmo para não pensar em sua presa como o pai de Zoe, mas sim como uma criatura sem rosto e sem nome a ser descartada: um 16º crânio para pendurar em volta do pescoço, em nada diferente dos outros quinze.

Um ramo estalou atrás dele. Foi um som mínimo, mas X estava tão agitado que esse som foi um ataque a seus ouvidos. Ainda assim, ele não quis se virar.

Zoe estava a meio caminho da colina agora, a meio caminho de seu pai.

Antes de X a conhecer, ele arrancava as almas do Mundo de Cima sem nenhum peso na consciência. Costumava dizer a si mesmo que odiava fazer isso, mas, quando chegava a hora, sempre conseguia invocar fúria suficiente para derrubar seu alvo. Imaginou se tinha sido um caçador de recompensas tão feroz porque tinha o sangue de um senhor em suas veias ou porque nunca tivera uma vida verdadeira e nunca soubera o valor de uma alma.

Os ruídos retornaram. Não era um animal atrás dele. Agora sabia. Era um ser humano.

Alguém fazendo trilha, talvez, ou um caçador.

X conseguiu ouvir a respiração do homem.

Não podia deixar alguém interromper a cena que estava a ponto de se desenrolar. Ele se esforçou para tirar os olhos de Zoe. Virou-se para as árvores. Viu um flash dourado através dos galhos separados de um abeto.

Irritado com a interrupção, X voltou por aquele caminho, as árvores explodindo de neve quando passava por elas. Aterrorizaria quem quer que fosse e o faria correr. Não seria difícil. Sabia o quanto devia parecer sombrio e malévolo com seus olhos selvagens e os cabelos balançando, ouriçados como fogo.

Talvez o brilho do ouro estivesse a uns cem metros de distância, ainda escondido pelas árvores. X avançou sobre o intruso. Quem quer que fosse, certamente daria no pé antes que ele o alcançasse.

Mas algo estranho aconteceu. Em vez de recuar, a figura avançou na direção dele, deslizando pela neve.

O próprio X estava sendo caçado.

Arrancadora apareceu de repente, sem fôlego, afogueada e disparando palavras.

— Os senhores estão vindo — disse ela. — Estou aqui para alertá-lo.

X ficou tão chocado ao vê-la que não conseguiu falar. Arrancadora esperou um momento, depois continuou, sua voz aumentando.

— Está abobalhado, por acaso? Precisa fazer o que foi enviado para fazer. Divertiu-se demais com sua amante. O que precisa estar ereta é sua espinha! Não sabe como os senhores o observam? Não *sabe* como sua insolência os faz fervilhar? Desconheço o plano deles, mas certamente abrirão as portas do inferno se você os trair de novo.

Por fim, ela ficou em silêncio. Usava apenas botas pretas e seu vestido dourado, que parecia um ornamento de natal contra a neve. Suas antigas tatuagens de caçadora de recompensas espreitavam por debaixo das mangas rendadas.

— Como chegou aqui? — quis saber X.

— É *isso* que você me pergunta? — retrucou Arrancadora, com raiva. — Regente é um amigo seu, e aquele russo repulsivo é um amigo meu. Se quer saber, tive que lhe prometer um beijo, talvez nunca perdoe você por isso. Não beijo ninguém há cento e oitenta e quatro anos e esperava um prêmio mais digno.

Ela tomou o braço de X e virou-o para o pai de Zoe.

— Venha, vamos encontrar aquela alma que precisa ser levada. Se você não conseguir, eu mesma esmagarei a garganta do homem.

— Farei o que foi exigido — disse ele. — Mas você deve retornar à Terrabaixa antes que sua ausência seja notada.

— Não vou — broqueou ela. — Não até que esteja terminado.

— Eu insisto, Arrancadora — disse ele. — Você se arriscou o bastante por mim.

— E fiz com prazer, menino tolo. Vou mesmo apodrecer pela eternidade. Ficarei feliz ao pensar em uma ou duas ocasiões nas quais tentei ser gentil.

X aceitou aquilo com gratidão. Embora o Tremor ainda pulsasse através dele, sentiu-se mais forte com Arrancadora a seu lado.

Atravessaram as árvores caídas, os olhos de Arrancadora voejando ao redor com fascínio. Observou os enormes pinheiros, os pedaços do céu, os flocos de neve que se derramavam como poeira. Ela havia coletado sua última alma muitos anos antes. Não estivera no Mundo de Cima por décadas.

Pararam no alto da colina e espiaram as figuras tensas lá embaixo. Zoe agora estava chegando ao lago.

— Essa é sua garota que fala demais? — perguntou Arrancadora.

— E seu pai — respondeu X.

Mais uma vez, o pensamento de levar a alma do homem o encheu de medo.

— Essa nossa profissão nunca te causou vergonha? O que chamamos de "presas" são seres humanos, afinal.

Arrancadora pareceu surpresa com a pergunta.

— Certamente você ainda não pensa neles como *humanos*. Fui humana quando abri o crânio daquela serviçal... ou quando deixei o cadáver dela esfriar na rua? Fui humana quando deixei meus filhos sem mãe? Não, essas almas que levamos abriram mão das reivindicações da humanidade. Eles são lixo... e nós somos os lixeiros.

vinte

O PAI DE ZOE a encarou como se ela não pudesse ser real. A sua vara de pescar caiu da mão e estalou contra o gelo.

Zoe marchou os últimos metros até o lago. Seu corpo tremia descontroladamente. Quase vibrava. Ela odiava isso, pois a fazia parecer fraca. Queria que seu pai não percebesse nada além do desprezo dela. Queria que ele soubesse, mesmo antes de Zoe falar, que o odiava, que o via pelo que ele era, que ele não havia escapado de *nada*.

Mas a visão dele também evocou carinho. Zoe não esperava. Parte dela queria correr até ele. Era *seu pai*. Sempre cortava seus sanduíches em formatos ridículos: uma vez usou um cortador de biscoitos para cortar uma estrela bem no meio. Sempre contava histórias para ela dormir e a encaixava em momentos famosos da história: ela curou a varíola, implorou para a Decca Records não rejeitar os Beatles e se recusou a embarcar no *Titanic* quando soube que havia apenas vinte botes salva-vidas. Não dava para contar com ele, mas quando ele a abraçava, ela realmente se sentia abraçada.

Não. Ele era vil. Era venenoso. Ela não precisava saber o que ele havia feito com Stan quando era jovem, não precisava saber por que exatamente X o estava levando, porque sabia o que tinha feito com sua família. Ele os abandonara. Ele era a peça de dominó que derrubava todas as outras.

O lago estava rodeado de juncos mortos que se erguiam da neve. Zoe abriu caminho através deles, ainda mantendo os olhos grudados nos do pai. Seus pensamentos eram vertiginosos: amor, ódio, perdão, vingança.

Sua bota atingiu uma pedra nos juncos e ela tropeçou.

Caiu de joelhos no gelo, furiosa consigo mesma por ser tão desastrada. Quando olhou de novo, o pai havia saído daquele transe e estava cambaleando em sua direção para ajudá-la.

— Zoe! — gritou ele.

A visão de seu rosto lavado de lágrimas avançando para ela foi demais. Ao mesmo tempo, aquilo amoleceu seu coração e causou repulsa.

— Não *encoste* em mim — ela gritou. — Você *está de sacanagem* com a minha cara?

Ela nunca tinha falado com ele assim antes, nenhuma vez na vida.

Seu pai recuou, palmas das mãos erguidas, indicando que não queria fazer mal nenhum. Parecia assustado pela raiva que irradiava dela.

Ele abaixou a cabeça.

Ele não consegue nem olhar para mim, pensou Zoe. *Covarde.*

Ela se levantou e tirou o gelo das roupas.

— Como você me encontrou... e quem são *eles*? — perguntou o pai, apontando para a colina atrás dela.

Zoe ficou surpresa ao ver X com uma mulher que nunca tinha visto antes. Sabia, por seu vestido dourado — e pelo ar frio e feroz — que era a Arrancadora.

— Você não vai querer saber — respondeu ela com frieza.

Seu pai pegou sua vara de pesca do chão.

— Entre no barracão. Está mais quente — disse ele. — Não vamos conversar aqui fora.

Ele se afastou.

Zoe pensou em ir embora naquele instante.

Seu pai devia saber no que ela estava pensando.

— Não vá — disse ele para trás. — Veio até aqui para me dizer o quanto me odeia... então venha me dizer. Eu mereço.

O BARRACÃO RANGIA AO vento. Tinha sido construído com madeira compensada reciclada, de cinco por dez centímetros — uma das paredes ainda tinha "Não afixar cartazes" escrito com spray preto — e ficava sobre trenós para que o pai pudesse deslizá-lo pelo lago. Lá dentro havia uma garrafa térmica, um tamborete de madeira, uma edição de um livro de autoajuda ridículo e um aquecedor elétrico alimentado por um pequeno gerador que engasgava. Onde o chão deveria estar havia um pedaço de gelo opaco de 1,5 m² com um buraco escuro no centro, como uma claraboia.

O celular de Zoe tocou quando ela entrou no barracão.

EU!!! apareceu na tela.

Jonah estava tentando chamá-la no FaceTime.

Ela silenciou o telefone, mas uma mensagem apareceu um minuto depois: *Está chovendo pra caramba! Preciso de alguém para conversar! Eu e Spock estamos EMBAIXO DA CAMA. Espere... agora Uhura também está!*

Zoe franziu a testa e enfiou o telefone no bolso. Só precisava de alguns minutos com seu pai, então ligaria para Jonah. Em alguns minutos, tudo seria diferente. X estaria ali.

— Era... era o Jonah? — perguntou o pai. Sua voz vacilou um pouquinho.

— Não *se atreva* a dizer o nome dele — respondeu Zoe.

Seu pai assentiu. Ele ficou em um canto do barracão, de braços cruzados sobre o peito como para se consolar. Parecia que estava prestes a chorar. Era tão mais fraco que ela!

— Como me encontrou? — ele perguntou.

— Você não tem direito de falar nada.

Era insuportável estar tão perto dele. O ar parecia tóxico. Mesmo o silêncio era horrível, a maneira como ele se alimentava e crescia cada vez mais. E, no entanto, alguma parte dela, uma parte que ela odiava, uma parte que esmagaria se pudesse, queria abraçá-lo.

— Zoe, eu nunca quis te magoar.

— Você não tem direito de falar nada! — repetiu ela. — E *definitivamente* não vai dizer um monte de baboseiras sem noção!

Mas ele não conseguia evitar.

— Teria sido pior se eu tivesse ficado.

— Sério? — perguntou Zoe. Ela detestava o som da voz dele. — Teria sido *pior*? — gritou. Ela abriu a porta do barracão. — Não consigo ficar aqui com você.

Ela saiu para o gelo. Seu pai a seguiu. O lago tinha sido limpo. Era vítreo e liso. Tinha buracos por toda parte.

Quando ela se distanciou uns três metros dele, parou e se virou. Ele sabia que não devia se aproximar mais.

— Jonah ficava batendo no próprio peito o tempo todo para fazer o coração parar de doer — disse ela. — Teria sido pior do que isso?

— Não — disse o pai, baixinho.

— Eu quase me matei em uma caverna só para que os policiais fossem buscar seu corpo. Teria sido pior do que isso?

— Não — ele repetiu.

— Minha mãe não tinha uma vida quando você estava "vivo", e agora tem menos ainda. Teria sido pior do que isso?

— *Não*, Zoe — respondeu ele. — Não.

— Você não tem direito de falar nada! — gritou ela, então começou a entoar: — Você não tem direito de falar nada. Você *não tem* direito de falar *nada*!

Seu pai fez uma barricada com as mãos e escondeu o rosto atrás dela. Estava chorando. Era patético. Zoe caminhou na direção dele com tanta determinação que o medo brilhou nos olhos do pai, e ele recuou na direção da cabana.

— Seu amigão, Stan? — disse ela. — Ele assassinou duas pessoas que amávamos... com um atiçador de lareira. Teria sido pior do que isso?

Seu pai pareceu abalado.

— Quem Stan matou? — quis saber.

Zoe deixou a pergunta pairar no ar, sem saber se queria responder. Ele não tinha o direito de falar nada!

— Bert e Betty — disse ela por fim.

Seu pai a chocou quando soltou um grito dolorido e se afastou dela.

De repente, parecia carregado com uma energia que não conseguia controlar.

Ajoelhou-se no gelo e verificou uma linha de pesca que se afundava em um buraco próximo. Quando terminou, rastejou para outro, e depois outro. Não conseguia olhar, ou se recusava a olhar, para ela de novo. Ficou de joelhos o tempo todo. Arrastava-se como um animal. Aquilo a assustou. Zoe gritou:

— Pare!

Ele não parou. Quando os buracos acabaram, ele finalmente se levantou. Ainda assim, não se virou. Era como se tivesse esquecido de que ela estava lá; ou estava tentando mandá-la embora.

Havia uma espécie gigante de saca-rolhas, uma broca, apoiada no barracão. Seu pai a pegou e, com mãos trêmulas, começou a abrir mais um furo no gelo. Acima deles, o céu escurecia. Zoe olhou para as colinas. As árvores eram uma massa preta e sólida agora, um exército esperando ordens. X e Arrancadora estavam parados, observando. Logo tudo acabaria.

Ela não sabia se estava pronta. Tinha dito tudo o que queria dizer? Conseguiu o que queria? O que ela queria?

Seu pai estava torcendo furiosamente a broca. O buraco estava crescendo. Zoe tentou esmagar cada centímetro de compaixão, mas não conseguiu. Parecia um homem cavando a própria sepultura.

— Eu fugi de Stan, não de vocês — ele disse de repente. Deixou a broca cair e caminhou na direção dela. — Eu cresci com ele, você sabia?

Seus olhos estavam enlouquecidos. Foi Zoe quem recuou dessa vez.

— Sim — disse ela. — Minha mãe me contou.

— Ela disse que ele era como um vírus? Que ele... que ele... que ele era odioso e implacável e... e... *solitário*, mesmo quando era criança? Ela contou como ele estragava *tudo*? Quando éramos crianças, ele fazia coisas... *nós* fazíamos coisas... pelas quais eu nunca vou me perdoar. Saí da Virgínia por causa dele. Me casei com sua mãe. Mudei meu nome. Mudei meu *coração*. De verdade. Quer dizer, olhe, para ser sincero, *vocês* mudaram meu coração... você, Jonah e sua mãe. Pode rir, se quiser.

Zoe sabia que devia dizer algo consolador. Não disse nada. Seu rosto estava impassível.

Seu telefone vibrou no bolso.

Mais mensagens de Jonah. Tinha que ser.

— Passei quase, o quê, vinte anos vigiando minha retaguarda — disse o pai. — Ficava aterrorizado, pensando que Stan me encontraria. É impossível simplesmente se afastar de alguém assim. Gente assim não aceita. Eles... eles... *se alimentam* de você. Mas eu me afastei de Stan. Tentei ser pai. Tentei me perdoar. Tentei ganhar uma porcaria de dinheiro para que pudéssemos... para que ao menos pudéssemos *viver*, caramba. Vocês costumavam rir dos meus esquemas, mas toda vez que eu estava ausente... toda vez que eu estava na estrada, cada vez que eu desaparecia... eu estava tentando fazer alguma coisa. Não sou inteligente como você, Zoe. Não... não faça essa cara, está tudo bem... só não sou. Quer dizer, olhe pra mim. Mas tentei muita coisa legítima, respeitando a lei, tudo que consegui pensar. Acha que eu *queria* que sua mãe trabalhasse tão duro quanto ela trabalha? Tenha cuidado por quem você se apaixona, Zoe. Você tem um coração muito, muito grande. Não desperdice seu coração como sua mãe desperdiçou o dela comigo.

Seu pai parou de falar de forma tão abrupta quanto começara. Ele pegou a broca do gelo uma vez mais e começou a perfurar, desesperado para ocupar as mãos.

— Por que você pirou com a notícia de Bert e Betty? — perguntou Zoe. — Você nunca os amou como nós amamos. Você mal conhecia eles, porque nunca estava por perto. Então, por que se importa com o que aconteceu com eles?

Seu pai parecia não ter ouvido.

— Passei vinte *anos* vigiando — disse ele.

— Você já disse isso — retrucou Zoe. — Responda a minha pergunta.

Mas era como se seu pai estivesse falando consigo mesmo agora.

— Fui tão cuidadoso. Porque sabia que Stan nunca pararia de me procurar.

O telefone de Zoe tocou de novo, nervoso como uma bomba. Estava prestes a ler as mensagens de Jonah quando algo chamou sua atenção no limite do lago: o gelo começou a mudar.

Estava se colorindo. Era mais escuro do que com Stan, mais vermelho que laranja, e a cor se espalhava lentamente, como uma doença.

Seu pai estava muito obcecado com os buracos para perceber.

— Mas não é possível se esconder para sempre, certo? Quer dizer, você me encontrou aqui. E este lugar... este lugar não está apenas fora do mapa, este lugar nem sabe o que é uma porcaria de um mapa. — Ele limpou o suor da testa. — Então, Stan me encontrou. Me rastreou até Montana. E viu, em dois segundos, como fiquei desesperado. Como eu estava *quebrado*. Como eu tinha vergonha por anos e *anos* de fracassos. Quer dizer, eu me virava bem em uma caverna, mas... vamos encarar os fatos... sempre fui bastante inútil na superfície.

Zoe olhou de volta para a colina.

X e Arrancadora estavam descendo agora. O cabelo escuro de Arrancadora estava preso em um coque. O pescoço nu brilhava.

O pai de Zoe ainda não os tinha visto.

— Por que você pirou com os Wallace? — ela perguntou novamente. — Responda a minha pergunta.

X e Arrancadora chegaram ao pé da colina, e, como se tivessem planejado, saltaram ao mesmo tempo sobre os juncos. Estavam perto agora. A maré vermelha embaixo do gelo estava a poucos passos deles, como um tapete que se desenrolava.

— *Responda a minha pergunta!* — Zoe gritou.

Mas ele não queria. Nem sequer a olhava. Tinha que terminar sua história, tinha que se purgar dela, assim como tinha que terminar o buraco que estava abrindo aos seus pés.

— Stan tinha algumas ideias para ganhar dinheiro — disse ele. — Não eram perigosas, não machucariam ninguém, mas, não vou mentir, não eram muito lícitas. A primeira funcionou e depois a segunda. Ter um pouco de dinheiro foi incrível. *Emocionante.* Nem consigo descrever. Comprei para Jonah aquela cama de joaninha, embora ele já estivesse velho demais para ela. Lembra? Então, na terceira vez, alguém *se feriu.* Digo, uma pessoa inocente. Ela não se machucou muito, mas ainda assim. Stan chamou de "efeitos colaterais aceitáveis".

Seu pai ainda estava chorando. Ele girava a broca com tanta força agora que era como se estivesse se castigando.

Zoe também estava chorando.

— Responda a minha pergunta — insistiu ela.

— Stan finalmente ficou sem ideias para ganhar dinheiro — disse o pai. — Ele me disse que era minha vez de pensar em alguma coisa.

Zoe estava tremendo de novo. Não conseguia controlar. Estava tomando conta de seu corpo como a mancha vermelha tomava o gelo.

Finalmente ela entendeu o que seu pai estava prestes a dizer, e não sabia se suportaria ouvir.

— Não tive nenhuma ideia. Mas Stan ficou... ficou quase raivoso. Exigiu que eu encontrasse alguma coisa.

O buraco estava se aprofundando, ampliando-se. O suor pingava do pescoço de seu pai.

— Eu disse a Stan que tinha um velho casal que morava à beira do lago — disse ele.

O gelo estava mudando mais rápido, o vermelho rastejando em direção a eles como uma onda. O telefone de Zoe zumbia. Seu pai ainda não a olhava.

— Disse que achava que poderiam ter algum dinheiro.

O pai apoiou a cabeça no topo da broca, chorando. Estava alheio a tudo, exceto a seu sofrimento.

— Eu temi por essas pessoas, juro por Deus — disse ele. — Falei para Stan que não queria fazer do plano algo que fosse ferir Bert e Betty. Mas ele ficou louco comigo... ficou absolutamente furioso. Não dá para falar não a alguém assim. Ele ameaçou contar tudo para sua mãe. Ameaçou machucar vocês, crianças. Ameaçou dizer ao mundo quem eu realmente era. Eu não me importaria que o mundo soubesse, o mundo nunca deu a mínima para mim, mas não podia decepcionar sua mãe e vocês de novo. Imaginei que preferiria morrer. — Ele fez uma pausa. — Então, comecei a procurar uma maneira de morrer.

Seu pai endireitou-se nesse momento e retomou a perfuração.

O buraco estava quase acabado.

— Bert e Betty não tinham dinheiro — disse Zoe. — Stan matou eles por nada! Matou eles por *sua* causa!

Seu pai deu um último giro na broca, depois caiu para trás, perplexo.

A água vermelha subiu através do buraco como sangue.

vinte e um

X CAMINHOU NA DIREÇÃO DELES, Arrancadora ao seu lado. Estava tão perto de sua presa que o Tremor tinha quase possuído seu corpo por inteiro e começado a respirar por ele. Nunca se sentia mais desumano, mais monstruoso do que nesses momentos. Ficou envergonhado de que Zoe o visse assim uma segunda vez. Ela o veria tremer e gritar e cuspir maldições vis, toda a ternura que ela despertava nele sufocada pela raiva.

Conseguia realmente optar por ele? Em vez do próprio pai?

X olhou para ela buscando um sinal de que ainda estava comprometida com seu plano, mas Zoe estava virada para o outro lado. Não conseguia acreditar que a merecia. A sensação de ser amado ainda era muito estranha e nova. Queria confiar, queria se envolver nela, queria se entregar a ela inteiramente. Mas a raiva que o percorria o fazia se sentir poluído. Indigno. Como se não merecesse sequer o nome que ela lhe dera. O amor parecia um cobertor que com certeza alguém puxaria dele. Quanto mais quente ficava, mais frio seria depois.

Precisava ver o rosto de Zoe. Precisava ter certeza de que ela não havia mudado de ideia.

X virou-se para o pai e viu que ele o encarava boquiaberto pelo choque. Estava com um pedaço de metal estranho e torcido nas mãos. A água escura estava se empoçando aos pés.

Pareceu reconhecer X daquele momento na praia, no dia anterior. X percebeu que o homem reproduzia a conversa em sua cabeça:

"É a sua primeira vez no Canadá?"

"Aqui é o Canadá?"

X fez um gesto para Arrancadora ficar para trás. Ela soltou um muxoxo birrento e parou de andar, a bainha de seu vestido ondulando acima das botas. X continuou sozinho.

Mais uma vez olhou para Zoe, e finalmente ela se virou.

Seu rosto estava afogueado de raiva. X nunca tinha visto suas feições tão distorcidas. Parecia pronta para matar ela mesma o pai.

Ela correu na direção de X e o abraçou, mas pela primeira vez estava fria e rígida. Não parecia ela mesma. Zoe agarrou seu braço com tanta força que ele sentiu as unhas mesmo através do casaco.

Ela apontou para seu pai.

— Foi por culpa dele que Stan matou Bert e Betty.

— Sim — confirmou X, sombrio. — Foi.

— *Leva ele* — disse Zoe.

X ficou assustado com sua fúria. Ele tinha feito isso com ela? Enquanto Zoe o ensinara sobre bondade, ele havia lhe ensinado sobre raiva? Ele tentou banir esse novo medo, tentou desconsiderar o pensamento, mas ele já havia tomado conta. Suas raízes estavam se espalhando.

Mesmo assim, ele assentiu.

— Vá até a Arrancadora — disse ele. — Entre na floresta. Não olhe para trás.

Arrancadora deu um passo à frente. X não sabia como ela cumprimentaria Zoe — rezou para que não fosse sarcástica ou louca ou dançasse de um jeito estranho — nem como Zoe reagiria em seu estado atual.

A princípio, elas hesitaram, mas pareceram reconhecer alguma coisa uma na outra. X não conseguia parar de examiná-las. Ocorreu a ele que eram as únicas duas pessoas que já o tinham abraçado, elogiado, *amado*. Pôde ver sua vida inteira, tudo o que era digno e humano, no rosto delas. Quando X era jovem, não entendia por que Arrancadora cuidava dele como se fosse um de seus filhos perdidos. Agora fazia sentido. Observou como a raiva de Zoe começou a se esvair na presença dela. Observou como Arrancadora pousava o braço ao redor do ombro de Zoe, como uma asa grande e morna.

— Sinto como se já nos conhecêssemos bem, querida — disse ela. — Talvez seja porque X me fez ler sua carta em voz alta vinte e cinco vezes.

Zoe abriu um sorriso desanimado.

X observou enquanto cruzavam o lago, seus braços unidos, as cabeças se tocando suavemente. Ele ouviu Arrancadora contar a Zoe que os senhores estavam a caminho.

— Mas eles vão nos deixar em paz quando X levar meu pai? — perguntou Zoe. — Não vão?

— Talvez — respondeu Arrancadora.

— E se X decidir que *não pode* levar ele? — questionou Zoe.

— Imagino que farão com que X assista enquanto assassinam você de um jeito bem elaborado — disse Arrancadora com uma voz incongruentemente doce. — Mas talvez isso seja óbvio demais. Os senhores são um mistério, confesso. Nunca se sabe quando sentirão a necessidade de ser criativos.

Por fim, X se virou para sua presa, que estava encolhida contra o barracão e segurando o estranho pedaço de metal como se pudesse protegê-lo. X tentou dizer a si mesmo que o homem não significava nada para ele, que cavara o próprio destino, que seu único nome era 16ª Alma.

Mas quando olhou para o homem, tudo o que viu foi o pai de Zoe.

Tudo o que viu foram os olhos de Jonah.

X tirou o metal das mãos do homem e o jogou sobre o gelo. O metal derrapou até a extremidade do lago antes de parar em um amontoado de juncos mortos.

— Você tem outros brinquedos que devemos descartar? — perguntou X.

O pai estava assustado demais para falar. Olhou suplicante para X e, em seguida, saiu correndo.

Por que *sempre* corriam? Todos tinham corrido! O que os fazia imaginar que poderiam fugir?

X observou o pai de Zoe disparar pela praia, tropeçando e escorregando enquanto avançava. Era um espetáculo patético. Lembrou-se de dizer a Zoe que seu pai não era mau, apenas fraco. Ela não acreditara nele? Conseguiria realmente odiar uma pessoa tão lamentável ou estava apenas descontrolada pelo choque e pela fúria? Ela culparia X no dia seguinte — e para sempre — depois do que lhe disse para fazer hoje?

Com um movimento de mão, X puxou o homem de volta — era como se ele estivesse preso a uma corda invisível — e jogou-o contra o barracão de madeira. Ele o deixou suspenso lá, com os pés balançando acima do chão. Com mais alguns gestos, fez o gelo rastejar como hera assassina na direção das mãos e dos pés do homem. O pai de Zoe assistia impotente enquanto era amarrado ao barracão.

— O que você quer de mim? — perguntou ele em agonia. — Pode levar tudo o que tenho. Pode levar tudo o que quiser.

— Sim — disse X, de um jeito obscuro. — Eu sei.

— Então, *o que* você quer?

X desabotoou o casaco e o deixou cair no gelo.

— Apenas sua alma, da qual você fez mau uso — respondeu ele. X olhou ao redor do lago. — Qual desses buracos você escolhe para ser seu túmulo?

O pai de Zoe debatia-se loucamente, mas o gelo o segurou firme.

X ignorou seus esforços, pois tinha visto tal desespero muitas vezes, e puxou a camisa por cima da cabeça. Os pecados do homem estavam tão ansiosos para se mostrar que as costas de X estavam queimando.

Teve que desligar a cabeça, teve que calar as perguntas do homem, teve que parar de fitar seus olhos.

O corpo de X sabia o que fazer. Só precisava permitir.

Deixou cair a camisa. Enquanto caía, ela se inflou por um instante.

Ele se afastou do pai de Zoe e esticou os braços. Os músculos das costas e dos ombros estavam doendo. O ar frio fazia a pele arder.

X convocou os pecados do homem. Conseguiu sentir as imagens terríveis começando a correr pelas costas.

O pai de Zoe soluçou.

— Eu sei o que eu fiz! — gritou entre lágrimas. — Você não precisa me mostrar. Eu sei *tudo* o que fiz!

X estava tão perturbado que as palavras o atingiram. Ele sentiu mais vividamente do que nunca — não importava se estava fazendo apenas o que os senhores haviam ordenado, não importava se a punição era justa — que estava perfurando o coração de outro ser humano. Arrancadora tinha dito que eles eram lixeiros, mas era uma mentira gentil. Ela bem sabia, e ele também. Era um assassino. E pior: era um torturador.

Ele abaixou os braços antes que o filme acabasse.

Suas costas ficaram brancas.

Atrás dele, o pai de Zoe soltou um suspiro agradecido. Tentou parar de chorar, mas não conseguiu.

Quando X se virou, o peito do homem tremia e seu rosto era uma tempestade de lágrimas. Parecia ferido e aterrorizado. Um pássaro desamparado.

— Espere, pare, *por favor* — pediu ele. — Fale comigo por um segundo. Só por um segundo, tudo bem? Você ama minha filha, certo? Eu sei disso. Vi a maneira como você abraçou ela. Vi a maneira como olhou para ela. É o jeito... o jeito como eu sempre olhava para a mãe dela.

X recusou-se a ouvir. Aquele homem não era nada para ele. Era apenas a 16ª alma.

— Cale a boca — disse ele ao pai de Zoe, assim como havia dito uma vez para Stan. — Ou vou entupi-la com meu punho.

O pai de Zoe ignorou a ameaça. Sabia que era sua última chance de falar.

— Mas se você ama Zoe... por que fazer isso? — questionou ele. — Por que matar seu próprio pai?

X sabia que não devia responder, mas as palavras se derramaram dele.

— Faço isso porque ela me pede! — ele gritou. — Faço isso porque você feriu a ela, que me é tão querida! Faço isso porque você ou eu devemos ser banidos para a Terrabaixa, e eu já aguentei o suficiente daquela escuridão! — Era como se X estivesse defendendo o ato monstruoso não apenas perante o pai de Zoe, mas perante si mesmo. Não conseguia parar. — Se eu não levar sua alma, nunca mais verei Zoe... nunca mais sentirei seu toque, nunca mais ouvirei sua voz, nunca mais enrolarei seus cabelos em meus dedos. Meu coração nasceu no inverno, senhor, e *não vou* voltar para o frio.

O pai de Zoe não disse nada.

Ficou sem palavras, como sempre ficavam.

Mas bem quando X estava prestes a tirar a 16ª alma do barracão e mergulhá-la no lago, a 16ª alma começou a gritar o nome de Zoe.

Sua voz era alarmante. Rasgava o ar.

— Zoe! — ele berrou. — Zoe! Por favor!

X virou-se freneticamente e viu que Zoe e Arrancadora ainda estavam subindo a colina até a floresta. Pararam naquele momento. Arrancadora segurou Zoe com força, pedindo para que ela não se virasse.

— Zoe! — gritou seu pai. — Me escuta! Zoe!

X saltou sobre ele e o atingiu com força no rosto.

— Maldito, eu lhe concedi uma gentileza! — disse ele. — Poderia tê-lo obrigado a contemplar todos os seus pecados, mas não o fiz! E, ainda assim, você implora a compaixão de sua filha? Ela não vai salvá-lo. Ela não é mais sua filha!

— *Não quero* que ela me salve — disse o pai de Zoe e novamente começou a gritar: — Zoe! Zoe! Você não precisa me olhar, apenas... apenas ouça. Zoe, sinto muito! Por favor, por favor, *por favor*, quero que saiba que eu sinto muito. Fui uma desgraça como pai. Como homem. Como tudo. Tenho nojo de mim mesmo. Não mereço viver. E a vida sem você, Jonah e sua mãe... na verdade nem é vida. Eu te amo, ok? Eu te amo pra caramba. Se não acredita em mais nada que eu já disse, por favor, por favor, *por favor* acredite nisso.

Ele estava ofegando tanto agora que precisou se recompor para continuar a falar.

— Se eu morrer te ajuda de alguma forma, então eu vou morrer — gritou com a energia que tinha restado. — Quer dizer, eu já morri uma vez. Deve ser mais fácil na segunda, certo? Sei que você não tem motivos para acreditar em mim, mas acho você incrível, Zoe... e você sempre será minha garota.

O pai de Zoe virou-se para X nesse momento.

— Se quiser minha alma, basta levar. *Leve.*

X estava se aproximando quando, na colina, Zoe finalmente se virou para eles. Ela voltou ao lago, seus passos pesados, como se estivesse em transe. Arrancadora não conseguiu detê-la. Juntas, elas desceram e pisaram nos juncos mortos, que estalavam sob os pés.

Zoe não estava olhando para o pai, mas para X.

Ao chegar perto, um grupo de perus selvagens, pretos e vermelhos contra a neve, elevou a cabeça para X também. Até *eles* pareciam estar esperando.

X pegou o pescoço magro do homem na mão. O pai de Zoe ofegou, mas não resistiu, não falou, não desviou o olhar.

Apenas olhou para X, encarando-o com os olhos de Jonah.

X começou a fechar o punho em torno de sua traqueia.

E então parou, sem saber por quê.

Sentiu uma espécie de agitação no cérebro, um vento quase, como se alguém tivesse quebrado uma janela ou aberto uma porta.

Era Zoe. Estava vasculhando seus pensamentos.

Tinha dito a ele que nunca deveria vasculhar os dela. "Nada dessa história de leitura de mente... ou seja lá o que for." No entanto, ela estava tentando descobrir o que ele estava pensando, por que estava hesitando.

Zoe estava atravessando o lago na direção dele, com Arrancadora seguindo logo atrás. Estava desviando dos buracos. Parecia saber onde eles estavam, mesmo sem olhar. E, durante todo o tempo, ela estava mergulhando cada vez mais profundamente em X. Ela o estava desdobrando, gentilmente, como se fosse um pedaço de papel que pudesse se rasgar em suas mãos. Certamente, ela sabia o que encontraria. Ela havia ensinado a ele a palavra.

Misericórdia.

Tão de repente quanto começara, o movimento em sua mente cessou. O vento recuou. A janela fechou-se. A porta bateu-se.

X olhou para Zoe. Ela parara a uns dez metros de distância. Estava chorando. Seu cabelo estava branco com a neve.

Ela assentiu para X. Parecia querer tranquilizá-lo, acalmá-lo, fazer com que ele se sentisse amado.

Seus olhos diziam: *está tudo bem, está tudo bem, está tudo bem. Deixe ele ir.*

X arrancou o pai de Zoe do barracão pelo pescoço — o gelo quebrou, o compensado grunhiu e se estilhaçou —, e então o jogou no chão.

Zoe se aproximou e se ajoelhou ao lado do pai.

X viu a esperança se acender nos olhos do homem, como se esperasse que a filha se atirasse em seus braços.

X sabia que ela não faria isso.

— Estamos deixando você partir — Zoe disse calmamente a seu pai —, porque não queremos nos transformar *em você.*

Seu pai começou a falar, mas ela balançou a cabeça.

— Você não tem direito de falar nada. Lembra? — Ela hesitou. — Eu pediria para X afogar você neste lago, mas eu o amo demais para obrigá-lo a fazer isso. Então, vou deixar você continuar correndo, se escondendo e pescando no gelo ou sei lá, mesmo que, sinceramente, você pareça muito ruim nisso. — Zoe olhou para a broca, as varas de pesca, os buracos. Seu pai não havia pescado nada. — Nunca mais quero te ver, pai. Estou falando sério. E essa é a última vez que eu vou te chamar de "pai". Vou tentar perdoar você, não porque você mereça, mas porque não quero que você bagunce *meu* coração do jeito que Stan bagunçou o seu. Vou tentar me lembrar das coisas boas. Algumas coisas foram boas. — Zoe parou e se levantou. — Tudo bem, chega. Já cansei de falar com você. Eu vou embora e... vou embora para ter uma *vida*. Vou ter uma vida com X, minha mãe e Jonah. X e eu não desistiremos até descobrirmos um jeito. Vai ser uma boa vida... e você não vai estar lá para ver.

Zoe foi até X. Ele a envolveu em um abraço, puxou-a contra o peito e falou com ela bem baixinho.

Arrancadora aproximou-se do pai de Zoe.

— Eu aconselharia você a correr, coelhinho — disse ela. — X pode não estar com fome de sua alma, mas meu estômago está roncando.

O pai de Zoe levantou-se. Ele estava soluçando, mas sabia que a filha não ouviria mais nenhuma palavra.

Ele entrou aos tropeços na floresta, sem olhar para trás. As árvores tremeram e derramaram um pouco de neve, depois se assentaram mais uma vez.

X NÃO SENTIU NENHUMA alegria quando Zoe disse que construiria uma vida com ele, pois sabia o quanto isso era improvável. Ele deixara o pai dela escapar, então os senhores quase certamente o levariam de volta à Terrabaixa. Ele suspeitava que Dervish estivesse à espreita na floresta naquele momento. Conseguia imaginá-lo cavando a casca de uma árvore com as unhas, incapaz de conter sua alegria.

X prestou atenção. Esperou. Olhou para Zoe e Arrancadora e viu que também estavam esperando. Mas tudo estava em silêncio. Não havia nada senão o som de sua respiração e as pequenas nuvens de fumaça que faziam, como o vapor de um trem.

Ele se curvou para recolher suas roupas e começou a vesti-las.

Ninguém falou, por medo de desencadear alguma coisa. Os olhos observavam a floresta cada vez mais escura.

Nada.

Talvez os senhores não viessem? Talvez Regente os tivesse convencido de que X tinha sido punido o suficiente? A cada momento que passava, X ficava mais convencido de que era possível. Ainda estava sob o controle do Tremor. Ainda estava febril, ainda estava tonto. Seu corpo não era dele. Mas Zoe tinha cuidado dele antes, e ele tinha certeza de que, se pudesse apenas recostar a cabeça contra a dela, se pudesse sentir sua respiração fresca derramando-se sobre ele, podiam derrotar o Tremor para sempre. O pai dela ficaria livre. Assim como X. Os senhores não o possuiriam mais.

Então, o zumbido começou. Todos ouviram. Era fraco, mas insistente. Parecia uma mosca que circulava cada vez mais perto.

X virou-se para o zumbido.

Vinha de Zoe.

Ela vasculhou os bolsos. Era seu celular.

Era apenas o celular!

Zoe e Arrancadora olharam para ler o que estava escrito nele. Os rostos pareciam estranhos à luz amarela da tela.

X estava prestes a desviar o olhar quando Zoe ofegou.

O som atingiu-o como um soco.

Ela parecia incapaz de falar, então Arrancadora falou por ela.

— Os senhores estão atacando.

X conhecera Arrancadora praticamente a vida toda. Ele a tinha visto brigar, xingar, flertar e cantar. Ele a vira arrancar as unhas e implorar para ser espancada. Tinha literalmente a visto vivendo em um inferno, mas nunca a tinha visto com medo.

Ela estava com medo naquele momento.

X virou-se. O céu, a floresta, o lago, tudo girou diante de seus olhos. Mas ele não encontrou nada para temer. O mundo estava vazio. Ele tinha certeza.

— Não vejo ameaça.

Zoe estendeu o telefone, como se ele pudesse lê-lo.

Sua mão estava tremendo.

— E-eu não acho que estão vindo atrás de nós — disse ela, hesitante. — A-acho que estão indo atrás de Jonah.

vinte e dois

X E ARRANCADORA MERGULHARAM em buracos no gelo. Zoe implorara para que eles a levassem, mas eles a deixaram no lago; ela teria apenas retardado o avanço deles.

Eles correram na direção de Jonah pela água, depois por terra, depois pela água de novo até alcançarem o riacho que corria atrás da casa dos Bissell. X era um nadador potente. Arrancadora acompanhava-o braçada a braçada. Seu cabelo havia se soltado. X conseguia vê-lo se estendendo embaixo da água, flutuando sobre ela por um momento, depois afundando novamente. Não sabia o que encontraria na casa de Zoe, mas estava feliz por ter Arrancadora ao seu lado. Sentiu que não havia nada que ela não faria por ele. Nem que ele não faria por ela. Quando se aproximaram da superfície, a luz começou a vazar e refletir no vestido. Ela brilhava como um peixe iridescente.

A água fria paralisava os músculos. Parecia quase sólida, querendo impedir que passassem. X tinha prometido a Zoe três coisas: que salvaria Jonah, que nem ele nem sua mãe jamais descobririam que o pai dela ainda estava vivo e que ele mesmo voltaria para ela outra vez. Mas X não tinha tanta certeza naquele momento. Imaginou Jonah em seu quarto, cercado por bonequinhos de animais e duendes. Imaginou-o em sua cama de joaninha, apertando Spock e Uhura contra o peito e tentando acalmá-los com aquela voz trêmula que parecia ser coisa da família: *N-não tenham medo, gente. Porque... porque eu n-não estou com medo.*

Quando X e Arrancadora chegaram ao bolsão de ar sob o gelo, seus pulmões estavam explodindo. Ele acenou com a cabeça para ela. Juntos levantaram os punhos e perfuraram o teto translúcido. O gelo caiu em seus olhos, chovendo ao redor deles em estilhaços.

Arrancadora saiu do rio primeiro, o cabelo grudado no crânio, o vestido retorcido e enrugado como papel de seda. Ela ajudou X a sair da água. A lua já estava alta.

Por um momento, ficaram tremendo e batendo os pés. X sentiu uma presença atrás deles. Parecia enorme. Estava respirando e pulsando e os observava. Ele desejou com todo o seu ser que não precisasse se virar. Mas se virou.

Cem senhores estavam em pé, em uma corrente ao redor da casa de Zoe.

A própria casa estava tão coberta de gelo que X mal podia distinguir as janelas, o telhado, as portas. A terra ao redor estava destruída e marcada. As árvores tinham sido arrancadas do chão e lançadas longe como palitos. Além disso, tudo estava congelado e brilhando tanto que havia uma beleza terrível na devastação: era um deserto salpicado de diamantes. O salgueiro onde Jonah tinha enterrado a camiseta do Pai Ninja estava caído, quebrado e destroçado, como se seu pescoço tivesse sido torcido.

Os senhores olharam para X e Arrancadora, parados depois da terra revirada. Pareciam estar desafiando-os a avançar e se intrometer. Suas roupas de seda roxa e verde, amarela e vermelha tinham uma vivacidade doentia contra a desolação da colina. Seus colares dourados brilhavam à luz da lua.

— Parece que não vamos pegá-los de surpresa — comentou Arrancadora.

X deu uma gargalhada sombria.

— Você foi uma boa professora para mim — disse ele com calma. — Posso pedir-lhe para recomendar uma estratégia uma última vez? Se ajudar, eu me trocaria pelo menino mil vezes.

— Bem, poderíamos pedir-lhes com jeito — disse Arrancadora. — Mas o fato de que os senhores ainda não voaram sobre você e o puxaram de volta à Terrabaixa pelos lindos cabelos sugere que querem mais do que simplesmente levá-lo de volta. Querem cozinhar seu coração. Querem ver quando você escutar o coitado do garoto gritar.

Arrancadora fez uma pausa. Pareceu arrepender-se de falar tão sem rodeios, pois o rosto de X estava tenso pela dor.

— Sendo esse o caso — ela continuou —, proponho uma luta simples e sem ornamentos até a morte. Sempre gostei bastante desse tipo... embora nunca sejam tão satisfatórias quando ninguém pode realmente morrer.

Juntos, eles rodearam a casa a uma distância segura, procurando por pontos fracos na corrente de corpos. Não havia nenhum. Os senhores permaneceram quietos, mas mesmo seu silêncio era cheio de ameaça. Estavam prontos para dar o bote. X olhou para cada rosto. Alguns eram bonitos, alguns eram anciãos. Alguns eram adoráveis, alguns dessecados ou queimados. Todos olhavam para ele apenas com asco. X havia questionado sua autoridade. Ele os havia envergonhado. Foi oferecida uma chance inaudita de abandonar a Terrabaixa para sempre — uma chance, talvez, pela qual até próprios senhores rezassem —, e ele zombara dela. Recusara-se a coletar mais uma alma. Agora era como se X e os senhores fossem ímãs de polos opostos: o ar entre eles vibrava com o ódio.

À medida que a cadeia de senhores serpenteava diante da porta da frente, ele viu Regente em sua túnica azul-escura.

Estava olhando para a neve.

X sentiu uma pequena onda de esperança, mas quase imediatamente ela escapou de seu corpo como uma das nuvens de respiração, pois Regente não falou com ele. Nem mesmo ergueu a cabeça. Ficou com os braços para trás, como se estivessem amarrados, como se até seu corpo estivesse dizendo: *isso está além do meu controle.*

Uma voz, alta e anasalada, gritou de um ponto mais distante da corrente.

— Nem mesmo o seu fiel gatinho o ajudará agora... Você o traiu vezes demais!

Era Dervish.

Ele sorriu para X, seu rosto pontudo, como o de um rato, reluzia.

— Até bateu na cara dele, ou você esqueceu? — ele continuou. — Meu Deus, foi uma comédia linda!

X o ignorou. Arrancadora rosnou na direção do senhor.

O gelo na casa estalou e se contraiu, cada espasmo tão alto como um tiro de rifle. Jonah estava lá, em algum lugar.

X pousou uma das mãos no ombro de Regente.

— Tem um menino na casa.

Regente cerrou os dentes, mas não respondeu.

— Você *precisa* poupá-lo — implorou X.

Mais uma vez não houve resposta, embora os músculos do pescoço e da mandíbula do senhor tivessem se contraído violentamente.

— *Por favor*, Tariq — insistiu X.

Com isso, um suspiro chocado ressoou entre os senhores e viajou pela corrente como um rastilho de pólvora. Regente fechou os olhos enquanto uma onda de pavor o atravessava. Até Arrancadora ficou pasma. Ela puxou X para longe de Regente assim que Dervish vaiou animadamente e aproximou-se correndo deles.

— O gatinho CONTOU SEU NOME VERDADEIRO, contou? — perguntou ele. — Minha nossa, que grande romance vocês tiveram! Sentaram-se à beira de um rio e deram figos um na boquinha do outro?

Dervish estufou o peito e olhou para a fileira dos senhores, esperando gargalhadas. Não houve nenhuma.

Arrancadora, desfrutando de sua humilhação, zombou dele.

— Não vai calar a boca ao menos dessa vez? — perguntou ela. — *Ninguém* gosta de você.

O rosto de Dervish corou e seus lábios corroídos tremeram quando tentou pensar em uma resposta inteligente. Por fim, ele virou para X.

— Que amigos absurdos você tem — disse ele. — Ainda assim, suponho que apenas um lunático se junte a você em uma tarefa como essa. Ela também será punida... assim como aquele naco de carne estúpido que vocês chamam de Batedor, por servir de mensageiro para você.

Houve outro som como um tiro. O gelo havia se contraído novamente. Estava estrangulando a casa.

Jonah estava lá dentro em algum lugar.

X lembrou-se de como todos se amontoaram durante a primeira tempestade de gelo. Ele se lembrou de como era estar preso em uma casa rangendo. Esperava que Jonah estivesse olhando para ele naquele momento, queria que soubesse que X tinha vindo por ele. Mas X não conseguia ver nada através do gelo. Jonah talvez estivesse batendo no vidro com um dinossaurinho na mão. Talvez estivesse gritando. X nunca o ouviria.

— Você precisa poupar Jonah — disse X novamente, dessa vez para Dervish. — Ele não tem parte nisso.

— Ha! — gritou Dervish. — Você se recusou a me trazer o pai... então vou levar o filho! Parece uma troca justa, não é? Lamento tirar a vida de um menino tão doce... não é como a Terrabaixa funciona, assim como não é de nosso feitio desfilar no Mundo de Cima desse jeito, mas você me obrigou. É você, não eu, quem está causando toda essa dor. VOCÊ causou a devastação desta montanha ... VOCÊ preparou o túmulo para esse menino. Se não tivesse sido tão insolente, nada disso teria de acontecer! Mas você achou que era bom demais para a Terrabaixa... assim como sua odiosa mãe. Você não é melhor que NADA nem que NINGUÉM, eu lhe asseguro. Porque você não é NADA nem NINGUÉM. A letra estúpida que você chama de nome não alterará isso. Seu querido *Tariq* nunca deveria ter confiado em você. Ele lhe deu tanta corda que você estrangulou não apenas a si mesmo, mas também uma família de inocentes!

As palavras atingiram X com força. Ele sabia que havia verdade nelas.

— Liberte o menino, e eu seguirei você até em casa.

Nenhuma palavra jamais teve um gosto mais azedo em sua língua que "casa" naquele momento.

— Eu NÃO libertarei o menino, e você virá de qualquer forma — disse Dervish. — Se tardar um instante, retornaremos para buscar seu brinquedinho, Zoe. Quanto sangue você verá derramado antes de simplesmente fazer o que lhe ordenam? Estou curioso para descobrir. Agora, por favor, estou cansado de falação. Podemos ver juntos essa casa morrer? Se não se comportar mal, deixo você pegar os ossos do menino das ruínas e fazer um presente com eles para a mãe.

Dervish virou-se, girando sua capa como um dançarino. A casa começou a estremecer. Rachaduras como teias de aranhas espalharam-se pelo gelo. A madeira dobrou-se. Janelas estouraram. Nem X nem Arrancadora tinham poder de desfazer o que os senhores tinham feito. Ficaram ali, assistindo enquanto o telhado se partia ao meio como se fosse uma costura estourada. O ruído ricocheteou montanha abaixo e ecoou sem cessar, ficando cada vez mais suave, mas sem desaparecer por completo.

Os senhores encaravam X e Arrancadora, ameaçadores, ainda esperando que fossem tolos o suficiente para lutar.

— Está pronto? — perguntou Arrancadora, tirando X de seu silêncio chocado.

Ele a olhou em desespero.

— Realmente temos chance contra cem senhores? — perguntou ele.

— Pelos céus, não — respondeu ela, abrindo o sorriso destemido que fazia muitos na Terrabaixa acreditarem que era louca.

Com isso, Arrancadora avançou. Atingiu um senhor bem no rosto, em seguida saltou sobre ele — era um borrão dourado à luz do luar — e aterrissou no telhado da casa de Zoe. Quase imediatamente, suas botas deslizaram no gelo. Ela escorregou por metade das telhas antes de recuperar o equilíbrio. X observou enquanto ela se erguia, suas unhas inúteis lutando para segurar, então entrou por uma fenda no telhado.

— Jonah! Você está aí? — gritou ela. — Meu nome é Olivia Leah Popplewell-Heath e já tive um menino como você!

Os senhores ficaram atordoados, as cabeças erguidas. Finalmente, dois deles saltaram no ar, pousaram no telhado e foram atrás de Arrancadora.

— Eles vão aleijá-la em um instante — Dervish disse a X com um sorriso de descaso. — Mas pelo menos ela é ousada, ao contrário de você, seu cordeiro trêmulo.

X assentiu com a cabeça, quase respeitosamente.

E então deu um golpe na garganta de Dervish.

O senhor caiu para trás.

Um bando de senhores correu para X. Ele atacou em todas as direções, mas mesmo o menor deles era muitas vezes mais poderoso. Para cada senhor que atingia, outros cinco pareciam se materializar do nada, como se os reforços estivessem brotando da Terrabaixa. X foi chutado e esbofeteado e empurrado para o chão. Alguém estava com a mão sobre seu rosto, era impossível respirar. X arfava. Regente permaneceu imóvel a poucos metros de distância, ainda olhando para a neve.

X arrancou a mão de seu rosto, empurrando os dedos para trás até os ossos estalarem e seu dono xingar. Ele inspirou em desespero, mas mais senhores continuaram chegando. Ele não daria conta. O peso sobre ele crescia cada vez mais. Sentiu como se não estivesse apenas sendo preso, mas realmente empurrado para dentro da terra.

Atrás dele, conseguia ouvir a casa rangendo, estourando, implodindo. Conseguia ouvir Arrancadora, que ainda estava gritando por Jonah. Ainda não o havia encontrado? Quanto tempo poderia aguentar? Por entre o emaranhado de membros sobre ele, X conseguia ver fragmentos da lua. Era como um olho frio voltado para baixo, o lembrando de que ele havia falhado. Ouviu os senhores xingarem-no em uma dúzia de línguas.

Mas também ouvia um som novo agora: uma espécie de ronronar obscuro que se erguia da base da montanha. Ficava cada vez mais alto, cada vez mais próximo. Na loucura do momento, demorou para X perceber o que era.

O carro chegou pela estrada como uma bala.

X ainda estava preso no chão, seu corpo tão abatido que alguns dos senhores se encheram de espancá-lo e se afastaram. Ele conseguiu virar a cabeça. Notou a mãe de Zoe avançando na direção deles com o carro. Quando a viu, sentiu uma onda de vergonha que chegou até mesmo a eclipsar a dor. Ela havia *dito* a ele para ficar longe de sua família. Então, sentiu uma segunda onda... uma onda de medo por ela. Os senhores não se dispersariam agora simplesmente porque um mortal havia aparecido. A tragédia estava em movimento. Não podia ser impedida.

X sabia o que aconteceria a seguir: a mãe de Zoe pararia o carro. Sairia dele às pressas. Gritaria com os senhores. Quando não desse certo, ela imploraria. Os senhores avançariam sobre ela. Eles a empurrariam para trás e para frente, a rodariam. Ririam de sua inutilidade. Caso se sentissem misericordiosos, eles a matariam rapidamente. Se não, a sentariam ao lado de X e Arrancadora e fariam com que os três assistissem à morte de Jonah. De qualquer forma, a tragédia engoliria a todos que pudesse.

Mas a mãe de Zoe não parou o carro. Ela nem sequer desacelerou. Veio rugindo na direção dos senhores. Alguns deles nunca tinham visto um carro antes, e todos ficaram surpresos com a audácia da mulher, então por um momento ela teve a vantagem.

X observou quando ela bateu em um dos senhores e o achatou contra a casa. Ele observou quando ela recuou, os pneus girando loucamente, enegrecendo a neve, e derrubou um segundo. Ele ouviu quando o carro passou por cima do corpo.

Os senhores deixaram X onde ele havia caído e pularam sobre o carro. Ele ficou parado, sentindo-se inútil e envergonhado. Olhou para a casa. A fachada havia sido arrancada. Parecia uma casa de bonecas agora. Ele conseguia ver móveis, brinquedos, vestidos, botas e porta-retratos, tudo deslizando e caindo em montes ensandecidos.

Também conseguiu ver Arrancadora. Ela tinha sido capturada pelos senhores. Eles a empurraram até a borda da casa e a arremessaram dali. Seu vestido dourado estava rasgado, seus braços e pernas ensanguentados. Mas ela caiu como um gato.

— Não consegui encontrar o menino — disse ela a X. Lágrimas começaram a escorrer de seu rosto. X nunca a tinha visto chorar, e a visão fez com que seus olhos ardessem. — Ou ele estava muito assustado para responder quando chamei ou seus pulmõezinhos já tinham sido esmagados.

Eles se viraram para o carro. Um senhor imobilizou-o apenas com a palma da mão. Meia dúzia de outros o rodeavam agora, suas túnicas ondulando. Eles quebraram as janelas com os punhos e estenderam as mãos para a mãe de Zoe, seus braços como tentáculos de uma fera. Ainda assim, ela não se rendeu. Ligou o motor, acionou a buzina, até ligou os limpadores do para-brisa que batiam loucamente.

Arrancadora secou os olhos.

— Olha, eu *gosto* dela.

X cambaleou até a mãe de Zoe. Sabia que a luta estava perdida. Ele implorou para que ela saísse do carro. Implorou aos senhores para não a machucarem. Dervish já estava em pé de novo, uma escoriação escura espalhando-se pela garganta. Quando viu X se humilhar, sua raiva se dissipou e o brilho voltou ao rosto. Ele acenou com a cabeça para os outros senhores para que soltassem a mãe de Zoe.

Ela abriu a porta do carro. Como Regente, nem sequer olhava para X. Passou pelos senhores e dirigiu-se para a casa, gritando o nome de Jonah. Mas a casa estava à beira da morte. Cada parede, cada junta, cada prego estava ansioso para ceder. Berrava ainda mais alto que ela.

X TAMBÉM SE APROXIMOU DA CASA. Ninguém fez nenhum movimento para detê-lo, pois sabiam que era tarde demais. Toda vez que dava um passo, outra parede cedia, outra parte do teto caía. O quarto em que havia dormido, a sala onde havia respondido as perguntas da tigela prateada: tudo estava esmagado, irreconhecível, destruído.

Em sua mente, via apenas Zoe. Ele se lembrou dela lá no lago onde seu pai pescara; a maneira como seus olhos estavam arregalados de medo. *Não acho que estão vindo atrás de nós. Acho que estão indo atrás de Jonah.* Ele a viu avançar para abraçá-lo. Sentiu tão claramente que era como se ela estivesse ali mesmo na sua frente. Lembrou-se das palavras trocadas nos últimos momentos. Lembrou-se da maneira como o coração dela pairou sobre o dele por uma fração de segundo antes de descer com suavidade, como se se encaixasse ali. Tinha pressionado os lábios aos dela por tanto tempo que Zoe acabou se afastando, alarmada.

— Você está me beijando como se eu nunca mais fosse te ver — disse ela. — *Pare* com isso.

Ela o olhou com seriedade.

— Se você não voltar, vou cometer um crime horrível apenas para ser enviada à Terrabaixa — disse ela. Estava tentando ser engraçada, mas começou a chorar. — Arrancadora vai vir me buscar... não vai, Arrancadora? E quando eu chegar lá, vou encontrar você, X. Vou encontrar você onde quer que esteja, e vou ser bem desagradável e me vestir de um jeito bem inadequado, e vou dizer para todo mundo que sou sua namorada.

Ela hesitou. Tentou se recompor. Não conseguiu.

— Prometa de novo que vai voltar. Prometa do jeito que me prometeu antes. Quero ouvir aquela coisa dos "dois mundos".

X inclinou-se para beijá-la mais uma vez. Seu rosto estava tão febril que parecia uma lanterna.

— Eu vou voltar. Se eu não voltar foi só porque não um, mas *dois* mundos conspiraram para me impedir.

Só então ela o soltou.

A MÃE DE ZOE ESTAVA CAÍDA na neve, uivando de chorar. X tentou bloquear o som, pois seu coração não conseguia suportar aquilo.

— *Jonah! Jonah! Jonah! Mamãe está aqui, meu amor! Mamãe está aqui!*

Arrancadora ajoelhou-se ao lado dela, pôs um braço ao redor da mulher e a puxou para perto, como se estivesse tentando compartilhar a dor. X desviou o olhar. Mesmo a ternura era demais. Ele se odiava pelo que tinha feito. Havia uma parede separando dois mundos, uma parede que existia por algum motivo. Ele a havia queimado.

Foi inocente um dia. Não era mais. Finalmente havia se tornado digno de sua cela.

A casa deu um último grito e afundou-se em si mesma. O rangido e o estrondo foram aterradores, mas o silêncio que se seguiu foi pior. A mãe de Zoe levantou-se e correu para os escombros, desesperada por encontrar o corpo do filho, desesperada para segurá-lo em seus braços.

Dervish inclinou-se para ela.

— Diga-me, mulher, você está ciente de quem causou toda essa dor? Está ciente de quem destruiu sua família e derrubou sua casa?

A mãe de Zoe estava procurando freneticamente pelos destroços. Ela parou por um momento, se endireitou e virou-se.

— *Ele* — disse ela.

Estava apontando para X.

Dervish sorriu, os dentes de um pequeno roedor reluzindo.

— Uma resposta sábia. Talvez você possa convencê-lo a retornar à Terrabaixa antes que eu também extermine os *seus* batimentos cardíacos.

— Por que você não leva ele sozinho? — gritou a mãe de Zoe. — Por que você não leva ele agora, em vez de... em vez de *tudo isso*?

— Uma pergunta superlativa! — exclamou Dervish. — FINALMENTE encontrei alguém inteligente! Nosso amigo X deve vir voluntariamente para que eu saiba que ele aprendeu bem a lição... e realmente se curvou. Além disso, senhora, não vou mentir para você: "tudo isso", como diz, é mais divertido.

Dervish apontou para os outros senhores, que giraram na direção dele em uníssono. Correram sobre a neve na direção do mar dizimado de árvores que costumava ser uma floresta; Zoe teria dito que eles *zuniram* e desapareceram um a um.

X aproximou-se de Arrancadora; seu rosto era a imagem da agonia.

— Não serei a causa de mais selvageria — disse ele. — Voltarei à Terrabaixa como os senhores exigem, mas primeiro devo pedir uma gentileza final a você.

— Farei qualquer coisa que pedir, mesmo que envolva mutilação ou assassinato — disse Arrancadora. Ela pensou por um segundo, depois acrescentou: — *Especialmente* se envolver.

— Peço apenas que leve uma mensagem para Zoe — disse X. — Diga a ela que a Terrabaixa não me prenderá por muito tempo. Diga que, mesmo que eu me humilhe aos pés dos senhores, farei em segredo todas as coisas que me juraram serem impossíveis. Encontrarei meus pais... e encontrarei um caminho de volta a ela. Seja qual for a porção de "para sempre" que me for concedida, quero passar com ela.

X falou mais algumas palavras, e então Arrancadora o puxou para um abraço sofrido.

Atrás deles, a mãe de Zoe continuava a procurar o corpo de Jonah. Eles se juntaram a ela sem falar, revirando os escombros. Cada minuto que passava sem encontrá-lo era uma tortura. A mãe de Zoe gemia quase como um animal. Mais uma vez, X tentou bloquear o som. Tentou ouvir alguma coisa, qualquer outra coisa. Ouviu o tetraz batendo as asas em torno de um toco destruído. Ouviu um cervo caminhando calmamente pela neve.

E então, tentando ouvir com mais atenção, ouvir mais fundo, escutou uma espécie de farfalhar embaixo das ruínas. Era tão suave que a mãe de Zoe não tinha notado.

O ruído vinha do subterrâneo, onde ficava o porão.

X cambaleou na direção do som.

Arrancadora o seguiu. Também estava ouvindo.

Finalmente, a mãe de Zoe se virou também. Em sua confusão, havia pegado um cabide retorcido e um skate quebrado. Parecia não saber por que estava segurando os dois.

Deixou-os cair e atravessou os destroços até o que restava da escada do porão. Estava bloqueada com gesso esmigalhado, cadeiras de cozinha quebradas, uma luminária de piso arruinada e uma centena de outros fragmentos da vida dos Bissell.

Ela, X e Arrancadora jogaram tudo para o lado e abriram o caminho para baixo. Estavam no meio do que era o porão: apenas um poço de concreto agora, aberto ao céu, quando encontraram a fonte do barulho.

Vinha do freezer velho e vazio que estava no chão.

Observaram enquanto a tampa se abria. Observaram quando três seres trêmulos emergiram exatamente nesta ordem: dois cachorros pretos e o garotinho pálido que os salvou.

vinte e três

Zoe emergiu da floresta e subiu pela faixa tortuosa de estrada de volta para a praia. Estava tão entorpecida que nem sentia o frio. Estava tão chocada que não conseguia pensar em nada além de desejar — como fazia desde que era mais jovem que Jonah — que os meses frios não fossem sempre tão nevados e longos. Depois de Bert ter ficado senil e absolutamente tudo parecer incomodá-lo, ele gostava de dizer que o inverno simplesmente não sabia quando ficar na dele.

Ela passou pelo ponto onde a caminhonete estivera parada no acostamento. Já havia desaparecido, a única prova de sua existência eram dois sulcos lamacentos na neve. A caminhonete devia ser do seu pai. Enquanto caminhava, Zoe fez uma oração em silêncio para nunca mais o ver. Lembrou-se do que Batedor havia lhe dito nas fontes termais: "Não se pode fazer o que fiz com a minha família e esperar que me perdoem... A melhor coisa seria se elas concluíssem que eu fui só um pesadelo."

Jonah e sua mãe mereciam ficar bem.

Ela também.

Quando Zoe chegou à praia, parou por um tempo e encarou a fileira de cabanas em suas plataformas: amarelas, vermelhas, azuis. A maré havia abaixado, o que dava à praia uma aparência desolada. Os pássaros também tinham desaparecido. Haviam puxado as sacolas plásticas de dentro da cabana vermelha, carregado pela escada branca e as deixado sobre as rochas, onde as rasgaram e se refestelaram com os restos do café da manhã de Zoe e X: rabanadas, anéis de cebola, bolo de chocolate.

Um vento cruel rodopiava, vindo do oceano. Zoe fechou o zíper do casaco até o pescoço e partiu na direção da água no escuro, seus pés estalando sobre o leito solto de pedras. Ela juntou o lixo aos pés da cabana. Era nojento, frio e estava espalhado por toda parte. As sacolas plásticas encheram-se de ar e flutuaram pela praia. Ela conseguiu pegar uma delas e enfiou-a no bolso. A segunda voou sobre a água antes que Zoe pudesse alcançá-la. Não sentiu vontade de entrar nas ondas, mesmo de bota. Observou a sacola se afastar.

Era estranho subir novamente até a cabana vermelha. Era apenas uma caixa pequena e degradada, mas sentia como se, de alguma forma, fosse a casa de X. Ela sabia que aquilo era estúpido. Ainda assim, ele havia levado o café da manhã para ela ali, café na cama, ou algo do tipo. E ela o beijou enquanto ele dormia. Ficou louca de saudade só de entrar na cabana. E havia uma surpresa, porque a presença de X, sua magia ou o que quer que fosse, ainda não havia se dissipado. O lugar ainda estava quente.

Zoe sentou-se na cabana e recostou-se à parede. Ouviu os passos nas rochas. Esperou. Certa vez, X tinha lhe dito que tentava não revirar as lembranças dela repetidamente na cabeça, porque estava com medo de que elas se desgastassem e desaparecessem; assim, ele não poderia mantê-las para sempre. Era excruciante não pensar nele, mas ela tentou. Concentrou toda sua energia para ouvir lá fora. No final, não era muito diferente de pensar em X, porque o que ela estava procurando era por ele. O calor naquele cômodo era, de alguma forma, como sua respiração. Fazia com que ela se sentisse amada. Fazia com que tivesse certeza de que ele voltaria de sua casa com Arrancadora, mesmo que fosse só para dizer adeus.

O sono a tomou de surpresa, e Zoe teve um sonho intenso vendo X banhar-se no riacho.

Acordou uma hora depois ao som de latidos.

Estava um frio mortal na cabana.

Toda a presença de X havia desaparecido. Zoe tentou lembrar-se de seus sonhos — ela se agarrou aos fios do sono que recuavam — e o reteve por um segundo antes de deixá-lo partir.

ELA VIU A MÃE e o irmão descendo a praia mal iluminada com Arrancadora, Spock e Uhura, que seguiam à frente. A mãe correu para ela no momento em que a viu de pé ao lado da cabana. Arrancadora não tinha pressa. Estava carregando Jonah. Os braços e pernas do garoto estavam envolvidos nela como os de um coala, e ela estava sussurrando em seu ouvido e fazendo com que ele gritasse e gargalhasse.

Zoe examinou a escuridão em busca de X e continuou procurando por ele muito além do ponto em que ficou claro que ele não estava lá. Sentiu como se estivesse observando a ausência dele caminhar em sua direção. Sentiu a tristeza escavando o coração para que essa ausência pudesse se acomodar um pouco.

Em poucos momentos, todos caíram nos braços uns dos outros. Jonah perguntou se podiam ficar por cinco minutos para ele poder jogar pedras no oceano.

— Ok, mas apenas cinco minutos — disse a mãe.

— Eu posso ficar cinco? E mais ou menos dez? Não? E sete? E uns *oito*? — rebateu Jonah.

Fazia muito tempo que ele não saía de casa.

Arrancadora correu na frente com Jonah, e Zoe e a mãe ficaram para trás, caminhando de braços dados. Havia muito a dizer. Por onde poderiam começar?

Zoe mal conseguia ver o rosto da mãe no escuro, mas parecia que ela não sabia a verdade sobre seu pai. Deveria lhe contar que ele estava vivo, que havia abandonado todos eles? Ela não queria. Queria proteger a mãe dos fatos.

Mas a verdade brotou de dentro dela. Não conseguiu segurá-la.

— O pai não se matou como você pensava — ela falou de supetão. — Não foi isso que aconteceu.

Sua mãe a encarou, confusa e ansiosa.

E lá na praia, tão silenciosamente quanto podia, para que Jonah não ouvisse, Zoe contou tudo para a mãe. O oceano era ruidoso e escuro. Quase engolia as palavras.

Lá na frente, Jonah estava olhando as mãos de Arrancadora e dizendo:

— Você rói as unhas como eu!

Arrancadora disse:

— Mais ou menos isso, sim. Mas *eu* vou parar se *você* parar. Combinado?

FINALMENTE, FORAM EMBORA da praia e saíram em busca de algum lugar quente para planejar sua volta a Montana. Spock choramingou durante todo o trajeto. Uhura olhou para trás e latiu para ele, como se dissesse: "Vê se cresce!" A mãe de Zoe ficou tão chocada que seu marido morto ainda estava vivo, tão perdida em pensamentos, que Zoe teve de andar ao lado dela e orientá-la pelas curvas na estrada.

A mente de Zoe estava mais clara de alguma forma, como se a caixa no fundo do cérebro tivesse se aberto e muitos pensamentos antigos e infelizes se espalhado pelo oceano, como aquela sacola plástica.

Depois de mais de três quilômetros frios e sinuosos através da floresta, encontraram um restaurante brilhando na escuridão. Devia ter sido o lugar onde X havia comprado o café da manhã. Na porta, havia uma imagem laminada de rabanada com canela e bacon. Zoe tocou-a com a ponta dos dedos enquanto todos corriam para dentro.

Enquanto esperavam por uma mesa, os clientes começaram a notar Arrancadora, seu vestido dourado desfiado, os braços e pernas ensanguentados, as botas de couro preto e cano alto. Uma onda de curiosidade, depois de alerta, atravessou o lugar. Arrancadora anunciou calmamente que era hora de ela ir embora.

Zoe saiu com ela e abraçou-a por muito tempo. De alguma forma, dizer adeus à única pessoa que conhecia X tanto quanto ela era muito difícil. Ela começou a chorar e não conseguia parar.

— Ele disse que voltaria — ela choramingou. — Disse que voltaria a menos que... a menos que os dois mundos conspirassem contra ele.

Arrancadora a abraçou.

— E os dois mundos *conspiraram*, querida garota — disse ela. — Os dois mundos jogaram *tudo* o que tinham entre vocês. No entanto, a Terrabaixa não poderá segurar X longe de você por muito tempo. Ele me pediu que lhe dissesse que encontrará os pais e depois voltará para você. E eu acredito que vá fazer isso, pois fui eu quem o instruí e sou uma professora maravilhosa. A última coisa que ele me disse foi que quer ser digno de você, Zoe... porque você lhe ensinou o que é dignidade.

Zoe sorriu.

— Bem, *isso* é um pouco exagerado.

Arrancadora soltou-a de seus braços e secou uma lágrima que corria pelo rosto de Zoe.

— Quando você o vir — disse Zoe —, diz que eu amo ele e que me lembro de cada vez que ele me tocou.

— Direi — disse Arrancadora.

— Mais uma coisa? Ajude a descobrir onde estão os pais dele? X tem razão... precisa saber quem foram. Ele merece, mesmo que isso o magoe, como descobrir quem era meu pai me magoou.

— Ajudarei — respondeu Arrancadora.

— E, *por favor*, diga para ele lavar aquelas roupas — disse Zoe. — Estão ficando nojentas.

Arrancadora riu.

— Vou lhe dizer tudo o que você me pediu quando voltar à Terrabaixa — garantiu ela. — No entanto, devo lhe dizer que não tenho pressa de voltar a ver aquele lugar fétido. — Ela fez uma pausa, e seus olhos brilharam maliciosamente. — Decidi não voltar tão já. Decidi fugir.

— Sério? — perguntou Zoe. Ela parou de chorar e estava olhando maravilhada para Arrancadora. — Você é *muito* foda.

— Suponho que sou — disse Arrancadora. — X já me perguntou se eu alguma vez visitei meus filhos quando eu era caçadora de recompensas... se eu já havia ficado do outro lado da rua, apenas observando.

— Perguntei a mesma coisa ao Batedor — disse Zoe.

— Tenho vergonha de dizer que nunca fiz isso. A dor me impediu. Mas Jonah me trouxe à mente Alfie e Belinda, meu menininho e minha menininha. Eram tão adoráveis e mereciam alguém muito melhor do que eu. Gostaria de ir até a Nova Inglaterra encontrar seus túmulos. Talvez me cure um pouco colocar algumas flores lá e regar a grama com minhas lágrimas.

— Acho que essa é uma boa ideia — disse Zoe.

— Obrigada. Os senhores, sem dúvida, esperam que eu fuja... e encontrarão uma maneira de me arrastar de volta em breve... mas, pelo menos, não há ninguém na terra que possam punir por minha má conduta. Parece que há vantagens em estar morta desde 1832.

Arrancadora ficou em silêncio. Deslizou a mão no decote do vestido e retirou um pedaço de papel bem dobrado que havia escondido ali.

— X quis escrever uma carta — disse ela —, assim como você escreveu uma para ele.

Ela a entregou a Zoe. Tinha sido escrita em uma página em branco arrancada de um livro na casa de Zoe.

— Ele implora seu perdão pela brevidade da carta — disse Arrancadora. — Diz que você o ensinou como escrevê-la... e ensinou o que significava.

Zoe sabia exatamente o que a carta diria. Olhou para o pedaço de papel dobrado. A seus olhos, parecia uma flor se preparando para abrir. Só de segurá-la sua mão tremia.

Não queria ler a carta na frente de Arrancadora. Queria estar sozinha. Então, elas se despediram, e Zoe viu sua nova amiga caminhar pela estrada com seu vestido rasgado, mas ainda brilhante. Uma leve chuva caiu nesse momento, embora Zoe não conseguisse detectar nenhuma nuvem; as gotas pareciam escorrer das estrelas.

Ela não viu o momento exato em que Arrancadora desapareceu. De repente, ela sumiu. Devia ter desaparecido enquanto caminhava entre um poste aceso e o próximo.

Zoe desdobrou a carta e sentiu seu coração se desdobrar com ela.

Estava escrita a lápis, e a ponta tinha sido pressionada com tanta força que quase tinha atravessado o papel.

Era uma bela carta, como sabia que seria.

Nela estava escrito apenas: "X."

Agradecimentos

Gostaria de agradecer a Jodi Reamer, que é realmente foda e única: uma agente literária com um diploma de Direito *e* faixa preta. O fato de ela ter defendido este romance me deixou emocionado, honrado e emocionado de novo. Seus instintos foram inestimáveis, assim como sua personalidade imbatível. Eu mesmo sou conhecido por surtar um pouco.

Gostaria também de agradecer a Cindy Loh, que é uma inspiração como editora e preparadora, assim como uma excelente pessoa para se ter na equipe quando é preciso pensar em um título e/ou encomendar um vinho. Cindy é triatleta e participa daquelas competições insanas com obstáculos, onde se joga lanças e se escala paredes gigantes de lama. Diria que ela é uma grande profissional multitarefa, mas acho que tudo o que ela faz é parte da mesma tarefa: viver plenamente.

O braço direito de Jodi é Alec Shane. O de Cindy é Hali Baumstein. Alec, Hali: elas falam muito bem de vocês pelas costas.

Obrigado a toda a equipe inteligente, engraçada e receptiva da Bloomsbury. Cristina Gilbert, que administra a área de marketing, publicidade e vendas nos EUA, é incrível e é cercada de outras pessoas incríveis. Agradeço a Lizzy Mason e Erica Barmash por me apresentarem à comunidade YA com tanto carinho e paciência. (Erica: Dallas diz que também gosta de você!) Agradeço a Courtney Griffin, Emily Ritter, Beth Eller, Linette Kim, Shae McDaniel, Eshani Agrawal, Alona Fryman e Ashley Poston. Obrigado ao pessoal salva-vidas que lida com o editorial: Melissa Kavonic, Diane Aronson, Chandra Wohleber e Patricia McHugh. Agradeço aos designers inspirados Donna Mark e Colleen Andrews e à fantástica equipe de vendas, com quem tive minha reunião favorita de 2016.

A equipe global da Bloomsbury tem sido uma parte essencial desta jornada. Obrigado a Emma Hopkin, diretora-gerente da Bloomsbury Children's Books em todo o mundo; a Rebecca McNally, diretora editorial da Bloomsbury Children's Books UK; e a Kate Cubitt, a diretora-gerente na Austrália.

Agradeço a Cecilia de la Campa, diretora de direitos estrangeiros na Writers House, e a Kassie Evashevski, da UTA, por sua genialidade e dedicação.

Enquanto eu escrevia este livro, muitos amigos cederam lugares para eu trabalhar e me deram apoio moral durante os momentos difíceis, e eu os amo por isso: Missy Schwartz, Carla Sacks, John Morris, Michael e Sonja O'Donnell, Valerie Van Galder (e Bella!), Stephen Garrett, Maureen Buckley, James Wirth, Chris Mundy e Nilou Panahpour.

Também fico imensamente grato à minha equipe de elite de primeiros leitores: Darin Strauss, Susannah Meadows, Radhika Jones, Melissa Maerz, Sara Vilkomerson e Anthony Breznican.

Por atos evidentes de bondade em apoio a este livro, agradeço sinceramente a Tina Jordan, Kami Garcia, Breia Brissey, Andrew Long, Bonnie Siegler, Jessica Shaw, Kerry Kletter e Kathleen Glasgow.

Obrigado a Erin Berger e Jennifer Besser, que leram os primeiros capítulos e me deram um incentivo vital. Erin e Jen são bacanas de muitas maneiras para eu enumerar, mas sua generosidade me deixa perplexo.

Obrigado a Hans Bodenhamer, professor de ciências de Montana que respondeu a todas as minhas perguntas sobre espeleologia e me levou a uma viagem de conservação com o Clube de Espeleologia da Bigfork High School. Hans e um colega explorador, Jason Ballenksy, desafiaram-me a ser tão preciso com relação à espeleologia e tão respeitoso com relação à natureza quanto eu pudesse. Todos e qualquer erro nesse sentido são meus.

Obrigado aos amigos leais que sempre estiveram ao meu lado: Jill Bernstein, Meeta Agrawal, Kristen Baldwin, Sara Boilen, Sabrina Calley, Veronica Chambers, Betsy Gleick, Devin Gordon, Barrie Gruner, Chris Heath, Carrie Levy, Rick Porras, Brian e Lyndsay Schott, Lou Vogel e meus colegas autores de YA no Sweet Sixteens e no Swanky Seventeens. Um agradecimento especial a Karen Valby, que sugeriu o nome Zoe para a minha protagonista lá no início, quando outras pessoas insistiam que eu botasse o nome *delas* na personagem. (Uma nota da minha amiga Kate Ward: "Eu me contentaria com a vilã.")

Estou em dívida com dois artigos emocionantes: o exame de Peter Stark sobre como é congelar até a morte (revista *Outside*) e o relato de Ray Kershaw sobre a tragédia espeleológica de Mossdale (*The Independent*).

Minha família e eu nos mudamos para Montana em 2014 para ficar mais perto de meu sogro, Dick Bevill. Este livro foi escrito em grande parte em uma escrivaninha de segunda mão com vista para o rancho de Dick, e espero que tenha dentro dele um pouco de seu espírito aventureiro e de sua reverência pela natureza.

Graças também a meu intrépido cunhado, James Peterson, que foi explorar cavernas comigo para que eu não saísse correndo, e meu sobrinho, Max McFarland, que sugeriu o termo "Lata Velha", que peguei emprestado para o Taurus de Zoe. Max usa isso para descrever o Toyota Corolla caindo aos pedaços de seu amigo Nick, que parece um carro apenas porque tem formato de carro e pneus.

Finalmente, gostaria de agradecer a meus filhos incríveis e estranhos (de um jeito bom), Lily e Theo, e a minha irmã, Susan Heger, que é a pessoa mais bondosa que já conheci.

Impressão e Acabamento:
BARTIRA GRÁFICA